本译著获得西安外国语大学英文学院学科建设经费资助

主编
|
戴维·斯泰恩斯
David Staines
|
译者
|
王春

遇　见　自　己

艾丽丝·门罗剑桥文学指南

陕西新华出版传媒集团
陕西人民出版社

生平年表
CHRONOLOGY

1931 艾丽丝·莱德劳（门罗）7月10日出生于加拿大安大略省温厄姆镇，是罗伯特·埃里克·莱德劳（1901—1976）和安妮·克拉克·柴姆尼·莱德劳（1898—1959）的第一个孩子。

1936 艾丽丝的弟弟威廉于3月13日出生。

1937 艾丽丝的妹妹希拉于4月1日出生。

1937—1949 先后就读于温厄姆下城学校（1937—1939）、温厄姆公立学校（1939—1944）、温厄姆地区高中，1949年以优异成绩毕业并获得西安大略大学两年奖学金，英语成绩在入学学生中名列前茅。

1949—1951 在西安大略大学学习两年并获奖学金，其间先就读于新闻专业，后转入英语系。大学期间开始写小说，第一篇小说《影子的维度》于1950年4月刊登在大学本科生的文学杂志《对开本》上。另外两篇小说《星期天的故事》和《鳏夫》分别于1950年12月和1951年4月在该杂志上发表。其中一篇被其顾问与支持者罗伯特·维弗买断，制作成加拿大广播公司播出的名为《加拿大短篇小说》中的一档节目。12月29日门罗与詹姆斯·门罗结婚。

1952 与丈夫一起移居到不列颠哥伦比亚温哥华市，丈夫在伊顿百货公司纺织品区工作，艾丽丝在温哥华公共图书馆基斯兰奴分部做兼职助理。从这年秋天至1953年6月任全职助理，第一个孩子出生后，继续做兼职助理，直至1955年再次怀孕。

1953 10月5日希拉·门罗降生。艾丽丝·门罗的第一篇小说在加拿大杂志《五月集市》上发表。接下来数十年，她曾先后为《加拿大论坛》《王后季刊》《女城主》《塔玛拉克评论》《蒙特利尔居民》等多家加拿大杂志投稿。

1955 7月28日凯瑟琳·门罗出生——同日去世。

1957 6月4日詹妮·门罗出生。

1958 向加拿大文化委员会申请奖助金被拒绝。

1959	门罗母亲安妮因几十年遭受严重的帕金森病折磨而去世。
1963	与家人移居到不列颠哥伦比亚维多利亚市,经营"门罗书店"。
1966	9月8日安德里亚·门罗出生。
1968	受赖尔森出版社编辑厄尔·托普斯的鼓励,出版了《快乐影子之舞》并荣获加拿大总督小说奖。
1969	父亲再婚,妻子是堂弟的遗孀玛丽·埃特·莱德劳。
1971	《女孩和女人们的生活》出版,该书荣获第一届加拿大书商协会/国际图书年会奖,入选加拿大和美国文联每月读书俱乐部的推荐书目。
1972	被不列颠哥伦比亚图书馆协会提名为杰出小说作家。
1973	与丈夫分居。在不列颠哥伦比亚省的奈尔森市圣母大学

暑期学校任教。之后从维多利亚迁居至安大略省伦敦，每周乘火车去多伦多约克大学为秋季学期上一次课。获批加拿大文化委员会高级艺术奖助金。

1974　《我一直想要告诉你的事》出版并荣获安大略省议会的艺术奖。因《快乐影子之舞》的美国版本荣获五大湖学院协会奖。与退休地理学家杰拉德·弗莱姆林结婚，门罗在大学期间就对其有所耳闻。受聘为西安大略大学常驻作家（1974—1975）。

1975　杰拉德·弗莱姆林与艾丽丝·门罗在安大略省克林顿定居。

1976　获西安大略大学荣誉学位。结识经纪人弗吉尼亚·巴伯，俩人成为好友，巴伯将《你以为你是谁？》中的开篇故事《痛打一顿》卖给《纽约客》。门罗与前任丈夫离异。罗伯特·莱德劳去世。

1977　小说《事故》获国家杂志基金会金奖，后被收于小说集《木星的卫星》中。与《纽约客》签署了优先出版权合同。剧本《1847：爱尔兰人》被拍成电影。

1978 荣获加拿大-澳大利亚文学奖。《你以为你是谁？》出版并荣获加拿大总督小说奖，获英国布克文学奖提名。被加拿大书商协会选为年度最佳书目；同时被选为加拿大每月图书俱乐部书目。

1979 罗伯特·莱德劳的小说《麦格雷戈夫妇：安大略先驱家庭小说》匿名出版。

1980 受聘为不列颠哥伦比亚大学常驻作家（1—4月）；昆士兰大学常驻作家（9—12月）。

1981 应中国作家协会邀请，7月间与其他6位加拿大作家在中国旅行。

1982 2月在挪威和瑞典旅行，宣传《你以为你是谁？》的挪威版本。《木星的卫星》出版。

1983 小说《克罗丝夫人与基德夫人》荣获国家杂志基金会金奖，收集在《木星的卫星》中。

1986 荣获玛丽安·恩格尔奖。《爱的进程》出版,荣获加拿大总督小说奖。

1988 任新加拿大图书馆麦克莱兰·斯图尔特三人编辑委员会成员之一。

1990 在苏格兰生活了三个月。《我年轻时的朋友》出版,荣获安大略省延龄草小说奖。加拿大总督小说奖候选人,被提名为爱尔兰时代－航空公司小说奖。荣获"毕生致力于加拿大文化和学术杰出贡献"的加拿大文化协会莫尔森奖。

1994 荣获加拿大总督功勋奖。《公开的秘密》出版,荣获 W. H. 史密斯"年度最佳图书奖"。首届吉勒小说奖评委,吉勒基金会成员。

1995 在爱尔兰生活了 6 个月。

1996 《小说选集》出版。

1997	荣获麦拉默德文学优秀短篇小说奖。
1998	《好女人的爱情》出版,荣获吉勒小说奖,安大略延龄草小说奖,国家图书评论界奖。
2001	荣获雷阿终身成就奖以及欧·亨利短篇小说延续贡献奖。《恨,友谊,追求,爱情,婚姻》出版。
2003	《无爱遗失》出版。
2004	《逃离》出版,荣获罗杰斯作家信托基金小说奖。
2005	荣获不列颠哥伦比亚杰出文学事业特里森终身成就奖。
2006	《岩石堡风景》出版。《艾丽丝·门罗最优秀短篇小说》出版(玛格丽特·阿特伍德为该书写了序言)。
2008	荣获意大利弗拉亚诺奖。

2009 　《幸福过了头》出版。门罗因其"一生作品为世界短篇小说作出贡献"而荣获曼布克国际奖。

2012 　《亲爱的生活》出版。

2013 　《亲爱的生活》荣获安大略省延龄草小说奖。杰拉德·弗莱姆林去世。门罗荣获诺贝尔文学奖,被誉为"当代短篇小说大师"。

前 言
PREFACE

戴维·斯泰恩斯

2004 年 11 月 14 日，美国著名作家乔纳森·弗兰岑（Jonathan Franzen）在《纽约时报书评》（*New York Times Book Review*）上发表了对艾丽丝·门罗（Alice Munro）第十部短篇小说集《逃离》（*Run Away*）的评论文章，开头是这样的：

> 艾丽丝·门罗称得上是北美最优秀的小说家之一。她的作品在加拿大位列畅销书榜首，但在加拿大以外，她的读者似乎并不多……我想用门罗最近出版的神奇之作《逃离》加以推测，为什么知道门罗名字的人不多，而了解她作品的人却不少。[1]

两年后，加拿大著名女作家玛格丽特·阿特伍德（Margaret Atwood）在《艾丽丝·门罗优秀短篇小说选集》（*Alice Munro's Best: Selected Stories*）的开头这样写道：

> 艾丽丝·门罗是当代英语小说创作的主要作家。她被北美和英国评论家誉为小说创作的顶级作家。她荣获过许多奖

项，作品面向国际读者。在作家当中，她是一位名不见经传的人物。不过最近几年，作家之间的各种竞争常常用她的名字作为反击对方的利器。"这也能称得上是作品？"被问及的作家会这样反问。"是艾丽丝·门罗的！她的作品称得上是真正的作品！"像她这样的作家，经常被认为无论已经多么出名，应该更出名。[2]

2013年11月11日，《卫报》（*The Guardian*）刊登了英国著名女作家特莎·哈德利（Tessa Hadley）的一篇关于短篇小说体裁发展流变的文章，她认为，门罗是有史以来最优秀的十位短篇小说作家之一。"如同20世纪初的契诃夫和曼斯菲尔德（Mansfield），门罗彻底改变了我们对短篇小说作用的理解，"她说，"她的作品中没有虚假严苛的说教，字里行间透露着我们该如何生活与行事。"[3]

2013年12月10日，门罗荣获了诺贝尔文学奖（The Nobel Prize for Literature）。"很难在她的小说中找到一个多余的词或者短语。阅读她的小说，如同屏住呼吸观察一只猫在餐具摆放整齐的饭桌上绕步，"瑞典皇家学院常务秘书彼得·英格伦（Peter Englund）在致辞中说：

> 一篇简短的小说，往往涵盖并且总结了几十年的人生，因为作者在不同阶段来回切换观察视角。艾丽丝·门罗在短短三十几页的短篇小说里，要比普通作家在三百页的长篇小说里讲述的内容还要多。门罗是一位才华横溢、文笔含蓄的作家，如同瑞典皇家学院简短的颁奖词里所说的那样：是当代短篇小说大师。[4]

作为"当代短篇小说大师",门罗用尽毕生的精力探索短篇小说。她质疑短篇小说的界限,扩展短篇小说的长度(她的小说从早期的十几页到后来的70多页),挑战读者对短篇小说目的与力量的理解。从1968年出版的第一部短篇小说集《快乐影子之舞》(*Dance of the Happy Shades*),到2012年出版的《亲爱的生活》(*Dear Life*),门罗从不同角度探索人生。正如诺贝尔奖颁奖词里说的那样,门罗接近了"人类最伟大的秘密:人的内心以及变化无常的情绪",这两个问题都属于短篇小说的探讨范畴。

门罗认为,阅读短篇小说就像走进一座房子。"我阅读小说的时候,不是把它当作一条路,沿途走过美景和清晰的岔路口,然后来到某个地方。而是径直走进房子,来回走走,到处看看,并且在里面待上一会儿,"这是门罗在1982年说的,"小说更像是座房子。大家都了解房子的用途,知道怎样把空间围起来,让空间内部相连,并且从外观呈现其新造型。当我被问及短篇小说对我有什么用以及我想让它怎样为人们服务时,这就是最恰当的解释。"⁵门罗的短篇小说揭示的是日常生活中反复出现的问题,在《女孩和女人们的生活》(*Lives of Girls and Women*)一书中,日常生活是成年故事讲述者关注的焦点,"人们在诸伯利的生活就像在其他地方一样,沉闷、简单、精彩、神秘,就像厨房油毡下面的深洞穴"。门罗的短篇小说就像厨房里的油毡,所覆盖的是深深的洞穴,那里掩藏的是人们的抱负与挫折。"我认为,能够自然而然地吸引作家注意力的,是生活中富有戏剧性的事件。"门罗在1991年评论时说。⁶在1994年加拿大吉勒文学奖[1](Giller Prize)入围名单公布大会上,她重申了自己

---

[1] 加拿大文学最高荣誉奖。(本书脚注均为译者注)

独到的看法："我选择作者的标准，是看他们能否发出最真实的声音，是否具有最值得信赖的创作技巧，以及能否为作为读者的我带来真正的、永久性的快乐。"2013年11月，门罗在接受诺贝尔文学奖官方采访时表达了同样的观点："我希望我的小说能够打动读者。不管他们是男性、女性，还是孩子。我希望我的生活类型小说，不是让人们认为'生活难道不就是这样吗'，而是让他们从中感受到一些回馈。"

本书对艾丽丝·门罗及其小说与非小说提出了不同的评论性观点。文章的作者都是评论界著名的权威人士，他们既肯定了门罗作品的精彩之处，也对她独特的世界观提出了批评性见解。

开篇是戴维·斯泰恩斯（David Staines）教授撰写的传记性评论《从温厄姆[1]（Wingham）到克林顿：艾丽丝·门罗笔下的加拿大与自己》（From Wingham to Clinton：Alice Munro in Her Canadian Context），这篇文章探究了安大略省（Ontario）西南部休伦县是门罗小说创作的起源。门罗出生于温厄姆，现居住在距此以南35公里一个叫克林顿的小镇上，她把克林顿镇的人和事都写进了小说。起初，镇上的一些人嘲笑她，认为她作品中描述的生活狭隘而闭塞，但是，恰恰是这种闭塞的生活，冲破了地方的小环境，道出了人类生活的大经验，从而让门罗成为如今享誉世界的重要人物。本章追踪了门罗的写作生涯，从她童年时期的读物开始，包括加拿大著名女作家露西·莫德·蒙哥马利（Lucy Maud Montgomery）和艾米莉·勃朗特（Emily Brontë）的小说，到她喜欢的美国南方作家，

---

[1] 加拿大安大略省休伦县的一个社区。

尤其是美国短篇小说大师尤多拉·韦尔蒂[1]（Eudora Welty），同时记录了门罗对于小镇上数不清的积极或消极的奇人趣事的冷静观察视角。门罗生长在城乡交界处，她发现自己对生活的理解与美国南方女性作家小说中的思想不谋而合。加拿大，这个她居住了一辈子的国家，是她艺术与人生的故乡，是她生活的中心，对于休伦县[2]（Huron County）乃至整个世界的生活，她都在仔细地观察和感悟，并认真做着记录。

第二章为梅里琳·西蒙兹（Merilyn Simonds）的文章《你以为你在哪儿？艾丽丝·门罗短篇小说中的地方》（Where Do You Think You Are? Place in the Short Stories of Alice Munro），是对前一章内容的补充，对于门罗小说与非小说中对各类地方的处理方式，作者表达了坚定的赞许态度。门罗认为世界是"不完美的伊甸园，枝头挂满果实，地上却到处扭动着蛇"，她以农村生活为背景塑造人物形象。小说中的"地方"被延伸到了休伦县以外的世界，包括斯特拉特福德[3]（Stratford）、基奇纳[4]（Kitchener）、多伦多（Toronto），甚至加拿大境内更远的地方，如金士顿（Kingston）、渥太华（Ottawa）、温哥华（Vancouver）、维多利亚（Victoria）以及遥远的阿尔巴尼亚、澳大利亚、印度尼西亚以及苏格兰，但门罗却总能回到属于自己的"地方"，了解作品中人们对于经常受困扰的"当地"意识的复杂态度。

---

[1] 尤多拉·韦尔蒂（1909—2001），美国著名女作家，被誉为美国"短篇小说大师"，著有《沉思的心》（*The Ponder Heart*，1954）、《乐天者的女儿》（*The Optimist's Daughter*，1973）等。

[2] 位于加拿大安大略省休伦湖东南岸，以农业经济为主。

[3] 加拿大安大略省西南部一座小镇。

[4] 位于安大略省境内多伦多西部的一个城市。

第三章为《艾丽丝·门罗的风格》（The Style of Alice Munro），本章聚焦于门罗的创作风格，这种风格不仅是作家惯用的句法规则的基础，也是作家在写作中的倾向和态度的风向标。作者道格拉斯·格洛弗（Douglas Glover）以门罗的同名短篇小说《女孩和女人们的生活》为例进行了分析，他认为，门罗的小说通过诠释形式，让故事内容变得更加复杂并且产生了反讽效果，门罗自始至终反对终结式的写作方式，她更多关注差异性而非相似性。一段陈述能引发一段反陈述，也能让陈述变得更复杂，而故事情节就是在这种反常规的演绎中向前推进的。

第四章是玛丽·罗什尼格（Maria Löschnigg）撰写的《"橘子和苹果"：艾丽丝·门罗的非教条女性主义》（Orange and Apples: Alice Munro's Undogmatic Feminism），作者分析了门罗的女性主义及其短篇小说。门罗小说没有表明是专为女性读者创作的，它的阅读对象是"男性、女性和孩子"，尽管门罗始终认为自己只是个普通女人，但是通过阅读门罗的小说，罗什尼格的结论是：门罗既是女性主义作家又非女性主义作家。

接下来三个章节的主题都与门罗的个人艺术成就有关。第五章《艾丽丝·门罗与她的传记作品》（Alice Munro and her Life Writing）的作者是科拉尔·安·豪厄尔斯（Coral Ann Howells），她是《艾丽丝·门罗》（Alice Munro）一书的作者，该书出版于1998年，是对门罗作品的开创性研究，豪厄尔斯在本章审视了门罗文学中的非小说类作品，并尽可能地将这类作品与小说类作品区分开。通过观察门罗对自己生平经历的不同诠释，豪厄尔斯注意到门罗文学中的非小说类作品"充满时空间隔、视角转换、瞬间启示，这些非小说类作品，就像她的小说那样随时可以修改"。

在第六章，玛格丽特·阿特伍德将研究目光投向了门罗的第二部作品《女孩和女人们的生活》,她认为这是一部"成长小说"（Bildungsroman）,也是一部"艺术小说"（Künstlerroman）,讲述了一位年轻女艺术家的成长经历。阿特伍德用四个部分分析了这部作品,分别是:溺亡少女、疯子、失败者、讲故事的人,并用"演奏"作为第五部分的标题,研究作品中的后记。这部作品就像艺术家肖像的女性版本,让女主人公黛尔·乔丹（Del Jordan）同詹姆斯·乔伊斯（James Joyce）的《一个青年艺术家的画像》（A Portrait of the Artist as a Young Man）中的男主人公一样,都处于"开始"位置:门开着,这位年轻的作家正准备走进去。

与《女孩和女人们的生活》中只有一个主人公不同,第五部作品《木星的卫星》（The Moons of Jupiter）是一部小说集。在本书第七章《再读〈木星的卫星〉》（Re-reading The Moons of Jupiter）中,威廉·赫伯特·纽（W. H. New）讲述了门罗打磨其个人作品所付出的艰辛。他谈到这本书最终成为一部小说集的编纂经过:这是个相互协调、影响的冒险式的探险过程。与本书中其他作者的看法相同,他认为,门罗在作品中拒绝采用单一的结尾方式:"这本书在呼唤不同的认知:返回——重读——再开始。"

在最后几章,三位评论家感慨于门罗小说中的主题力量。纵观门罗的全部作品,罗伯特·麦吉尔（Robert McGill）在第八章《艾丽丝·门罗与个人成长》（Alice Munro and Personal Development）中,对门罗小说中的反前进张力（anti-progressive strain）进行了研究。门罗职业生涯的特点是递归式（recursion）的,不是转变（transformation）或直接改良（improvement）式的,基于这种认识,他认为,门罗的短篇小说,以自我反省的方式唤起了人们对回归诗学（Poetics of Return）与评论诗学（poetics of review）的关注,这种诗学最终成为一门阐释学,因为她的小说在鼓励读者仔细观察生活的同时，还要重复观察生活。

在第九章《女吟游诗人：重拾希腊神话、凯尔特民谣、挪威传奇和流行歌曲》（The Female Bard：Retrieving Greek Myths，Celtic Ballads，Norse Sagas，and Popular Songs）中，赫利安·温图拉（Héliane Ventura）从首部《快乐影子之舞》到最后一部小说集，全面梳理了门罗的吟游诗歌情结，介绍了她在作品中如何直接或者间接地运用荷马歌曲、苏格兰民谣、北欧传奇、美国民间故事和加拿大歌曲。这些资料表明，门罗具有惊人的记忆力，正是这个性格特点，让她在童年时代饱受争议，同时这些资料表明，门罗在创作过程中，使用文学典故的广泛程度令人称奇。

在最后一章《母亲题材》（The Mother as Material）中，从早期《乌得勒支的平静》（The Peace of Utrecht）到《渥太华峡谷》（The Ottawa Valley），再到作品集《亲爱的生活》中的最后一篇小说中的最后一行，伊丽莎白·海（Elizabeth Hay）探讨了门罗小说中重要的母亲形象。她通过挖掘门罗在这类个人题材中流露出的负罪感，认为门罗旨在表现如何逃离自己母亲这一主题。在长期创作生涯中，门罗一直在努力探索这类主题，并采用了领域扩展、暂且搁置、再次探索的研究方法。为了从全新角度观察，门罗延用类似情景的叙事策略，自始至终都在努力突破这类主题的局限性。

考虑到门罗是诺贝尔文学奖得主，这十位作家对门罗的全部作品进行了多次反复阅读，每次阅读都会让他们对门罗小说中的世界本质产生新的感悟。每次阅读，都能让他们对门罗的复杂性创作进行全新的、启发性思考。

50多年前，当门罗还在规划她的第一部作品集时，美国诗人、评论家艾伦·塔特（Allen Tate）召集了26位著名作家，商讨如何编纂《托马斯·斯特恩斯·艾略特：其人其作》（*T. S. Eliot: The Man and his Work*）这本书。埃兹拉·庞德（Ezra Pound）是其中一位，他仅用了四段话，就为我们勾勒出了一个艾略特。"他真正代表了但丁的声音（Dantescan voice）——但这种赞誉远远不够，他得到的赞誉应该比我能够给予的更多，"庞德这样评价，"我是该写'关于'诗人托马斯·斯特恩斯·艾略特（Thomas Stearns Eliot）？还是该写我的朋友'Possum'[1]？让他安息吧。我只想重复五十年前说过的话：去读他的作品。"在回顾门罗的主要成就时，十位撰稿人都坚信，最重要的事情是读她的作品。读完一遍，如果想要领悟她文学创作中的力量，还需要再读。正如诺贝尔文学奖颁奖词中提到的："如果你仔细去阅读门罗的许多作品，迟早会在她的某一篇小说中遇见你自己；这种相遇会使你震撼、让你改变，但绝不会令你一蹶不振。"

注释

1. 'Runaway: Alice's Wonderland', *New York Times Book Review*（14 November 2004）, I.
2. Alice Munro, *Alice Munro's Best: Selected Stories, with an Introduction by Margaret Atwood*（Toronto: McClelland & Stewart, 2006）, vii.
3. 'Tessa Hadley's Top 10 Short Stories', *The Guardian*（11 September 2013）.
4. Alice Munro, *Vintage Munro*（New York: Vintage, 2014）, 209.
5. Alice Munro, 'What Is Real?', in John Metcalf（ed.）, *Making it New: Contemporary Canadian Stories*（Toronto: Methuen, 1982）, 224.
6. Eleanor Wachtel, 'An Interview with Alice Munro', *Brick* 40（winter 1991）, 53.

---

[1] 艾略特生前常用笔名。

目 录
CONTENTS

01.
从温厄姆到克林顿：
艾丽丝·门罗笔下的加拿大与自己
戴维·斯泰恩斯
/ 001

02. 你以为你在哪儿？
艾丽丝·门罗短篇小说中的地方
梅里琳·西蒙兹
/ 035

03.
艾丽丝·门罗的风格
道格拉斯·格洛弗
/ 069

04. "橘子和苹果"：
艾丽丝·门罗的非教条女性主义
玛丽·罗什尼格
/ 095

05.
艾丽丝·门罗与她的传记作品
科拉尔·安·豪厄尔斯
/ 125

06. 女孩和女人们的生活：
一位年轻女性的艺术肖像

玛格丽特·阿特伍德

/ 153

07.
再读《木星的卫星》

威廉·赫伯特·纽

/ 187

08. 艾丽丝·门罗与个人成长

罗伯特·麦吉尔

/ 219

09.
女吟游诗人：重拾希腊神话、凯尔特民谣、挪威传奇和流行歌曲

赫利安·温图拉

/ 249

10. 母亲题材

伊丽莎白·海

/ 291

参考文献

/ 314

索引

/ 319

译后记

/ 325

01.

戴维·斯泰恩斯

从温厄姆到克林顿：
艾丽丝·门罗笔下的加拿大与自己

戴维·斯泰恩斯，渥太华大学英语教授。创作生涯分为中世纪文化文学与加拿大文化文学两部分。著作/编著包括《加拿大想象：一种文学文化维度》《丁尼生的宫殿：国王田园诗及其中世纪起源》《克雷蒂安·德特罗亚的圆满情史》以及《斯蒂芬·利科克的信函》。斯泰恩斯现为加拿大功勋奖委员会成员。

休伦县位于安大略省西南，坐落在北美五大湖之一的休伦湖东南。美丽的休伦湖，不是岩石与松树间的池塘，而是一片开阔的淡水水域，湖的那一端望不见另一个国家。这里自古以来风貌未变。白天，富饶的休伦湖散发着祥和气息。至今依旧环绕着农场、畜栏、沼泽、灌木丛、大道小路、砖房小镇。[1]

根据1842年颁布的第一部休伦地区评估册（The Huron District Assessment Rolls of 1842）的官方记载，这个地区的乡镇总人口为3894人，后来被纳入如今的休伦县。现在，算上大大小小的村庄，这个县一共有五个镇，位于休伦湖边的县政府所在地戈德里奇镇（Goderich，约7500人），是个港口镇，其他四个小镇分别是：位于该县中心位置的克林顿（约3200人），南面的埃克塞特（Exeter，约4800人），东面的锡福斯（Seaforth，约2300人），温厄姆在北面（约2900人）。休伦县是安大略省农业生产最发达的地区之一，这里重峦叠嶂，农场欣欣向荣，有的农场正在出售，有的已被废弃，休伦县有很多乡村小社区，装点着这片大地。

休伦县是艾丽丝·门罗的故乡，这位女作家曾经在不列颠哥伦比亚省（British Columbia）居住了20年，足迹远至澳大利亚和斯堪的纳维亚半岛等国家，但是，只有这个散发着乡村气息的安大略省，才是她的家，是她个人艺术成就的发源地。门罗 1931 年 7 月 10 日出生于温厄姆，如今居住在距温厄姆以南 35 公里的克林顿镇，她把休伦县的人物以及事件加工成非凡的故事，通过艺术手法让平凡的世界变得不平凡。

"我把能想到的房子、街道、屋子、面孔都写进了故事，"她在 1983 年曾这样说，"但我从来没有想过我是在专门写温厄姆或者写安大略西南某个小镇的故事。从来没有想过。我之所以运用这些素材，仅仅是因为我对它们太熟悉了。我了解它们。"[2] 15 年后，她回忆说：

> "我常常写休伦湖以东这片地区，因为我深爱着这片土地。它对我来说意义非凡，这是其他地方无法取代的，无论那些地方的历史多么重要、多么美丽、多么生动、多么有趣。我沉浸在这片独特的风景中，那几近平坦的田野、沼泽、硬木灌木丛、漫长冬天的大陆性气候。周围房子都是砖瓦结构，还有坡形屋顶上的谷仓，有的农场还有游泳池和飞机、拖车停车场、沧桑的旧教堂、沃尔玛超市、加拿大轮胎。我熟悉这里的语言。"[3]

同年，她又补充说："我热爱这里的风景。我们经常在这儿散步；那是你能想象到的最美妙的漫步。"[4]

休伦县是一个带有苏格兰-爱尔兰血统的封闭乡村社会，这种血统正在慢慢衰退，[5] 那里的人们价值观比较狭隘：

> 门罗住在文化环境十分窒息的地区。不乏强烈的正义感，但是各类犯罪防不胜防，千奇百怪。人们言语间带着野蛮的幽默，习惯醉酒和在路边打斗。生活总是令人热血沸腾。我感到奇怪的是，总有人会问我，你的故事怎么会是这样，他们不说"乏味"，那样说不礼貌，但他们是有所指的。而我认为，我出生和成长的地方一直充满着各种经历、情感和令人称奇的内容。[6]

对敢于冲破狭窄思想界限的人来说，狭隘、刻薄、报复之类的态度起到了什么好作用？"我是在这个社区长大的，这里的人们认为，书籍是浪费时间的东西，阅读是一种不良习惯，如果说，连阅读都是一种不良习惯，那么写作就更是一件匪夷所思的事情了。阅读与写作在我的故乡备受鄙视，"[7]她在1982年回忆时说，"当年的报纸刊载过一篇批评我的社论。这条来自官方的批评意见让许多疯子般的人如获至宝。我曾经收到过一些来信，那些人在信里质问我，你以为你是谁，还说很讨厌看我这个老傻瓜写的东西。这些文字中的语气哀伤，字体都是经过加黑加粗的，可见他们的确是怒火中烧，都是一些缺乏素养之人。"[8]之后她作过评论：

> 《温厄姆前进时代报》(*The Wingham Advance Times*)曾刊登了一篇批评我的社论，言辞激烈，说我是"人格扭曲"。我并不感到意外，也没有觉得受到了什么伤害，但凡你想做一些超越现实生活的事情，就应该清楚会出现什么结果。你既然在这样的社区环境中长大，就应该了解你不可能因为做事诚实或者真实而得到什么回报。[9]

然而，正是这种负面评论，却渐渐地让门罗在事业上引以为傲。2002 年，为了向这位土生土长的作家表示敬意，温厄姆镇建了一所门罗文学苑（Alice Munro Literary Garden）。2013 年，门罗道出了她终生迷恋这个地方的缘由："它对我来说充满情趣。因为我太熟悉它了。它令我无比陶醉。"[10]

艾丽丝·莱德劳（Alice Laidlaw），就是后来的门罗，尽管出生于温厄姆，却是在距离温厄姆以西两公里的城外一个农场长大的。"我们家的那个九亩地农场，"她回忆道，

> 地理位置不寻常。东边是镇子，待树上的叶子落光之后，教堂以及镇政府的那些塔楼便清晰可见。在距离我们和主街之间 1.6 公里开外的路上，房子渐渐变得稠密起来，泥泞小道变成了柏油铺的人行道，还有一盏孤零零的街灯，所以，也许你能猜到，我们就住在离镇子最远的地方，过了法定的市镇边界了。西边只有一间农舍，背景是远处的山顶，它正好位于西边地平线的正中央。[11]

这个农场处于危险地带。"我们生活在整个社交圈以外，既不在镇上，也不在这片地区，"她回忆说，"我们住在一个类似贫民窟的小区，所有酿私酒者、妓女、游手好闲之徒都住在那里。这些就是我所接触到的人。给我的感觉就是这样。"[12]

门罗的父亲叫罗伯特·莱德劳（Robert Laidlaw，1901—1976），他出生的地方离布莱斯（Blyth）村不远，位于温厄姆镇和克林顿镇的中间地带。罗伯特来自一个婚姻美满的苏格兰长老会（Presbyterian Scots）家庭，是家里唯一的孩子，性格腼腆。尽管父母想要他念

大学，但他还是辍了学，过着在丛林中捕猎、售卖皮革、麝鼠皮、貂皮的生活。1925 年，他生平第一次买了一对挪威银狐，在父亲的农场上搭了个畜栏开始饲养。门罗的母亲安妮·克拉克·柴姆尼（Anne Clarke Chamney，1898—1959）来自苏格兰角（Scotch Corners），一个比门罗父亲更穷的农场家庭，距离渥太华峡谷的卡尔顿普莱斯（Carleton Place）不远。作为一名英国圣公会（Church of England）成员，安妮早年冲破家庭束缚，在卡尔顿普莱斯念完高中，最后凭借自己的努力当上了教师，[13] 她在艾伯塔省（Alberta）和安大略省均教过书。1927 年两人结婚，婚后，两人用安妮教书挣来的钱，购置了位于温厄姆外一个占地九亩的农场，"他们来到这里，看中了位于休伦县特恩贝里镇（Turnberry Township）温厄姆以西的梅特兰河畔（Maitland River），之后他们将在此赖以为生。"[14] 刚开始经营养狐业时，由于缺少资金来源，加上即将到来的经济大萧条以及之后的第二次世界大战，养狐业几乎搁浅。

门罗在出生后的最初五年时间里是家里唯一的宝贝。1936 年和 1937 年，弟弟比尔（Bill）和妹妹希拉（Sheila）出生。每天步行去上学成了门罗充满激情的梦幻般时光；事实上，门罗童年时期充满了幻想，但都是一些认真的、孤独的、缺乏个性的空想。"我在很小的时候，就对温厄姆有一种感情，"她回忆说，

> 我认为，只有孩子与外来者才会有这种感情。我那时就是个外来者；每天要到镇上去上学，却不属于那里。那里对我似乎有些陌生，但很清晰、很重要。有些房子很破，岌岌可危，有些却很华丽，展现着乡土生活的典雅。店面、角落，还有一些人行道，都展示着无法言说的重要性。我

对镇上的每一个街区都饱含深情，这样说一点都不夸张。[15]

门罗在 7 岁时曾读过安徒生的童话《小美人鱼》(The Little Mermaid)，"我想编个快乐点的结尾，一个我更喜欢的结尾"[16]。她在 9 岁或 10 岁时，第一次接触到露西·莫德·蒙哥马利（Lucy Mand Montgomery）的作品，尽管门罗如饥似渴地读完了第一部小说《绿山墙的安妮》(Anne of Green Gables)，但是，她对《新月的艾米莉》(Emily of New Moon) 似乎更感兴趣：

> 我感觉这部小说好看但不寻常。好看是因为我一口气读完了书中关于家庭和学校的那些冒险故事，我很惶恐、很兴奋，小说结尾，那个小女孩用行动证明了自己的清白，她的忧愁烟消云散，乐观地迎接青春与未来。这是我喜欢的那类书籍，我读了很多。不寻常是因为书中有些东西困扰着我，降低了我的阅读速度，甚至给我带来了烦恼，我感觉这些东西有种不寻常的力量，需要格外关注，它可能是存在于我和书、读者和写作之间的一种新的平衡，我作为读者感到很吃惊，而且无法释怀。[17]

最终，门罗发现她无法阐明蒙哥马利世界观的本质：

> 我一直想弄明白，这个 10 岁读者说的"不寻常"到底是指什么。这也是年龄在 11 岁、12 岁，甚至 14 岁的读者不断回头寻找的东西。但是我感觉我内心没有说出来的也许才是最重要的。在这本以及其他我喜欢的书里，故事背后甚

> 至故事以外，有太多这类东西。故事背后有一种延续的生命，即书的生命，那是我们在不经意间发现的。乳品店里的牛奶桶，伊丽莎白姨妈用动物脂肪制作的蜡烛，威瑟·格兰奇家客厅里让人反感的华丽，新月农庄的厨房角落等等，对我来说最重要的是从这本书中以及之后的所有书中更好地了解那种生活以及我不知道的东西，而不是仅仅局限于让别人告诉我。[18]

门罗从成年人的角度回望作为儿童的早期世界，那时的她尽管沉浸于阅读，但也深深地感到困惑。对于她曾经迷恋的作家蒙哥马利，她后来说过：

> 我认为蒙哥马利的写作生涯是一场悲剧，作为现实生活中的作家，她在某些情况下无法忘记自己作为牧师妻子的身份，所以，对于有些问题，她只能选择逃避，因为她无法克服自己背景中以及内心深处的那些障碍，她只是为了迎合市场而创作。[19]

再大一些时候，门罗又读了很多书，包括西方作家赞恩·格雷（Zane Grey）的作品；在遇见格雷之后，门罗写了很多故事，里面的她是个干练、奔放的西方小姑娘。

> 我在十一二岁的时候，就写过一篇冒险故事，主要是受《最后的莫希干人》（*The Last of Mohicans*）的启发，内容是根据十四岁的曼德琳·德维切勒斯（Madeleine de Verchères）

的真实生活经历改编的，1692年，为了抵御易洛魁人[1]（Iroquois），德维切勒斯在蒙特利尔（Montreal）附近经营了一个家庭农场。栅栏外是黑魆魆的森林、狗熊、印第安人以及危机四伏的田野。[20]

门罗在十几岁时读了《呼啸山庄》（*Wuthering Heights*）："在我的生活中，再没有比阅读这本书更令我感到兴奋的事情了。之后的四五年时间里，我一直在读这本书。的确，一直在读。"[21] 艾米莉·勃朗特的这部小说在那些年里成了门罗创作灵感的源泉。

《呼啸山庄》里有些东西让我感到欣喜，不是浪漫情感，而是艾米莉笔下的农场、房屋、田野。我记得书中有小溪里冰雪融化的情景以及类似细节的描写，我认为，如果想让一部小说带有强烈感情色彩并且能够打动读者，就必须得这么写。这就是我为什么喜欢这部小说的原因之一。这也是我构思小说的方式，仿佛我真的住在那个山庄里面。[22]

这部小说的力量影响了门罗的一生。"它长长的影子，伴随着我度过了青春期，我的脑海里充满了恶魔般的悲剧，人的内心因为爱而被撕裂、被诅咒，年轻的生命戛然而止，所有这些都发生在那个冷风凄厉的荒野上，现在被添加在了休伦县这片土地上。"[23]

高中阶段，如果学生们中午想要在学校上自习，就可以自备午

---

[1] 北美印第安人，主要分布在加拿大魁北克和安大略省以及美国纽约州和威斯康星州等地。

餐并允许带进教室，门罗就是在这个时候开始创作《夏洛特·缪尔》（*Charlotte Muir*）这部小说的。"那是对《呼啸山庄》的模仿，"门罗回忆说，"情节诡异，尽是一些爱情战胜死亡的情节。我那时特别满意这部小说。"[24] "当我开始构思那些可怕的故事情节时，还未满十五岁，"她说，"我感到自己取得了辉煌的进步，不再是从前那个备受无知和痛苦煎熬的可怜虫了，尽管这种痛苦依旧挥之不去，但是毕竟能像神一样规划自己的人生模式和命运了；自此以后，再也没有退缩过。"[25] 数年后，门罗的继母把她早期在学校里用过的笔记本还有创作的小说统统从家里扔了出去。

尽管加拿大历史上有过杰出的短篇小说作家，如写动物的小说家查尔斯·罗伯茨[1]（Charles G. D. Roberts）和欧内斯特·汤姆森·西顿[2]（Ernest Thompson Seton），以及后来的小说家莫利·卡拉汉[3]（Morley Callaghan），但门罗认为，她的创作灵感来自美国南方作家，她与这些作家之间有共鸣，因为他们来自相似的地方：

> 最先令我感到兴奋的是美国南方那些作家，我感觉他们笔下的故乡与我的故乡很相像。现如今在安大略省西南部就有一批这样的作家。如此说来，这很有可能是因为美国南方作家产生了极大的影响力。我想说的是，故乡的某些地

---

[1] 查尔斯·乔治·道格拉斯·罗伯茨（1860—1943），加拿大诗歌之父、散文作家，著有《地球之谜》（*The Earth's Enigmas*, 1896）、《红狐》（*Red Fox*, 1905）、《陌生的邻居》（*Neighbours Unknown*, 1905）等。

[2] 欧内斯特·汤姆森·西顿（1860—1946），加拿大著名作家，著有《我了解到的野生动物》（*Wild Animals I Have Known*, 1898）、《两个小野人》（*Two Little Savages*, 1903）等。

[3] 莫利·卡拉汉（1903—1990），加拿大现实主义作家，代表作有《奇怪的流亡者》（*Strange Fugitive*, 1928）、《从未了解》（*It's Never Over*, 1930）等。

> 方具有典型的哥特式建筑特征。你不可能把它们写全……那个地方的根很深。我认为，我现在写的东西几乎不合时宜了，因为它已深深地植根于一处，而大多数人，即使像我这个年龄的人，都不在这种地方生活了，所以这种做法已经没有太大的意义了。我指的是这种写作方式。[26]

20 年以后，她说：

> 美国南方作家是第一批真正打动我的作家，他们的作品让我明白了，小镇、乡下人物，以及我熟悉的那种生活是可以写的。但是，我真的没有意识到，真正令我感兴趣的、我真心喜爱的那些南方作家竟然都是女性作家。我不是特别喜欢福克纳（Faulkner）。我喜欢尤多拉·韦尔蒂，弗兰纳里·奥康纳[1]（Flannery O'Connor）、凯瑟琳·安·波特[2]（Katherine Ann Porter）、卡森·麦卡勒斯[3]（Carson McCullers）。我有种感觉，女性作家是能够写出这种怪诞的、边缘化的内容的……我觉得这可能是女性作家的特长，而关于现实的鸿篇巨制则是男性作家的特长。我不知道怎么会有一种被边缘化的感觉，我不是被推到边缘的。也许

---

[1] 弗兰纳里·奥康纳（1925—1964），美国著名女作家，著有《智血》（*Wise Blood*，1952）、《暴力夺取》（*The Violent Bear It Away*，1960）等。

[2] 凯瑟琳·安·波特（1890—1980），美国著名女作家，著有寓言体小说《愚人船》（*Ship of Fools*，1962）及多部短篇小说集。

[3] 卡森·麦卡勒斯（1917—1967），美国著名女作家，著有《心是孤独的猎手》（*The Heart Is A Lonely Hunter*，1940）、《金色眼睛的映像》（*Reflections in A Golden Eye*，1941）等。

是因为我在边缘地界长大的缘故吧。我清楚，我不具备伟
大作家所特有的一种东西，但我不知道那是什么。[27]

门罗最崇拜的作家不是弗兰纳里·奥康纳，因为他的基督教观点过于浓厚，她最崇拜的是韦尔蒂。"对我来说，她的作品比其他作家的更真实。我从前最热爱的作家[28]，"门罗曾坦言，"是尤多拉·韦尔蒂。现在我依然热爱她。我不会去模仿她，因为我模仿不来，她实在是太优秀了。"[29]

门罗出生在一个清教徒家庭，父亲成长于长老会家庭（Presbyterian family），母亲来自爱尔兰清教徒家庭。年轻时，门罗的家庭属于联合教会（United Church），该教会成立于1925年，但是门罗家人并不热衷于参加该教会的活动，因为它迎合的是镇上中产阶级家庭的兴趣和爱好。联合教会的结构很松散，随着对艺术兴趣的与日俱增，门罗最终断绝了与该教会的联系。

高中毕业那年，门罗的学业成绩位居班级第一，英语成绩在所有大一新生中名列前茅，因此获得了西安大略大学（University of Western Ontario）两年的奖学金。她学的是新闻专业，1950年4月，她在学生创办的刊物《对开本》（Folio）上发表了第一篇小说，大二转入英语系。年底，她因英语成绩最高而获奖。

大学期间，她结识了吉姆·门罗（Jim Munro），一名在校生，来自安大略省奥克维尔（Oakville）上流社会，父亲是多伦多伊顿百货公司（Eaton's Department Store）审计员。"我19岁订婚，20岁那年结婚，"门罗后来写道，"丈夫是我的第一任男友。"[30] 两人于1951年12月29日在温厄姆新郎父母家里举办了简单的婚礼，[31] 之后，这对新人移居温哥华，吉姆在伊顿公司下属的一家纺织部门工作，

门罗在温哥华公共图书馆（Vancouver Public Library）当助理员。

尽管门罗还想继续在西安大略大学上学，但是她入学时申请的两年奖学金到期了。她申请了延期，却被拒绝了。门罗也不能从大学里借阅图书，"因为我是肄业生，但是我可以用我丈夫的借书卡"[32]。

在温厄姆，门罗的母亲从20世纪40年代初就出现了帕金森病症状，她的行走与交谈能力不断退化。母亲于1959年去世。"我没有在母亲弥留之际回去看她，也没有参加她的葬礼，"门罗回忆说，"那时，我在温哥华，两个孩子还小，没人替我照看她们。"[33] 母亲去世后，父亲于1969年迎娶了他堂弟的遗孀玛丽·埃塔·莱德劳（Mary Etta Laidlaw）。玛丽在布莱斯开了一家商店，门罗的父亲在当地一家铸造厂上班，后来养殖火鸡，一直到70多岁。"他是在停止养殖火鸡以后才开始创作的。一开始写些怀旧作品，并将其中一些改写成小说，这些小说发表在当地一家不错的杂志上，可惜这个杂志不久就停刊了，"门罗回忆说，"临终前，他完成了一部关于拓荒者生活的小说，题目是《麦格雷戈尔斯》（*The Macgregors*）。"[34] 门罗父亲于1976年去世。

在温哥华（1953年，大女儿希拉降生；1955年，二女儿凯瑟琳降生，但当天就夭折了；1957年，三女儿詹妮降生）以及1963年随丈夫移居维多利亚省的那些年里（另一个女儿安德烈亚于1966年降生），夫妇俩经营着"门罗书屋"（Munro's Books），那时，只要有时间，门罗就不停地写作。门罗说："吉姆·门罗一直在帮我，因为他相信我是作家。不是说他相信我会成为作家，而是说，在他眼里我就是作家。"[35]

这一时期，加拿大广播公司（Canadian Broadcasting Corporation）节目策划人罗伯特·维弗（Robert Weaver）新开辟了一档节目，叫

《加拿大短篇小说》(Canadian Short Stories),专门介绍一批相对鲜为人知的加拿大作家。1951年,门罗把自己的一篇小说出售给他,在接下来的10多年里,他为门罗提供了文学上的支持。

> 他是写作界我唯一认识的人。也是仅有的两个或者三个认真阅读我作品的人。有时,即使我还未来得及作任何修改,他就会重新考虑采纳我的小说,因为他注意到了作品中之前未曾留意到的魅力与雅致,从而及时推翻了自己的看法。如果没有收到我的作品,那是因为我还没有成品,他就会写信询问我,这些来信为我带来给养与希望。[36]

1956年,维弗创办了文学杂志《塔玛拉克评论》(*Tamarack Review*),专门推介一些新作家,如玛格丽特·阿特伍德,加拿大著名作家莫迪凯·里奇勒(Mordecai Richler),同时刊载了门罗早期的许多短篇小说;这份杂志享有很高声誉,直到1982年才停刊。门罗后来把《木星的卫星》一书献给维弗以示敬意。

20世纪50年代,"我二十几岁的时候,大部分时间都在阅读。我读完了20世纪应该读到的大部分作家的作品"[37]。门罗的作品登上了不同的加拿大杂志。"整个50年代,我发表的作品只有寥寥几篇。市场很少,我一个都不了解。当然,在那十年间,我与任何作家都没有往来。我也未曾受过任何干扰。"[38] 在此期间,她申请了加拿大文化委员会(Canada Council)的奖助金,"当时我真的急需用钱",她回忆说。

> 我解释说打算用这笔钱找个清洁工或保姆。但我没有申请

到这笔钱,我听到的小道消息不知道是真是假,一部分原因是因为没有人会理睬这类申请。我在想,如果男人们说要去摩洛哥或者日本,他们肯定会得到这笔钱。而女人们如果说需要雇保姆就不行,从我自身经历来看,这种说法是可信的。[39]

在此期间,门罗参加过一些写作界的活动。1956 年 1 月 28 日,门罗参加了不列颠哥伦比亚大学(University of British Columbia)的一个学术会议,会议讨论的议题是"作家如何走近读者?",发言人是艾瑟尔·威尔逊(Ethel Wilson),她朗读了自己的一篇文章,门罗对这位作家很敬重;尽管她很熟悉威尔逊的作品,但并没有作自我介绍。"她的作品令我非常兴奋,因为这种创作风格本身就很有趣,"她回忆说,"对我来说,重要的是,这位加拿大作家的写作风格,居然能够如此典雅。我所说的风格不是表层含义,而是指在加拿大文学作品中竟然存在着这种复杂并且具有讽刺意义的观点。"[40] 有趣的是,六年后,威尔逊碰巧读到了门罗的短篇小说《办公室》(*The Office*),她对此大加赞赏:"我怀着喜悦的心情,一遍又一遍欣赏着刊登在《蒙特利尔公民》(*The Montrealer*)杂志上的小说《办公室》,作者是门罗。我的心融化了,我向门罗女士敞开了心扉,因为我从未读到过这样的作品,作家笔下的人物如此脆弱、怪僻、愚笨、坦诚,我认同她的观点。"[41] 这篇小说揭示了在特定社会背景下女性想要展现自己创作才华的艰辛,小说也直接表达了威尔逊的心声。"门罗的这篇小说堪称佳作。我没有想到还能读到这样一篇令我感到欣慰的小说。这不就是一位好作家吗!"[42]

加拿大著名女作家玛格丽特·劳伦斯[1]（Margaret Laurence）与杰克（Jack）在结束了他们的非洲之行后来到温哥华，门罗夫妇与他们成了朋友。早在1960年劳伦斯的第一部小说《约旦河北岸》(*This Side Jordan*)发表之初，门罗就见过她本人，她们是在公开场合相遇的。"我们两人一见如故，但还没有亲密到那种还想多次见面的程度，因为我们都不想浪费时间，"门罗回忆说。[43]

瑞尔森出版社（Ryerson Press）的编辑厄尔·托平斯（Earle Toppings）一直关注门罗的创作，1967年，他请门罗将其小说收集起来：

> 那时我一直在写小说，瑞尔森出版社被麦格劳-希尔公司（McGraw-Hill）合并了，出版社的编辑来信询问我手头的小说数量能否出一本书。起初，他打算把我与另外两三位作家的小说作品结集出版。尽管方案落空了，但他手头攒了我的一些小说。后来他辞职了，但把我推荐给了另一位编辑，这位编辑说："如果您能再写出三篇，我们就为您单独出一本书"。于是，在该书出版的前一年，我完成了《魅影》（Images）、《沃克牛仔兄弟》（Walker Brothers Cowboy）、《明信片》（Postcard）这三篇小说。[44]

"瑞尔森公司在出版加拿大作家作品这方面做得比较好，"门罗承认，"他们不擅于营销。事实上他们没有营销理念，但是他们敢于冒

---

[1] 玛格丽特·劳伦斯（1926—1987），加拿大著名女作家，著有《约旦河北岸》（*The Side Jordan*, 1960），《石头天使》（*The Stone Angel*, 1964）等。

险。"[45] 门罗把《快乐影子之舞》献给了父亲，这本书荣获了加拿大总督奖[1]（Governor's General Award），也即加拿大的小说最高奖项。

门罗的第一部小说集《快乐影子之舞》描写了年轻女作家眼中的外部世界，而第二部小说集《女孩和女人们的生活》，是她创作的唯一一部类似长篇小说的作品，[46] 它讲述了作家审视自我并规划个人成长的过程。第一版的版权页上写着："这本书从形式上讲，是一部自传体小说。但书中的原型并非我的家人、邻居、朋友。"门罗认为，这本书"称得上是一部自传体小说……大多数故事都是根据真实事件改编的。有些虽然内容是编的，但情感却是真实的，例如小姑娘对妈妈、异性、以及生活的感情都是真实的……完全属于自传体。我对此毫不否认"[47]。故事叙述者的年龄在三十岁左右，她讲述了自己在安大略省诸伯利镇成长的故事，《快乐影子之舞》中一些小说的故事背景也是这个小镇。当门罗回首往事时，常常惊叹自己的成长环境竟然是这种乏味却充满奇趣的小镇，而且竟然写出了关于自己的"成长小说"，"我的愿望是写一些年轻女孩子的性经历故事，因为在以往作家的小说中，但凡性经历都只是写男孩子的"。[48]《女孩和女人们的生活》献给了吉姆·门罗，该书获得首届加拿大畅销图书奖（Canadian Booksellers Award），成为加拿大与美国文学协会月刊俱乐部（Literary Guild's Book-of-the-Month Club）的推荐读物，也是该协会推出的第一部加拿大小说集。

20 世纪 70 年代早期是门罗艺术成就与个人发展时期。在此期间，她的婚姻走到了尽头，1973 年她接受他人建议到不列颠哥伦比

---

[1] 加拿大著名文学与艺术奖项，涵盖文学、艺术、社会学等多个领域，始于 1937 年。

亚奈尔森（Nelson）圣母大学（Notre Dame University）教授暑期创新写作课程，三个女儿同行。那年夏天，她再次回到维多利亚市，与孩子们住在一家旅店。随后，她接受了多伦多约克大学（York University）的邀请，每周去授课一天。那时，她与两个年幼的孩子住在安大略省伦敦市（London），来回乘坐火车去授课。依然是在1973年，在第二次向加拿大理事会提出申请后，她终于获得了该理事会的高级艺术基金（Canada Council Senior Arts Grant）。

1974年1月门罗辞去了约克大学的工作，成为西安大略大学1974—1975年的常驻作家。在此期间，英语系的布兰东·康伦（Brandon Conron）教授提名她为该校文学名誉博士，她说道："校长先生，艾丽丝本人通过日常生活体验描绘了自己的神奇王国，它如同一面镜子，透过它，我们认识了属于世界和自我的最重要的东西。"门罗之前没有获得学士学位，她于1976年6月9日最终荣获这项殊荣，这是她唯一的荣誉学位。荣誉学位到底有什么用？她对提出这个问题的人们表达了同样的困惑。1974年，门罗又出版了一部小说集《我一直想要告诉你的事》（Something I've Been Meaning to Tell You），并把它献给了自己的三个孩子。

学术界让门罗感到不自在。"你得随时与人打交道，这是个问题，"她说，

> 你讲的那些知识，人们可以在图书馆里找到。你得讲很多，即使过些时候你实在不想讲了，可你依然在扮演这个角色。你扮演着艾丽丝·门罗这个人物角色，而且发现它已经被大家接受了。我每次讲完，都感觉自己像个彻头彻尾的江湖骗子。我喜欢学生，但如果让我每天按点去上课，我宁

[17]

愿在商店里找份活儿干。[49]

她承认："我根本不擅长在课堂上教书，因为我不想也不会对着一群人或者几个人讲话。周围有人时，我不喜欢说别人的事情。我不喜欢作讲座。我喜欢一对一式的谈话。"[50] 之后，亨伯作家学院（Humber School for Writers）院长约瑟夫·凯尔泰斯（Joseph Kertes）在1994年举办了一个暑期研修班（Summer Workshop），他邀请门罗、蒂姆·布赖恩（Tim O'Brien）和卡罗尔·希尔兹（Carol Shields）去授课，门罗婉转而坚决地推谢掉了："我在写作方面确实没有什么聪慧之处，只是感觉它不是那么容易而已。"

门罗刚上大学时，杰拉尔德·弗雷姆林（Gerald Fremlin）在西安大略大学任高级研究员，他是一位退伍军人，在读到门罗的一篇早期小说时，误以为她是学生杂志社的编辑。这篇小说发表后，他以崇拜者的身份给门罗写了一封信，把她的小说与契诃夫的作品相媲美。1974年，一直单身的他，有次在收听广播时，里面正好播放的是采访门罗的内容，门罗称自己已与丈夫分居。那时，弗雷姆林刚从政府地理学家（Government Geographer）位置上退休，此前他曾任《加拿大国家地图集》（*National Atlas of Canada*）的编辑，他打电话给门罗，提出俩人可以见面喝杯咖啡。1974年年底前，门罗觉得自己想要与弗雷姆林一起生活，于是在1975年夏天，她搬进了他们家的老房子，这样可以一同照顾他年迈的母亲；后来他母亲住进了养老院，他每天去探望，门罗也会隔天去探望一次。克林顿离温厄姆很近，所以夫妇俩还得以照看门罗年迈的父亲与继母。她回忆说：

> 我见到了这个很久以前就相识的男人,他和我来自同一地区,我们决定在一起生活,搬回乡下住,他母亲孤身一人,生活无法自理,我父亲与继母也年事已高,为了照顾这些老人,我们住了回去,本来是打算回去住一年,或者住到这些老人们离世……当然,他们早已仙逝,而我们还住在那儿。[51]

此外,休伦县对门罗和她的艺术想象力不断产生着巨大影响:

> 我们决定住下来还有一个原因,这里的风景对我们俩都很重要。我们能有这样的共同爱好,真是难得。多亏了杰里[1](Gerry),他教会我用全新的视角重新欣赏这里。否则,我就不可能以这种方式拥有这里的美景、地区、湖泊、小镇。现在我既然意识到了,就再也不会离开了。[52]

回到休伦县。住在离她出生以南三十五公里的地方。人生兜了一大圈儿,又回到了原点,门罗现在住在休伦县的另一个镇上,安心地写景、写人。她在西部漂泊二十年后又回来了。有一次回乡,她像当年在西安大略大学上学时那样,上了一辆从伦敦开往温厄姆的公交车。公交车司机依然是二十年前那个人,只是头发已经花白。当门罗出示车票时,他说:"你好,门罗,你这一阵子去哪儿了?"

回到家乡以后,门罗成了夏季布莱斯文化节的热心支持者,这个音乐节始于 1975 年,目的在于发展能够反映安大略省西南地区人

---

[1] 门罗对第二任丈夫杰拉尔德·弗雷姆林的昵称。

们的文化与生活的戏剧。1976年的文化节上演了由门罗的短篇小说《我如何与丈夫相遇》（*How I Met My Husband*）改编成的戏剧，她一如既往地成为文化节的坚定支持者，她观看演出，还在剧院门口做义工，帮助供应晚餐，如果偶尔有演员生病了，她会客串一下角色。著名作家迈克尔·翁达杰[1]（Michael Ondaatje）回忆说，1982年他驾车去布莱斯观看珍妮特·阿莫斯[2]（Janet Amos）主演的戏剧作品《澳洲》（*Down Under*）[3]，节目单上的通知是这样写的："今天的演出，由珍妮特·阿莫斯扮演赫里特·德沃（Henriette Deveau），艾丽丝·门罗扮演费利斯·拉钱斯（Felice Lachance）。"尽管拉钱斯的名字在剧中被反复提及，但是这个角色直到剧末才登场，而且只有一句台词。

1974年，弗吉尼亚·巴伯[4]（Virginia Barber）写信给门罗，询问能否当她的代理人，门罗谢绝了。两年后，她答应了巴伯的请求，巴伯把《你以为你是谁？》（*Who Do You Think You Are*）中的首篇小说《痛打一顿》（*Royal Beating*）卖给了《纽约客》（*New Yorker*）杂志，两人从此建立了友谊，第二年她们签署了优先购买权合同。"《纽约客》可以优先购买我的小说；他们不得随意更改小说的风格

---

[1] 迈克尔·翁达杰，加拿大著名作家，1943年出生于斯里兰卡，曾荣获布克文学奖、吉勒文学奖、加拿大总督文学奖，著有《身着狮皮》（*In the Skin of a Lion*，1987）、《英国病人》（*The English Patient*，1992）等。

[2] 珍妮特·阿莫斯（1945— ），加拿大著名导演、演员、剧作家，出演的作品有《冬天温暖我们》（*Winter Kept Us Warm*，1965）、《北方的沉默》（*Silence of the North*，1981）等。

[3] 英语俚语，泛指澳大利亚与新西兰。

[4] 弗吉尼亚·巴伯（1935—2016），美国女经纪人，毕业于杜克大学（Duke University），获文学博士学位。1974年成立文学经纪公司（Virginia Barber Literary Agency），曾任安妮·莱弗·西顿（Anne Rivers Siddons）、彼得·梅尔（Peter Mayle）、罗塞伦·布朗（Rosellen Brown）、艾丽丝·门罗等作家的代理人。

与内容，除非对书中的标点符号和故事的真实性特别讲究，或者觉得性描写不得体，"门罗在 1986 年这样评论，"不管怎样，我在写作时，不会刻意关注《纽约客》青睐的风格；让作家按照市场要求去写作，事实上这是一种错误的做法。"[53]

1977 年门罗的电影剧本《爱尔兰的 1847》(*1847: The Irish*) 上映了，第二年在电视系列剧集《新来者》(*The Newcomers*) 中播出。同年，她成为首位获得加拿大—澳大利亚文学奖（Canada-Australia Literary Prize）的加拿大作家，这个奖项是澳大利亚文化委员会和加拿大外交部联合颁发的。

1978 年，门罗出版了小说集《你以为你是谁？》，然而这本书的出版并不顺利。书中的系列成长小说比《女孩和女人们的生活》中描写的故事更加忧郁，更重要的是，它关注了人的生存方式，这本书给门罗带来了巨大的烦恼和经济上的困难。起初，书中讲述的是珍妮特与露丝的故事，后来却渐渐变成了露丝一个人的故事了。门罗回忆说：

> 突然间，我发现这些小说怎么变成了讲述露丝一个人的故事了……书已经在校样了。我让他们停下来，告诉他们 2000 加元的损失费由我承担。我开始重新写。我花了一个周末的时间重新写了《你以为你是谁？》，又花了一周时间重新写了其他章节。后来由我出资，印刷厂的工人们加班加点，这本书才得以在秋季上市。在加拿大市场上，新书上市不能晚于 11 月中旬，否则就失去了圣诞节这个绝佳的销售时机。所以我们必须要赶在这个时间节点之前，把一切都做完。我曾经做过书商，对这些很清楚。[54]

她承认:"我那时的态度非常坚定。即使多掏两倍的价钱,我也会那样做。因为我觉得这本书有问题。"[55]《你以为你是谁?》献给了杰拉尔德·弗雷姆林,这本书再次荣获加拿大总督文学奖。

《你以为你是谁?》在美国出版的时候,书名用的是《乞丐新娘:弗洛和露丝的故事》(*The Beggar Maid: Stories of Flo and Rose*)。据门罗回忆:"美国出版商感到美国人难以理解这种奚落式的修辞(colloquial put-down)。我不得不接受他们的修改意见,但我觉得,应该只是少部分美国人有那种感觉吧。"[56]这本书在英国出版时,也沿用了美国版的书名。

我初次见到门罗是1979年秋天。我邀请她来渥太华大学朗读小说,那时她的朋友杰克·霍金斯(Jack Hodgins)是渥太华大学的常驻作家。门罗是10月份到渥太华的,我亲自去假日酒店接她。在去朗读会的路上,她说她打算朗读《渥太华峡谷》(The Ottawa Valley),她从未当众朗读过这篇小说,她不知道能否读完,包括那个不寻常的结尾。最后,她真的读完了整篇小说,包括那个伤感的结尾。我们的友谊就是从那个下午开始的,直到今天,我个人对这位杰出作家的欣赏程度依旧有增无减。

门罗很早就知道自己想要干什么,那就是写短篇小说,这些小说越写越长,越写越复杂,而且写的都是位于休伦县的家乡。"我第一次回克林顿,想起了尘封多年的往事;这就是为什么我在《你以为你是谁?》中加入了一些早期素材。但我仍然感觉言犹未尽",她说,"我意识到我想写更多的东西,人们的生活、故事以及生活被人们演绎成故事的过程,于是整个小镇就有了自己的故事。"[57]

1981年,门罗与六位加拿大作家到中国旅游,在那里度过了50岁生日。"在中国,你感受不到孤单",她回忆说。

> 无论白天黑夜，街上到处都是人；街上的人潮从每栋楼里流出流进。我从未有过那种熙熙攘攘的感觉，尤其是那么多人挤在田间劳作。回到安大略省的第一周，我特意来到田间，结果只看到一台庞大的机器，而不是百十号人，这反而让我感觉有点不适应；大街上空旷得有些可怕。[58]

1982年，门罗与我一起在挪威和瑞典宣传《你以为你是谁？》的挪威译本。这年秋季，她的第五部小说集《木星的卫星》出版了。四年后，她的第六部小说集《爱的进程》（*The Progress of Love*）问世，这本书让她第三次荣获了加拿大总督文学奖。同年，门罗成为首位玛丽安·恩格尔[1]奖（Marian Engel Award）获得者，奖金是一万加元，该奖项颁给门罗，表彰她作为加拿大女性作家持续创作了如此之多的优秀作品；恩格尔本人因癌症已于前一年去世。这个奖项对门罗而言意义非凡：

> 它让我常常想起玛丽安，并且带给我一种自豪感，因为我是首位获得刻有她姓名的该奖项作家。同时，该奖项带给作家的奖金数额之巨大在加拿大史上尚属首次。总之，能获得这个奖项，我感到很欣慰。如果从我开始，这个奖项能延续下去，那就再好不过。[59]

20世纪80年代后期，门罗在加拿大文学界的影响力进一步扩大。1988年2月，我受邀担任新加拿大图书馆总编辑（General Editor of

---

[1] 玛丽安·恩格尔（1933—1985），加拿大著名女作家，代表作为《熊》（*Bear*, 1976）。

the New Canadian Library）。因为需要重新设计图书序列，我打算成立一个三人顾问团。我首先打电话给门罗。我和她谈了新序列的设计思想，每本书需要一篇传记和一系列参考书目，由我负责编纂，还需要一篇由著名作家或评论家撰写的后记。她答应加入顾问团，并调侃地问我："我猜，你是想让我写后记吧？""不错，"我说，"如果我能拿到《新月的艾米丽》的版权。"顾问团的其他两名成员分别是评论家威廉·纽[1]（William New）和作家盖·凡德海格[2]（Guy Vanderhaeghe）。我们分别在多伦多、温哥华、哈利法克斯（Halifax）、卡尔加里（Calgary）以及维多利亚（Victoria）开过几次会，每次见面，门罗都要先把入围的书目浏览一遍，再对所有书籍作一番精辟的评论。门罗不仅是一位伟大的作家，还是一位独具慧眼的读者。

与此同时，门罗因小说继续获得了更多赞誉。《爱的进程》出版四年后，1990 年《我年轻时的朋友》（Friend of My Youth）出版了，该书荣获了加拿大安大略省最高文学奖延龄草图书奖[3]（Trillium Book Award），这个奖项只限于安大略省作家发表的最优秀作品。第二年 4 月，门罗获得了莫尔森奖[4]（Molson Prize）的五万加元奖金，奖励她毕生为加拿大文化和知识所作的杰出贡献。

20 世纪 90 年代，门罗的影响力扩大到了加拿大小说界。1993

---

[1] 威廉·纽（1938— ），加拿大著名评论家、诗人，曾任《加拿大文学》（Canadian Literature）名誉主编。代表作有《加拿大文学史》（A History of Canadian Literature，1989）、《加拿大文学百科全书》（The Encyclopedia of Canadian Literature，2002）等。

[2] 盖·凡德海格（1951— ），加拿大著名作家，著有《我的时代》（My Present Age，1984）、《思乡》（Homesick，1989）、《最后的穿越》（The Last Crossing，2002）、《好人》（A Good Man，2011）等。

[3] 加拿大安大略省最高文学奖，设立于 1987 年。

[4] 由加拿大理事会、加拿大社会科学和人文研究会联合设立的奖项，奖励在艺术、人文、社会科学等三个领域具有突出贡献者。

年9月，我不得不再次给她打电话。杰克·拉比诺维奇（Jack Rabinovitch）希望设立吉勒文学奖，纪念那些用英文出版或者是翻译成英文并出版的加拿大小说（长篇小说或短篇小说集）中最优秀的作品。应杰克之邀，我和莫迪凯·里奇勒（Mordecai Richler）同意头三年为这个奖项担任评委，我们负责制定评奖标准。但是还缺少一名评委。我们两人都希望征求一下门罗的意见。我和门罗通了几次电话。她告诉我，她的第九部小说集《公开的秘密》（*Open Secrets*）来年就要出版了；她同意当评委，这样她的书就可以不用入围了。在宣布入围名单时，门罗评论说："我看重的是作家能否在作品中传达最真实的声音、运用最值得信赖的创作技巧，以及能否为作为读者的我带来真正的、永久性的快乐。"在颁奖晚会上，里奇勒与我相互调侃说，即便门罗《公开的秘密》还未出版，我们也应该把这个项奖颁发给门罗，因为她已经写出了年度最优秀小说。[60]

《公开的秘密》一书被评为英国亨利·沃顿·史密斯图书奖[1]（W. H. Smith Award）年度最佳小说，鉴于在短篇小说创作中的出色表现，门罗成为获得美国文学/马拉默德最佳短篇小说奖[2]（PEN/Malamud Award for Excellence in Short Fiction）的第一位外国人。次年，门罗获得伦南基金会文学奖（小说类）[3]（Lannan Foundation Literary Award for Fiction），表彰她在写作方面的卓越才华。之后她的小说集《好女人的爱情》（*The Love of a Good Woman*，1998）获

---

[1]英国著名商人亨利·沃顿·史密斯于1959年设立的文学奖项，旨在使"英联邦作家享誉世界"。该奖项于2005年终结。

[2] 该奖项由世界文学协会（International PEN Center）资助。

[3]该奖设立于1989年，由伦南基金会提供资助，该基金组织成立于1960年，由美国著名企业家帕特里克·伦南先生（Patrick Lannan，1905—1983）出资，奖励那些在小说、诗歌、艺术等多个领域取得非凡成就的作家。

得年度吉勒文学奖和美国国家图书评论界奖（小说类）[1]（National Book Critics Circle Award for Fiction），门罗成为第一位获得这项美国荣誉的加拿大人。

21世纪的门罗依旧笔耕不辍，连续出版了五部小说集，分别是《恨，友谊，追求，爱情，婚姻》（*Hateship, Friendship, Courtship, Loveship, Marriage*, 2001）、《逃离》（*Run Away*, 2004）、《岩石堡风景》（*The View from Castle Rock*, 2006）、《幸福过了头》（*Too Much Happiness*, 2009）、《亲爱的生活》（*Dear Life*, 2012）。她关注那些深陷现代社会囹圄的小人物，在每部作品中都对这些人物的缺陷和命运进行了探索和分析，一部比一部更深入、更透彻。有时候，就像半自传作品《岩石堡风景》中的一些故事或者《亲爱的生活》结尾的四篇简短小故事一样，这些小人物成了门罗自己。

1973年，门罗在接受新布伦瑞克大学（University of New Brunswick）一名年轻研究生的采访时，回忆了自己在小说中的做法：

> 成年故事讲述者有能力甄别和探讨困惑。我认为困惑未曾消除。就像在小说《沃克牛仔兄弟》中那样，有一种对成年故事讲述者和孩子而言至关重要的神秘东西。我觉得生活变得更神秘、更困难了。整个写作过程更像是一种认知而非理解行为，因为有太多东西我无法理解。但是如果能够接近那种神秘而重要的东西，我就知足了。写作就是一

---

[1] 美国最具权威性的文学奖之一，创办于1975年，分为小说奖、非小说奖、诗歌奖、回忆录/自传奖、传记奖、评论奖等，范围包括用英语在美国出版的所有书籍。

> 种接近和认知行为。我认为我们未能解决这类困惑，事实上，我们的解释反而会让我们远离答案。[61]

这的确是门罗在写作中一直坚持的：一种认知而非解释的做法。她试图接近这种"神秘性困难"，并且认识人类生存环境中的复杂性。提供解释的做法已然超出了她的艺术范畴。"事实上，我们的解释会让我们远离答案。"她在小说中表现的是生活中无法解决的永久性难题。"我的困惑也是大家的困惑。如同我们每天都会遇到新的难题、会有新发现，所以在小说结尾，女主人公到底是已婚还是依旧孑然一身，这都不重要了。或者干脆让女主人公死掉。因为我们终究都会死掉"，她在 1982 年这样评论。

> 我们了解和发现的，只是一些闪光的东西。我没有看到生活有哪些进步。我一点都不悲观。我更赞同一种思想，那就是，尽管不知道接下来会发生什么，也不知道能发现什么，我们都在砥砺前行。我们本以为问题都解决了，但是它们又回来了。没有永恒的思想。该来的还是会来。[62]

十年后，她感慨道：

> 如果有人问我相信什么，我会说我认为生活会变得美好，或者说人们在生活中承受挫折的能力会更强。我感觉一切都在变化。正是这种变化，吸引我去创作、去观察周围的人，也正是这种变化，让一切都在改变。曾经珍视的信念变了。处理生活的方式变了。生活中某些事情的重要性变了。所

有这些对我而言都是无尽的快乐。生活中唯一不变的，就是变化，我希望永远如此。假如你认为生活很有趣，那是因为它原本就是这样。[63]

在五部小说集出版后，门罗获得了很多荣誉。2001年，她荣获雷阿短篇小说终身成就奖[1]（Rea Award for Lifetime Achievement in Short Fiction）以及欧·亨利短篇小说成就奖（O.Henry Award for Continuing Achievement in Short Fiction）。《逃离》让她第二次荣获吉勒文学奖；应门罗本人请求，她的后续作品不再参加年度评比。2009年，她荣获曼·布克国际文学奖[2]（Man Booker International Prize），表彰她在文学方面的终身成就。2013年她获得诺贝尔文学奖，被誉为"当代短篇小说大师"（master of the contemporary short story）。

1979年，在我与门罗第一次见面时，她谈到当时新出版的作品《你以为你是谁？》并希望那是她的最后一部小说集。这本新书带给她的惶恐、压力以及作品本身受关注的程度，都让她感到不安。在《我一直想要告诉你的事》发表后，她表达了这个愿望，之后，随着每部作品的出版，她都在重复强调这一愿望。在《亲爱的生活》发表后，她最终下定决心封笔。"我现在感到精力不行了，"她说，"我生活的那个年代，女人要负责带孩子，我是从那时起开始创作的——太难了，你会感到太累。我现在只是有点累——愉快的累。

---

[1] 雷阿短篇小说终身成就奖，该奖是由美国著名房地产商、作家迈克尔·雷阿（Michael Rea，1927—1996）于1986年创立的年度文学奖，奖励范围仅限于在世的美国及加拿大作家的年度优秀作品。

[2] 曼·布克国际文学奖，当代英语界最高文学奖项，创立于1969年。

终于可以活得像个普通人,这种感觉真好。"写作是她的生命支柱。2013 年 4 月 17 日,门罗的丈夫杰拉尔德·弗雷姆林离世,她失去了生命中的一个支柱。"我生命中最重要的那个东西已经没了。不,它不是最重要的。最重要的是我的丈夫,而现在,两个都没了。"她说。[64]

"什么是写作,似乎对我而言,只要它具备真实性,"门罗在 1970 年曾经这样评论,"写作是巨大而多变的张力,是对世界的极度想象,会达到作家所要学习的各种极限,除非你是莎士比亚或者托尔斯泰,否则,整个过程一定会伴随着遗憾;幸运的是,它也常常伴随着快乐的满足感。"[65]

门罗的家是一座建于 19 世纪末的房子,位于远离克林顿主街的小路尽头,在那里,门罗恬静少言,优雅从容。虽然荣获了加拿大国内外所有重要文学奖项,但她永远是那位细心观察和记载休伦县日常生活琐事的作家。"我认为我做完了当初想做的事情,"她说,"我知足了。"[66]

注释

1. Alice Munro, 'Going to the Lake', *Ontario: a Bicentennial Tribute* (Toronto: Key Porter Books, 1983), 52.
2. J.R. (Tim) Struthers, 'The Real Material: an Interview with Alice Munro', in Louis K. MacKendrick (ed.), *Probable Fictions: Alice Munro's Narrative Acts* (Downsview, On.: ECW Press, 1983), 33.
3. Alice Munro, 'Introduction', *in Selected Stories* (Toronto: Penguin, 1998), x-xi.
4. Patricia Hluchy, 'Alice Munro', *Maclean's* (21 December 1998), 67.
5. Mary Stainsby, 'Alice Munro Talks with Mari Stainsby', *British Columbia*

Library Quarterly 35, 1 (July 1971), 30.
6. Geoff Hancock, 'An Interview with Alice Munro', *Canadian Fiction Magazine* 43 (1982), 93.
7. Graeme Gibson, *Eleven Canadian Novelists* (Toronto: House of Anansi Press, 1973), 246.
8. 'Writing's Something I Did, Like the Ironing', *Globe and Mail* (11 December 1982), ET1.
9. J. A. Wainwright (ed.), *A Very Large Soul: Selected Letters of Margaret Laurence to Canadian Writers* (Dunvegan, Ont.: Cormorant Books, 1995), 143.
10. Charles McGrath, 'Putting Down Her Pen to Let the World In', *New York Times* (2 July 2013), C7.
11. 'Working for a Living', in *The View from Castle Rock* (Toronto: McClelland & Stewart, 2006), 147.
12. 'What Is', in Alan Twigg (ed.), *For Openers* (Madeira Park, BC: Harbour Publishing, 1981), 18.
13. 'Woking for a Living', 138.
14. Ibid., 139-40.
15. 'An Open Letter', *Jubilee* 1 [1974], 6.
16. 'An Interview with Alice Munro', *Canadian Children's Literature* 53 (1989), 21.
17. 'Afterward', in *Emily of New Moon* (Toronto: McClelland & Stewart, 1989), 357.
18. Ibid., 360-1.
19. Struthers, 'The Real Material', 19.
20. 'Introduction', *Selected Stories*, xi.
21. 'An Interview with Alice Munro', *Canadian Children's Literature*, 18.
22. Harold Horwood, 'Interview with Alice Munro', in Judith Miller (ed.), *The Art of Alice Munro: Saying the Unsayable* (Waterloo, Ont.: University of Waterloo Press, 1984), 124.
23. 'Introduction', *Selected Stories*, xi.
24. Martin Knelman, 'The Past, the Present, and Alice Munro', *Saturday Night* 94, 9 (November, 1979), 18.
25. 'Author's Commentary', in John Metcalf (ed.), *Sixteen by Twelve: Short*

Stories by Canadian Writers（Toronto: Ryerson, 1970）, 125.

26. Gibson, *Eleven Canadian Novelists*, 248–9.
27. Alice Munro, 'The Art of Fiction', *The Paris Review* 36, 131（Summer 1994）, 255–6.
28. Jill Gardiner, 'The Early Short Stories of Alice Munro', MA thesis, University of New Brunswick, 1973, 'Appendix', 172.
29. Deborah Treisman, 'On "Dear Life": An Interview with Alice Munro', *The New Yorker*（20 November 2012）.
30. 'The Ticket', in *Dear Life*（Toronto: McClelland & Stewart, 2012）, 258.
31. *Wingham Advance Times*, 2 January 1952.
32. 'What Do You Want For？' in *The View from Castle Rock*, 325.
33. "Dear Life", in *Dear Life*, 319.
34. 'Working for a Living', 167.
35. Hancock, 'An Interview with Alice Munro', 80.
36. Alice Munro, 'Foreword', in Robert Weaver（ed.）, *The Anthology Anthology: Selection from 30 Years of CBC Radio's 'Anthology'*（Toronto: Macmillan, 1984）, ix.
37. Robert Thacker, *Alice Munro: Writing Her Lives*（Toronto: Macmillan, 1984）, ix.
38. Horwood, 'Interview with Alice Munro', 127.
39. 'An Intimate Appeal', *Maclean's*（17 November 1986）, 12j.
40. Struthers, 'The Real Material', 18.
41. 'Admissions, Seabirds, and People', in David Stouck（ed.）, *Ethel Wilson: Stories, Essays, and Letters*（Vancouver, BC: University of British Columbia Press, 1987）, 107.
42. Quoted in David Stouck, *Ethel Wilson: A Critical Biography*（University of Toronto Press, 2003）, 268–9.
43. Wainwright, *A Very Large Soul*, 142.
44. Munro, 'The Art of Fiction', 235.
45. Horwood, 'Interview with Alice Munro', 127.
46. Ibid., 131.
47. John Metcalf, 'A Conversation with Alice Munro', *Journal of Canadian Fiction1*, 4（1972）, 58.

48. Hancock, 'An Interview with Alice Munro', 112.
49. Knelman, 'The Past, the Present, and Alice Munro', 22.
50. Hancock, 'An Interview with Alice Munro', 107.
51. Mervyn Rothstein, 'Canada's Alice Munro Finds Excitement in Short-Story Form', *The New York Times* (10 November 1986), C17.
52. *The Paris Review*, 249.
53. Ken Adachi, 'Alice Munro: At the Very Top of Her Form', *The Sunday Star* (21 September 1986), G11.
54. Struthers, 'The Real Material', 30.
55. Knelman, 'The Past, the Present, and Alice Munro', 16.
56. Struthers, 'The Real Material', 29.
57. Ibid., 33.
58. 'Through the Jade Curtain', in Gary Geddes, Robert Kroetsch, Adele Wiseman, Patrick Lane, Alice Munro, Suzanne Paradis and Geoffrey Hancock, *Chinada: Memoirs of the Gang of Seven* (Dunvegan, Ont.: Quadrant, 1982), 51-2.
59. 'An Intimate Appeal', 12j.
60. Munro did get revenge, however. In a profile of her that autumn, she commented about me: 'No one else can get me to do anything, no one else can. It is a good thing he doesn't want me to be a cocaine runner.' [Val Ross, 'A Writer called Alice', *Globe and Mail* (1 October 1994), C1.]
61. Gardiner, *The Early Short Stories of Alice Munro*, 178.
62. Hancock, 'An Interview with Alice Munro', 102.
63. Eleanor Wachtel, 'An Interview with Alice Munro', *Brick* 40 (Winter 1991), 52.
64. McGrath, 'Putting Down Her Pen to Let the World In', C7.
65. 'Author's Commentary', *Sixteen by Twelve*, 126.
66. McGrath, 'Putting Down Her Pen to Let the World In', C7.

02. 你以为你在哪儿？
艾丽丝·门罗短篇小说中的地方

梅里琳·西蒙兹

梅里琳·西蒙兹，加拿大作家，出版了 16 部著作，包括小说《所有物》、《纽约时代书评》编辑精选本，纪实小说《罪犯的情人》曾获加拿大总督奖提名。最新作品有散文集《一片新叶》、旅行回忆录《在咖啡屋出口用早餐》以及手工印刷版的微型小说《天堂投影》。2015 年改编了门罗的短篇小说《亲爱的生活》，经左沙·迪·卡斯特里谱曲，由加拿大国家艺术中心弦乐团首次演奏。

> 晚饭后，父亲问我："要不要去散步，看看湖还在不在那儿？"[1]

门罗首部短篇小说集开篇故事第一行就出现了：地方。故事讲述者的妈妈坐在餐厅，正忙着手里的针线活，弟弟央求姐姐回来时记着带个甜筒冰激凌——这些寻常细节与父亲那个不寻常的、吓人的"湖还在不在那儿？"的发问之间形成了一种平衡关系。

湖有可能在黑夜里漂走？可能吗？

我第一次读这篇小说的时候，假如你问到我有关门罗小说中的地方问题时——那是 1968 年我 19 岁的时候，当时住在一个村子里，我们家族五代人（逝去的以及健在的）都住在那儿，这个村子离门罗的故乡不到一小时车程——我会说，门罗的小说是对安大略省（Ontario）西南小镇的写照。她对地方的描写，如同艾利克斯·科尔维尔（Alex Colville）的绘画一般，精准得让人害怕，以至于我迫不及待地想逃离这个地方。但是在过去的三个月时间里，当我再次阅读门罗的首部作品集《快乐影子之舞》中的小说以及她之后发表的所有短篇小说时，我不禁浑身战栗，那是另一种惧怕。在门罗的小说中，地方就像是一只喀迈拉（chimera）[1]：具有欺骗性，而且不真实，一会儿是这种东西，一会儿又变成了另一种东西，你会看到鱼鳞、羊皮，还会听到狮吼、狂笑，这种笑声一旦听到，将挥之不去。

门罗在《我年轻时的朋友》中写道："法国人把这个湖叫'温柔的湖'（La Mer Douce）。"她把"淡水"（douce）误译成了"甜美的"和"温柔的"。"当然，一小时后，湖水的颜色就会发生变化；伴随着风以及湖底搅起的东西可能会变丑"。2

暗流以及从湖底搅起的东西，正是吸引门罗这位作家的地方。

上　路

门罗第一篇小说《沃克牛仔兄弟》（Walker Brothers Cowboy）的故事背景是图柏镇（Tuppertown）："这是休伦湖上的一个老镇，同时也是个谷物港。"3 故事讲述者和父亲朝湖区方向走去："镇子越来越远，渐渐淹没在一片破败的棚屋与垃圾场后，人行道不见了，我们走在一条沙土路上，脚下是牛蒡草和车前草，还有一些叫不上来名字的野草。"4

这次徒步去陌生地方只是另一场旅行的前奏，不过没有那么复杂。小说中的父亲是沃克兄弟公司的推销员（这个角色的原型，是20世纪末以前活跃在安大略省农村的旅行商，他们挨家挨户兜售沃特金斯烘焙用品和健康营养滋补品，这些产品如今在网上和沃尔玛超市都能买到）。一天，父亲邀请女儿与他一同出去兜风。出人意

---

[1] 希腊神话里口中喷火的雌性怪兽，狮子的头，山羊的身体，蛇的尾巴。

料的是，当父亲驾车驶出了自己的地界之后，就像换了一个人似的，重新拥有属于自己的旧时光和昔日女友克罗宁小姐（Miss Cronin），她竟然把威士忌倒进茶里让他喝，还邀请他跳舞。在回家的路上，女儿说：

> 我感觉那天下午晚些时候，父亲的生命从车里开始倒流，天色慢慢变暗、变得陌生了，如同一幅被施了魔法的风景画，你在欣赏它的时候，它看着亲切、平凡、熟悉，而一旦你背过身，它就变得让你永远无法理解，呈现出各种各样的天气，以及你根本无法想象的距离。[5]

不仅湖的位置有可能改变了，就连她父亲也随着风景改变了。

《魅影》（Images）是首部作品集里比较靠后的一篇小说，故事中的父亲不同于一般的旅行者，他同时是沿瓦瓦那什河（Wawanash River）的捕猎者。小姑娘跟随父亲穿行在狩猎区，检查为麝鼠设置的鼠夹。"湖水蜿蜒曲折，我很快就迷失了方向"，她说，这时候出现了一个人，皮肤黝黑，留着长发，手里握着一把明晃晃的短柄斧。"我之后记忆当中，总会出现这么个人，他躲在门后或黑暗大厅尽头的拐角处。"[6] 小姑娘愣在那里，呆住了，那个人穿过树丛，窜到父亲身边，父亲则轻言细语地宽慰他。女孩回到家，像传说中的吉尔伽美什[1]（Gilgamesh）那样，"精神亢奋，因为心里揣着秘密而变得异常坚定"[7]。

---

[1] 古代两河流域美索不达米亚神话中的英雄人物，《吉尔伽美什史诗》（Epic of Gilgamesh）中的主角，传说中苏美尔时期乌鲁克城的国王。

小说中还有其他类型的旅行者：卖丛书的母亲，走街串巷寻找古董的人，还有那位叫富勒顿的先生（Mr. Fullerton），他纯粹"只是在旅行"[8]。门罗笔下的地方遍布小说的各个角落。一场旅行或一次位置移动，你就会被带进一个未知世界。正是在这儿——就在这儿——艾丽丝·门罗的短篇小说为你揭开了故事背后的真相。

河对岸

艾丽丝·门罗不是安大略省温厄姆镇（Wingham）人，长期居住在这里的当地居民都能证明。她出生在温厄姆镇的一家医院，却是在河对面的莫里斯·特恩贝里镇（Morris-Turnberry Township）长大的。她的家位于这个镇上的穷人区。

在《女孩和女人们的生活》中，这个镇的名字叫诸伯利（Jubilee）。在《你以为你是谁？》中叫汉拉蒂（Hanratty）。在其他作品集的小说中，又叫卡斯泰尔斯（Carstairs）、达格利什（Dalgleish）或加拉格尔（Gallagher）。名字并不重要。重要的是居住的模式相同：第一批自耕农沿水流湍急的河岸盖起了他们的棚屋，这条河不仅为他们提供了便利的水上交通和给养，而且还为他们的谷物、羊毛作坊提供了电力资源，带动了后来工业的发展。

除了少数几篇小说之外——《门斯特河》（Meneseteung）、《荒野小站》（A Wilderness Station）、《幸福过了头》（Too Much Happiness）以及作品集《岩石堡风景》的前半部分——艾丽丝·门罗的短篇小说讲述的都是近一百年间发生的事情。早期那批拓荒者已经逝去或搬离，但这个镇子的面貌依旧未曾改变。那条河虽然依旧无法通航，但河面上架起了几座桥，虽然它已不再是天然物理屏障，但从经济和社会层面讲，它依旧是个真正的分水岭。

> 在汉拉蒂，社会阶层由上层医生、牙医、律师和下层翻砂工、工厂工人、运货马车夫组成；在西汉拉蒂（河对岸），不仅有工厂工人、翻砂工，还有由私酒贩子、妓女、鸡鸣狗盗之徒拼凑起来的临时家庭。露丝想到了横跨在这条河上的那个家，它既不属于汉拉蒂，也不属于西汉拉蒂。[9]

具有讽刺意义的是，门罗小说中的镇子皆发端于河对岸的西汉拉蒂。"大约一百年前，这里就是镇子的发源地"，故事讲述者在《宇宙飞船已降落》（Spaceships Have Landed）这篇小说中是这样解释的，似乎那些镇子早就有从这里发端的企图了。

> 过去的磨坊和旅馆依旧还在。但是泛滥的河水迫使人们迁到了地势更高的地方。地图上仍然可以见到当初房子的布局以及设计好的公路，如今却只剩下了人们从前住过的那一排房子，那是一些非常贫穷或性格固执的人们的住所——或者从另一方面讲，他们本来就只打算临时住在那儿，所以并不在乎河水的侵犯。[10]

小说里的那些年轻主人公都不住在这里，春天的洪水为房屋的外墙留下了许多印记。像艾丽丝·门罗一样，她们住在洪泛区以外，一开始住在"公寓路"（Flats Road）尽头，后来住在"河流大街"（River Street）尽头，就是《女孩和女人们的生活》中的虚构人物黛尔家的位置。短篇小说《亲爱的生活》是同名作品集里四篇自传体小说中的最后一篇，门罗介绍这部作品集时说它"最贴近我的生活……讲述了我一生当中不得不说的事情"，她在这篇小说中写道：

> 我小时候住在一条长长的路的尽头，或者说路对我来说太长。我记忆中……那个真实的镇子里有人的活动、道路、天黑以后亮起的街灯。架在梅特兰河上的那两座桥标志着镇子的尽头……桥身有一处浅洞，河边是几处破房子，每年春季河水泛滥的时候，这些房子就会被水淹没。但是那些人——各色人等——来到这里以后依旧愿意留下……自那以后，路就分成了两条，一条向南、上山、跨河，成了一条真正的高速公路，另一条则蜿蜒绕过古老的露天市场向西而去。
>
> 那条朝西的路就是通往我家的路。[11]

那条路的尽头有座房子——现在依旧在那儿——是门罗成长的地方。这是一座二层红砖建筑，与成千上万安大略省的建筑一样，具有西南部的古典风格，它坐落在漫长的小巷尽头，楼上的门可以打开通风。房屋棱角用的是明暗相间的墙砖，装饰风格奇特，除此之外，它就像19世纪那位房屋设计师当初构想的那样，如同矗立在西风中的一座城堡，经受着冬雪和夏日骄阳的考验。

这些房屋地处偏僻，为艾丽丝·门罗笔下那些最阴暗的小说营造了内部环境：厨房里，幼童被烫伤，前夫故意泄露与新欢的私情；餐厅内，愤怒的父亲用皮带抽打女儿时，积怨已久的继母只是冷眼旁观；屋外的茅厕里，女孩子的经血喷涌而出；地下室用来剥皮革；在客厅，幼子被扼死，风流男子被打死。偏僻本身不会引发这些行为（人性却会），但偏僻是秘密的滋生地，而秘密会引发道德上的两难抉择，门罗在小说里对此进行了无情挖掘。比如，在与小说集《好女人的爱情》同名的短篇小说中，鲁伯特（Rupert）杀死了验光师魏伦斯先生（Mr. Willens），因为他当时正在诱奸鲁伯特的妻子。"还好，从路边看不到他们家院子。只能望见屋顶和楼上的窗户。也看不到魏伦斯先生的车。"鲁伯特已经想好处理尸体的办法，

> 问题是，车要先开出他们家的车道，然后沿马路拐到日德兰德（Jutland）。那是一条没人住的死巷子，离这儿大约半英里路程，上帝保佑不要被任何人看到。到了那儿，鲁伯特把魏伦斯先生的尸体放在驾驶座位上，把车直接推到河里。[12]

数年后，鲁伯特的妻子在临终前把这一切对护理自己的伊内德（Enid）和盘托出，伊内德决定找鲁伯特当面对质。她为自己想好了证词："我不会指认你是凶手，但你就是。你不可能和这个秘密生活一辈子。"[13] 但是她又想，"一个人怎么会想出这么详细而残忍的杀人计划呢？答案是可能的。"[14]

跨越分水岭

艾丽丝·门罗生长在20世纪30年代，那时的加拿大，城乡人口分布十分均衡。这种均衡在1919年被打破了，即使到了1941年，门罗10岁的时候，还是有45%的加拿大人像门罗一样生活在乡村小

社区或者农场。因为当时汽车工业尚不发达，郊区还没有拓展，与城市相比，偏僻的地理位置成了乡下的标志性特征，就像英国人与法国人、黑人与白人、富人与穷人之间的差异那样明显。

在《岩石堡风景》这部作品集里，门罗短篇小说意外地转向了个人随笔，她写道："那个年代，生活在城市的人们普遍认为农村人反应迟钝、不善言辞、粗俗不堪……而农村人觉得，城里人的生活过于安逸，乡下的环境要求人们坚忍不拔、自力更生、吃苦耐劳，城里人到了乡下显然无法生存。"[15]

城乡之间不仅仅有差别，它们简直就是截然不同的两个世界。

"他们的房子像封闭的小王国，有自己华丽的习俗，还有优雅、可笑的复杂语言，"在《女孩和女人们的生活》的第二章，故事讲述者这样描述两位姑妈与叔叔在詹肯湾（Jenkin's Bend）的家，"来自外部世界的真实消息没有被完全封锁住，只是能传播进来的可能性越来越小。"[16] 故事讲述者被指定为家谱保管人，祖上传下来一个像约柜[1]（Ark of the Covenant）一样的盒子，里面保存的是珍贵的家族资料。"埃尔斯佩思姑妈（Aunt Elspeth）和格蕾丝姑姑（Auntie Grace）站在门口，郑重其事地目送我离开，我感觉自己像一只小船，满载着她们的希望，正驶向地平线。"[17]

后来年迈的姑妈们在圣诞节寄来了一张贺卡，在之后的小说《查德列家族和弗莱明家族》（Chaddeleys and Flemings）中也提到了：

写下这些话并寄出去，对她们来说是一种信仰行为，哪怕

---

[1]《圣经》中记载神与古代以色列人立约的柜子。

是寄到温哥华，那个她们难以想象的遥远地方，寄给那个与她血脉相连的人，她在那里过着让她们感到陌生的生活，她在读这张贺卡时会感到困惑以及说不清的内疚。每当想到她们竟然还惦记着我的时候，我确实感到内疚与困惑。但是在那个年代，任何从家乡传来的消息，都让我觉得自己是个叛徒。[18]

从忠诚的姑妈到叛逆的侄女，她们言语中流露出来的感伤情绪，代表了城乡差异的不确定性。我比门罗小 20 岁，在我的成长记忆中，七年级的时候，班上几乎没有人去过多伦多，虽然只有不到一小时的车程。在那个年代，如果能去一趟多伦多，就不用再去任何其他地方了。

关于这一点，门罗在《家具》（Family Furnishing）这篇小说里描述得很详细。阿尔弗雷达（Alfrida）

是个城里人。就是说，城里是她生活和工作的地方。但也有其他含义——不仅仅是指城里的建筑物、人行道、有轨电车的轨道或拥挤的人群。确切地说，它指的是一种更抽象的、可以重复的东西，像蜂巢那样，热闹喧嚣，井然有序，真实有用，但是令人感到不安，甚至有时候感觉挺危险。住在那里是出于无奈，而一旦从那里搬离出来，人们就会很高兴。[19]

住在乡下的人们很少去城里，而那些逃离了乡下的人们也很少再回去。"城镇"是个更熟悉的地方，有自己独特的风俗和语言，就像小说《奇怪的笔迹》（A Queer Streak）中描述的那样，在这里，"窗帘叫帘子，带有拉绳"；那个只有女主人维奥莱特（Violet）才有资格使用的后院，"被树篱整齐地围了起来，她随时可以像布置和装饰客厅一样去摆弄它"。[20]

那些年，门罗一直在书写她的虚构世界，而在外面真实的世界里，城乡界限悄然发生着变化。20世纪70年代的加拿大，差不多有三分之一的人口住在乡下。截至2000年，5人当中有4人生活在城郊。在安大略省，这个比例还要高：10人当中有9人生活在城郊。企鹅出版社（King Penguin）于1983年出版了《快乐影子之舞》的平装本，门罗在标题页上写道："作为作家，我想我已经有些落伍了……虽然我写的那些地方是你们的根，但是大多数人都已经根本不再过那种生活了。"

的确，门罗很多早期小说都是描写乡下的。城镇与乡村的差别很明显，在小说《奇怪的笔迹》中，教堂有两个门。

> 一个门是供乡下人进出用的——最初是因为这个门离车棚更近——另一个门是供城镇人使用的。教堂内部也是一样：城镇人在一侧，乡下人在另一侧……即使是退休以后搬到城镇的乡下人，也刻意不去用城镇人使用的门。

自从维奥莱特搬进城里以后，她就开始从城镇人使用的那个门进出，因此疏远了自己的家人。"从乡下人使用的那个门进出，则表明忠诚、自豪、放弃特权。"[21]

在创作之初，门罗就为休伦县的故事赋予了城市背景，最开始，每部作品集里只有一两篇这样的小说，后来越来越多，小说的

02.你以为你在哪儿？艾丽丝·门罗短篇小说中的地方

故事背景大都在温哥华、维多利亚、多伦多，偶尔也会在渥太华和金斯顿，这些地方门罗都很熟悉。在这些都市小说中，地方所起的作用明显不同，它不再是个活跃的角色，倒像是个舞台背景：短篇小说《办公室》（The Office）（出自《快乐影子之舞》）里，故事讲述者租的小小写字间；短篇小说《素材》（Material）（出自《我一直想要告诉你的事》）里阴雨连绵的城市地下室；《阿尔巴尼亚圣女》（The Albanian Virgin）（出自《公开的秘密》）里的维多利亚书店（Victoria Bookstore）；《奎妮》（Queenie）里的租住屋与《电线杆和灯光》（Post and Beam）（出自《恨，友谊，追求，爱情，婚姻》）里西海岸的房间；还有《文洛克悬崖》（Wenlock Edge）（出自《幸福过了头》）里玻维斯先生（Mr. Purvis）的别墅。

有时候在休伦县以外，地方变得极具象征意义：火车、飞机、轮船象征临时落脚点；在《爱的进程》的同名小说里，变硬了的白色棉花糖与香草糖霜堆放在小镇的饼干厂后面。"那是孩子们的梦想，"伊莎贝尔（Isabel）说，"是他们见过的最美妙的希望。"她那个被戴了绿帽子的丈夫则尖酸刻薄地回应道："孩子的母亲和那些社会主义者，会趁夜深人静把梦想偷走……然后放些橘子在那儿。"[22]

对于那些从城市搬到乡下的人来说，乡村风景持续发挥着残忍无情的力量。在短篇小说《母亲的梦想》（My Mother's Dream）中，吉尔（Jill）坐在屋外，任凭孩子无休止地哭闹。

> 如果你从这里向东走过三个街区，或者向西走过五个街区，或者向南走过六个街区，或者向北走过十个街区，你会看到一片茂密的夏季农作物……在其他地方是闻不到这种庄稼、粮仓、拥挤的食草动物的呛鼻味道的。远处的林场像

是安谧的、用于栖身的绿荫池,实际上,那儿的树上爬满了虫子。[23]

随着加拿大城市人口的急剧增长,"乡下"一词被赋予了新的含义,它成为门罗小说《家》(Home)中完美使用的过渡词。"我想象的那种鄙视会随时出现……它就在身边,或者在蒙乔伊斯(Montjoys)那种人的眼里"[24],他们代表的是这个年轻的乡下姑娘为之工作的那类城里人。这个姑娘成为中年妇女之后,也像她同时代那些城里人一样,趿拉着人字拖,穿着和农村人一样朴素的裙子。

回到乡下后,这个女人给父亲的羊一边喂草一边想:"我认识的人都说,这是怀旧,会有一种奇妙的自豪感,我生来就是干这活儿的,确实觉得它与众不同。"[25]

受罪还是自豪,取决于谁在凝望这片乡村风景。

不完美的伊甸园

《快乐影子之舞》里的梅(May)、《女孩和女人们的生活》里的黛尔(Del)、《你以为你是谁?》里的露丝(Rose)、《爱的进程》里的杰茜(Jesse)、《逃离》中的若冰(Robin),门罗小说中的女孩子和女人们渴望离开"这儿"到"那儿"。在小说《海岸之旅》(A Trip to the Coast)中,梅"盘腿坐在那里,眼前的世界很安静,她望着屋外那条马路,宽阔平坦、畅通无阻,那条路可以带她去任何地方"[26]。

但是裹在寂静与孤独中的只有碎片。

"一整天都没人说话,这种寂静令她吃惊。她隐约感到自由与危险并存,这种感觉就像划过天边的那道曙光。"[27]

门罗短篇小说中的世界是个不完美的伊甸园(Eden),树上果实累累,地上毒蛇遍布。自由与危险不可避免地相互缠绕,伺机而动。

小说《野天鹅》(Wild Swans)中的露丝离开镇子上了火车,她"异常兴奋。她感到芙洛朝后退去,西汉拉蒂从她眼前飞逝而过,以前那个疲惫的自己,像所有东西一样被轻松丢掉了……人们在旅行……到风景更优美的地方去"[28]。故事里的牧师是个道貌岸然的伪君子,他以报纸作掩护在她身上乱摸。小说《机缘》(Chances)(出自《逃离》)里的朱丽叶,坐上火车逃离了,但被她拒绝的那个男子却卧轨自杀了。小说《蒙大拿的迈尔斯城》(Miles City, Montana)中的母亲,兴高采烈地离开温哥华的家,驾车东游,女儿梅格(Meg)却险些溺水身亡。

在门罗早期作品中,"那儿"可能指隔壁镇子,"它们的魔力来自我们不了解的也无从了解的地方……走在镇子的街道上,我感觉我的隐姓埋名像是一个装饰,就像孔雀的尾巴"[29]。

20世纪八九十年代,去世界各地旅行变得容易了,门罗故事里的"这儿"与"那儿"之间的距离变远了。"那儿"越来越有异国情调:苏格兰、澳大利亚、阿尔巴尼亚、印度尼西亚。无论目的地有多远,潜在的快乐与致命的危险始终并存。

例如,在小说《冰的图画》(Pictures of the Ice)中,老奥斯丁(Austin)对异常警觉的女儿撒谎说要去夏威夷旅行然后再婚,却来到遥远的北方,在一个小社区里当了一名牧师,他驾驶的水上飞机栽进了湖里,而这个湖的名字恰好就叫"栽湖"(Shaft Lake)。小说《阿尔巴尼亚圣女》中的夏洛特（Charlotte），甩掉了那些无聊的同伴，独自一人开车进山，被山里的部落俘虏，人生由此被彻底改变。

旅行经历有时很美好，就像在小说《真实的生活》（A Real Life）中那样，主人公多里（Dorrie）在澳大利亚旅行，学会了捕杀鳄鱼和驾驶飞机的本领。但这个故事引出的真正问题是：假如一个人有逃生机会，他会拒绝吗？"如果都有多里那样的机会，谁也不会大老远跑到'这儿'来过这种日子，"多里的朋友米莉森特（Millicent）说，"拒绝这样的机会是一种罪恶。是固执、胆怯、愚蠢的做法。"[30]

但危险无法被低估：穿越任何景区的旅行，即使是熟悉的地方，都会潜藏着意想不到的危险。小说《拯救收割者》（Save the Reaper）中的祖母带着外孙开车去散心，来到一个她小时候见过的地方，那是一堵神奇的墙："墙上的鸟儿颜色鲜艳，个个都是半棵树那么高，还有一匹肥硕的马，马腿细长，眼睛火红……这些都是用彩色玻璃做的，嵌在水泥或者石灰墙上。"[31] 随着他们走进一个农家院落，这场旅行就变得怪诞而危险了，院子里有个被掳来的女孩儿，还有个年纪较长、赤身裸体的嬉皮士。女孩儿逃生的时候，瞥了一眼残垣断壁，然后义无反顾地、匆匆回到了熟悉的世界。

并非所有门罗小说中的人物都如此幸运。

四维空间

"你的世界是什么，玛丽·乔？"[32] 小说《爱斯基摩人》（Eskimo）中那位情人的女儿问乔。

这个问题很难回答。当自己家乡变成了"陌生"的地方，或者当湖水在一夜之间消失之后，如何知道"这儿"是哪里？

在门罗的小说世界中，地方不停在变。

"这条路不再是汉拉蒂通往湖区的主干道了，"《你以为你是谁？》中的故事讲述者这样评论，"新建了一条公路辅道。两边排水沟很宽，新装了水银蒸汽路灯。旧桥不见了，取而代之的是一座新桥，桥面很宽。"[33]

原先那个旧的锅炉铸造厂被改造成了工艺品中心："人们可以在这儿吹玻璃、织围巾、编鸟笼，之后就地售卖。"[34] 错落有致的大厦变成了疗养院。房子上的门廊在从前的现代化潮流中被拆掉了，现在孙子辈这代年轻人，又把阳台重新钉回到原来位置上。就像琼（Joan）在小说《哦，何济于事？》（Oh，What Avails）中说的："童年小镇——记忆中梦幻般的洛根镇（Logan）——只有洛根镇留住了记忆。歪斜的栅栏木条、起了皮的墙面、开了花的野草，这些并非镇子昔日的永久性标志。"[35]

世间没有一成不变的东西，荒地也不例外。在小说《访客》（Visitor）中，旧农庄被那些打着返土归田旗号的人们全部买断，他们捣毁谷仓，翻新了所有房屋。有些消失的农场，是被政府打着环保的旗号以排干沼泽、没收土地的方式毁弃的。

> 阿艾伯特在草地上来回踱步。他转过身，停下来，向四周看了看，又开始来回踱步。他试着回忆房屋当年的样子。威尔弗雷德看着地上的草，皱了皱眉说："他们没给你留下什么。"
>
> "谁？"米尔德丽德淡淡地问。她手里拿着一朵金菊花

正在扇风。

"环保者。他们没有留下一块基石、一个地窖洞、一块砖,甚至一根梁。他们把所有东西从地底下挖出来,装了满满一车全都拉走了。"[36]

只剩下一丛丁香花,表明曾经有人在此生活过。

房屋、谷仓、田野,甚至河流、沼泽、湖泊——这些都是门罗小说中的重点风景——有的变得整齐漂亮了,有的年久失修已经破败不堪,有的经过清理种上了树,有的经过重新规划排干了沟渠,地方成了时间与空间的一种标记。通过这种可见的四维空间,门罗揭示了过去、现在、将来,有时是全部。

不同版本

门罗在小说中描述同一个地方时,经常会用多个不同版本。

在《女孩和女人们的生活》中,黛尔和色魔张伯伦先生(Mr. Chamberlain)开车去乡下:"我熟悉的乡下,因为他的出现以及他的声音发生了变化,它掌握着我们的动向。在这一两年间,我只要看见树林、田野、风景,心里就会隐隐产生一种强烈的兴奋感……现在与张伯伦先生在一起,整个自然竟然变得如此轻贱,疯狂撩拨着我的心。"[37]

爱情会改变风景;爱情也会让位于风景。

在小说《西蒙的运气》(Simon's Luck)中,为了摆脱那场令她厌烦的恋情,露丝从金斯顿出发,一路驾车向西。她来到艾伯塔省柏树山(Alberta's Cypress Hills)附近,看到一家饭馆里的食物,意识到自己得救了:"她看食物的样子,不像是个处在恋爱期的女人……世界仿佛不再刻意为他们安排相遇的舞台,而是跟以前一样了。"[38]

门罗笔下的地方都很脆弱!就像是用餐巾纸制作的复写纸。黛尔带着从美国来的叔叔到镇上,看到的是"不一样的街。诸伯利似乎没有我想象的那样独特、永恒,倒像是临时拼凑起来的,破破烂烂,一点儿不像个镇子"[39]。

这就是艺术家们在做的事情:重塑世界。门罗在《女孩和女人们的生活》后记中对此作了暗示,主人公黛尔描述了正在创作的一部小说。

> 我在小说中对诸伯利的描述作了一些改变,突出了一些特征,同时忽略了另外一些特征。诸伯利变得更旧、更暗、更破……最重要的是,它对我来说是真实的,不是现实的,而是真实的,如同这些人和故事是我发现的,而不是编造的,这个镇子就在我每天经过的那个镇子后面。[40]

门罗把整个世界塑造成一个临时的、不确定的地方。我感觉门罗在描述不同地方时,在努力追求一种平衡,有点像乡下人在议论他人时习惯把优缺点都统统讲出来一样。我对此已经习以为常,但是在读《渥太华峡谷》这篇小说时,我又感到它不寻常。"我母亲会说起我们都认识的那家人,家里很富裕,唯一的儿子却患有癫痫,母亲也会说到我们镇上仅有的那位知名人士的父母……他们却抱憾地说,情愿用女儿的全部名气换回一双婴儿的小手。"在门罗以及小说中那位母亲的眼里,"运气也分好坏"。[41]

"时间和地点让我回到过去,"短篇小说《家》中的女人说:"我仿佛从未离开过,一辈子都生活在这里。成年后的生活似乎是一场梦,从未影响过我……我像是一个无法融入社会的人、一个囚犯——几乎一无所长,孑然一身、陈腐守旧——本来应该离开却没有离开、没能离开,现在竟无处安身。"[42]

这是哪儿?

在小说《淘气》(Mischief)中,露丝从休伦县(Huron County)移居到温哥华(Vancouver)又移居回来。无论她身处何地,无不怀念曾经居住过的地方。

> 露丝在卡皮拉诺山庄(Capilano Heights)生活的时候,常常怀念在安大略省住过的地方,她非常眷恋昔日美景。现在住在安大略省,她又怀念起在温哥华的时光,总想把生活中的寻常细节理得清清楚楚。[43]

我对细节也感到迷惑。例如梅特兰河(Maitland River)流经温厄姆镇(Wingham)注入戈德里奇(Goderich)地区的休伦湖(Lake Huron),曾经在一篇小说中,它是蒂普莱迪河(Tiplady),在其他小说中又成了瓦瓦那什河(其实是瓦瓦诺什的误拼,瓦瓦诺什不是河流,而是休伦县唯一用土著人名字命名的镇子)。梅特兰河流经温厄姆,又绕过瓦瓦那什,它的名字来自帕瑞格瑞·梅特兰爵士

（Sir Peregrine Maitland）——1818 至 1828 年间上加拿大 [1]（Upper Canada）的副总督（Lieutenant Governor）。门罗选用他的名字帕瑞格瑞（Peregrine）作为小说《树林》（Wood）和《公开的秘密》中的梅特兰河假名，具有启迪意义，因为"帕瑞格瑞"的拉丁语词根与"朝圣者"（pilgrim）的词根相同，用它描述加拿大少女训练营中（Canadian Girls in Training）的那些姑娘是再合适不过的，她们徒步去瀑布进入专属女性的陌生地带。

我最近驾车穿越休伦县时竟然发现了门罗小说中帕瑞格瑞河的发源地，这让我好奇门罗小说中那些真实地方的化名，到底是她脑海里臆想出来的，还是说果真有其出处。用梭鲈（Walley）作戈德里奇（Goderich）的化名，是否因为大眼梭鲈鱼（Walleye）是休伦湖里的主要鱼类？那么戈德里奇的其他化名，比如图珀敦（Tuppertown），又该作何解释呢？还有她为温厄姆杜撰的那一串儿笔名，如诸伯利、卡斯泰尔斯（Carstairs）、达格利什（Dalgleish）、汉拉蒂（Hanratty）等，又该作何解释呢？

门罗的作品发人深思。她把虚构的休伦县镇子与基奇纳（Kitchener）、斯特拉特福德（Stratford）、欧文桑德（Owen Sound）、伦敦（London）、金卡丁郡（Kincardine）以及萨尼亚（Sarnia）这些真实社区相关联。即使小说中最不起眼的地名都能在谷歌地图上找到——洛根（Logan）、克洛弗（Clover）、里普利（Ripley）、格林诺奇沼泽地（Greenoch Swamp），她在《女孩和女人们的生活》中将格林诺奇（Greenoch）重新命名为格莱诺奇（Grenoch）。而从门

---

[1] 安大略省的前身，因地处圣劳伦斯河（St. Lawrence River）上游而得名，1791—1841 年间为英国殖民地。下加拿大指圣劳伦斯河下游魁北克省（Quebec）南部及纽芬兰省（Newfoundland）。

罗作品中尽力找出关于地方描写的漏洞，倒不失为一件颇具诱惑力的事情。在小说中塑造温厄姆时，她留下了破绽——那里的市政大厅竟然出现了装饰奇特的塔尖、电影院、邮局、河流——但她是否在有意引导我们将错就错地阅读呢？这似乎很符合门罗机敏、顽皮、深邃，有时甚至是近乎冷酷的写作风格，而这种冷酷在眨眼间和笑声中往往被遮掩了。

门罗的作品在创作过程中有个明显变化：未命名的地方增多了，尽管人们心里很清楚那些地方的具体地理位置。未命名地方的数量一直在增加，直至《亲爱的生活》出版为止，该作品集共录有十四篇故事，其中十二篇的发生地不详，尽管偶尔会有一两个地方性标记出现在故事中。

我特别好奇的是，门罗小说中大约有 20% 的标题与地名有关。《亲爱的生活》中有 3/4 的小说以风景地命名：《漂流到日本》（To Reach Japan）、《亚孟森》（Amundsen）、《离开马弗里》（Leaving Maverley）、《庇护所》（Haven）、《湖景在望》（In Sight of the Lake）等。

我想知道从命名到不命名背后的原因。1968 至 1998 年间，小说故事背景在休伦县，就是如今的艾丽丝·门罗县（Alice Munro County），之后这类小说逐渐减少。在《快乐影子之舞》中，有十二篇小说的故事背景设在休伦县，十年之后，在《你以为你是谁？》中变成了五篇，而到了 1998 年，在《好女人的爱情》中只剩下三篇，除去之后的《逃离》，在门罗所有作品集里，以休伦县为背景的小说，基本上就维持着这个比例。是否是因为当地人不愿意看到印刷品上带有他们镇的名字而诘难门罗，从而让她之后既不使用真实地名也不杜撰地名了呢？或者说门罗已经把可能用的假名都用尽了？难道这一切都是机缘巧合？

小说《家》中的故事讲述者与门罗一样，时常返乡，我们很难将两个人区分开，故事讲述者说："我在很长一段时间里一直住在千里之外，甚至好几年都没有见过这座房子。我担心这辈子再也见不到它了，常常一想到它就伤心。我会想念从每个房间进进出出的过场。"[44] 后来，门罗搬到离家乡很近的地方，能够经常回去了，但她发现："这座房子对我来说，不再像以前那么重要了……我不知道现在依恋它什么……我似乎感到，我依恋的其实是从前住在这里的我——现在我与她的关系已经结束了，结束得正是时候。"[45] 这些感悟是对父亲翻修新房子的反应，但是"镇子却不像这座房子，它对我还和从前一样重要……尽管有很多变化。我在小说中写了镇子，也写尽了镇子……对我来说，我利用了它的所有秘密和大量信息"。[46]

走进荒原

在门罗小说中，你永远不会确切地知道你在哪儿，也不知道你看到的究竟是什么。即使自然景观也转瞬即逝。在小说《冬季风》（Winter Wind）开头，故事讲述者望着瓦瓦那什湖上宽阔的水域，眼前是一片冬日冰雪，她看到的不是农业化的休伦县，而是一处陌生地。"我祖母说，这个地方像西伯利亚（Siberia），听上去让人以为我们住在荒原。其实根本不是荒原，这里到处是农场，还有低矮的灌木，只是篱笆柱被冬雪掩埋了。"[47]

在这类小说中，欣赏大自然是女孩子的专属。在小说《荨麻》（Nettles）中，故事讲述者回想起童年时代的家："这地方的每棵树，都展现出它的姿态与气场——榆树温和平静，橡树咄咄逼人，枫树友好平凡，山楂树古老暴躁。"[48]

在小说《女佣》(Hired Girl)里，那个在蒙乔(Montjoys)夫妇的小别墅里帮工的少女，为大自然所陶醉："丝滑的水底是一片漆黑，水面上折射出苍穹之光。"与此同时，她意识到了与新发现的自然界之间存在着障碍。

> 也许障碍这个词的语气太强烈——它并没有空中微光的警示作用，只是慵懒的提醒。不是专为你。这个词不是非要说出来不可。也不是非得写在牌子上不可……说实话，这与在家里没什么不同，在家时，如果留意屋外那些不切实际的东西，或者对着大自然出神，甚至提到"大自然"这个词时——你会遭人笑话。[49]

多好的启示！大自然像镇子、房子、屋子，有可能属于个人，也有可能不。就像吉尼(Jinny)在小说《浮桥》(Floating Bridge)里发现的那样，大自然就像客观世界里的东西："是个挂钩，把你身上的放荡不羁，以及满脑子的零碎想法都挂了起来。"[50]

从这个意义上来说，地方之间可以互换，小说《荒野小站》(A Wildness Station)强化了这个概念，那位行政长官引用了一句苏格兰哲学家和神学家托马斯·波士顿(Thomas Boston)说过的话："世界就像一片旷野，我们的确能够改变自己在其中的位置，但也不过是从一处到另一处罢了。"[51]有意思的是，波士顿是艾丽丝·门罗的祖先。

但是门罗时不时会让我们看到一个更广阔的大自然，它同青少年的兴奋或情感根源没有关系，是个不切实际的地方。我们在小说

《熊从山那边来》（The Bear Came Over the Mountain）中见到过。格兰特（Gront）的妻子菲奥娜（Fiona）患老年痴呆症，住进了养老院，他刚从养老院里探视出来。

在开车回家的路上，他注意到那个曾经被大雪覆盖只留下树干阴影的沼泽谷竟然开满了臭菘。叶子像餐盘大，很新鲜，看上去可以吃。一簇簇花儿绽放得像一盏盏烛光，在阴沉的天气里，像是从地面射出去的一道道黄色的亮光。菲奥娜曾对他说，这些花儿能产生热量。她记不起来是在哪儿学到的，把手伸到卷曲的花瓣里就可以感受到热量。她说她曾经试过，但是不确定热量到底是来自花瓣还是她的想象力。热量能把小飞虫吸引过来。

格兰特想到菲奥娜说过的话："大自然从来不装模作样。"[52] 门罗也不。

绘图的门罗

地图可以用来查阅任何一处自然景色或人为景观。尽管在小说《淘气》中，故事的发生地并不重要——与阿尔巴尼亚移民到加拿大的钟表匠的邂逅，可能发生在任何地方——若冰仍然对着地图仔细在寻找，

连找到这个国家都很困难，但是总算在一把放大镜的帮助下知道了几个城市的名称……然后是河流……还有涂成

深颜色的山峦……很难解释清楚她为什么如此仔细……她想做的——至少已经成功了一半——就是要知道丹尼洛（Danilo）现在所处的位置以及他的过去。[53]

门罗小说中的地图是一种带有争议性的、不可靠的东西，通常具有不可读性。在小说《孩子们留下》(*The Children Stay*)中，布莱恩（Brian）与妻子、孩子、父母一起度假，竖在他们住的小别墅之间的玻璃镜框下方有张地图。

你可以站在那儿查看地图，然后眺望远方，再转身看地图，直到找出你想要查看的地方。爷爷和布莱恩每天都在看，还经常争论不休——也许你以为，有了地图就不会有太大的分歧了——但是布莱恩的母亲从不看地图。她说那样会把她搞糊涂的。[54]

在《异同》(*Differently*)这篇小说里，地图同样不清晰。"她的脑海里有一张城市地图，上面有去商店、上班，以及朋友家的路线，现在却被另一张地图覆盖了，上面是弯弯曲曲的路径，夹杂着担忧（不是羞愧）和兴奋，还有一些破破烂烂的避难所，那是些临时安身之所。"[55]

在《女孩和女人们的生活》中，班尼（Benny）到城里寻找离家出逃的玛德琳（Madeleine）和女儿，他本打算在加油站要张地图，可是加油站没有了，于是他以为哪儿都不会有。他想去问路人，但觉得不靠谱。"估摸一下吧，他说。班尼叔叔的世界与我们的世界并行，那是个令人不安的、扭曲的倒影，看上去与我们的世界一样，

02. 你以为你在哪儿？艾丽丝·门罗短篇小说中的地方

其实不一样。"[56]

艾丽丝·门罗（艾丽丝·莱德劳）当年逃离温厄姆到西安大略大学求学，后来随第一任丈夫到了不列颠哥伦比亚省，她也许从未想过最终还会回到休伦县的克林顿，这个小镇位于她的家乡以南，只有四十分钟车程。

20世纪70年代中期，门罗与第二任丈夫定居在克林顿，那时她已经发表了三部作品集。门罗的第二任丈夫杰拉尔德·弗雷姆林（Gerald Fremlin）是一位绘图专家，也是一位地理学家，他主编了第四版的《加拿大国家地图集》（*National Atlas of Canada*）。在《岩石堡风景》中，门罗描述了她与弗雷姆林经常开车穿越休伦县和周边地区的情景。

门罗在《你为什么想知道这些？》（What Do You Want to Know For）这篇小说中写道："我们很高兴能经常来这里看看我们自认为很熟悉的乡下，它常常会带给我们惊喜。这里的自然景观记录着那些古老事件。"她还提到了冰川发育、消融，以及一万五千年前最后那次消退。

> 你也许会说：这是很近的事情嘛。没错，当你习惯于从大自然的角度来谈论历史的时候，你就会说：这是很近的事情嘛。
>
> 　　这种冰川景观很脆弱……你必须时时探察，时时记录变化，趁一切尚在的时候赶紧看上一眼。[57]

她继续写道：

> 我在学校没有学过这些……我是和第二任丈夫生活在一起后才学会的，他是一位地理学家。

41 他们旅行时随身带有特殊地图，上面标记了镇子和道路，还为冰丘与冰碛、蛇丘与泄洪道、碛土与小沙丘作了彩色标记，这是门罗最喜欢的那类风景："所有景观野性十足、崎岖不平、无法预测，充满了机遇和秘密。"[58]

1999 年，杰拉尔德·弗雷姆林出版了专著《视觉地图：制图的基本原理》(*Maps as Mediated Seeing: Fundamentals of Cartography*)，2004 年面向地理学家和普通读者再版。封面是一张人脸轮廓，曲曲弯弯，像一幅地形图。弗雷姆林在这本书里提出了自己的观点，他认为，地形学是"调节观测者与被观测者之间关系的视觉体系"[59]。"表象察看是一种直接观测方式。它能让我们观测到我们不在场时的那些年代、地方以及投射物，而不是些只能用肉眼看到的表象。有些东西却只能采用这种方法观测。"[60]

门罗短篇小说是一种经过调节的观测。

弗雷姆林曾写道："地理学的源头应该追溯到闲庭漫步——人们的初衷是想知道沿途会发生什么。" 2013 年 4 月 17 日刊登在《克林顿新闻纪录》(*Clinton News Record*)上的讣告，称他是"哲学家、画家、荒诞诗人"。他在谈到地理学时说："地理学的核心在于务必阐释清楚风景名称所包含的内涵。"[61]

在小说《你为什么想知道这些？》中，门罗讲述了一个有关墓室的故事，这个墓室是故事讲述者与她的地理学丈夫在一次乡间漫游时偶然瞥见的。出于好奇，他们再次出发去寻找那个地方，经过几番尝试最终找到了，同时还见到了当地一名妇女，她自称了解这个墓室最后一次被打开的时间。

> 它还在那儿,但所有入口都封了,再也没有人进去过。
> "没人知道他们为什么要这么做。反正他们把它封了。"
> 她冲我笑了笑,脸上挂着适度的困惑,眼镜片后面那双灰色的眼珠瞪得溜圆,像猫头鹰的眼睛。她微微点了点头,仿佛在说,我们无能为力,对吧?有很多事情是我们力不从心的。的确是这样。[62]

之后,在《岩石堡风景》的后记《信使》(Messenger)这篇小说中,故事讲述者参观了一些墓地,包括伊利诺伊州(Illinois)的"无名墓地"(Unknown Cemetery),后来,那里成了一片荒地。

> 我也会这样追寻。人们都在这样做。一旦开始,无论如何都要继续……我们沉迷于其中。等到上了年纪才会发现,个人的未来终结了,我们无法想象——有时是无法相信——我们下一代的未来。我们禁不住追忆过去,忘掉毫无意义的说辞,把生僻的姓名、不确定的日子,以及逸闻趣事联系起来,牢牢抓住所有线索,坚持与逝者结合,从而与生命结合。[63]

地方对门罗而言很重要,她把地方比喻成创作历程:

> 阅读小说不像沿路行走……它更像一座房子。你到里面待一会儿,来回走走,在你喜欢的地方停下脚步,瞧瞧屋子和

42

> 过道是如何连接的，看看屋外风景是如何随窗内的观察位置不同而变化的。而你、访客、读者，在这个封闭的空间里也被改变着，无论这个空间是否宽敞、舒适、蜿蜒曲折，也无论家具稀少或华丽。你可以一遍又一遍地看，而这座房子、这篇故事，一定会让你看到的东西比上一次的还多。那种坚定出于自我需要，不仅仅是为了庇护或消遣。[64]

与地方的纠葛——以及离开地方——是门罗小说中的永恒主题。门罗在还原人物形象本身的同时，也在挖掘这些人物的居住地，不仅仅是休伦县，而且是任何地方、任何人们打算扎根或连根带走的地方。

乍看之下，地方作为自然地理学的分支，不可能出现在门罗的文学世界里，但我相信它另一面的真实性：地方是门罗短篇小说的基石，像小沙丘一样狂野、无法预见。地方具有诱惑力。它不仅短暂而且永恒。

门罗的一位祖先曾经在《莫里斯镇的荒原》（The Wilds of Morris Township）这篇虚构回忆录中写道："我们所熟悉的这个地方很快就变得陌生了。"[65] 不清楚是因为地方消失还是我们消亡的缘故。门罗激励我们继续勘查：湖是不是还在那儿？

注释

1. 'Walker Brothers Cowboy', in *Dance of the Happy Shades*（New York：McGraw-Hill，1973），1.
2. 'Oranges and Apples', in *Friend of My Youth*（Toronto：McClelland &

Stewart, 1990), 134.
3. 'Walker Brothers Cowboy', 1.
4. Ibid., 2.
5. Ibid., 18.
6. 'Images', in *Dance of the Happy Shades*, 37–8.
7. Ibid., 43.
8. 'The Shining Houses', in *Dance of the Happy Shades*, 20.
9. 'Royal Beatings', in *Who Do You Think You Are?* (Toronto: Macmillan, 1978), 4.
10. 'Spaceships Have Landed', in *Open Secrets* (Toronto: McClelland & Stewart, 1994), 234.
11. 'Dear Life', in *Family Furnishings: Selected Stories 1995–2014* (Toronto: McClelland & Stewart, 2014), 605.
12. 'The Love of a Good Woman', in *The Love of a Good Woman* (Toronto: McClelland & Stewart 1998), 59–60.
13. Ibid., 72.
14. Ibid., 74.
15. 'Working for a Living', in *The View from Castle Rock* (Toronto: McClelland & Stewart, 2006), 128–9.
16. 'Heirs of the Living Body', in *Lives of Girls and Women* (Toronto: McGraw-Hill Ryerson, 1971), 59–60.
17. Ibid., 62.
18. 'Chaddeleys and Flemings: The Stone in the Field', in *The Moons of Jupiter* (Toronto: Macmillan of Canada, 1982), 31.
19. 'Family Furnishings', in *Hateship, Friendship, Courtship, Loveship, Marriage* (Toronto: McClelland & Stewart, 2001), 87.
20. 'A Queer Streak', in *The Progress of Love* (Toronto: McClelland & Stewart, *2001*), 236.
21. Ibid., 237.
22. 'White Dump', in *The Progress of Love*, 306.
23. 'My Mother's Dream', in *The Love of a Good Woman*, 318–19.
24. 'Hired Girl', in *The View from Castle Rock*, 240.
25. 'Home', in *The View from Castle Rock*, 312.
26. 'A Trip to the Coast', in *Dance of the Happy Shades*, 189.

27. Ibid., 174.
28. 'Wild Swans', in *Who Do You Think You Are?*, 58.
29. 'Princess Ida', in *Lives of Girls and Women*, 68.
30. 'A Real Life', in *Open Secrets*, 76.
31. 'Save the Reaper', in *The Love of a Good Woman*, 163.
32. 'Eskimo', in *The Progress of Love*, 191.
33. 'Spelling', in *Who Do You Think You Are?*, 176.
34. 'White Dump', in *The Progress of Love*, 282.
35. 'What Avails', in *Friend of My Youth*, 196.
36. 'Visitors', in *The Moons of Jupiter*, 211–12.
37. 'Lives of Girls and Women', in *Lives of Girls and Women*, 168.
38. 'Simon's Luck', in *Who Do You Think You Are?*, 170.
39. 'Princess Ida', in *Lives of Girls and Women*, 84–5.
40. 'Epilogue: The Photographer', in *Lives of Girls and Women*, 247–8.
41. 'The Ottawa Valley', in *Something I Have Been Meaning to Tell You* (Toronto: McGraw-Hill Ryerson, 1974), 227–8.
42. 'Home', in *The View from Castle Rock*, 312.
43. 'Mischief', in *Who Do You Think You Are?*, 129–30.
44. 'Home', in *The View from Castle Rock*, 288.
45. Ibid., 290.
46. Ibid., 300.
47. 'Winter Wind', in *Something I Have Been Meaning to Tell You*, 192.
48. 'Nettles', in *Hateship, Friendship, Courtship, Loveship, Marriage*, 157.
49. 'Hired Girl', in *The View from Castle Rock*, 231–3.
50. 'Floating Bridge', in *Hateship, Friendship, Courtship, Loveship, Marriage*, 57.
51. 'A Wildness Station', in *Open Secrets*, 204.
52. 'The Bear Came Over the Mountain', in *Hateship, Friendship, Courtship, Loveship, Marriage*, 315–16.
53. 'Tricks', in *Runaway* (Toronto: McClelland & Stewart, 2004), 254.
54. 'The Children Stay', in *The Love of a Good Woman*, 182.
55. 'Differently', in *Friend of My Youth*, 232.
56. 'The Flats Road', in *Lives of Girls and Women*, 25.
57. 'What Do You Want to Know For', in *The View from Castle Rock*, 318–19.

58. Ibid., 321.
59. 'Preface', in *Maps as Mediated Seeing: Fundamentals of Cartography*, by Gerald Fremlin with Arthur H. Robinson (Victoria, BC: Trafford Publishing, 2005), xi.
60. 'Nine Short Essays about Maps', in *Maps as Mediated Seeing: Fundamentals of Cartography*, 2.
61. 'Afterwards', in *Maps as Mediated Seeing: Fundamentals of Cartography*, 243.
62. 'What Do You Want to Know For?', 339.
63. 'Epilogue', in *The View from Castle Rock*, 318–19.
64. 'Introduction to the Vintage Edition', in *Selected Stories*, 1968–1994 (New York: Vintage Books, 1996).
65. 'The Wilds of Morris Township', in *The View from Castle Rock*, 117.

03. 艾丽丝·门罗的风格

道格拉斯·格洛弗

道格拉斯·格洛弗出版了 4 部长篇小说、5 部短篇小说集、3 部纪实性文学作品，其中《痴情骑士》是一部研究堂吉诃德小说体形式的作品。长篇小说《埃勒》曾荣获加拿大文学总督奖，并于 2005 年获国际 IMPAC 都柏林文学奖提名。他的最新作品集有《野蛮的爱》。1996 年至 2006 年间连续担任《加拿大最佳短篇小说》杂志编辑，目前在美国佛蒙特艺术学院教授写作课程，同时负责网上文学杂志《第五期》的编辑工作。

我们在此要谈论的写作风格具有双重意义：它不仅是作家惯用的句法规则的基础，也是作家写作中的倾向以及态度的风向标。后者被称为个性、力量，或特色。门罗来自一个挑战怪癖和野心（两者无法区分）的地方。"你以为你是谁？"是门罗小说中那些居住在安大略省西南部镇子里的居民问她的问题。门罗采用对立模式铸造自己的风格，似乎就是为了回应这个具有挑衅性的问题。她的作品以期望与灰心为主题，坚持表现差异。我认为，她的创作更多依赖的是戏剧性的对立，而非参考（想象中的现实）。一种陈述可能引发另一种反陈述、反构建、瓦解、混乱，而整个句子、段落、故事，正是凭借着这种对抗性的力量聚合向前推进。最初的陈述，即小说的事实真相，也以一种迂回曲折的方式变得愈加扑朔迷离、错综复杂。真相永远不是真理，它是带有条件、波折、警示、结论及矛盾的真相。

对我来说，在门罗的所有作品中，只有《女孩和女人们的生活》这篇小说中出现过那个与传统构架相反的经典时刻，黛尔·乔丹（Del Jordan）钻进张伯伦（Chamberlain）的车里想与他发生性关系，却发现自己只是被他叫来监视她母亲的房客的，就是那位叫弗恩（Fern）的食素者。"我把思绪慢慢地从想被他强暴的期待中拉了回来"，门罗用黛尔的口吻写道。[1] 我本人所受过的人文教育理念，让我对这种思想十分抵触，同时也让我诅咒那些想要强暴女性以及认为女性甘愿被强暴的男人。但是门罗在小说《女孩和女人们的生活》中，塑造了一个与自己相像的女性人物形象，她钻进一位成年男性的汽车里渴望与他发生性关系。"慢慢地"是句子的支撑点，这个词很有意思，它暗示黛尔的不快与不情愿，那是一种因为没有得到肉体接触而产生的心理上的失落感。黛尔让张伯伦随意抚摸自己的身体，事实上，这是一种对未成年人的性骚扰行为。黛尔很钦佩这位前男友对她的粗暴行为，他扇她耳光并且对她连掐带拧。当她想起那种"可耻的淫荡"时，她觉得那是因为自己太放荡，而不是因为张伯伦好色。从这个意义上讲，强奸这种暴力性侵行为本应该受到惩处，可事实上它并没有违背受害者的意愿。与张伯伦发生性关系，尽管从法律意义上讲是一种强奸行为、犯罪行为，但黛尔是心甘情愿的。

我感兴趣的不是这个故事的主题，而是黛尔对强暴的幻想，从结构和句法上讲都有悖于我们的惯常思维。黛尔不符合人们的传统文化标准。她主动与坏人交往，并自甘堕落。尽管张伯伦在许多方面是她的遐想对手，但不能就此认定两个人物处于矛盾冲突状态。更重要的是，从句法角度看，黛尔的幻想把她置于母亲的对立面。乔丹夫人（Mrs Jordan）是她那个年代的现代女性，是安大略省的旧知识分子、原型女性主义者，但她生性肤浅、自以为是，若把她放在狄更斯（Dickens）的小说里则显得不伦不类，她经营着兜售系列丛书和戏剧类书籍的小生意。为了突显自己，她处处与丈夫作对（她带黛尔离开"公寓路"上的家，搬到了镇子上），住在诸伯利社区，对她来说，那里就是乡野、愚昧、小资产阶级和庸夫俗子的代名词。这足以让镇上的人们怀疑是否有人会追随乔丹夫人并持有与她相同的看法。乔丹夫人对女儿的期望值很高，她阅读了大学的概况手册，把自己假想成黛尔在课程表上选课。尽管乔丹夫人的思想很开明，但在性问题上的态度非常拘谨。母亲对黛尔的影响很大，因此，当杰里·斯多利（Jerry Storey）的妈妈和黛尔谈起处女膜时，黛尔很反感，简单地说，她更欣赏母亲对性问题缄默不语的态度。但至关重要的是，黛尔正是依靠着母亲这块砧板铸就了自我。

在小说《女孩和女人们的生活》中的最后一段，黛尔不再去想与张伯伦之间的媾和之事；但是她拒绝接受母亲对年轻女性的建议，这段话很严肃，主要围绕着"女孩和女人们的生活"这个话题，附带讥讽了这本书的书名。

> 我完全没听明白她的话，或者说即使我真的明白了，我也会拒绝。我可能会拒绝她诚恳或者满怀希望对我说的每一句话。她关心我的生活，我需要这种关心，并且认为，作为母亲她理所当然应该关心我，但是我无法表达这种心情。我感觉，她给我的建议与她给其他女人和女孩们的建议没有什么差异，无非是假如你是女性就会受到伤害，所以你要格外细心、谨慎，要懂得自我保护，而男人可以外出，尝试各种经历，抛却他们不想要的，然后荣耀归来。我甚至没有仔细想，也决定像男人那样去做。

《女孩和女人们的生活》这部作品，最初是作为长篇小说发表的，勉强称得上是一部结构松散的长篇小说，讲述的是一个叫黛尔·乔丹的女性人物生活中的一系列故事，黛尔住在安大略省西南部一个名叫诸伯利的镇子上。这些故事是按照时间顺序讲述的，从黛尔少女时期开始（关于她的邻居、祖辈、旧亲戚、母亲，以及早期宗教热忱的故事）一直到她高中毕业那年的夏天。每个章节更像是一个短篇小说。从一篇小说到另一篇小说，除了时间发展和人物复现，并没有太多长篇小说情节发展的元素（动机的连续性、延展性象征、内在情节关联、记忆反复等长篇小说的典型特征）。这部书的后半部分在结构上发生了变化，尤其是《变迁和仪式》（Changes and Ceremonies）、《女孩和女人们的生活》（Lives of Girls and Women）、《洗礼》（Baptizing）三个系列故事，讲述的都是黛尔与成年男性的情色（或浪漫）之恋。

在《变迁和仪式》中，黛尔爱上了一个叫法兰克·威尔士（Frank Wales）的男生，法兰克是学校舞台剧里的吹笛手，但拼写学得不好，后来辍学了，在一家干洗店里找了份送货的活儿。尽管黛尔才上七年级，但情窦已开，她经常找好朋友内奥米（Naomi）私底下聊天。在《女孩和女人们的生活》这篇小说中，黛尔大约十四岁（具体年龄不清楚）——介于七年级到高中三年级之间，而在接下来的小说《洗礼》中，故事刚开始黛尔就已经十四岁了。《变迁和仪式》无论是从主题还是结构上讲，都是后两篇情感强烈、篇幅较长的小说的前奏——《女孩和女人们的生活》及《洗礼》——这两篇小说构成了这部书的戏剧与主题核心。如果你认为这三篇系列小说从传统意义上讲比整部书更像一部长篇小说（人物动机一致），这种想法也对。

小说《女孩和女人们的生活》讲述了早熟的黛尔与张伯伦先生交往的细节，张伯伦是当地电台的一位名人，也是乔丹夫人家的常客，常来探望租客弗恩。故事情节以传统叙述方式向前推进。在第五段，黛尔说出了她的欲望："我在追求一种荣耀，走在诸伯利大街上，像个流亡者或者间谍……"在这篇小说中，荣耀与性相关联，在之后的小说《洗礼》中，当黛尔把处女膜破损后的血与荣耀联系在一起时，这种关系就明朗化了。"在我看到血的那一刻，整个过程带给我的荣耀感变得清晰了。"在故事情节的第一步，张伯伦给她讲述战争期间在意大利见到的雏妓，激发了黛尔的性欲。故事情节发展到第二步，黛尔顽皮地挑逗张伯伦，他摸了黛尔的乳房（在这之后，黛尔便任由他摸了）。在故事情节的第三步，她上了张伯伦的车（希望被他强暴），但令她吃惊的是，他却要求她监视弗恩（他担心弗恩手里的一些信件会把他牵扯进一场违约诉讼案中）。到了故事情节的第四步，黛尔上了张伯伦的车，他们来到乡下，张伯伦在她面前做出猥琐举动。

故事结构是经过精心安排的。母亲充当了黛尔的陪衬角色；张伯伦与房客弗恩的故事是陪衬情节；黛尔的朋友内奥米与其家人的故事属于小说的次要情节（门罗小说中经常会有这种并列对比：人物、家庭成员、说话方式，甚至还有房屋和邻里）。内奥米也迷恋性，但她找不到发泄对象。在黛尔追求张伯伦期间，内奥米生了一场大病，身体康复后，人却变得出奇地沉默，她在性方面，有一种滑稽而错误的认识——下面这段话的语义层层延宕，清楚地表达了内奥米的离奇想法。

> 从她所说的话里，再也听不到关于性方面的粗俗内容了，很明显，她脑子里已经不再琢磨那些事了，但是，她讲了很多关于沃利斯（Dr. Wallis）博士的故事，她生病期间，

他亲自用海绵为她擦拭双腿，她无奈地躺在那儿，身体暴露在他面前。

《洗礼》是一篇充满欲望的镜像小说，只不过是一部逆向镜像小说（如同左手之于右手的关系）。小说篇幅很长，是真正意义上的中篇小说，讲述的是发生在《女孩和女人们的生活》这篇小说中三年之后的事情。两篇小说互为姊妹篇。黛尔和内奥米都在念高中，但内奥米不久就把精力投到了生意上，后来辍学到一家乳制品厂上班。接下来是传统的情节结构变化。前一篇的《女孩和女人们的生活》只讲述了黛尔与张伯伦的交往，而《洗礼》则有三个主要故事情节，分别涉及三名不同异性：（1）黛尔和内奥米去快乐舞厅（Gayla Dance Hall）跳舞，最终与内奥米、内奥米的男友伯特·马修斯（Bert Matthews）以及另一名叫克里夫（Clive）的男子在宾馆喝得酩酊大醉。（2）黛尔与高中学霸杰里·斯多利（Jerry Storey）那场令人啼笑皆非的性体验（黛尔的两次性体验都是以她在黑夜中狼狈跑过镇子而告终）。（3）黛尔与浸礼会教徒加内特·弗兰奇（Garnet French）那段甜美而陶醉的爱情。我们注意到门罗的写作技巧，她在每个情节中利用不同的配角改变故事结构，在短篇小说《死者》（The Dead）中，詹姆斯·乔伊斯（James Joyce）采用的就是这种写作手法，主人公加布里埃尔（Gabriel）戏剧性地接连遇到了三名女性，少女莉莉（Lily）、同行记者艾佛斯小姐（Miss Ivors），还有他的妻子。

每个带有情节的主要事件都被碎片化为一系列经历，这些碎片化经历在整篇小说的框架结构中又分别构成一个个极富戏剧性的微型故事。比如快乐舞厅这个故事结构从一开始就搭建起来了（内奥米请黛尔为她做伴），两个人来到舞厅门口，从熙熙攘攘的男人中间穿过，与克里夫跳舞，买饮料（黛尔很高兴能直接喝上威士忌），开车去宾馆，在宾馆房间里闲待着，顺着走廊来到浴室，沿防火梯下来，回到内奥米的家中并吵醒了她父亲，黛尔回到自己家里睡觉，第二天早上，内奥米前来叫醒黛尔，两人一起商量之后的事情。

前两个带情节的事件（克里夫和杰里·斯多利）令人啼笑皆非，几乎是闹剧。两个不同的事件用的是平行结构。在两个故事中，黛尔心里都充满了性饥渴，被动地处于喜剧化的混乱状态（黛尔喝醉酒把身体悬挂在消防梯上，杰里·斯多利的妈妈从进门的一瞬间，杰里用床单裹上想体验性快乐的黛尔，并把她推进地下室）。故事以戏谑口吻讲述了黛尔笨拙的前男友。黛尔在半夜逃回家是故事的高潮部分。两个故事都讲到黛尔对所谓性体验的失败尝试——小说引人入胜之处在于，把在不可理喻的张伯伦身上进行性体验尝试的失败与克里夫以及杰里的荒唐闹剧并置并且作对比。这是典型的门罗式结构：通过并列对比使故事发生变化。

《洗礼》中的最后一个情节描述的是黛尔与加内特·弗兰奇的交往，门罗的处理方式不同寻常，故事一开始，他们的性爱就达到了高潮（深夜在黛尔母亲屋外的花园里）。短短几周时间，黛尔和加内特就沉溺于性生活，黛尔被幸福冲昏了头脑，忽视了两人之间无法消除的矛盾，导致最终分手。加内特想让黛尔接受洗礼加入他的教会（不仅仅是参加他的浸礼会青年团集会），然后与他结婚，但是黛尔对与他一起传教没有兴趣。其实黛尔心中早有打算，她想申请奖学金上大学。但是与加内特最后一次约会时，黛尔没有告诉他自己的打算，他们在瓦瓦那什河里游泳，加内特逼迫黛尔接受具有象征意义的洗礼。那一刻她的真实想法很有启迪性。

> "说你愿意接受!"他那张阴沉、温和但讳莫如深的面孔变得愤怒而无奈,像是受了万般羞辱。我为他蒙受屈辱而羞愧,但是我依然不接受洗礼,因为这是我的个性、我的坚持、我的生命……我认为我正在为我的生命而战。

这里,"个性"和"坚持"是认同女孩子生命与自我方式的两个关键词。从结构上讲,这个场景是对小说《女孩和女人们的生活》中张伯伦手淫场景的复制。在两篇小说中,黛尔玩的都是情色游戏。都是在人烟稀少的乡下露天场地。对门罗而言,她想通过这些典型场景表现对比。说来奇怪,与张伯伦的龌龊交往以及裙子上的精斑,丝毫没有威胁到黛尔的自我意识。她并不觉得自己是个受害者,也不希望把她的遭遇归结为受害者那一类。在小说《洗礼》中,她一直在反抗加内特,但是在《女孩和女人们的生活》中,她没有反抗张伯伦,而是反抗母亲(她母亲的那种女性需要自爱的原型女性主义思想)。

在小说《洗礼》中,黛尔与母亲之间隐约存在着一种戏剧性的对立关系。她与加内特的关系发展迅猛,却迟迟不愿意和母亲谈她的打算,她希望考个好成绩,获得奖学金上大学。黛尔在失去贞操的第二天,尚处于被情色包围的幸福感中,意乱情迷的她,根本无法集中精力完成那场至关重要的考试。成绩出来后,母亲在她身上寄予的希望全部破灭了。但是,在《女孩和女人们的生活》这篇小说中,黛尔没有被击垮,没有气馁,也没有自责,而是变得更加坚强、坚决、坚定。

> 现在,终于没有了幻想与自欺欺人,我割断了与昔日那种

错误、混乱的联系，沉着而平静，拎个小箱子上了一辆公
交车，像电影里那些离家出走的少女、修女、情人一样，
我想我要开始真正的生活了。

然而，不出读者意料的是，黛尔的最终结局，如同电影艺术幻想中的结局一样，富有戏剧性（戏谑性）。

从体裁上讲，门罗仿照的是传统的自然叙事版本（为使效果逼真，她不惜用自己生活中的"真事"来取悦读者），以时间为顺序，通过一系列带有情节的故事片段向前推进故事，但是在叙述过程中，存在一种静态结构，由重复、镜像、对比构成。在主题和故事情节上，小说《洗礼》是在重复《女孩和女人们的生活》中对女主人公黛尔的性饥渴描写，所不同的是，《洗礼》中的黛尔体验了曾经被张伯伦拒绝过的性。同时，《洗礼》重复描写了黛尔与母亲之间的对抗与分离（个性化）。两篇小说都内化了重复。《女孩和女人们的生活》里第二、三个情节性故事片段，描述了黛尔坐在张伯伦车内的情景（两次都是由于性欲望没有得到满足而感到失落）。《洗礼》中的第一、二个情节片段，描写的是黛尔令人啼笑皆非的性爱挫折以及深夜穿过镇子回到家的情景。

这种由平行和对比组成的体系，在门罗小说的次要故事情节中也得到了拓展。门罗笔下的人物形象既不会单独出现也不会一成不变（她们通常与其他角色保持着互动关系）；她们有自己的故事和情节。在《女孩和女人们的生活》以及《洗礼》中，内奥米是黛尔的陪衬角色，她是黛尔的朋友、闺蜜、同谋者、同盟军（她们明显有共同和不同之处），她有自己的故事情节。这两篇小说中的黛尔和内奥米从名叫闯荡的广场（Go square）一起出发后就分开了。在

《女孩和女人们的生活》中,她们像孪生姐妹,只是后来黛尔不再与内奥米分享她与张伯伦交往的任何细节了。黛尔在追求张伯伦的过程中与内奥米渐行渐远,内奥米后来退出,她生了一场大病,除了看医生,她几乎与世隔绝。故事结尾,两个人又重新联系上了,但彼此的性格与以前大相径庭:内奥米不再拿性说笑了(尽管她愿意讲述医生为她擦洗身体的细节),而黛尔对性知识有了进一步了解,但也不愿意多说。

就像在之前的故事里所描述的那样,《洗礼》中的黛尔和内奥米约好去快乐舞厅跳舞,但后来分开了。内奥米对黛尔十分失望,因为她把宾馆的饮酒场面搞得一团糟,而黛尔对那种重复性的闹剧没兴趣。在描写与杰里·斯多利在一起的场景时,内奥米没有再出现了。直到故事的主要情节快结束时,我们对内奥米的结局仍然一无所知,而那时的黛尔正与加内特打得火热。之后关于内奥米,我们是以回顾性方式了解到的:她经历了多次恋爱后意外怀孕,婚姻有名无实(夫妻间没有感情)。小说中的黛尔自始至终不断被警告婚前怀孕的灾难性后果,这也是个不断重复的母题,是对女性的务实性关怀。但是黛尔很享受性带来的那份荣耀,她丝毫不觉得受到了什么伤害,而内奥米的性经历听起来却是一团糟,最后身陷囹圄。两个人的故事各异,结局不同,但是故事与故事之间是相互支撑的。

门罗将杰里·斯多利的故事也作为次要情节进行了描述。他与黛尔都是学业上的佼佼者,两个人都很有抱负,但是(门罗总是能找到理由或借口)杰里喜欢理科,黛尔偏重文科,对于黛尔的智商,杰里总是摆出一副不屑且霸道的态度。值得一提的是,在门罗的所有作品中,这是她唯一一次提到有关诺贝尔奖的小说,小说中的杰里·斯多利当时正在思忖这个奖项。这难免使人们好奇多年前的门罗脑子里究竟在想什么。

> 他每次说完这番话，总要嘟哝一句："你知道，我是在开玩笑。"他指的是诺贝尔奖，而不是战争。我们无法逃脱诸伯利式的信条——凡是吹牛或者对自己寄予厚望的人，通常会招致巨大的、超自然的灾难。但是真正把我们联系在一起的正是这些希望，我们彼此之间既否认又承认，既嘲笑又尊重。

在经历过那个富有喜剧性的、尴尬的性体验之后，黛尔与杰里之间的故事就结束了。黛尔爱上了加内特·弗兰奇，学习成绩一落千丈。我们最后一次听到有关杰里的消息，是他与母亲正在美国旅游，他给黛尔寄来一张明信片，说自己在宾馆读马克思的著作，"让当地人吃惊坏了"。换句话说，两个人成长的基础相同（都是跟随母亲生活的年轻学生），最后的结局却相反：杰里留在母亲身边，而黛尔离开了母亲和加内特·弗兰奇，形单影只，却自由自在（黛尔想的是"我感觉自由但又不自由"，这是通过对比手法延伸情节变化的模式）。

这样的结构策略在门罗的小说中随处可见。她很擅长将自己的艺术表现手法隐藏在对大自然的细节描绘中，仔细阅读就会发现，这种描述其实是对细微环节的条理性阐释。

除了情节上的重复，门罗文本中有许多次要场景的描述，门罗通过运用主题强迫（thematic forcing）的写作技巧，使这些场景与小说中的主题一致。小说《女孩和女人们的生活》中充斥着性主题。

黛尔到内奥米家做客，内奥米的父亲让她们读《圣经》（马太福音25，1—13）中的一段话，黛尔想的是：

> 我并不喜欢这个寓言，我一直认为它与谨慎、防备之类的内容有关。但是看得出来，内奥米的父亲认为它与性有关。

黛尔和内奥米一起步行穿过镇子（这是一段无关紧要的插叙），看到了波克·蔡尔兹（Pork Child）饲养的孔雀。小说中的这四段都是以"孔雀嘶啼……"作为开头，引起"光耀"（glory）一词的重复——寒冷春天的光耀（glory），"诸伯利的奇观"——最终以内奥米的感悟结束，"是性让它们嘶啼"。每处场景中，与性无关的东西都被贴上了"性"标签。在这个故事中，门罗插入了一段关于妓院（黛尔满脑子想的都是镇子边上的那家妓院）的内容，那里凡是与传统观念中的性有关的东西，都被贴上了家用的、寻常的（实际不寻常）标签。"其中一人正在读《明星周刊》（Star Weekly）"。黛尔在弗恩的卧室里翻找出一些避孕信息和淫秽打油诗。门罗为所有黛尔可能找到的东西都贴上了性标签。

　　小说《洗礼》的结构是一种重复模式，三位男性——克里夫、杰里·斯多利、加内特·弗兰奇与黛尔的相处模式是平行关系，三个人性格迥异。杰里勤奋好学，但寡言少语，克里夫说话风趣幽默，加内特则是个虔诚的浸礼会教徒，与杰里的书生气性格恰恰相反。（注意克里夫与加内特的对比：克里夫说话讲究策略，而加内特因为差点把人打死而蹲过监狱；克里夫爱喝酒，而加内特滴酒不沾）。大多数情况下，门罗会使用评论支持这些对比。我们选取下面一段话作为典型的门罗式例句：

> 与杰里外出时,我看到的正好相反,外面的世界迷雾重重、神秘莫测,感觉世界是那么的不可信;而与加内特在一起,我看到的那个世界与动物眼中的世界没有什么两样,是个没有名字的世界。

但同时要注意的是,门罗对晚餐场景的重复性描写:杰里和加内特都来到黛尔家里用晚餐;黛尔曾经在杰里和加内特家里用过晚餐。显然,门罗把加内特家里的晚餐场景作了放大和细化处理,她采用狄更斯小说的描写方式,呈现了那种欢快的、杂乱无章的社会底层家庭,这是用来对比不同形式晚餐的固定模式。就像在小说《女孩和女人们的生活》中那样,内奥米的家庭与黛尔的家庭形成了鲜明的对比,而在小说《洗礼》中,乔丹、斯多利、弗兰奇三个人的家庭被归为一类,就像是一幅由多种对比与平行组成的具有讽刺意义的三联画。例如,杰里和黛尔都独自与母亲生活在一起,两位母亲尽管风格迥异,却很"现代"。弗兰奇的家住在乡下,但是,这个贫困家庭却被快乐、忍让、包容、喧闹、幸福、健康的氛围包裹着。加内特的妈妈说:"在镇上人们的眼里,我们的生活过于简单,但是我们有吃不完的粮食。无论如何,这里夏天空气宜人,小溪边清凉、舒适。夏季凉爽,冬季温暖。据我所知,这儿房屋的地理位置是最好的。"

门罗对晚餐进行了精心描述。在乔丹家:

> 我对饮食很挑剔,即便有客人在,我也是如此;肉烧制得半生不熟,土豆有点生,豆角罐头太凉。

在斯多利家：

> 我们用三种不同颜色的果冻布丁当甜点，就像一座装满水果罐头的清真寺。

在弗兰奇家：

> 晚餐有炖鸡，鸡肉不太老，上面浇了鲜美的肉汁，所以更加松软鲜嫩，有素饺子和土豆（可惜现在不是吃新土豆的季节！），用面粉做的扁、圆形饼干，自制的豆角罐头和西红柿罐头，各种泡菜，几碗小葱、小萝卜和生菜叶，里面都放了点醋，糖浆味很浓的蛋糕，黑莓果酱。

经过一番对比，黛尔说出了心里话："毫无疑问，我在这家吃得最开心。"

菜单上所列的内容本身不引人注目，只是这一系列对比被赋予了戏剧性的含义，这种含义远远超出了门罗对它本身所作的现实主义的描述。这种结构性的重复是一种写作风格。门罗不仅在讲故事，她还在故事之上以及故事之外创造了具有重复性和对比性的复杂结构。尽管她关心的是接下来要发生什么事情，也就是叙述的时间脉络，但是在创作过程中，她始终着眼于如何详细描述重复、平行、影射、对比。门罗刻意将相似与平行场景并列，增添了故事本来没有的意义维度。她把类似的东西——人物、场景、地点、家庭——进行对比，为不同的东西贴上了出人意料的相同标签，创造了相互关联、相互参照的复杂结构，人物身份不再是单一的主题。

从更广泛的意义上来讲，这种规范的详细描述和结构组合，与门罗的反讽手法即"复杂化和戏剧化"（complexity and play-acting）一致，但不是人们所期待的那种经过精心编织的、平淡无奇的传统故事。我们读门罗的短篇小说会发现，其故事本身（这篇故事指黛尔这个人物）反对终结式结尾、随意式总结、草率式定义；它通过解释让小说变得复杂且具有反讽性。就像小说《你以为你是谁？》中反复提及的问题；门罗的答案始终是，我不是你想象中的那个我。一直到小说结尾，我依旧不是你想象中的那个我。

对抗、复杂、区别是门罗风格的基本特点。现在应该清楚了，门罗对内容的选择来自小说所要求的那种对比结构。在很多情况下，追求对比效果已经超越甚至颠覆了传统意义上对故事效果的追求。小说《女孩和女人们的生活》中关于妓院的描写并非出于情节需要；在《洗礼》中，我们也没有必要知道晚餐菜单上所列的具体内容。这些文本元素，通过反复创造相同与不同细节服务于小说。相同的结构看上去不同；不同的内容乍看上去却有些相同。这种独特的写作手法，在形式上从宏观层面或策略层面（情节、事件、家人、邻里、景色、社会阶层、性别、人群的并列）延伸到微观层面，又到了构成句子与段落的语法层面，再由这个层面向外扩展，到达人物与主题层面、心理与伦理道德层面。

门罗独创了一种成双的对比手法来塑造人物形象。她笔下的人物很少单独出现在一句话里，而是通过一个陪衬角色或另一个人物，或者通过颠覆和否定该人物的期望来突出其复杂性格。门罗不直接说 X 是 Y，她会说 X 与 Y 不同，或者 X 是 Y 但与 Z 不同。你甚至可以在句子与段落的构成层面发现这个特点。比如这一段里对弗恩和乔丹夫人的描写：

> 55　我母亲从生活中磨砺出来的那些性格——直率、精明、坚定、审时度势——在弗恩身上看不到，她满腹牢骚、动作懒散、麻木不仁。

还有黛尔家与内奥米家直截了当的对比：

> 我们家不欢迎内奥米，她们家也不欢迎我。我们彼此怀疑对方携带着已被浸染的种子——我带的是无神论种子，内奥米带的是性种子。

门罗利用平行结构把家庭态度与道德文化并置在两个句子中。

通常，门罗运用转折结构构建句子或段落，用"但是"或类似词语引起意思上的戏剧性变化（对比）。在小说《女孩和女人们的生活》中，黛尔的母亲乔丹夫人和弗恩一起去听歌剧。黛尔的母亲拿着一本介绍歌剧的书，她想着弗恩学过唱歌，所以应该懂歌剧。

> 她有问题想问弗恩，但是弗恩并不了解歌剧，她甚至弄不清楚正在听的是哪一首歌剧。但是有时候她会把双肘撑在桌子上，身体前倾，不像现在这么放松，感觉很专注的样子，唱几声，以示对那些舶来词的不屑。

这些句子围绕着转折词反反复复，塑造了弗恩这个复杂的、令人同情的人物形象，经过一系列节奏上的延宕，它最终变得丰满起来。被延宕的语义出现得很晚，因为每个"但是"都否定了对弗恩的猜测，取而代之以新猜测，而新猜测接着又会被否定。

小说《洗礼》中有一段内容很精彩，与主题相关，进一步阐释了门罗对语法技巧的运用。黛尔和加内特在性交前探讨做爱技巧，两人在车内或河边的小树林里颠鸾倒凤，疯狂地爱抚对方。注意门罗如何运用"不是/而是"的结构来并置意思相反的思想：

> 离开河边回到家，我辗转反侧，直到天亮都未曾合眼，不是因为性带来的紧张和兴奋，而是因为我一直在情不自禁地回味，我无法让自己不去想那些收到的礼物，都是很丰厚的奖赏——留在手腕、胳膊、肩膀、乳房上的唇印，肚脐上、大腿根、小腿间被爱抚的感觉。这些都是礼物。各种亲吻，连舌尖的触碰都带着我们彼此恳求和感激的声音。这是赤裸裸的宣泄。他的嘴巴肆无忌惮地亲吻着我的乳头，似乎流露着无辜和无力，不是因为它在模仿婴儿，而是因为它不在乎荒谬。性对我而言就是屈从——不是女人向男人，而是人向身体的屈从，是纯粹信仰的行为，是谦卑中的自由。

这三个"不是/而是"结构构成了复杂的分步式论证，证明了性本质的崇高和复杂，而性也因为意识到它的反面，变得更加强大。

反面有时体现在措辞上。例如，门罗经常用"差异"来描述特质。在下面这段摘录的话语中，差异既来自主观想法（这种差异让黛尔害怕），也体现在措辞上：

> 那些打扮得体的女孩子们让我感到恐惧。我甚至不愿意走近她们，我怕自己身上有异味。我感到她们与我之间有很大差异，我们似乎不属于同类。

从某种意义上讲，门罗小说如同文氏图解（Venn diagrams）中的组合：每个圆圈代表的是一种分离的、自治的、不同的区域（她经常用"领域"这个词描述不同的主观性）。但是在某些巧合范围，圆圈重叠了，人们通常因为反对某个人或者某件事团结在一起（尝试性地、临时性地）。如果大脑中缺乏关于文氏图的概念，几乎就无法解析下面这句话：

> 在诸伯利镇，她的不可知论与社交能力相互矛盾，因为这里的社会生活与宗教生活一致。

这个句子由格言的平衡对比句式构成（"矛盾"对应"一致"；"不可知论与社交能力"对应"社会生活与宗教生活"），文字风格雅致，部分原因是门罗在创作中习惯使用成双的对偶句。而更重要的原因是，门罗在许多作品中对差异作过精确而详细的描述。描写差异俨然成了她的写作风格。

黛尔·乔丹身上集中表现了差异结构、句法向量，以及门罗对立风格的不同转换，毕竟黛尔是故事讲述者，是那位虚拟作家。寻找差异是黛尔体验世界与保持自我的一种方式。她因此具备了坚定的有时是滑稽的逆反倾向、态度和个性（"出于逆反心理，我觉得有必要说……"）在《女孩和女人们的生活》中，黛尔把自己描写成"流亡者或间谍"；在《洗礼》中："我感到了我的成熟——带有成熟的狡黠、讽刺与孤独的自我"。两篇小说中的关键在于，她感觉她一直在抵触对另一种角色的定义（我称之为定义，也可以称为判断、行为期望、形式）：小说《女孩和女人们的生活》中，她母亲的建议——"我完全没有明白，或者说假如我真的明白了，我就会拒绝。

我可能会拒绝她诚恳地或者满怀希望地对我说的每一句话"——以及《洗礼》中加内特·弗兰奇的传教热情——"我感到惊讶，不是因为我反抗加内特，而是因为任何人都会犯这样的错误，误以为他有权控制我"。两篇小说表现的都是常见的故事情节、个性化母子分离的戏剧性场面。母亲具有文字以及象征性含义，她在人世间拥有一席扛鼎之地，但最终限制着困扰我们生活的人群以及/或者社会结构。两篇小说都将黛尔置于对抗性危机中，她遭遇/发现的是处于对抗中的自己，并且清楚地意识到他者（他人的主观世界）和她想捍卫的自身之间的差异。在没有说教也没有尝试建立某种类型或原型的情况下，黛尔肯定了这种差异与自我，并坚持认为个性就是负面的东西（我不属于这种类型），是一种必然结果，是他者的——无法接近的——神秘之处。换句话说，对于黛尔和门罗，她们的共性在于具有那类被称为主观领域的东西（家人、朋友、老师、恋人、社会组织），这些东西带有侵犯（控制、殖民）自我的倾向。

但是个性（无法还原的自我差异）最根本的困难是，当它与另一个人相遇或者有了似是而非的发现后，才意识到自己其实只是构建社会的产物。在这个关系网中，故事叙述成了模糊标记物与符号之间的一种交易，自我因而变得神秘。关于黛尔和克里夫跳舞的那一段：

> "尽情地跳吧"，他的眼睛在恳求我。我听不懂他在说什么，我难道不是正在与他跳舞或者说他正在与自己跳舞，像其他人那样不紧不慢地正在跳吗？他每次说话都这样，我能听见他在说话，但听不懂他在说什么。他也许一直在跟我开玩笑，但是他的脸上从来没有笑容。他只是转动眼珠，作出怪异的动作，用渴望的声音喊我一声"宝贝儿"，

> 我觉得他在喊另一个我。我能想到要做的,就是了解与他跳舞的这个女人的想法,并且假装是她。

黛尔分析她与加内特的关系:

> 也许我在他面前成功地隐瞒了我原来的样子。更可能的是,他正在重新改造我,拿走了他认为需要的、适合他的东西。我和他正在一起改造我。

从某种意义上讲,自我似乎消失了(除了作为观察点与对抗点的自我——我既不是观察点,也不是对抗点)。

> "你得做你想做的。"她[黛尔的母亲]痛苦地说。这难道是很容易就能理解的吗?我到厨房打开灯,给自己做了一大盘煎土豆,里面放了洋葱、西红柿、鸡蛋,我一声不响,狼吞虎咽地吃完了,站起身。我感觉自由了,但又感觉不自由。我感到解脱了,但同时又感到孤独。

门罗的短篇小说出自隐含在矛盾中的张力,介于希望(孤独者、放逐者或者间谍)与对社会动物的规定(希望在诸伯利跟着乔丹夫人这样的母亲长大以及希望从加内特·弗兰奇那类男孩身上获得一种情色幻想的荣耀)之间。

门罗的文本构建最终具有讽刺性,在描写受到竞争性规定驱使的人物时,这种讽刺常常带有喜剧色彩。黛尔想要得到她想要的(荣耀/性),但是她出生在一个充满各种矛盾的地方(规定、道德与社会规范,流行思想、地方智慧、习俗与偏见、周围人的复杂性格,这些人想得到他们想要的)。门罗的思想理念是通过对比(格言中常常出现这种形式)思考问题,把一种人物、社会群体或者思想理念与另一种进行对比,最终通过一种具有差异与相似性的变化矩阵思考问题。

这种思维方式无疑与语言本质有关,语言由单词构成,单词与单词之间只有通过相互关联才能产生意义,而这种意义是依靠"差异"体现的。门罗在表述无法言说的思想时,尤其是在表述被认为用语言无法表达的概念时,比如性,她的描述通常带有近乎神奇的色彩,门罗其实是在暗示,语言理论很复杂,复杂得甚至可以被称为玄学。正如她在描述加内特时所说的那样:

> 话语是我们的敌人。我们彼此间的了解会因为话语变得不彻底。那是人们常说的关于"性"或者"身体吸引力"之类的概念。一想到这些,我就会感到很惊讶——我现在依然很惊讶——这是一种满不在乎的,甚至轻蔑的语气,仿佛性是随处可见的。

以及

> 与杰里外出时,我看到的正好相反,外面的世界迷雾重重、神秘莫测,感觉世界是那么的不可信;而与加内特在一起时,我看到的那个世界与动物眼中的世界没有什么两样,是个没有名字的世界。

在小说《女孩和女人们的生活》中，门罗把性称作——注意这种矛盾形容词——"迷人的兽性行为"，她认为性超出了语言与责任范围，超越了现代生活中象征存在感的"雄心与渴望"。在下面的例子中，她想起了村里的一个妓女，一句不寻常的宗教用语让第二句具有了格言性质：

> 在某种程度上，我感到很吃惊，吃惊的是她居然也读报纸，报纸上的话对于她和我们竟然具有相同意义，她也像普通人一样吃喝。我曾经以为她已经完全堕落到了一种与圣徒对立的孤独与不可知状态。

黛尔结交加内特的时候，门罗继续采用宗教术语模式描写情色（作为一种类比）。

> 我心怀感激，感到自己像天使般幸福，好像真的到了另一个世界。
> 　　这是一种赤裸裸的宣泄……性对我而言就是屈从——不是女人向男人，而是人向身体的屈从，是纯粹信仰的行为，是谦卑中的自由。

如果把宗教信仰主题强加给门罗小说，这种做法是错误的；门罗想要阐释的是一种对立概念，一种用语言以及超越语言的思想表达的概念，非人类、非道德概念，是矛盾与对立的分水岭，有言说的必要性，但是没有渴望也没有野心，只有启发性与天使般的品质（以及兽性——天使与野兽都无须言说）。小说《洗礼》的结尾表达了这种思想，黛尔坦言，"我将开始真正的生活"——一种概念上的真实，一种所谓的真实，一种具有讽刺意义的真实，门罗用斜体字在小说的最后一行作了重复："真正的生活"。门罗似乎是在反复地提醒我们，现实是不可靠的、是不能信赖的。

注释

1. *Lives of Girls and Women*,（Toronto: McGraw-Hill Ryerson, 1971）, 163. All subsequent references will be noted in the text.

04. "橘子和苹果":
玛丽·罗什尼格　　艾丽丝·门罗的非教条女性主义

玛丽·罗什尼格，奥地利格拉茨大学的英语教授。作品有《用英语讲述的当代加拿大短篇小说：传承与变化》，与马丁·罗什尼格合作编著的《移民与小说：当代加拿大文学中的移民叙事》，两人还用德语合著了《加拿大文学简史》，首次讲述了加拿大文学历史。她的新近作品关注了如何从生态批评角度看待后殖民文学。

细述艾丽丝·门罗的"女性主义"

"我是一个女性主义者,但仅仅限于我赞成的某些方案。"这是艾丽丝·门罗 1984 年在一次公开采访中对加拿大著名作家哈罗德·哈伍德[1](Harold Horwood)说过的话。[1]然而,她又作了补充,认为女性主义"作为对待生活的一种态度是别人强加[给她]的",对此她其实并不赞成。[2]依旧是在这次采访中,门罗讲得非常清楚,她在写作时"不考虑女性主义政治",只考虑"[她的]故事情节如何发展"。[3]最重要的是,门罗作品的特点具有多重性、复调性、离题性、不确定性,它强调的是对等语篇共存,而不是用次要语篇替代主要语篇。通过"运用疑问式短篇小说"的写作手法,[4]门罗质疑了占主导地位的父权结构。她采用对立模式,目的在于反对一成不变的意识形态,包括女性主义中的僵化思想,"揭示这种具有文化

---

[1] 哈罗德·哈伍德(1923—2006),加拿大著名作家、政治家,著有《明天是周日》(*Tomorrow Will be Sunday*, 1966)、《记住夏季》(*Remembering Summer*, 1987)、《晚霞》(*Evening Light*, 1997)等。

影响力的叙事模式中为什么会缺乏反映女性自己生活的故事"[5]。因此可以说，即便允许运用女性主义思想去解读门罗小说，即便评论家们使出浑身解数想要把门罗归类到"资深政治作家"中去，[6]艾丽丝·门罗的女性主义思想依旧是含蓄的、非纲领性的。

门罗的女性主义观点从本质上讲既不鲜明也不教条，这点在她获得诺贝尔文学奖之后的一次"忏悔"中得到了证实："我认为，我不是政治人物。"在被问及从女性角度讲故事是否具有重要意义这个问题时，她回答："我从来不这样认为，但也从来不认为自己有什么特别之处，我只是个女人。"她的小说，正如她自己后来解释的，并不是明确针对女性读者的，门罗想用它感动所有人，而不在乎他们"是男人、是女人，还是孩子"。[7]就像卡罗尔·贝朗[1]（Carol L. Beran）所说的那样，在门罗作品中，我们看不到阿丽莎·范赫克[2]（Aritha van Herk）"坚定的女性主义立场"，也看不出玛格丽特·阿特伍德"社会对受害女性之作用"的率真批判，[8]这些思想不仅蕴含在这些女性作家的小说中，也在她们的评论性文章中得到了明确论述。但是贝朗接着说："门罗引领我们超越了男女间权力对抗这类问题，她意象中呈现着一股男女都无法控制的决定性力量，门罗采用这种方式，让权力争斗在一大堆事务中失去了意义，从而赋予艺术创新以巨大的力量。"[9]事实上，门罗通过整合叙事材料，表达了她

---

[1] 卡罗尔·贝朗（1944— ），美国与加拿大文学研究专家，玛格丽特·阿特伍德协会副主席，曾主编《活在深渊之上：玛格丽特·阿特伍德的神谕生活》（*Living Over Abyss: Margaret Atwood's Life Before Man*，1993）、《真知灼见：当代加拿大小说》（*Critical Insights: Contemporary Canadian Fiction*，2014），并发表多篇关于加拿大文学与写作的论文。

[2] 阿丽莎·范赫克（1954— ），加拿大著名女作家，著有《朱迪丝》（*Judith*，1978）、《帐篷桩子》（*The Tent Peg*，1981）等。

对抗父权结构以及思维模式的态度，也就是她的女性主义立场。在《橘子和苹果》（*Oranges and Apples*）（出自《我年轻时的朋友》）这篇小说中，门罗颠覆了必须选择类的游戏规则，她的小说创作，尤其是关于女性以及女性主义问题的描述，明确表达了抗拒遵循选择类游戏规则的思想，她引导我们接受两种（或者多种）事实真相、两项（或者多项）选择、这一个"和"另一个而不是非此即彼或者对立面的选择。正是这种巧妙回避，才使得门罗没有再次落入二元对立思维模式的主导性话语语篇的陷阱中，她的故事背景——用西克苏[1]（Cixousian）的话说——具有"多重异质性'差异'"，[10] 恰恰表明门罗内在女性主义影响力的精髓。

门罗用故事和文本两个不可分割的层面作为依托，以多种形式体现其含蓄的女性主义思想。其中，受女性主义影响最明显的一个例子是她"性别脚本"的前景化，[11] 这个概念指的是，生物基因决定了女性在文化方面的气质。门罗揭露了脚本中对女性角色的各种束缚，淋漓尽致地描写了故事中的女性人物，对于非此即彼模式的束缚，她们当中有人成功逃脱了，有人却失败了，但这并不意味着作者能够断然否认男女之间行为的内在差异。相反，门罗笔下的男女行为模式"表明身体及其功能是在与社会文化的相互作用中形成的"，[12] 事实上，这种态度受到第二次浪潮后许多女性主义者的首肯。关于这一点，英国著名性别理论学家安妮·菲利普斯（Anne Phillips）曾指出："尽管女性主义者围绕男女间生理性别及社会性别差异提出了概念性困难，我们仍需继续消除这些差异，这类差异

---

[1] 埃莱娜·西克苏（1937— ），法国著名女性主义作家、文学评论家。著有《上帝的名字》（*Le Prénom de Dieu*，1967）、《内部》（*Dedans*，1969）。

不可避免，是人为强加的。"[13] 门罗在其成长小说中，从根本上揭露了这种强加的性别脚本的荒谬性，质疑并重新定义了女性气质及男性气质的概念。然而，在重点描述母性、婚姻，以及突出强调家庭因素带给女性压力的小说中，能够看出门罗含蓄的女性主义态度。在这方面值得注意的是，尽管门罗与她的主人公质疑甚至反抗关于女性气质的限定性概念，但是她们"显然不想轻易摆脱这种女性气质"，加拿大著名女作家贝弗利·拉斯波利希[1]（Beverly Rasporich）曾作过这样贴切的评论。[14] 于是，门罗既被认为是女性主义者，也是女性作家。就像黛尔·乔丹（Del Jordan）在《女孩和女人们的生活》中对待克雷格（Uncle Craig）叔叔撰写镇上的历史那样，门罗并没有"打算消除男性叙事（男性博弈最高权力的另一种方式），而是允许它存在或者在她自己的叙述范围内存在"[15]。获得这个目标的途径，主要依靠她的质疑性故事模式、对故事情节的多层次叙述，以及挑战固化语篇和终结含义的叙事声音。那些滞留在文本表面以及包含她对性别脚本（gender scripts）质疑的女权问题、对童话故事模式的改写、对母性以及性别隔离（gender segregation）的关键性描述、对女性不同层次和不同形式的迫害，如女性身体的商业化问题，统统表现在门罗带有质疑性的多重写作技巧背景下。这种叙事模式本身就是她揭露和摧毁僵化父权结构的主要颠覆工具，她无须冒险提出另一种完整的思维模式。亨特[2]（Hunter）和梅伯

---

[1] 贝弗利·拉斯波利希（1941— ），加拿大著名女作家，卡尔加里大学（University of Calgary）艺术学院荣誉教授。代表作《加拿大幽默：文学、人物以及通俗文化》（*Made-in-Canada Humor: Literary, Folk and Popular Culture*，2015）。

[2] 阿德里安·亨特（1971— ），英国斯特林大学（University of Stirling）高级讲师，主攻苏格兰文学。代表作《英国短篇故事剑桥指南》（*The Cambridge Introduction to Short Stories in English*，2007）。

里[1]（Mayberry）均认为，这种叙事的开放性和流动性是门罗的最有效叙事策略，因为"它们没有复制或模仿带有束缚性的限定性策略"[16]。她的小说——尽管都是现实主义的虚构故事——可以看作是解构主义大师德里达[2]（Derrida）"语篇自由组合"的思想宣言，或者结构主义大师巴特[3]的"复合文本"（plural text），这些也是埃莱娜·西克苏（Hélène Cixous）的女性书写（écriture féminine）的基础。这种女性书写概念被西克苏（Cixous）定义为"持续性错位"（ceaseless displacement），[17] 它允许把门罗小说当作女性主义文本去阅读，但是要避免从本质上误判这位女性作家的作品。

"女孩子不那样摔门"

门罗成长叙事中的一个显著要素，是她揭露了对女性气质和男性气质僵化概念的构建。门罗作品中的女孩子角色，尤其是成长系列小说《女孩和女人们的生活》、《乞丐新娘》（*The Beggar Maid*，1978）中的那些女孩子，以及以年轻女性为主角的个性化故事中的那些角色，都表现出了对性别脚本中那些规定的疑惑。在《男孩女孩》（Boys and Girls）（出自《快乐影子之舞》）中，第一人称故事讲述者在某种程度上意识到，身为女孩子意味着必须遵守某些规矩："女孩子这个词，以前对我来说意味着天真无邪、无忧无虑，感觉是个小孩儿；现在看来并非如此。女孩子并不是想象中的我小时

---

[1] 凯瑟琳·梅伯里（1950— ），美国著名女作家，著有《从论点着想：有效论点写作指南》（*For Argument's Sake: A Guide to Writing Effective Arguments*，2001）、《克里斯蒂娜·罗塞蒂与发现之诗》（*Christina Rossetti and the Poetry of Discovery*，1989）等。

[2] 雅克·德里达（1930—2004），法国著名哲学家，西方解构主义代表人物。

[3] 罗兰·巴特（1915—1980），法国著名作家、文学评论家，结构主义代表人物。

候的模样；而是我长大以后的样子。"[18] 作为女孩子，意味着不必承担"男性"责任，这看似是一种自由，但其深层含义是指女孩子地位卑贱："她只是个女孩子。"[19] 在小说《苹果树下》（Lying under the Apple Tree）、《岩石堡风景》中，我们发现了类似"没有明确表达但意味深长的规矩"，比如骑自行车的那个规矩："想保住自己女性气质特征的必须退出。"[20] 尤其在《女孩和女人们的生活》中黛尔的身上表现得尤为明显，当她被要求做个"真正的女孩子"时，她感到迷惑不解。作为女人，她渴望被爱、被需要，但是无法忍受朋友内奥米那副"妆扮"。[21] 她痛苦地觉察到，她与那些"打扮精致"得能把她吓死的女孩子们格格不入，她讽刺性地总结说："如果不褪去身上的汗毛，就无法得到男人的爱。"[22] 美国女性主义作家凯特·米利特（Kate Millett）认为：

> 我们所处的社会环境，导致男性和女性成为两种文化，导致两种截然不同的人生阅历……性别认同发展始于童年阶段，父母、同伴，以及通过文化理念判断与不同性别匹配的气质、性格、兴趣、地位、价值、举止、表情，都是隐性因素。[23]

黛尔的认同思想发生了动摇：她在杂志上读到一篇关于《男性与女性思维习惯差异》的文章，担心自己"思考问题时不像个女孩子"[24]。她在两种模式的作用下左右为难：一方面母亲压制着她身上散发出来的女性气质，另一方面是传统性别脚本对女性的规定。对这位年轻的女主人公来说，两种模式都显得过于简单："我不想成为我母亲那样粗鲁、无知的女人。我想让男人爱我，我想让所有男人都爱我。我感觉受到了束缚，不能自拔；貌似有种选择，实则别无选择。"[25] 事实上，黛尔说"貌似"的时候是在暗示，她在质疑这种选择的有效性——她手撕杂志的行为证明了这一点。门罗笔下的少女们对"女性打扮"[26]（feminine decorativeness）的迷恋几乎到了一种恼人的程度，门罗在文本中对此作了前景化处理，比如，在小说《红裙子，1946》（*Red Dress–1946*）（出自《快乐影子之舞》）中，那位才十三岁的第一人称故事讲述者，第一次去跳舞时想要"所有女性礼仪式的可能性保护"[27]，还有小说《特权》（Prive lege）（出自《乞丐新娘》）中的露丝，她完全迷上了科拉（Cora）精致的女性装扮。[28] 这些都与衡量女性身体与行为的标准有关，在小说《荨麻》（出自《恨，友谊，追求，爱情，婚姻》）中几乎是以喜剧模式表现出来的。小说中，故事讲述者回忆了童年时期她对年仅九岁的迈克（Mike）的那种"狂热奉献的情感"[29]，她说："我欣然地，甚至是虔诚地接受了这个角色，我们之间无需解释或了解——我愿意帮助他、崇拜他，他也愿意带着我、随时保护我。"[30] 门罗对男女身份固化概念的处理方式表明，她不打算用一种身份替代另一种身份，而是想在对男女身份这种旷日持久的讨论中补充一些被忽略掉的东西。"门罗的小说，"豪厄尔斯（Howells）讲得很恰当，"破坏了身份的唯一性概念，她小说中主人公的身份含义远远超出了'身份'本身所暗示的固定含义。"[31]

"落难少女"

童话故事模式让《女孩和女人们的生活》中的黛尔和许多门罗式少女心中充满幻想，这种模式建立在女性是弱者的假设基础上，但是在以刚刚成年的女性为主角儿的那几篇小说中，这种假设被颠覆了，因为她们都在积极抗拒这种权力的不均衡。"门罗故事里的女主角，"拉斯波利希（Rasporich）曾经犀利地评论，"满怀希望地经历或者带有讽刺性地超越了那些传统幻想，她们不会消极等待心中的白马王子，等待小说《一点儿疗伤药》（An Ounce of Cure）中提到的《傲慢与偏见》（Pride and Prejudice）里的达西（Darcy）、《玛丽亚》（Mariana）中提到的丁尼生[1]（Tennyson）'荒谬'诗歌中风度翩翩的骑士，而是学会自己掌控命运，继而融入社会历史中。"[32]在小说《女孩和女人们的生活》中，黛尔对母亲的建议就有着自己的看法，她用智慧弥补了"女性的弱点"，最重要的是，她不再因为男人而心神不宁。事实上她反对接受

> 假如你是女性，就会受到伤害，你要格外细心、谨慎、懂得自我保护，而男人应该出去经受磨砺，抛却他们不想要的，然后荣耀归来。我想都没细想，决定也这么做。[33]

与母亲相反，黛尔既想要体验性激情，还想获得荣耀，但是性别脚本规定，这种荣耀是留给男性的。当她说"性对我而言就是屈从——不是女人向男人，而是人向身体屈从"[34]这句话时，事实上，黛尔提出了极具挑战男女关系含义的概念，在加内特·弗兰奇强行对她洗礼时，她的反应证实了这一点："我很震惊，不是因为我反抗了加内特，而是任何人都会犯这个错误，认为他真的有权控制我。"[35]

---

[1] 艾尔弗雷德·丁尼生勋爵（1809—1892），英国维多利亚时代著名诗人。

在《恨，友谊，追求，爱情，婚姻》这篇书信体小说中，门罗从女性主义角度对"童话模式"（fairy-tale pattern）进行了改写，方式激进且极富喜剧性。乔安娜（Johanna）在一位上了年纪的绅士家里当保姆，照料他的孙女萨比莎（Sabitha），萨比莎和朋友伊迪丝（Edith）拦截并伪造父亲的来信，欺骗乔安娜，让她相信萨比莎的父亲肯（Ken）爱上了她。这些来信唤起了乔安娜对浪漫爱情的幻想，她独自来到萨斯喀彻温（Saskatchewan）省，决心嫁给肯，但肯一直蒙在鼓里。当乔安娜抵达格丁尼亚（Gdynia）时，情况却很糟糕：根本没有人在火车站接她，她最终找到了肯，他住的地方破旧不堪，本人是一副病恹恹的样子，精神有些错乱，他甚至已经认不出她了。在此，门罗对童话模式进行了喜剧性改写，把前去拯救美丽而柔弱的公主的角色，从勇敢的骑士变成了乔安娜。她不仅来了而且还住了下来，她打算把肯乱糟糟的生活场景变成一个幸福美满的家。就像科拉尔·安·豪厄尔斯所描述的那样，门罗"熟练颠倒浪漫爱情，把动态幻想变成真实生活，颠覆了传统意义上性别权力间的关系，使之转变成对女性管理能力的庆贺与男性被解救后的感恩"[36]。事实上，小说《恨，友谊，追求，爱情，婚姻》指向的是门罗小说中含蓄女性主义（implicit feminism）的另一面，即幻想脚本（fantasy script），也就是说，门罗认为，她小说中的许多女性人物有权生活在不同维度，"最终形成多元主题，而非单一主题"[37]。《忘情》（Carried Away）（出自《公开的秘密》）这篇小说，突出了女性协调梦幻空间与物质空间的能力，门罗再一次运用书信体形式使构建幻想成为可能。

在小说《乞丐新娘》中，"落难少女"（damsel in distress）这个主题的含义耐人寻味，[38] 其核心潜台词是，门罗传递并揭示了女性与男性气质中的传统守旧形象。关于乞丐新娘的传说,在丁尼生的同名诗歌里,尤其是在前拉斐尔派[1](Pre-Raphaelite)画家希尔特·伯恩·琼斯(Edward Burne-Jones)的画作《国王科法图和乞丐新娘》[2](*King Cophetua and the Beggar Maid*)中都有具体描绘,这成了门罗小说中帕特里克(Patrick)追求露丝的原型模板。女主人公露丝在思考这幅画作时,意识到她在帕特里克眼里是那种女人:想要邂逅一位富有的、具有骑士风度的英雄,但她本人只是一个来自社会底层的、无依无靠的少女。露丝并不认为自己就是"乞丐新娘",尽管如此,她很轻率地就有了委身想法,同时意识到,帕特里克永远成不了科菲图阿,因为他"激情中带着一种恍惚,机灵但是粗俗"[39]。末了,她还是嫁给了帕特里克,尽管她相信"无论是谈话还是行动,她一直都在为他牺牲自己"[40]。在描述这种婚恋关系时,按照惯例,门罗把露丝"打造"成了一位演员(不仅仅从专业角度考虑,同时也从协调她自己的私生活角度考虑),与帕特里克相反,露丝认为,为了能像灰姑娘那样成功,她必须采取"行动"。正因为读者了解露丝的想法,再加上露丝本人的反抗以及从内心深处拒绝帕特里克对她"自我"的"非法侵占",这篇小说就成了批判女性顺从男性意志极为有力的女性主义语篇,对于露丝而言,这种顺从思想会摧垮她的"幸福幻想"。[41]门罗小说中有许多女主人公,她们摆脱了失败的婚姻,"舍弃丈夫、家庭、婚内存续的一切……希望过上那种没

---

[1]指1848年在英国兴起的美术改革运动,作品以传统的写实风格为主,画风细腻,色调清新,与前期风格主义的华丽和矫饰有很大区别,后来的唯美主义和象征主义均受此影响。

[2]取材于伊丽莎白时代民谣。画中的国王认为乞丐新娘就是自己苦苦寻觅的妻子,满眼爱慕坐在少女的右下方,欲以王冠相赠。乞丐新娘手持象征拒绝爱情的银莲花。

有虚伪、没有羞耻的新生活",像她们一样,露丝最终选择放弃在帕特里克生活中所扮演的角色,开始新的探险。然而,有个角色是她无法放弃的,至少从情感上无法放弃,就是她作为母亲的角色。在门罗的全部作品中,这类故事随处可见,情节与安娜·卡列尼娜(Anna Karenina)之类的故事相似,但对内容作了改编,描述女性为了追求真挚的情感、渴望真正的激情,以及维护独立而逃离婚姻。但是,孩子的问题成了女性解放行为中最严峻的永恒性挑战。"有些痛苦我能忍受——那些与男人关联的痛苦。另一些痛苦——与孩子关联的——是我无法忍受的。"这是小说《荨麻》中第一人称故事讲述者的内心告白。[42] 小说《孩子们留下》(出自《好女人的爱情》)中的主角儿人物波林(Pauline)就是这样,她的结论是,女人想要走出令人窒息的婚姻,代价就是得放弃孩子:"这是一种剧痛。随后会发展成慢性病。"[43] 因此,凡是认为门罗故事中的女性人物都能够成功战胜性别脚本的束缚或者愉快摆脱不幸婚姻的说法都是错误的。事实上,了解到这些备受痛苦煎熬的母亲的想法之后,读者就有足够机会去追忆这类女性关于愿景(通常是未实现的)、焦虑、失望和羞辱的历史。就情节而言,这类小说很少讲述女强人如何成功解放自我。然而,小说通过对女性人物的复杂反思以及门罗的多层次文本叙事,对性别模式提出质疑,供读者作不同选择。

"她就是房子;没有分开的可能"

在以居家生活和母亲角色为主题的小说中,女性主义内容成了关注的焦点。其中,性别隔离产生的禁锢效果是通过母亲角色体现的，这些母亲受母性固化观念的束缚，心力交瘁，她们同时担负着母亲、妻子、职场女性等多个角色，最终沦为"母性式小丑"（mothering clowns）。[44] 在《淘气》（出自《乞丐新娘》）等一些小说中，门罗采取了极滑稽的方式处理完美母亲的概念，露丝和乔伊斯琳这些年轻母亲，让产房内其他女性感到"烦恼和困扰"，她们不听护士劝告，说话带脏字，宁可阅读安德烈·纪德[1]（André Gide）的小说，也不愿意讨论整理厨房里的碗橱或者使用吸尘器的方法。[45] 在戏仿女性气质时，作者似乎借鉴了自己年轻时为人母所受的纷扰："住在附近的那些女人，经常不打招呼上门来喝咖啡……传授做家务活儿的经验。"这是希拉·门罗（Sheila Munro）在她的回忆录《母亲和女儿们的生活》（Lives of Mothers and Daughters）中写的。[46] 我们也找到了门罗本人的一段陈述："经常会有一些可怕的、无休止的、家长里短的对话，比如怎样买到更白、更软的尿布，或者如何处理尿布，我曾经以为每个人都非常喜欢这样的聊天话题。"[47] 要让门罗作品中的主人公成为母亲，并且保持她们的才智水平和个性管理能力，需要展现"高难度本领"（precarious stunt）。[48] 这种本领在小说《深洞》（Deep Holes）（出自《幸福过了头》）一开始就出现了，故事讲述了在奥斯勒布拉夫（Osler Bluff）举行的一场家庭野餐，莎莉（Sally）是一位年轻母亲，还兼顾了好几个角色，哺乳襁褓中的女儿、看管两个年幼的儿子、招呼大家野餐，还得是一位体贴的、让丈夫钦佩的妻子——丈夫是一位地质学家，大伙儿可都是冲着他才来野餐的——聆听他关于独特岩石结构的专业性评论，莎

---

[1]法国著名作家，作品通过宗教与性、反叛与救赎揭示作家内心深处寻求信仰和悲观焦虑的矛盾心情。代表作品有《人间食粮》《田园交响曲》等。1947年获诺贝尔文学奖。

莉抿了一口香槟酒（只是抿了一口，因为她还在哺乳期"[49]），她得保证两个儿子不会背着她偷偷喝，因为大儿子现在什么都会。除了这些，故事讲述中时不时夹杂着莎莉自己的想法。在第三人称叙事模式里，主角儿大多数时候是母亲，这种模式通常是为了展现而不是描绘母亲的"高难度本领"，而在《蒙大拿的迈尔斯城》（出自《爱的进程》）中，第一人称叙述者只是在反思作为母亲本应该做的："我和安德鲁（Andrew）谈话、跟孩子们聊天、看他们指给我的东西……往塑料杯里倒柠檬汁，一时间，我灵魂的碎片又都飞了回来。"[50]门罗故事中有大量母亲形象，她们都有一种力不从心的压力，这种压力或出自小说《孩子们留下》和《我妈的梦》（My Mother's Dream）、《好女人的爱情》中的家庭，或来自《不久》（Soon）（出自《逃离》）中的城镇社区，管家艾琳（Irene）是这个社区里的典型。因为她"有双能干的手"，务实的艾琳与带着私生子的朱丽叶（Juliet）相比，在聪慧程度上略显逊色，但她"有双能干的手"，她"观察着朱丽叶的一举一动，看着她摆弄炉子上的旋钮（因为一开始没有搞清楚哪个炉盘对应的是哪个控制旋钮），把煮好的鸡蛋从锅里拿出来剥壳（这一次，鸡蛋和外壳粘在一起，无法一整块儿剥，只能一点点剥离），然后看着她拿出一个碟子，把鸡蛋捣碎放进去"[51]。

门罗作品中的母亲形象，都在尽力证明着自己的艺术家身份，而与之无法分离的家庭住所，则成了专门用来强调男女性别脚本的空间。小说《办公室》（出自《快乐影子之舞》）里的故事讲述者/作家/母亲痛苦地意识到，男人可以充分利用自己的住所，因为"他可以随心所欲地摆弄房子"[52]，女人却无法"在房子里做事情"[53]，因为"她就是房子，没有分离的可能"[54]。女性主义的回声，只有在文本外才能"被听到",而在故事本身的世界里,她想要拥有属于"自己房间"的愿望在各个层面都破灭了。在家庭成员看来,他们认为没有必要满足她的愿望;事实上,满足"一件貂皮大衣"或者"一条钻石项链"[55]这样的愿望,反而容易被人理解。当她最终想尽办法租到了一间"办公室",却被房东因循守旧的观念吓蒙了,房东认为,"女士房间"就应该有女士房间的样子。尽管从元小说的角度讲,出于报复目的,故事讲述者用麦利先生(Mr. Malley)作为小说的"素材",小说《办公室》——像之后小说《素材》一样——不仅前景化了性别不均衡以及女性所遭受的迫害,同时质疑了多层面权力较量中女性的模糊作用和可能使用的谋略。因此,在小说《素材》(出自《我一直想要告诉你的事》,*Something I've Been Meaning to Tell You*)中,当第一人称故事讲述者说"身材臃肿、固执己见、衣着邋遢,这就是我眼中的男人形象,他们自恃拥有学术生活、文学生活以及女人"这句话时,[56]她不仅抨击男性学术界的虚荣,而且揭穿了女性在权力关系中所起的推波助澜作用。与此类似,小说《办公室》中的故事讲述者,用"毕恭毕敬"的态度希望麦利先生离开,她想一个人待着,这反而让麦利先生的蛮横变本加厉,她想使用"冷冷的音调",这种音调她心里已经听过无数次,但要从"怯懦的口中"发出,实在是太难了。[57]而是否应该使用更具"男性化气质"的举止遏制麦利先生的干涉行为,对于这个问题,小说拒绝给予回答,这似乎是在暗示,女性的刚毅行为不被接受。

在处理男女间复杂的权力关系时,门罗擅长运用语义的持续性延宕特点,小说《庇护所》为我们提供了一个非常有趣的例子。乍看上去,小说似乎是要前景化两位女性所遭受的伤害,一位是故事讲述者的姨妈道恩(Aunt Dawn),另一位是姨父贾斯珀(Uncle

Jasper）的姐姐，那个"被遗弃"的莫娜（Mona），但细读之后发现，由于故事结构的多层次性，我们无法对呈现出来的人物关系作清晰判断。事实上，就像在《女孩和女人们的生活》以及其他许多小说中一样，门罗通过一位小姑娘的直观感觉对事件进行过滤，同时用成熟的语气再现了整个事件。《庇护所》中第一人称故事讲述者的年龄只有十三岁，父母在非洲做传教工作，她和道恩姨妈以及姨父贾斯珀一同生活，贾斯珀是镇上的医生。很快，小姑娘注意到，姨父家里的"房子是他的，菜谱由他决定，就连听收音机或看电视的节目内容也由他说了算"，而道恩姨妈"最重要的工作就是为他搭建港湾"。[58] 故事讲述者感受到了性别差异的离谱，同时，她想起姨父"与在家里相比，他在办公室里的样子似乎更随和"。[59] 一天，他的姐姐莫娜·卡塞尔，一名小提琴手，和她的乐团来镇子上开音乐会。小姑娘从姨妈那里得知，莫娜在她弟弟眼里是个不受欢迎的人。贾斯珀认为艺术是"骗子"，音乐会就是"牛粪"。[60] 这天，姨妈得知丈夫可能回来得比较晚，因为"那晚有个县级医生的聚会晚宴"，[61] 她瞬间作出了一个罕见的惊人决定，她把乐团的人邀请到家里，但是，事态随后升级了。客人们待到很晚——私人音乐会"正在进行"时被贾斯珀姨父撞见了，他被姨妈的欺骗行为激怒了。一方面，他表现出断然否决的态度，从孩子的视角看，这种态度被放大了，怒气冲冲的姨父"大衣扣子没系，围巾松散着，靴子也没顾上脱，体格看上去比往常壮了一倍"。[62] 另一方面，故事讲述者的语气缓和了事态发展，她说，对于姨父爆发出来的怒气，其实她并不吃惊，她知道"有很多东西让男人感到厌恶。或者就像他们自己说的，那都是一些没用的东西。的确是这样。因为他们感觉没用，所以就讨厌"。[63] 然而——我们在这里再次看到了小说中折射出来的作者赋予的包容性艺术——姨妈"没有因此让大家下不来台"[64]。小说里充斥着双重性和相对性。莫娜突然死了,她很可能来镇子之前就病了,莫娜的遗愿是希望人们把她埋在故乡的教堂里,她弟弟听到这个消息后很吃惊。小说没有就此作进一步讨论,只是隐隐地向读者透露,一直以来,这位小提琴手都渴望回到"家庭的怀抱"(bosom of the family),而举办音乐会就是在朝这个目标努力。莫娜的命运让人不禁想起了另一个"家丑不可外扬"(Skeleton in the family closet)的女性,她就是小说《家庭门面》(出自《恨,友谊,追求,爱情,婚姻》)中的阿尔弗丽达(Alfrida),她的"罪名"不是像莫娜那样想当艺术家,而是因为她怀了表哥的孩子。像莫娜一样,她被宣布为弃儿,这样一来,家族里的人们就可以继续体面地生活了,她也像莫娜一样,一直渴望被家庭认可。小说《家庭门面》的重点在于,只要符合创作所需的"素材",无论它们是否会对女性造成外在或内心的伤害,故事叙述者都能接受,但是小说《庇护所》将持续性的质疑行为和态度的改变进行了前景化处理。我们发现《庇护所》中的故事讲述者"不像莫娜那样忍气吞声",而是以一种自相矛盾的方式进行着女性主义的批评式反思:"作为女性,假如你对任何事情都很投入,就会显得很蠢。"[65]或者她在暗示,莫娜应该早点知道,一个人为怪癖和激情所付出的代价该有多昂贵。这个问题又一次留给了读者,好让他们在众多选择中坚持自己的判断。门罗的多元文本,让读者对于贾斯珀姨父粗暴对待道恩姨妈的方式产生了怀疑:当故事讲述者回忆起"一个周日的清晨,我悄悄溜过姨妈和姨父房门紧闭的卧室门口……突然间听到一阵响声,那是我从父母或者其他人那里从未听到过的一种声音——一阵痛快的咆哮和尖叫,夹杂着配合和放弃的声响,它在黑暗中扰乱并破坏了我的心情",[66] 我们不禁会猜想,其实这对夫妇的婚姻并非不幸福。这篇小说以批判性方式前景化了题目中具有讽刺意义的性别脚本,同时,这种声音的巧妙复现,质疑了女性对其所受伤害及不幸采取顺从态度的简单化理解。当然,读者应该理解道恩姨妈所说的"男人的家就是他的城堡"这句话里的讽刺性含义,但同时,这句话本身就表明,第一,性别隔离必须依靠两个人合力才能形成,第二,幸福以及女性身份的表现形式可以有多种。

"女人的身体"

门罗短篇小说中女性受害者的名单很长,而且各不相同。一些女性,比如小说《播弄》(Tricks)(出自《逃离》)中的若冰就是命运的牺牲品,她让人想起英国著名作家托马斯·哈代(Thomas Hardy)小说中的女性人物,女性成为牺牲品是因为男人的怯懦、对权力的渴望以及大男子主义。小说《亚孟森》(Amundsen)(出自《亲爱的生活》)中的薇薇安(Vivien),她是一家儿童疗养院的教师,在婚礼举办前夕被阿利斯特·福克斯博士(Dr. Alistair Fox)抛弃了,他提出的分手理由很牵强:"他说,他做不到。他说,他再也无法忍受这种煎熬了。他无法解释。他只说这是个错误。"[67] 对薇薇安而言,这个结果"仅仅是"女主人公遭受了奇耻大辱,而小说《法力》(Powers)(出自《逃离》)中的泰莎(Tessa),因为深爱奥利(Ollie)而付出了昂贵代价,她具有预测未来的天赋,奥利跟她结婚的目的,只是想利用她的"特异功能"获取自己事业上的成功。而当这种特异功能被"破解"并用于医学实验后,泰莎就被遗弃到了贫民窟,老朋友南希(Nancy)去看望她的时候,发现她正在接受一种离奇的消除记忆的治疗："他们为我注射的药物中，有的甚至有毒。为了治我的脑子。让我失忆。"[68] 泰莎没有任何获救希望，但是在小说《多维的世界》（Dimensions）（出自《幸福过了头》）的结尾，人们仍然能够看到希望，多丽（Doree）最终摆脱了狂热追求权力的劳埃德（Lloyd）的控制。由于一时嫉妒，总之，是为了教训妻子多利，劳埃德杀死了他们的三个孩子。法庭判定劳埃德精神错乱杀人，把他关押在安大略省伦敦市的一家精神病院里，他给多丽写信，信很长而且充满了控制欲，他打算以写信的方式再次控制多丽。从多丽收到信件以后的叙述看，显然劳埃德的话对这位年轻女人产生了作用。之后，多丽去探望劳埃德，途中救了一名受伤司机，这件看似毫无意义的交通事故，暗示多丽的认知发展与劳埃德已经没有关系了。多丽觉得，要想在这个世上做个有用之人，就不能只是对劳埃德有用。帮助司机恢复知觉的行为折射了多丽的复活：从某种意义上讲，司机与多丽都需要学会重生。倘若读者因为这种"救助"场景而感到如释重负，那它就不是门罗的作品了。毕竟，多丽挺身救助这个年轻人，只是因为她了解救人的基本操作要领，那是因为之前，劳埃德担心孩子们万一哪天遭遇车祸而教给她的应急之策。故事结尾，多丽决定不去精神病院了，但我们也无法确定，她是否最终把自己从顺从和依赖的牢笼中解放了出来。通过前景化女性在男性那里所遭受的迫害，门罗揭露的不仅仅是大男子主义，还有普遍意义上的权力不均衡带来的毁灭性影响。

在门罗的全部作品中，女性身体被物化，即女性身体要靠男性评判，这类短篇小说被放置在了一个更大的文本框内，从女性主义角度去思考这类小说具有特殊意义。在小说《追思会》（Memorial）（出自《我一直想要告诉你的事》）中，艾琳（Eileen）结束了和妹夫埃瓦特（Ewart）的短暂婚外情，她反思了男人与女人在性交之后态度上的差异。在她看来，女人"想方设法寻找爱情印证，匆忙珍藏情感以作日后念想"，但是，就像埃瓦特一样，男人把性交看作"纯粹的滋补品"："那只是女人身体。在性交前及性交过程中，男人似乎把个人权力全部投资在了这个身体上，他们对它念念不忘，从某种程度上说，他们追逐的这个身体具有特殊性、独一无二。但之后，他们的想法明显发生了变化，他们希望人们明白，这种身体可以被置换。那只是女人身体而已。"[69] 然而，当艾琳想到埃瓦特的身材时，她说："他不是那种性感迷人的男人。为什么？他屁股太大，从后面看，显得脆弱自负？"这表明，对这个故事的单一维度解读又一次被颠覆了。[70] 但是，无论是埃瓦特还是门罗作品中的其他男性人物，都没有觉得必须顺应女人的性欲。门罗小说中，让男人定义她们的身体，往往是女性自己要求的，或者说，女性内化了男人的凝视，并且极力保护她们（衰老的）身体的脆弱性。在小说《苔藓》（Lichen）（出自《爱的进程》）中，大卫（David）"知道那是迟早的事情，如果有一天，蒂娜（Dina）像凯瑟琳（Catherine）一样人老珠黄，他就要重新换人。对他来说，那是迟早的事情——重新换个人"[71]。对大卫来说，女人就是一次性商品，在男人眼里一旦失去了新鲜感，就该随时被替换。

尤其是在《木星的卫星》（The Moons of Jupiter）中的几篇小说里，中年女性"在男人眼里不仅被看作物品，还可以随时被扔掉"。[72] 在小说《巴登汽车》（Bardon Bus）、《劳动节晚餐》（Labor Day Dinner）、《掌状红皮藻》（Dulse）中，这些"女主角儿"们由于过度依赖男人的看法，没有追求到自己的幸福。"性感女人，"心理学家杰西卡·本杰明（Jessica Benjamin）解释说，"的确很性感，但也只是作为物体而不是作为本体。与其说性感女人表达的是自身欲望，倒不如说是欲望带来的快感；她享受的是能吸引男人并激发男人欲望的那种本领。"[73] 小说《掌状红皮藻》中的莉迪娅（Lydia）就是这样，她长途跋涉来到新不伦瑞克省（New Brunswick），就是为了"抚平"前男友邓肯（Duncan）带给她的情感伤痛，邓肯力图"改变她身体和行为上令他厌恶的东西"[74]，他强迫莉迪娅"努力讨人喜欢"，她无法做到，于是邓肯就羞辱她。"'你在脸上做了什么？'她一回到车上他就问。'化了妆。这样我就能看上去精神一些。''看看你脖子上的一圈肉。'"尽管莉迪娅愿意让邓肯改变自己，但是在回顾这段关系时，她进行了反思，认为自己不仅应该尽量改变这种权力之间的不平衡，而且——像小说《劳动节晚餐》中的罗贝塔（Roberta）那样——在前一段婚姻关系中，她也许应该主动"叫停"。[75] "脆弱，"根据伊娃·德克莱克（Eva DeClercq）的解释，"是个模糊概念，它既包括伤害的力量，也包括受伤害的力量。"[76] 在罗贝塔身上，我们看到的是一位四十多岁的中年妇女，她正与乔治（George）交往，她害怕这个男人"厌恶她衰老的身体"，还有她松弛的腋窝。罗贝塔"疯狂地在皱纹上涂抹面霜"，她节食，直到"腰身令人满意，但面颊和脖子看上去依旧很憔悴"。[77] 故事里的莉迪娅和罗贝塔生活得并不幸福，因为她们想取悦异性的努力失败了。关于性感角色，罗莎琳德·考沃德（Rosalind Coward）在20世纪90年代曾指出："尽管女性自身风情各异，但在自我表征中，关注男性对自己的欲望往往被放在了首位。"[78] 这种控制与顺从表明男女间的关系成了死结，这也是《劳动节晚餐》这类短篇小说的亮点。这篇小说的复调叙事结构，不仅突出了罗贝塔的看法，而且洞察了乔治以及罗贝塔十七岁的女儿安杰拉（Angela）的想法，将女性放弃独立带来的破坏性力量进行了前景化处理。通过讨好异性并成为"没有想法的女人",[79] 罗贝塔得到的与她希望的正好相反。她渴望得到安杰拉的尊重以及乔治的爱,却都失去了。通过重新聚合多种声音,门罗让我们洞察到人类痛苦具有复杂性,事实上,在大多数情况下,门罗小说中的人物对这种洞察没有感知力,他们不具备读者那样对作品中多重聚焦叙事的研判能力。

如同小说《掌状红皮藻》和《劳动节晚餐》中所暗示的,脆弱并不是女性的"特权",但是,与男性相比,在谈论女性时,人们关注更多的在于她们是否拥有迷人的身姿,导致女性更易成为岁月侵蚀的受害者。随着年老色衰,女性越来越被排斥至浪漫与性爱的边缘,她们绝望而徒劳地进行着抗争,小说《巴登汽车》里的类似描述令人难以忘怀。门罗说,她在写这篇小说时,想要找寻"一种歇斯底里的情色感觉。一种非常紧张、哀伤的感觉"。她继续说:"有时我在逛女性服装店时,这种感觉会油然而生。那是一种打扮精致吸引异性爱慕的心情。"[80]《巴登汽车》中的讲述者在澳大利亚与一位人类学家 X 邂逅,回到加拿大以后,对 X 的想念占据了她的全部生活,先是幸福地回忆,之后幻想着能收到他的来信,后来整个人都因此变迟钝了:"我无法……沿大街朝前走,除非我住在他心里,或者被他注视。"[81] 这种被遗弃的羞辱感,终于在她见到她与 X 共同的朋友丹尼斯(Dennis)后得以释放。她希望这次会面不仅能了解到 X 的行踪,也能给丹尼斯留下一个漂亮的印象,以便他能转告 X,说她依旧迷人。然而,丹尼斯关于"女人生活"的一番话,让她彻底断了这念头,尤其是"与年龄有关"的那些话:"小说里是那样写的,现实生活也同样。男人总是会爱上更年轻的女人。男人想要的,是更年轻的女人……你不可能与比你年轻的女人竞争。"丹尼斯认为，他的理论是无可辩驳的，因为，"从生理学角度讲，男人追求更年轻的女人是一种正常现象。"[82] 具有讽刺意义的是，丹尼斯的这番话后来被证实了，小说结尾，情节发生了喜剧性的转折，故事讲述者的朋友凯伊（Kay），热情地向她介绍了自己的新欢，一位叫亚历克斯（Alex）的人类学家，就是我们——还有故事讲述者——认识的 X。当然，凯伊比故事讲述者年轻十岁。这个故事从根本上前景化了衰老与女性脆弱之间的正比关系。丹尼斯认为，这种关系在生物学上起决定作用，性角色的固化模式迫使故事中的女性装扮自己，丹尼斯的这种断言并不准确。或者说，女人是因为被误导戴上了伪装面具，以获得男人怜悯，从而成为男人欲望的目标？故事讲述者会不时想起朋友凯伊讲述的那些近乎荒诞的故事以及自己与男人们的奇遇，小说将这些经历汇集、整理、重新编排，并以故事讲述者的另一番见解结尾。当她注意到那些打扮怪异的（老年）妇女时，她不仅在思考"妩媚变为怪异的瞬间"，同时也悟出了其中的禅机，于是她打趣地说道——这是一种自嘲方式——"人们无法忍受爱情带来的痛苦和混乱不堪，如同无法忍受乱七八糟的房间一样"。真正令人感到讽刺的是，凯伊"穿着新买来的衣服，一件墨绿色女学生风格的束腰外衣（里面没有穿衬衣和胸罩）"，加入为取悦 X 而打扮的女人队伍中。[83]

于是，我们又回到了性别脚本的原点，门罗在作品中对此不懈描写。身体女性主义"赞成皆无/皆有，反对非此即彼"，这在门罗小说中很常见[84]，它成为重新定义男女关系与权力结构的最真实画面。小说《掌状红皮藻》《劳动节晚餐》和《巴登汽车》揭露了对女性身体的歧视，展现了女人衰老之后承受的压力：这些小说前景化了女人在身体上保持吸引力所带来的优势，并强调这是她们必须做的事情，尽管这类小说大多并没有提出任何解决办法，但它们提升了我们对于各种男女不平等现象的意识。门罗通过让"叙事轨迹中的形象具有参与性、多逻辑性、比喻性"呈现了这些问题；她"从控制与支配中将真相和理解解放出来"。[85] 即使这样，当梅伯里（Mayberry）谈到门罗作品中的人物形象时，她说，"只有少数幸运者成功了，实现了消除主体与客体以及加害者与受害者之间二元对立的愿景"[86]。"愿景"总是能够被接受者理解，让读者易于信服。门罗陈述了主客体间关系的破坏性作用，虽然没有强加任何新的规范性概念，却引发了再度思考。

"我从来没想过自己不是女人"

门罗短篇小说塑造的女性人物形象处于不同历史、地域、社会文本中，展现了独特的女性视角，因此，从女性主义角度阅读她的小说很有裨益。"作为女性作家，"科拉尔·安·豪厄尔斯（Coral Ann Howells）说，"门罗对于女孩子和女人内心深处的想法感同身受。"[87] 然而，与这一章的批判立场相同，如果人们认为，女性主义颠覆和解构了长期受到男性声音控制的权力话语，这种权力话语建立在合理性、两级性、直线性，以及绝对性真理的基础上，这种女性主义文本，就是要在没有绝对化特权和权力的情况下颠覆和解构这种男权话语，从而提供令人信服的选择模式。女性书写概念是门罗创作过程中采用的常规性描述方式，在门罗作品中具有极其重要的作用，它解放了作家的叙事风格，从心理上消除了作家的性别差异，规避了女性作家特有的平铺直叙和含糊其词特点，因为女性书写的狭隘定义，会再次突出女性气质与男性气质最基本的二元对立，进一步强化性别脚本中的规定，这些规定如同裹胸衣一样，紧紧束缚着一代又一代女孩子和女人们。这些单一维度的女性主义概念，对于声称"我从未想过成为女性主义作家"的作者而言，被混淆了。[88]但是，亨特（Hunter）认为："门罗采用带有质疑性的简短方式，展示了被意识形态忽略或歪曲的人物及其经验的方方面面。她没有像意识形态允诺的那样，谋求用其他版本来代替现实版本，因为……那样会产生另一种形式的权力和法律体系。"[89]门罗反对两极分化的极端做法，体现在对她的叙事网络的详细补充中，同时在许多女性人物的生活方式上也有所表现。小说《白山包》（White Dump）中的丹尼斯（Denise）对父亲说，她厌恶"男性作出的定义以及无懈可击的男性式争论"，但她马上又在脑海中作了补充："我也讨厌听自己那样说'男性'。"[90]

通过前景化并且质疑性别脚本、提供多种女性视角、表现女性敏感及想象力，门罗以多种方式调和了女性的生活体验。她把这些主题相融，形成了反对约定俗成的真理与模式的叙事风格，由此成功地发展了一种文学表达方式，其特点不是权力体系间的互换，而是通过坚持不懈的质疑方式对权力进行解构。所以说，门罗既是女性主义作家，又非女性主义作家。鉴于她在采访中的自我陈述，同时通过仔细阅读她的短篇小说，不可能终究也会成为可能。

注释

1. Judith Miller, *The Art of Alice Munro: Saying the Unsayable*（University of Waterloo Press, 1984）, 134.
2. Ibid., 133.

3. Ibid., 134.
4. Adrain Hunter, 'Story into History: Alice Munro's Minor Literature', *English* 53（2004）, 222.
5. Ibid.
6. Katherine J. Mayberry, 'Narrative Strategies of Liberation in Alice Munro', *Studies in Canadian Literature/ Études en littérature canadienne* 19, 2（1994）, 57.
7. See Lisa Allardice, 'Nobel Prize Winner Alice Munro: It's a Wonderful Thing for the Short Story', available online at www. theguardian. com/books/2013/dec/06/alice-munro-interview-nobel-prize-short-story-literature; accessed 7 December 2014.
8. Carol L. Beran, 'Images of Women's Power in Contemporary Canadian Fiction by Women', *Studies in Canadian Literature/ Études en littérature canadienne* 15, 2（1990）, 70.'
9. Ibid., 77.
10. Toril Moi, 'Feminist, Female, Feminine', in Canadian Belsey and Janet Moore（eds.）, *The Feminist Reader*（Malden, MA: Blackwell, 1989）, 111.
11. Laurie Kruk, 'Mothering Sons: Stories by Findley, Hodgins and MacLeod Uncover the Mother's Double Voice', *Atlantis* 32, 1（2007）, 34.
12. Sonya Andermahr, Terry Lovell and Carol Wolkowitz（eds.）, *A Glossary of Feminist Theory*（London: Arnold, 2000）. 103.
13. Anne Phillips, 'Universal Pretensions in Political Thought', in Michèle Barrett and Anne Phillips（eds.）, *Destabalizing Theory: Contemporary Feminist Debates*（Cambridge: Polity Press, 1992）, 23.
14. Beverly J. Rasporich, *Dance of the Sexes: Art and Gender in the Fiction of Alice Munro*（Edmonton: University of Alberta Press, 1990）, xvii.
15. Hunter, 'Story into History', 224.
16. Mayberry, 'Narrative Strategies of Liberation in Alice Munro', 64.
17. Hélène Cixous, 'Sorties: Out and Out: Attacks/Ways Out/Forays', in Belsey and Moore, *The Feminist Reader*, 102.
18. 'Boys and Girls', in *Dance of the Happy Shades*（London: Vintage, 2000 [1968]）, 119.
19. Ibid., 127.

20. 'Lying under the Apple Tree', in *The View from Castle Rock* (London: Chatto & Windus, 2006), 198.
21. *Lives of Girls and Women* (London: Bloomsbury, 1994 [1971]), 198.
22. Ibid., 199.
23. Kate Millett, Sexual Politics (London: Rupert Hart-Davis, 1970), 31.
24. *Lives of Girls and Women*, 200.
25. Ibid.
26. Ibid., 96.
27. 'Red Dress-1946', in *Dance of the Happy Shades*, 151.
28. 'Privilege', in *The Beggar Maid* (London: Vintage, 2004 [1978]), 33-4.
29. 'Nettles', in *Hateship, Friendship, Courtship, Loveship, Marriage* (London: Vintage, 2002 [2001]), 163.
30. Ibid., 165.
31. Coral Ann Howells, Alice Munro (Manchester University Press, 1998), 42.
32. Rasporich, *Dance of the Sexes*, xv.
33. *Lives of Girls and Women*, 195-6.
34. Ibid., 242.
35. Ibid., 246.
36. Coral Ann Howells, 'Intimate Dislocations: Alice Munro, *Hateship, Friendship, Courtship, Loveship, Marriage*', in Harold Bloom (ed.), Alice Munro (New York: Bloom's Literary Criticism, 2009), 177.
37. Ibid., 170.
38. In *The Beggar Maid*, 77.
39. Ibid., 80.
40. Ibid., 85.
41. Ibid., 99.
42. 'Nettles', 178, 170.
43. 'The Children Stay', in *The Love of a Good Woman* (London: Vintage, 2000 [1998]), 213.
44. See Magdalene Redekop, *Mothers and Other Clowns: the Stories of Alice Munro* (London and New York: Routledge, 1992).
45. 'Mischief', in *The Beggar Maid*, 103-4.
46. Sheila Munro, *Lives of Mothers and Daughters: Growing up with Alice Munro*

(Toronto: McClelland & Stewart, 2001), 30.
47. Ibid., 30.
48. Redekop, *Mothers and Other Clowns*, 5.
49. 'Deep Holes', in *Too Much Happiness* (London: Chatto & Windus, 2009), 93.
50. 'Miles City, Montana', in *The Progress of Love* (New York: Vintage, 2000 [1986]), 88.
51. 'Soon', in *Runaway: Stories* (Toronto: McClelland & Stewart, 2004), 97, 95.
52. 'The Office', in *Dance of the Happy Shades*, 60.
53. See Michel De Certeau, *The Practice of Everyday Life*, translated by Steven F. Rendall (Berkeley: University of California Press, 1984 [1980]), 115.
54. 'The Office', 60.
55. Ibid., 61.
56. 'Material', in *Something I've Been Meaning to Tell You* (New York: Vintage, 2004 [1974]), 24.
57. 'The Office', 64, 65.
58. 'Haven', in *Dear Life* (London: Chatto & Windus, 2012), 113, 114.
59. Ibid., 115.
60. Ibid., 125.
61. Ibid., 119.
62. Ibid., 123.
63. Ibid., 125.
64. Ibid.
65. Ibid., 128.
66. Ibid., 129.
67. 'Amundsen', in *Dear Life*, 62.
68. 'Powers', in *Runaway*, 309.
69. 'Memorial', in *Something I've Been Meaning to Tell You*, 224, 225.
70. Ibid., 216.
71. 'Lichen', in *The Progress of Love*, 49–50.
72. Mayberry, 'Narrative Strategies of Liberation in Alice Munro', 64.
73. Jessica Benjamin, The Bond of Love: Psychoanalysis, Feminism, and the Problem *of Domination* (New York: Pantheon Books, 1988), 89.

74. 'Dulse', in *The Moons of Jupiter* (London: Vintage, 2007 [1982]), 53.
75. Ibid., 55.
76. Eva DeClercq, The Seduction of Female Body: Women's Rights in Need of a New B*ody Politics* (New York: Palgrave MacMillan, 2013), 170.
77. 'Labor Day Dinner', in *The Moons of Jupiter*, 137.
78. Rosalind Coward, 'Slim and Sexy: Modern Women's Holy Grail', in Sandra Kemp and Julia Squires (eds.), *Feminisms* (Oxford University Press, 1997), 360.
79. 'Labour Day Dinner', 147.
80. Geoffrey Hancock, 'Alice Munro', in *Canadian Writers at Work: Interview with G.H.* (Toronto: Oxford University Press, 1987), 222.
81. 'Bardon Bus' in the *The Moons of Jupiter*, 126.
82. Ibid., 121.
83. Ibid., 125, 127, 128.
84. See Andermahr et al., *A Glossary of Feminist Theory*, 26.
85. Mayberry, 'Narrative Strategies of Liberation in Alice Munro', 64.
86. Ibid., 57.
87. Howells, *Alice Munro*, 5.
88. Deborah Treisman, 'On Dear Life: an Interview with Alice Munro', *The New Yorker* (20 November 2012), available online at www.newyorker.com/books/page-turner/on-dear-life-an-interview-with-alice-munro; accessed 13 December 2014.
89. Hunter, 'Story into History', 233.
90. 'White Dump', in *The Progress of Love*, 277.

05. 艾丽丝·门罗与她的传记作品

科拉尔·安·豪厄尔斯

科拉尔·安·豪厄尔斯,英国雷丁大学英国文学和加拿大文学名誉教授,伦敦大学英语研究院的高级研究员。她曾发表过不少有关当代加拿大女性作家小说的文章。著作包括《玛格丽特·阿特伍德》《艾丽丝·门罗》《当代加拿大女性小说:重塑身份》。曾编辑出版了《玛格丽特·阿特伍德剑桥文学指南》,并与伊娃·玛丽·克罗勒合作编辑出版了《加拿大文学剑桥史》。现为加拿大皇家学会成员。

自 20 世纪 70 年代初以来，门罗认为自己陆续写出了"一系列特殊故事。这些故事没有被定期收录进我的作品集里。为什么？因为我觉得它们属于另一类"。门罗指的是那些不同版本的传记作品，即类似纪实性小说的自传叙述与回忆录故事。但是，很难界定小说与纪实性小说间的差异，如果我们读了门罗为《岩石堡风景》写的前言，就会明白这一点："这些都是故事。与小说相比，这些故事更多的是在关注生活真相。至于真相有多少，就不必弄明白了。"[1]即使之后，在她认为"最贴近"自己个人生活的《亲爱的生活》这部作品中，那些自传体叙述，依然保留了她作品中隐晦和复杂的特点："这些自传体叙述构成了独立的个体，它们在情感上属于自传体，但在事实上有时却不完全是这样。"[2]门罗在"竭尽全力"地书写自我，这说明事实材料与文本结构之间，尚留有发挥的余地，作家可以运用想象力与文学技巧调整生活、改变生活。事实上，门罗对作品的规划与英国著名女作家弗吉尼亚·伍尔夫（Virginia Woolf）的回忆录有惊人的相似之处（《存在的瞬间》收录了伍尔夫的五篇自传体散文，是伍尔夫花了 35 年时间完成的，且都是在去世后发表的），"整个规划都是关于自我、自我与语言、自我与故事叙事技巧之类的问题"[3]。自传也是文学作品,在这一章,我将分析门罗如何运用不同的自我表征方式对待人生,从最初发表在《新编加拿大小说》(*New Canadian Stories*,1974)和《格兰特大街》(*Grand Street*,1981)上的纪实性文学作品,到《岩石堡风景》中的回忆录,再到《亲爱的生活》中的自传体小说。总之,这些作品追踪了卡罗尔·希尔兹(Carol Shields)所称的"人生轨迹"[4],我认为,门罗的第一篇纪实性小说《家》和最后一篇纪实性小说《亲爱的生活》,为她在四十年时间里不懈探索自我及身份画上了句号。

评论门罗文学纪实性小说,定会遇见涉及女性主体表征、文学技巧、小说与自传体小说间的张力等有趣问题,而自传体小说的修辞效果来自情感的真实性。自 20 世纪 80 年代以来,关于传记创作的理论和批评研究不断发展,动摇了对传统体裁的普遍定义,就像当代两位女性主义理论家总结的:"我们发现……'自我/传记'是一种弹性术语,暗示本体与他者处于同一文本,其关系的辩证法一方面得到了认定,另一方面又悬而未决。"[5] 新观点以及批评工具,都为阅读门罗作品提供了宝贵视角,我的分析正是基于此,但是作为批评家,我记得弗吉尼亚·伍尔夫评论回忆录作家时曾经说过:"他们常常忽略了当事人。"[6] 而门罗在想象和回忆生活时,总是力求更贴近生活,尽可能忠实地"把故事内容讲清楚"[7]。与大多数作家相比,她充分利用个人素材,将故事局限于某个地域,通过叙事技巧(她称之为"诀窍"),把私密个人行为转变为小说中的虚构人物及事件的现实行为。

门罗传记作品中,对女性气质的形成作了特别描述,她曾不止一次地讲过,她的小说呈现的是"女性断断续续的伤痕",女性主义批评家莎丽·本斯托克[1]（Shari Benstock）称之为女性自传体的创作特点。[8] 尽管门罗声称"将自己置于中心"，但每篇小说始终都带着一种去中心化的冲动，同时，关于门罗本人的生平，在她的作品集里也不一致。就像埃莉诺·瓦赫特尔[2]（Eleanor Wachtel）在评论门罗晚期作品时说的那样："许多事情都具有多面性，它们在时间与记忆的坐标轴上交叉发生。"[9] 从她的第一篇回忆录《劳碌一生》（Working for a Living）开始，门罗就以安大略省西南部乡下小镇社区为社会历史框架，把个人与家庭故事置于其中，而对于小说《苹果树下》（Lying Under the Apple Tree）和《声音》（Voice）中所描写的重大事件造成的影响，诸如第二次世界大战，只是偶尔提及。门罗对社会等级与性别话题极其敏感，有时会直接把自己写进小说中，《女佣》（Hired Girl）就是其中一个例子，但是，她更多是在探索家族内部女性之间的关系——母亲、祖母、姑妈们。通过描述这些关系，她书写了自我意识萌芽，同时巧妙记录了自己对大人们的价值观与期望值日益强烈的反抗。有些故事与她父亲有关，"我只想让父亲高兴"[10]，门罗常常从20世纪30和40年代自己的童年和少年时期选取素材，因为那个年龄的她，对父母和自身的看法悄然发生

---

[1] 莎丽·本斯托克（1944—2015），美国女作家，一生致力于女性及性别问题研究。著有《闲赋在家的他是谁：詹姆斯·乔伊斯指南》（Who's He When He's at Home: A James Joyce Directory，1980）、《私密的自我：女性自传体写作的理论与实践》（The Private Self: Theory and Practice of Women's Autobiographical Writings，1988）、《文学女性主义手册》（A Handbook of Literary Feminism，2002）。

[2] 埃莉诺·瓦赫特尔（1947— ），加拿大著名女作家，《作家与出版社》（Writers and Company）节目主持人。著有《博览会故事》（The Expo Story，1986）、《她眼中的语言》（Language in Her Eye，1990）、《加拿大宪法女权指南》（A Feminist Guide to the Canadian Constitution，1992）等。曾采访过索尔·贝娄（Saul Bellow，1915—2005）、艾丽丝·门罗、迈克尔·翁达杰（Michael Ondaatje，1943— ）、石黑一雄（1954— ）等作家。

了变化。然而，在这些看似坦诚的回忆中，门罗坚守着自己的秘密。在她的纪实性小说中，几乎看不到她对情欲经历和浪漫幻想的描写，《苹果树下》是门罗唯一涉及青春期少女与性的小说，门罗的小说从来不涉及自己的婚姻与母性。实际上，《入场券》（The Ticket）讲述了几位女性的婚前故事，门罗用自己的婚纱作为反讽工具，嘲弄了大团圆结局。从门罗对过去持续性的反复评估中，尤其从小说《家》以及作品集《亲爱的生活》里最后那篇小说中，我们感受到了她的成熟，但是她的最新感受，只是在小说《你为什么想知道这些？》（What Do You Want to Know For）中出现过一次，当时她正面临死亡威胁。然而，除了人生叙述中缺失的以及明显离题的那些部分，有一种联系无处不在，它构成了"一个体系……就像一个活体网状物，相互缠绕着向外延伸，无法预见，但我们终究会了解到——你现在的位置，曾经去过哪儿"[11]。

这些纪实性小说中，有很多是以前曾经出版过的，再版前又做了一些修订，并进行了适当的增减和重新编排。我特别注意到其中所修订的一部分内容，因为它们不仅能够让我们深入了解门罗的独特写作手法，还让我们近距离观察了门罗如何让自己的生活变得富有意义。小说《家》的修订版跨越了三十多年时间，它是最令人瞩目的一部自传体修订版，我就先从它开始，接着我将探讨门罗的回忆录《劳碌一生》，它最初发表于1981年，25年后，作为传统叙事与家庭史之间的过渡作品，被收录在《岩石堡风景》中。我还将探讨《苹果树下》，这篇小说描写了青少年的浪漫爱情，题目比较暧昧，还有《岩石堡风景》中倒数第二篇小说《你为什么想知道这些？》，这个题目恰到好处地概括了门罗讲故事的基本原则——她努力"挖掘更多细节，回忆更多细节"[12]——呈现看不到的、故意被遮蔽的、容易被忽略的东西。在《亲爱的生活》最后那篇（同名小说）中，仿佛一切都汇成了门罗文学作品中纪实性小说的精髓。这就是我自己要追寻的轨迹，因为我始终记得"人是最难写的"[13]。

《家》

如果要研究门罗自传体类型的纪实性小说，《家》应当是首选作品，在这篇小说中，我们能够清楚地看到，门罗如何随着时间的推移，通过视角转换，以不同方式记录自己的人生经历。同样的一次返乡经历，出现了两个不同版本，属于传记作品的不同形式：第一个版本（1974）[14] 以日记形式记录了随时发生的事情，修改版（2006）[15] 采用了传统叙事结构，删掉了对人物情绪的描写，增加了审美连贯性，这是早期版本中所没有的。

《家》是门罗对自传体作品的首次尝试，用了不到两个月时间就完成了，那是 1973 年，门罗维系了二十年的婚姻刚刚解体，她从不列颠哥伦比亚省回到安大略省西南部，她的传记作家罗伯特·撒克[1]（Robert Thacker）说，门罗把《家》作为礼物寄给了她的好友约翰·梅特卡夫（John Metcalf）。[16] 尽管《家》的题目让人感到很舒心，但它是门罗所有作品中最让人感到"非家"的小说，故事中弥漫着躁动不安与暗恐情绪。[17] 第一个版本的《家》采用的是日记体双声叙事手法，在每篇日记结尾，都会出现一些斜体形式（相当于旁注）的元评论。它让我们近距离观察到，门罗毫不掩饰地记录她对自身

---

[1] 罗伯特·撒克（Robert Thacker），加拿大著名作家，著有《维拉·凯瑟：一位作家的世界》（*Willa Cather: A Writer's Worlds*，2010）、《艾丽丝·门罗：书写自我人生》（*Alice Munro: Writing Her Lives*，2005）等。

形象以及作家这个职业的焦虑感。如果自传体作品缘于"尚未消除的危机"[18]，那么周末回家探亲则促成了这种自省危机的发生。

第一个版本的《家》的开头是对回归亲情和闲逸生活的描写——"我回到家，一年当中回来过好几次，每次要倒三趟公交车"——第一天晚上坐在厨房里与父亲还有继母闲聊，似乎是再正常不过的事情了。然而，掩盖在日常生活表面下的是叙述者的不安与耻辱，在温哥华的时候，她经常回想起童年的美好时光，而现在，这种美好记忆却荡然无存。原先的旧房子被继母艾尔玛（Irlma）从里到外翻新了一遍，带有浓厚的现代气息，显然是得到了父亲的同意与资助，父亲为红色砖墙的外部结构加设了一圈白色金属护墙板："感觉整个旧房子被覆盖了、不见了，变成了普通而舒适的新房子。"考蒂·梅泽伊[1]（Kathy Mezei）在文章中曾经提到，房屋及其装修后的"室内效果"对"我们的记忆力、想象力以及自身意义重大"[19]，小说中的故事讲述者，要面对的是房屋和家带给她的那份感情，它们既是真实的场所，又是记忆的空间。这座房子里经常会出现母亲的灵魂，继母取代了母亲在家中的位置，霸占了父亲的爱，故事讲述者将这些怨恨情绪，以文字方式不加掩饰地宣泄出来。但凡与艾尔玛有关的，都会惹恼故事讲述者——艾尔玛的咄咄逼人、自以为是、粗俗的玩笑、说话的方式，甚至做事的务实性——显然，在故事讲述者的眼里，艾尔玛就是所有不适和错乱的根源，她"把周围一切搅得不安宁，你不得不面对一个全新的世界"[20]。另一个干扰因素也很关键，父亲一年前心脏病发作，当时很严重，导致他精

---

[1] 考蒂·梅泽伊（1947— ），加拿大著名女作家。代表作《模糊语篇：女性叙事学与英国女性作家》（*Ambiguous Discourse:Feminist Narratology and British Women Writers*, 1997）。

神倦怠，之后他的健康状况每况愈下。"他已经不像他了"，艾尔玛说，父亲剧烈的呕吐显然验证了她的说法，后来父亲同意住院，故事讲述者——并非艾尔玛——一直陪在他身边。她坐在父亲床前，心中焦虑万分，在她看来，病房里的场景是充斥着怪诞、弥漫着无助感的梦魇，是一种超现实体验，就像病房病友收音机里听到的那首歌，"坐在天花板，低头往下看"。这场危机让父女关系的重要性变得显而易见，同时成年女儿要求父亲认可他们之间的特殊亲情也变得至关重要，当然，艾尔玛是被排除在外的。

回乡让故事讲述者不得不面对过去，周末，她独自一人在农场牲畜棚为羊铺草，感受到了深刻的身份危机。自己是谁？在这段闲暇时间里，她是都市女性还是那个熟悉所有农活的乡下女人？她突然感到精心构建的成人身份受到了侵犯："对我来说，一直住在这里似乎很自在，离开这里，倒显得不那么合情合理了。"她陷入另一种感知维度中，遇到了自己的复影，就是那个神经质女儿，虽然已经成年，但从未有过离家打算，一个她逃离了的、无法生活下去的地方——那她自己究竟逃离了吗？"现在的这个家足以让我尖叫着逃离。"

随着这种梦魇般幻觉的出现，第一个版本《家》中的日记体叙述结束了，但是门罗在旁注里作了一些补充，以"我不知道如何结束这一切开头"，整个旁注打破了现实中的幻觉，构成一个副文本，展现了叙事技巧。这些斜体文字属于不同语域，让门罗跳出故事圈子，以作家自己的声音对文字进行元评论。这种干预性评论揭示了门罗内心痛苦的自我反省，一方面，她对自己的作品不满意，另一方面，她对故事中的人物持模棱两可的态度，就像她在早期接受采访时说的那样："我在思考现实生活，不仅思考我表现它们的方式有哪些不足，也要思考我表现它们时有哪些权利。"[21] 旁注包含了正文中省略掉的重要信息。它们就像反弹回来的力量，揭示了门罗自传作品的主题中复杂而矛盾的情感。值得注意的是，这些情感都与门罗父母以及继母有关，她讲述梦见母亲的亡魂在三更半夜重新粉刷主卧，借此表达对艾尔玛翻新旧房子的不满，门罗承认，她曾严厉斥责过艾尔玛，原因是对方说她自己才是父亲妻子的最佳人选这种不成体统的话。

然而，卡罗尔·希尔兹（Carol Shields）认为，门罗小说中的"关键"往往隐含在结尾看似很随意的段落里，门罗说过，"我可以用任意一句话作结尾"。这个"关键"是门罗对自己的童年与成年间联系的奇特认知，它与地点密切相关，当她站在牲畜棚里为羊铺草时，她首先想到小时候坐在"马厩的那个角落"，看着父亲从那头黑白相间的奶牛身上挤奶，那头奶牛死于1935年冬天的那场肺炎。像弗吉尼亚·伍尔夫一样，门罗认为，"场景塑造是纪念往昔的自然方式。场景总是最先出现，经过编排，具有代表性"[22]，这种重新编排清楚表明了她回乡的真正意图。然而，这种隐约的顿悟来自她的恐慌以及对父亲即将死去的恐惧。门罗很快从主观性反思转向为读者阐明叙事技巧："你能够看到的场景，对吧……带给我们一种短暂、奇妙、质朴的安全感……对。这就是效果。"小说不是以故事叙述或者情感归宿为结尾，但是它让我们看到了故事叙述者内心挣扎的痕迹。

《岩石堡风景》版的《家》发表之前，门罗出版了11部作品集，已经是享誉世界的著名作家。与自传行为相关的那种焦虑感被掩饰了，早期版本的《家》看上去更像是一篇小说初稿。而在《岩石堡风景》版的《家》中，门罗不再采用双声叙事，日记体的叙述形式不见了，旁注内容被删除或者被不留痕迹地穿插在了小说文本中。故事的主要情节没有变化，但不再是互不相干的零星段落，而是把之前被忽略掉的信息加了进去，一起融入由形式和情感支配的叙述中。在第一个版本的《家》中，故事讲述者对艾尔玛进行了"报复性刻画"，对此门罗一直感到很内疚，尽管对艾尔玛的怨恨依然存在，但在新版本中稍稍作了补偿性改动。（"在对一位朋友描述艾尔玛时，我曾经说，她是敢在大街上为死人脱靴子的那种我行我素之人"。）尽管如此，门罗不得不承认，父亲对第二任妻子怀有钦佩和爱恋情感，她想起父亲曾经赞美过艾尔玛的话："她恢复了我对女人的信念。"所以她的怨恨必须被搁置到一旁。结尾部分，叙述情节重新回到马厩里短暂的顿悟上，那种记忆可以与弗吉尼亚·伍尔夫的"存在瞬间"[1]（moments of being）以及华兹华斯[2]的"时间斑点"[3]（sports of time）相媲美，两个关键人物——她与父亲——出现在这个温暖的封闭空间，远离黑暗与寒冷。这才是以前那个"家"，但是这个温馨瞬间随即被另一种记忆覆盖了，那是个"异常寒冷的冬天，所有栗树和各种果树都冻死了"。小说《家》中的叙述让人心有余悸，这是一个令人失落、渴望、害怕的故事。

《劳碌一生》

并不是所有的纪实性小说都像《家》那样作过彻底的改动，我

---

[1] 出自弗吉尼亚·伍尔夫的自传体散文集《存在的瞬间》（*Moments of Being*），在她死后由其丈夫负责整理、编辑，于1976年出版。

[2] 威廉·华兹华斯（1770—1850），英国著名浪漫派诗人，著有《抒情歌谣集》（*Lyrical Ballalds*，1789）、《序曲》（*The Prelude*，1850）等。

[3] 指华兹华斯在诗歌中对时间与人生的吟咏。

将重点探讨《岩石堡风景》和《亲爱的生活》这两部作品中的小说，突出强调它们与早期版本间的差异。《劳碌一生》是门罗的首篇回忆录，是在她父亲1976年去世后不久完成并发表的。[23] 尽管门罗父亲是小说中的主角儿，但我们可能要问，在描写父母生活时，门罗将自己放在了什么位置，因为那段生活与她关系非常密切。

与正式传记不同，门罗在这篇回忆录中介绍父亲时所用的语气很随意，如同父女之间的谈话，1913年，她父亲12岁，从乡下来到镇上一所中学念书。这些是事实，但门罗关注的是这个男孩儿对城市教育环境的困惑，她认为，父亲的这种精神状态是战前那些年间人们对社会的态度的典型写照，仿佛是在不经意间，她把父亲在安大略省西南农场社区的经历，与他对有着苏格兰—爱尔兰血统的父母的癖好的简单评论相融合，因为"写真人真事难免会有出入"。门罗想象中的父亲，当年是个缺乏自信的年轻书呆子，对荒野似乎带着"菲尼莫尔·库珀[1]（Fenimore Cooper）般开化了的饥渴感"，他是当地第一位毛皮猎人，后来成了养殖狐狸的农场主。（门罗为我们提供了证据：1925年他购买了一对银狐）。也就在此时，门罗介绍了那位年轻活泼的女教师："她后来成了我的母亲。"

这篇回忆录有个显著特点，门罗能记得与地点相关的特殊瞬间，这些瞬间用于描述她父母的具体特征以及他们与自己的感情。门罗回忆了那个奇怪的普鲁斯特瞬间[2]（Proustian moment），当时她和丈夫在开车回家的路上，看到了一家废弃的乡村商店，她似乎

---

[1] 詹姆斯·菲尼莫尔·库珀（1789—1851），美国作家，代表作《最后一个莫希干人》（*The Last of Mohicans*，1826）。

[2] 该词来自法国著名作家马塞尔·普鲁斯特（1871—1922）的作品《追忆似水年华》（*In Search of Lost Time*，1922），指气味、视觉、触觉等勾起人们对往事的回忆。

有一种不可名状的熟悉感。她陡然间想起多年前在一家商店买过冰激凌,又想起10岁那年跟随父亲开车去马斯科夫(Muskoka)一家旅店的经历,母亲在那儿给美国游客兜售皮草。这个故事情节如同乡间尚未铺设的小路一样曲折,描述了经济危机前夕和战前备受女性青睐的皮草,父亲狐狸养殖场背后的故事(包括如何屠宰狐狸),以及1941年因家里不稳定的经济状况迫使母亲离家去玛斯蔻卡兜售毛皮,小姑娘在旅店里看见妈妈的身影。那个地方有富丽堂皇的荷叶池塘,还有"安静而华丽的房间",这些可能直接取材于美国著名作家亨利·詹姆斯(Henry James)或斯科特·菲兹杰拉德(Scott Fitzgerald)的长篇小说,只是门罗稍加改动,让父女二人以一种疲惫的、流浪汉一样的不协调形象,拖沓着走进旅店。与母亲的重逢让孩子感到很意外,孩子的视角是这样的:

> 隔着许多白色桌子……我看见两个女人的身影,她们坐在厨房门边的一张桌子前,正在吃晚餐,或许是晚茶。我父亲转动了一下门把手,她们抬起了头……
>
> 我先是愣了一下,但很快认出了母亲,的确,我先是愣了一下。我看到那个女人穿了一件我不熟悉的衣服……

当看到母亲的他者形象时,那种暗恐情感即刻喷涌而出,变得很复杂,随即穿越了那天的场景,变成了若干年后青春期的内疚、尴尬以及与母亲的疏离感,母亲刚刚四十岁就突然患了帕金森病,她没完没了地回忆着玛斯蔻卡的夏天,她为自己使家里摆脱了财政危机感到自豪:"证明了自己,拯救了我们。"旅店那一幕(从早期版本开始一直未作任何改动)是门罗刻意留出的一个新空间,这样就可以多回想母亲，想她未竟的雄心壮志及未受赏识的品格。门罗在1991年曾经说过："我有时为她感到遗憾，她的生活为什么一定非得这样过。"[24] 门罗以极其坦诚的方式描述了自己对母亲的矛盾心情和情感变化，看上去更像在强调，这类陈述会导致无休止的痛苦回忆。

门罗描写父亲的笔调很轻松，这种父女情怀（在小说《夜晚》中有很好的体现）让父亲的形象更加温和、令人同情。它与描写母亲的故事相并列，讲述了门罗18岁时参观当地一家铸造厂的情景，自1947年狐狸养殖场倒闭后，父亲就一直在这家工厂当看门人，同时负责守夜。在这种陌生的地方看到父亲时，她先是惊讶，但很快就坦然了，不再害怕或者有任何疏离感。晚上，父亲干完活，带她绕着几乎废弃了的铸造厂巡视，他轻松地和她聊着身边的见闻以及她感兴趣的内容，还给她讲笑话，那些陌生的、黑魆魆的地方，经他的讲述后全变成了合理有序的工作环境。在并列叙述中，女儿的陈述很自然地从眼前的场景转移到从历史角度观察工业进程，再重新回到父亲的故事讲述上。想起父亲后来讲述的故事，门罗开始意识到小时候没有留意过的父亲身上的品格——开朗、和善、对家庭的责任心。《格兰特大街》也是一篇回忆录，父母以不同方式分别回忆了过去的生活，门罗对此作了简单而客观的评论，故事同样以参观工厂为结尾。

《岩石堡风景》里增添了很多意味深长的内容，门罗把父亲晚年生活、家庭历史以及她在家庭模式中的地位放到范围更开阔的文本中进行叙述并重新定位。她对父亲的敬佩是显而易见的。她提到父亲退休以后也"从事写作"。像门罗那样，罗伯特·莱德劳（Robert Laidlaw）写了一篇回忆录并发表在当地一家杂志上，"临终前，他完成了一部关于拓荒者生活的长篇小说，题目是《麦格雷戈》（*The McGregors*）"。（1979 年由麦克米伦出版公司以匿名方式出版发行）。门罗在描写与父亲探讨创作时，她的叙述饱含深情，这是伊根（Egan）"镜像话语"（mirror talk）中的成功例子，父女成了彼此的镜像，后来，门罗从父亲写的故事中摘录了很长一段话用在自己的文本中，从而印证了"镜像话语"的影响力。父亲在回忆录中主要讲述了与祖父之间的亲密关系，他的祖父与托马斯·莱德劳在小说《莫里斯镇的荒野》（The Wilds of Morris Township）中提到的是同一人，父亲的回忆录把从埃特里克山谷[1]（Ettrick Valley）中走出来的几代苏格兰移民的生活与门罗的生活紧密联系起来。这种书面叙述令人称奇，门罗把父亲、祖辈以及自己的声音融合在一起，以对话形式出现在故事的开头与结尾。这种对话在纪实性后记（《信使》，The Messenger）中继续存在——这是另一种版本的回乡——她记得小时候在去亲戚家的路上，她把贝壳紧紧贴在耳畔，嘴里低声念叨着"一只硕大的珍珠母贝壳"，那位亲戚早已不在人世。她从紧贴耳畔的贝壳中听到了自己的热血在涌动，也听到了大海的涛声。门罗通过对身份和起源的复合叙述，在主观记忆和想象空间中，重新构建了贝壳所象征的血脉关系。

《苹果树下》

《苹果树下》尽管看上去与《劳碌一生》大不相同，但也是作为回忆录出版的，[25] 它强调了门罗的小说与纪实性小说之间模糊

---

[1] 位于苏格兰境内，因埃特里克河而得名。

的界限。著名文学评论家斯蒂芬·斯科比（Stephen Scobie）对这种模糊性进行了概括："《苹果树下》既是艾丽丝·莱德劳（Alice Laidlaw）的回忆录，也是艾丽丝·门罗的短篇小说。"[26] 门罗在《岩石堡风景》的前言中承认，在这篇小说中，人物的"所作所为在现实生活中是不存在的"，而我们却不能无视这篇小说与《女孩和女人们的生活》中《洗礼》之间那种诙谐的亲密关系。门罗本人不情愿暴露自我，也许只有在这种不确定的空间里，她才得以用小说形式探索青春期的性朦胧，在小说《苹果树下》，门罗以讽刺的方式改写了少女的浪漫故事情节，并刻意安排了一些骗局和谎言。故事被置于现实主义框架结构，情节取材于20世纪40年代安大略省的小镇上人们对待社会的态度，这个地方变化不大，她父母自20世纪20年代以来一直生活在这里，正是这种带有限制性的背景，才让一个13岁的少女努力去定义她的孤单身份。就像斯科比（Scobie）讲的那样："'你以为你是谁？'是艾丽丝·门罗的老问题，但从没有答案。"[27] 门罗认为，她在热爱诗歌和大自然方面与其他同学大不相同，她意识到，只有书籍才能让她过上隐秘而富有想象力的生活，书中的许多伪装方式可以用作生存技巧，就像她自己说过的那样，"我裹了一层外衣"[28]。

　　故事的叙事声音成熟、睿智。这是关于少女欲望的青春叙事语篇，朦胧的情欲渐渐变成了性欲。故事开头，一位少女安静地躺在他人园子里的苹果树下，专注地聆听着大自然的声音。门罗在这篇类似寓言故事的小说中，将从天真变成熟的思想融入其中，它的构思极其微妙，以至于《圣经》中由苹果树引发的寓意思想几乎被忽略了。故事写真的艺术手法，讲述了传统社会人际关系及女孩子的个人生活，而少女与罗素·科里克（Russell Craik）之间的交往并不传统，罗素是个18岁的马倌，同时在救世军团[1]（Salvation Army）的管乐团里负责吹长号。每个星期天下午，他们一起骑很长路程的自行车，表面上看，这项活动似乎很随意，其实每次骑完车他们都要温存一番，而且做得很隐秘——"多长时间？——五到十分钟"[29]。青春期的浪漫爱情具有模糊性，普通交往与情欲常常被混淆在一起。事实上，这根本不能算作真正意义上的浪漫爱情，门罗只是仔细描述了这位少女在青春期的初次经历，以及感受来自异性的强大吸引力和朦胧情欲，罗素所在救世军团的赞美诗对这种欲望进行了（大为不敬的）暗讽，"血中有力量，力量，力量，力量"[30]。小说中的少女并不认为自己恋爱了，尽管她一看到衣着得体的罗素就"有些魂不守舍"，他滔滔不绝的口才让她惊呆了，被他身体抵住时，她感到很亢奋。从女性角度看，这就是性，它书写的是青少年版本的女性身体，这名少女试探性地向前迈出了一步，正如著名文学评论家西克斯描述的那样。"这种奇妙的感觉不受任何约束，她迫不及待想要把它说出来。"[31]但是这个天真无邪、缺乏阅历的少女，根本不知道从哪儿说起，干草棚里的性体验根本没有发生，因为她和罗素的约会，在不协调的现实中被一种几乎戏剧性的方式打断了，门罗不动声色地重新玩起了性与暴力这类修辞。随着一声巨响，米丽阿姆·麦卡尔（Miriam McAlpin）（罗素的女雇主，而少女正是躺在她家园子里的苹果树下冥想大自然）冲进了马厩，朝里面放了一枪，因为她怀疑有人偷偷溜进来。故事情节突然发生反转，罗素作为男人的傲慢与卑鄙的欺骗伎俩被揭穿了，实际上他早已与

---

[1] 世界著名宗教组织、慈善机构，1865年成立于英国伦敦，分布在131个国家和地区。加拿大境内有400多个救世军社团。

米丽阿姆有染，他赶走了少女，仿佛她是紧随自己身后的一条狗。之后，故事对未来进行了展望，接着讲述少女在经历了震惊和迷惘后，渐渐喜欢上了读书，她几乎是漫无目的地读着父母为她挑选的书，都是20世纪三四十年代广为流传的爱情与历史小说，《呼啸山庄》竟然也在其中。书籍不仅让她从羞辱中解脱出来，也为她的浪漫爱情提供了脚本。尽管在《岩石堡风景》的结尾，门罗讽刺了这位少女的欲望幻想，但显然，她并没有彻底摆脱通俗爱情小说情节的套路。

《你为什么想知道这些？》

《你为什么想知道这些？》（What Do You Want to Know For？）首次发表在一部关于旅行的小说选集里，[32] 后来又出现在《岩石堡风景》中，尽管门罗曾到处旅行，但她的故事背景没有选在苏格兰、澳大利亚，或者中国，而是选在安大略省（Ontario）西南部这个离家很近而且她很熟悉的地方。令人费解的是，故事开头的场景却令人感到很生疏：

> 我比丈夫先看到那片墓地。它在我的左手边，就在他那一侧，但他当时只顾开车，并没有看到。我们当时行驶在一条狭窄的、崎岖不平的路上。
> "那是什么？"我问，"一个奇怪的东西。"
> 那是个大土堆，上面长满了草，但看上去不太自然。[33]

"一个奇怪的东西""不太自然"的隆起物以及能让人不由自主联想

到死亡的墓地，这些内容充斥着叙述文本，在写这篇自传体小说时，年迈的门罗正面临着可能来自癌症的死亡威胁。

起初，在一片乡村公墓看到这个墓穴，只是让人感到奇怪。门罗对有些细节描述得很详细，墓穴拱门的碑石上既没有姓名也没有日期，只刻着一个十字架，拱门后面是一片草地，"无法得知里面到底埋葬的是什么人或什么东西"[34]。仔细察看一番后，夫妇俩继续开车赶路，去和朋友吃午饭。选集中附有一张黑白照片，并配有文字说明，表明墓穴外表与小说里的细节描述一致，此外没有任何其他信息——这恰恰代表着小说中被隐藏起来的秘密。尽管故事以旅行趣闻开头，但与之并列的个人信息令人感到焦虑，在最近的一次乳腺X光检查中，门罗左侧乳房上长了一个肿块，医生已经为她安排了活检。于是，一篇充满多层次焦虑感的小说框架就建构起来了，故事讲述围绕墓穴展开，读者心里清楚地意识到，"眼前这个女人是经验和叙述的源泉"（Egan，2005：P. 109）[35]，她要在地图与乳腺检查、身体空间与景观这两类不同的自然地理学间被来回切换。

门罗采用迂回方式，通过描写与她焦虑情绪明显不相干的事情，转移她与读者的注意力，她首先从旅行主题着手描绘汽车在乡村的行驶路线图，依据的是莱曼·约翰·查普曼[1]（Lyman John Chapman）和唐纳德·富尔顿·帕特南[2]（Donald. F. Putnam）编辑的《南安大略地文志》（*The Physiography of Southern Ontario*，1951），这是一本关于该地区的彩色历史地图册。地图上描绘得十

---

[1] 莱曼·约翰·查普曼（1908—1994），加拿大著名地理学家、编辑，著有《南安大略地文志》（*The Physiography of Southern Ontario*，1951）、《加拿大农业气候》（*The Climates of Canada for Agriculture*，1978）等。

[2] 唐纳德·富尔顿·帕特南（1903—1977），加拿大著名地理学家、教育家，出版有《南安大略地文志》（*The Physiography of Southern Ontario*，1951）。

分清晰,仿佛是透过 X 光看到的,古老的地理景观构成了当今的地貌特征,门罗向读者示范如何看懂这些地图:"先看一张地图……看看还有其他什么……这些都是什么?"[36]这仿佛是一堂地理课,但是在第二版就变成了关于椭圆形冰丘(drumlins)、蛇形冰丘(eskers)及冰碛(moraines)的一场对话。正如门罗所说的"要珍惜事实真相",也正是由于对事实真相的渴求,驱使她努力发现更多关于那个神秘墓穴的秘密。这是对过程的另一种表达方式,道格拉斯·格洛弗[1](Douglas Glover)称之为"分裂"[37];他以此描述门罗创作意象时独特的写作技巧,我用它来指门罗的叙述错位(narrative dislocation),显然,门罗的愿望是了解更多墓穴的历史,这不仅是在掩饰,同时也是在揭示她急于了解自己乳房肿块性质的迫切心情,两种探索成为贯穿整篇小说的两条平行线。

门罗设法找到了很多与墓穴相关的证据,她亲自勘查那片墓地,她到曾经就读的大学图书馆,花费数小时在地方志阅览室(Regional Reference Room)里查阅资料,与当地知情人交谈,甚至亲自与曾经目睹过最后一次下葬的女证人攀谈。历史研究变成了一系列个人参与的谈话,这些谈话被直接引用到研究中,从有些不经意的谈话中,竟然意外地发现了她与受访者之间的交集。门罗了解到该墓穴中较大的墓室建于 1895 年,是乡村墓地附近一个叫曼努尧(Mannerow)的家族专门为当时的德国侨民修建的,他们还建了一座较小的墓室。门罗在当地路德教堂(Lutheran church)墙壁上发现了德语文字,这个教堂曾经失过一次火,里面的东西全都烧光了。大火过后,墙上

---

[1] 道格拉斯·格洛弗(1948—),加拿大著名作家,著有《欲望的十六种分类》(*16 Categories of Desire*,2000)、《痴情的骑士》(*The Enamoured Knight*,2005)等。

的漆开始脱落，这些文字才被重新发现，揭开了隐藏在人们眼皮底下多年的秘密。但是墓室里究竟埋藏着什么？门罗与一位依然健在的曼努尧女性（Mrs Mannerow）之间的谈话，透露了她在墓室里看到的细节——几口家族棺材，一张小桌子，桌子上放着一本摊开的《圣经》，旁边是一盏老式煤油灯。证据越来越多，但是谜团始终未解开，反而让人们不再好奇："没有人知道他们为什么要那么做。他们就那么做了。"[38]教堂内有篇德语经文，来自诗篇[1]（Psalm）第119篇："您的教诲，照亮了我的双脚，是我前进道路上的一盏明灯。"人们期待这个圣经典故或许能解答关于密室里灯油的问题，但是，它只会带来更多猜测，这样，墓室似乎成了对秘密生活的文学解读，这个秘密就埋在地下、藏在土里——藏在人们心中。

只要真相迟迟没有揭开，有些秘密，就一定还是秘密。在与此平行的个人叙述中，放射科医生宣布，没有必要再对乳房肿块做任何检查了。之前在做乳腺透视检查时，这个肿块就在那儿，只是未曾被注意，"你尽管放心"，这是个良性肿块。乳腺癌的风险化解了，墓室的谜团被融进了"我们大家都熟知的模式"。[39]故事结束了，一切回归正常，门罗和丈夫从医院开车出来，穿过他们熟悉的乡村风景区返回家中。我们能体会到门罗如释重负的感觉，但是在《岩石堡风景》这部作品集中，由于最后几个故事情节都是从早期版本挪移过来的，所以她整个人一直被死亡的阴影笼罩着。故事结尾没有田园风光，只是对神秘与不可知的共鸣。像开头那样，故事结尾带着陌生的回应效果，用了一个令人无法回答的问题，促使我们重新思考墓室里的秘密："你认为他们会给煤油灯添油吗？"她问。丈夫

---

[1]《圣经》（旧约）中的一卷，共有150篇颂扬上帝的赞美诗。

说,他也正在思考同样的问题。他们在黑暗中的谈话寓意深长,这恰恰就是故事的源头,就像玛格丽特·阿特伍德提醒我们的:"故事在哪儿?故事就在黑暗中……秘密就埋在地底下。"[40]

《亲爱的生活》

小说《亲爱的生活》仿佛为门罗讲述自己生平故事的旅程画上了一个句号。在最新出版的这部小说集(有可能是最后一部)里,她从虚构小说转向了自传体"大结局"的创作,从一位已婚老妇人的视角到最后四篇回顾性叙述,"回忆了整个人生"。[41]《亲爱的生活》似乎是在承诺庆生,同时反对与危险展开殊死搏斗,在这部书的意大利语译本中,这个概念是用 Uscirne Vivi 表示的,意思是"逃生",表达方式很优雅。

故事又回到了《岩石堡风景》里纪实性小说的早期素材中——父母对生活的憧憬与失落、她在家里的生活、他们家的房子、狐狸养殖场、童年和少年时期的风景——门罗的叙述随意地在时间上来回切换,是对记忆过程的流动性模仿。这让我想起道格拉斯·格洛弗说过的话:"门罗似乎意识到,男人或女人的内心其实也是一种文本,我们在内心深处与自己进行着对话。"[42] 门罗作品中所描写的,没有从出生那一刻开始,而是从对童年经历的片段性回忆,如上学路上的记忆开始的,这是她对自我在这个世界上的一种定位:"我小时候住在一条漫长道路的尽头,或者说,那条道路对我来说太漫长。"[43] 从一开始,门罗就一直在提醒我们,这是对生活的一种主观描述,它在追溯——或漫谈——她个人漫长的成长史。

《亲爱的生活》以比较随意的方式讲述了一个女孩子的成长故

事，其中，母亲这个人物形象明显与众不同。自传体叙述的特点往往以自我为中心，而母亲以不同姿态出现在故事中，时不时会使这条叙述主线发生偏离，从而使时光倒流，让女儿凭借想象力，重新构建母亲早期患上帕金森病前后那段人生经历。母亲长期患病及最终离世是故事的创伤部分，它将自传体叙述分开，制造了一种"伤痕结构"〔借用本斯托克（Benstock）的话，它最早指的是弗吉尼亚·伍尔夫母亲的死亡〕，"让故事叙述变得错综复杂，而不是平铺直叙地展开"。[44] 在《乌得勒支的平静》《渥太华峡谷》《我年轻时的朋友》中，从讲故事的技巧来看，这些故事过于平铺直叙——只是单纯地在讲不同故事，但母亲的病显然构成了每个故事的情感中心。门罗回忆了关于病中母亲经常重复的那些故事，但是这一次，她没有重点复述母亲早年的故事，也没有复述母亲在马斯科卡的勇敢经历，而是讲了一个与家关系密切的故事。门罗复述了母亲曾经讲过的那个离奇故事，当她还在襁褓中时，有一次，那个疯癫的老邻居奈特菲尔德夫人（Mrs Netterfield）突然造访，她母亲为了保护这个"珍贵的生命"，将她从搁在花园的婴儿车里抱起，迅速躲进房子里，一直待到那个不速之客离开。故事中有很多离奇之处，那个老女人在婴儿车里翻找了好半天，又在房子周围徘徊了很久，还从每扇窗子向屋内张望。尽管每次回想起来，已经长大成人的女儿总觉得有关老奈特菲尔德夫人那些所谓的"造访"[45]故事有些离谱，而且从不断的复述来看，那些事不大可能发生，但母亲就是这样讲的。文学中的真相可能会变味儿，但故事永远是故事，就在母亲去世数年后，谜团终于揭开了。门罗当时已婚，定居在温哥华，纯粹是一次偶然的机会，她在一份家乡报纸上读到了一条消息和一首诗，那是以前住在镇子上的一位女士写的，更值得注意的是，诗歌标题竟然是《我们的家》，这位女士娘家的姓氏是奈特菲尔德。门罗震惊地意识到，母亲以前讲的故事果然有些夸大其词，那些神秘莫测和令人恐惧的问题，似乎只有一个简单的解释。奈特菲尔德夫人从窗外向屋内张望，或许是因为她之前曾住在那座房子里，她在婴儿车里寻找的，或许是她那个已经长大的、离家很远的女儿，而她女儿如今已成年，定居在俄勒冈州（Oregon），是这家报纸的撰稿人。

从窗外向屋内窥视的老妇人形象，让过去与现在交织在一起，故事也因此出现了新的转折：温哥华的年轻门罗，已成为一位研究地方与家庭历史的老妇人，而我们想知道的是，究竟是谁在寻找谁？—— 母亲还是女儿，哪位母亲，哪位女儿？对于未能看一眼临终时的母亲以及未能参加母亲葬礼，门罗在她的小说与纪实性小说中曾多次表达过忏悔心情，但她的追思始终不完整。而这一次，门罗的故事结尾涤荡了人们的灵魂。在最后两句，从"我"到"我们"，在对人类生存状况的普遍认可中，门罗博得了读者的同情与理解："我们会说起某些无法被原谅的事情，某些让我们永远无法原谅自己的事情。但我们还在做，我们一直在做。"[46]

这个故事——也许是门罗关于自己人生最不想讲的故事——平静地结束了，但是，早期版本的结尾却大相径庭。在《亲爱的生活》这部作品集中，门罗采用的是《纽约客》里那个令人惊悚的结尾段落，讲述了母亲在临终前的一个下雪天，从医院里拼命逃跑后被好心的陌生人收留的故事（在《乌得勒支的平静》中有记载）。门罗补充说："假如这也能写进小说……就太令人难以置信了，但这的确都是事实。"即使是文学类纪实性小说，故事讲述者的陈述也是选择性的。

门罗在传记作品里不断讲述着新发现，里面充满了时空间隔、视角转换以及瞬间性启迪,这些非小说类作品,就像她的小说类作品那样随时可以修改。她对《公开的秘密》的评论很容易被看作是对自己纪实性小说的评论:"我要挑战人们想了解的。或者渴望了解的。或者预想能够了解的。我还要挑战我自认为已经了解的。"[47]

注释

1. Alice Munro, *The View from Castle Rock* (Toronto: McClelland & Stewart, 2006), x.
2. Alice Munro, *Dear Life* (Toronto: McClelland & Stewart, 2012), 255.
3. Shari Benstock, 'Authorizing the Autobiographical' (1988), Robyn R. Warhol and Diane Price Herndl (eds.), *Feminisms: an Anthology of Literary Theory and Criticism* (Basingstoke: Macmillan, 1997), 1147.
4. Carol Shields, *Jane Austen* (Harmondsworth: Viking Penguin, 2001), 10.
5. Marlene Kadar, Linda Warley, Jeanne Perreault, and Susanna Egan (eds.), *Tracing the Autobiographical* (Waterloo, Ont: Wilfrid Laurier University Press, 2005), 3.
6. Virginia Woolf, 'Sketch of the Past', in *Moments of Being*, edited by Jeanne Shulkind, new edition, introduced and revised by Hermione lee (London: Pimlico, 2002), 79.
7. Eleanor Wachtel, 'An Interview with Alice Munro', *Brick* 40 (winter 1991), 51.
8. Benstock, 'Authorizing the Autobiographical', 1145.
9. Wachtel, 'An Interview with Alice Munro', 52.
10. Alice Munro, 'Fathers', in *The View from Castle Rock*, 195.
11. Alice Munro, 'Five Points', in *Friend of My Youth* (Toronto: McClelland & Stewart, 1990), 37.
12. Alice Munro, 'The Ottawa Valley', in *Alice Munro: Selected Stories* (London: Vintage, 1997), 80.
13. Woolf, 'Sketch of the Past', 79.
14. Alice Munro, 'Home', in David Helwig and Joan Harcourt (eds.), *New*

Canadian Stories (Ottawa: Oberon Press, 1974), 133−53. My Thanks to Eva-Marie Kroller for finding and sending me this story in photocopy.
15. Alice Munro, 'Home', in *The View from Castle Rock*, 285−315.
16. Robert Thacker, *Alice Munro: Writing Her Lives* (Toronto: McClelland & Stewart, 2005), 260.
17. For clarity of reference, I shall refer to the first version as 'Home' (1) and to the *Castle Rock* version as 'Home' (2), with page numbers given in the text.
18. Susanna Egan, *Mirror Talk: Genres of Crisis in Contemporary Autobiography* (Chapel Hill, NC: University of North Carolina Press, 1999), 4.
19. Kathy Mezei, 'Domestic Space and the Idea of Home in Auto/biographical Practices', in Kadar *et al.*, *Tracing the Autobiographical*, 82.
20. Wachtel, 'An Interview with Alice Munro', 51.
21. J.R. (Tim) Struthers, 'The Real Material: an Interview with Alice Munro', in Louis MacKendrick (ed.), *Possible Fictions: Alice Munro's Narrative Acts* (Toronto: ECW Press, 1983), 28.
22. Woolf, 'Sketch of the Past', 145.
23. Alice Munro, 'Working for a Living', *Grand Street* 1, 1 (1981), 9−37; page references are given in the text.
24. Watchtel, 'An Interview with Alice Munro', 50.
25. Alice Munro, 'Lying under the Apple Tree', *The New Yorker* (17 and 24 June 2002), 88−114.
26. Stephen Scobie, ' "Lying under the Apple Tress": Alice Munro, Secrets, and Autobiography', *Open Letter*, 11th series, 9 (Fall 2003) /12 the series, 1 (Winter 2004), 167−75.
27. Ibid., 174.
28. Alice Munro, 'Lying under the Apple Tree', in *Castle Rock*, 210.
29. Ibid., 211.
30. Ibid., 205.
31. Hélène Cixous, 'The Laugh of the Medusa', in Warhol and Price Herndl, Feminisms, 351.
32. Alice Munro, 'What Do You Want to Know For?', in Constance Rooke (ed.), *Writing Away: the PEN Canada Travel Anthology* (Toronto: McClelland & Stewart, 1994), 203−20. Page references to quotations are from the revised version in Castle Rock, 316−40.
33. Ibid., 316.

34. Ibid.
35. Susanna Egan,'The Shifting Grounds of Exile and Home in Daphne Marlatt's' Steveston', in Kadar et al., *Tracing the Autobiographical*, 95-115.
36. 'What Do You Want to Know For?', 319.
37. Douglas Glover, *Attack of the Copular Spiders and Other Essays on Writing* (Windsor, Ont.: Biblioasis, 2012), 34.
38. 'What Do You Want to Know For?', 339.
39. Ibid., 319.
40. Margaret Atwood, *Negotiating with the Dead: a Writer on Writing* (Cambridge University Press, 2002), 176-7
41. 'Dolly', in *Dear Life*, 254.
42. Glover, *Attack of the Copular Spiders*, 94.
43. *Dear Life*, 299.
44. Benstock, 'Authorizing the Autobiographical', 1150.
45. This is the source for the subtitle 'A Childhood Visitation' in *The New Yorker* (19 September 2011) where the story was first published: www.newyorker.com/magazine/2011/09/19/dear-life.
46. *Dear Life*, 319.
47. Pleuke Boyce and Ron Smith, 'A National Treasure: Interview with Alice Munro', *Meanjin* 54, 2 (1995), 227.

06.

玛格丽特·阿特伍德

女孩和女人们的生活：
一位年轻女性的艺术肖像

玛格丽特·阿特伍德共创作了40余部儿童文学、小说、非小说，以及诗歌类作品。长篇小说包括《可食女人》《侍女故事》，曾获吉勒文学奖的《别名格雷丝》、2000年获布克文学奖的《盲刺》以及最新作品《心最持久》。《门户》是其最新诗歌作品，发表于2007年。2011年发表非小说散文集《另一个世界：SF与人类幻想》。曾荣获加拿大总督功勋奖。

《女孩和女人们的生活》是一部成长小说（*Bildungsroman*），描述了女主人公黛尔·乔丹的——正式与非正式的、精神与肉体的——青春与教育历程。它也是一部关于艺术家（Kunstlerroman）的小说，描写了艺术家的铸造经过。在这部书里，门罗详细描绘了一个关键性地域——温厄姆镇，这个镇还有另外几个不同的名字——这已经不是门罗第一次描写这个镇子了，但与第一部作品集《快乐影子之舞》中这个镇子的其他故事相比，《女孩和女人们的生活》这部书中，对温厄姆镇的描写显然更透彻、更有信心。

　　门罗打磨了一套把对立观点进行折中的写作方法，类似20世纪50年代高中生常用的论文构建模式，即论文观点——双方观点——合成观点（thesis-antithesis-synthesis）。虽然在《快乐影子之舞》中，这种三步式的写作技巧没有充分展现；但是这本书呈现了"素材"的原初状态——当年的那个小镇拥有取之不竭的素材，这让门罗得以从不同角度对之重新追忆。书中不乏引人注目的细节和令人赞叹的情节，但都缺少门罗小说中的标志性特征，即把完全不同的形容词或者完全不相干的人物轶事强行结合而产生的那种强烈效果。只是在故事结尾，采用了分离式而非融合式的方式。"我已经成熟了，"

故事讲述者在小说《一点儿疗伤药》的结尾这样说，"让他独自去难受吧。"[1]

在《十一位加拿大作家》(Eleven Canadian Novelists，1973)中，加拿大著名作家格雷姆·吉布森（Graeme Gibson）采访了门罗，这是她首次接受较长时间的采访。门罗对《快乐影子之舞》中的倒数第二个故事很满意，她认为《乌得勒支的平静》(The Peace of Utrecht)是"我写得最具自传性的小说……是当时唯一一篇小说，之后才开始写这部书[《女孩和女人们的生活》]。"[2] 在《乌得勒支的平静》中，姐妹两人一起追忆往事，主要回忆了病中语无伦次的母亲及其弥留之际，故事中的母亲原型显然是门罗的母亲。故事讲述者逃离了镇子，但是姐姐却被困在了那儿，生活依旧停留在过去。"过你自己的生活吧，"故事讲述者鼓励姐姐。"但是，为什么我做不到？"姐姐的回答令人崩溃。[3] 故事结尾并没有折中这两种思想观点。

在《快乐影子之舞》这部书中，除了标题小说，其他小说中均表达了"非此"(either)与"即彼"(or)的思想。在标题小说中，你几乎一直能看到作者的思想："它不必非得是一个或者另一个，它还可以是'也是！'。"故事讲述的是一场钢琴演奏会，弹奏者是一位来自精神病院的小姑娘，她弹琴时的样子像天使，美丽极了，远远好过那些"正常"孩子。但是"从弹奏完的那一刻起，她故态复萌，一看就知道是从格林希尔学校出来（Greenhill School）的。但事实上，她的确弹奏了乐曲。这两种矛盾性事实无法折中"[4]。但是这位年迈的钢琴老师——超凡脱俗——对这个孩子的弹奏一点也不惊奇，因为她已经收到了来自"另一个地区的交流函"[5]。

在这个故事中，艺术属于第二个被拯救的领域。两种互为矛盾的事情在一个普通地方无法折中，但是到了"另一个地方"却可以，因为那个地方的人们接受奇迹、期盼奇迹。在宗教领域，超验与普通相结合被称为"优雅"——这是一种来自其他地方的救赎品质，它是上帝赋予你的，尽管你可能不曾拥有或者不值得拥有。在门罗作品中，这种优雅很常见，它的模式起源于宗教，与艺术没有太大关系。这里引用的是我于2006年为《忘情》写的前言：

> 在加拿大……祈祷和阅读《圣经》是公立学校每天的例行礼节。基督教文化不仅为门罗的创作提供了素材，也与她的人物形象塑造以及故事讲述中最具特色的某种模式有关。
>
> 　基督教教义的宗旨是两种完全不同且相互独立的元素——神性与人性——在基督教中并存，谁也无法兼并对方……上帝在完全变成人之后，依然保持着彻底的神性……基督教就是这样，既依赖于对"非此即彼"/分类逻辑的否定，又同时接受两者。逻辑学认为，A绝不可能既是A又不是A，而基督教认为这是可能的。"是A非A"是基督教教义中不可或缺的思维方式。
>
> 　门罗故事中的许多矛盾就是采用这种方法……自行解决的。[6]

在《女孩和女人们的生活》中，门罗把透过层层表面细节深入挖掘隐秘的方式——她在《乌得勒支的平静》中首次对半自传体的"题材"进行了细致入微的探索——与《快乐影子之舞》中首次将对立观点折中的方法相结合，这对于塑造小说中作家——主人公的洞察

《女孩和女人们的生活》共有七篇故事和一篇简短后记。在这八个部分中，主人公即初出茅庐的作家黛尔·乔丹，用多种方式展现其语言能力，写在纸上或者说出来，语言既可以很随意，也可以是经过字斟句酌的。报纸新闻、流言小报、女性杂志、名人轶事、小道消息、往来信件、布道道文、轻歌剧剧本、图书馆里看过的小说、丁尼生或者其他诗人的诗歌、地方史等等——都被统统收录在黛尔专属的词囊中。每一篇都为读者呈现了不同的语言模式，这让黛尔自己也产生了兴趣和好奇心——难道这就是生活？——她拒绝了这些语言模式，因为它们无法反映"现实"。但随后，这些语言模式又以一种新的形式融入黛尔对"现实"（reality）的看法中，这种形式不仅与故事以及故事讲述有关，而且把"现实"与"非现实"（unreality）结合起来，使两者都具有合理性。黛尔反复意识到"现实"不是单一的：它具有双面性。或者说，至少具有双面性。

黛尔的词汇变体中还包括了四种其他模式，一开始的描写风轻云淡，后来笔墨渐渐变得浓厚，成了书中被前景化（foreground）的最华丽篇章。我把这些模式分别称作"溺亡少女"（Drowning Maid）、"疯子"（The Crazy Person）、"失败者"（The Failure）以及"讲故事的人"（The Storyteller）（"表演"是第五个，我会在后记中简单谈到）。以下是我对这些模式的看法。

溺亡少女模式，是指一个人遭遇到无法承受的压力后面临的崩溃状态，这种压力常常与男人及性有关，尤其是当社会舆论占了上风的时候。在这部书里，黛尔作为艺术家的灵魂与她所背负的期望值以及要求之间存在着一种战争，这种战争从未停止。如果社会舆论占了上风，她就会被吞噬，精神随之死亡。作为精神上（实际上是自杀式的）的死亡方式，为什么溺水常常是文学作品中女性首选的死亡方式，其次才是服用过量药物？因为比起上吊（舌头会肿胀）或者一枪爆头（那将是一片狼藉），溺亡更浪漫、更具女性化，按照后记里黛尔母亲所说的，其他两种为男性首选的自杀方式。

  溺亡少女之所以为大家所熟知，不仅仅因为现实生活中出现过真实自杀和溺水身亡的场景，比如作家弗吉尼亚·伍尔夫就是因溺水而亡的，而且还因为书本上曾经描写过：奥菲莉娅（Ophelia）被哈姆雷特（Hamlet）抛弃后精神错乱，她唱着歌儿投水自尽了，自那以后，在性抗争中被击垮以及因未能达到社会期望值而深受打击的女孩子们，接二连三地都选择了以溺水方式结束自己的性命。比如《弗露丝河上的磨房》[1]（*The Mill on the Floss*）中的麦吉·塔利弗（Maggie Tulliver），尤其是丁尼生诗歌中的"沙洛特的郡主"（The Lady of Shalott），这首诗在20世纪四五十年代的高中课堂上颇受欢迎——它把艺术与生活以相互独立的方式并置。准确地说，郡主没有溺亡，她承载着与垂死天鹅/颤声啼鸣/溺亡的奥菲莉娅间相互联结的纽带关系。在《绿山墙的安妮》[2]中，也有个与溺水少女（Drowning Maiden）主题相关的喜剧片段，安妮打扮成淑女模样，但她乘坐的驳船沉到了水里，尽管被吉伯·布莱思（Gilbert Blythe）救上了岸，却成了落汤鸡；溺亡主题，其根源悲凉而凄惨，但在门罗笔下，竟然可以演绎成闹剧。

  如果你反对少女溺亡模式、蔑视墨守成规、不愿同流合污，想选择另一条个人抗争之路，那就意味着，你得冒险成为疯子（The

---

[1] 英国著名女作家乔治·艾略特（George Eliot，1819—1880）的代表作。
[2] 加拿大著名女作家露西·莫德·蒙哥马利（Lucy Maud Montgomery）于1904年创作的长篇小说。

Crazy Person）那种类型的人。如果你过于刚愎自用，不顾及他人想法，就会像小说《门斯特河》（Meneseteung）中的那位19世纪女诗人一样，掉下悬崖，《门斯特河》是门罗后期创作的短篇小说，内容十分精彩。另外一方面，疯子意味着免责：假如你疯了，人们就不会指望你按照正常人或者有责任心的人那样做事。你会从他们那里获取一份自由，当然，这是要付出代价的。

失败者承受的恐惧或许最大：如果你让大家知道你想做某事，却失败了，其结果是，不仅你本人感到很沮丧，而且还会遭到他人嘲笑：人们，尤其是镇上那些人，还有你的亲戚都会奚落你，你会觉得蒙受了羞辱。

除了门罗，我想不出还有哪位作家经常仔细地描写这类带有羞辱性的情感。羞辱与内疚不同，内疚属于个人良心秘密。门罗笔下的人物对内疚没有兴趣，总的说来，他们对别人的隐秘性过失更感兴趣。他们热衷于挖掘并不择手段地获取你的隐私，甚至想让更多人发现、谈论、取笑你的隐私，他们对于这些事情很上瘾。玛格丽特·劳伦斯对描写内疚更感兴趣，而门罗则坚持描写羞辱，尤其是女性受到羞辱后的感觉，这种感觉常常与身体、性以及壮志豪情相关，尽管壮志豪情常常被认为并不适合女孩子。

避免羞辱的最好办法是不要讲出来，何况《女孩和女人们的生活》中的那些秘密极其重要。避免失败的最好办法就是不要作任何尝试，然而，《女孩和女人们的生活》中的人物却偏偏要去尝试，而失败后就会把秘密和盘托出，被人知道后免不了遭受一番羞辱。怎么办？那就学会重新利用失败和羞辱吧。像作家一样利用它们。我们发现，《女孩和女人们的生活》中那个年纪轻轻的黛尔·乔丹就是这样做的。

06. 女孩和女人们的生活：一位年轻女性的艺术肖像

20 世纪 80 年代，有一天，我和门罗在多伦多一边喝咖啡一边吃着英格兰松饼，她给我讲述了一连串可怕的亲身经历。"太恐怖了。"我说。

"这些都是素材。"她回答。

在她之后的小说《素材》中，门罗质疑了为艺术使用这些素材的权力——尤其是当这些素材取自他人之时。然而，在写《女孩和女人们的生活》时，对于"素材"，她已经没有了当年的疑虑。现实就是混乱的生活。必须探索它，把它弄清楚并融入生活中。在与吉布森交谈时，门罗说，这在某种程度上"是与死亡对决，我们每天都有一种岁月流逝的感觉……景色、声音、气味——我不能任凭这些感觉从身边白白溜走而无所作为，我要用文字去捕捉它们[7]。"

一方面，就像《女孩和女人们的生活》这部书中所描述的那样，在镇上人们的眼里，写作没有任何实际意义。但另一方面，写作能把被观察者变为观察者，这样，读者就能和作者一起，近距离观察那些曾经令人生畏的，现在又很温和的镇上的人，他们的各种怪僻性格都是通过写作表现出来的。门罗也说："我喜欢有趣的东西，如果它能引人发笑，我就更喜欢了……我认为，如果你做了一件有趣的事，你就会获得一种真实感。我一直在努力这样做。"[8]

从死亡中寻找救赎，是一项严肃的探索。而从滑稽中获得"现实"，似乎也是一种严肃的探索。

现在进入第四个反复出现的模式中，讲故事的人（The Storyteller），这种人可以保存现实、拯救现实、唤起读者的笑声。在这本书中，说谎者和失败者、变戏法的人和自欺欺人的人，还有那些不怀好意的利己主义者，都可以被看作是讲故事的人，他们都是年轻黛尔的模式，可以做任何想做的事情，如找回尘封的生活残迹，将其变成既可笑又严肃的东西。虽然这些效果常常昙花一现，但并不代表它们不真实。

在研究贯穿这本书的四种模式之前，我想先提两个关键性名称。首先是"诸伯利"这个镇名。我们脑海中的诸伯利，应该是指一场庆典，但在门罗笔下，它却是个阴郁的是非之地，丝毫没有任何庆典氛围，最类似庆典活动的，是克雷格叔叔的葬礼。然而在《圣经》中，诸伯利是指免除所有债务、释放所有奴隶的大赦年。它能带给人们自由和幸福，在书的结尾，这种自由和幸福全部传承给了黛尔·乔丹。

"乔丹"是黛尔的姓，它对应的是自由和幸福的主题。乔丹原本是指以色列人（Israelites）蹚过去就能抵达极乐世界（Promised Land）的一条河，也是施洗者约翰（John the Baptist）为耶稣（Jesus）洗礼的那条河。书中的黛尔，得蹚过一条具有象征意义的河，才能到达作家的极乐世界；她必须接受洗礼，但不是寻常方式的洗礼。在《女孩和女人们的生活》这本书中，那条洗礼河叫瓦瓦那什河，是人们饱受痛苦和寻求溺水身亡的一条河。这条河裹挟着水中的一切，蜿蜒流淌，伴随着涨潮、退潮，为想要溺亡的少女提供了轻生之地，是贯穿各个章节内容的主线。

"我们在瓦瓦那什河畔待了很多天"，书是这样开头的。[9]第二页，班尼叔叔，就是那个脖子红红的、像孩子似的邻居，轻而易举地用溺亡唬住了她，他对黛尔说：瓦瓦那什河里有很多深洞，你会掉进去的。他喜欢讲一些很夸张的、令人难以置信的故事，里面不仅有搞恶作剧的鬼怪，还有惊人的财富，正是因为听了班尼叔叔的故事，黛尔生平第一次专心致志地读了一份小报，上面刊载的尽是一些令人毛骨悚然的丑闻。标题非常惊悚，诸如"父亲把双胞胎女儿喂了猪"以及"邮寄丈夫的残肢"。

小小年纪的黛尔一口气读完了这些内容,之后,她"跌跌撞撞地出来,顶着阳光,穿过田野,踏上了回家的路。我头晕脑涨,脑海里浮现的尽是报纸上登的那些五花八门、胡编扯扯、骇人听闻的罪恶"。然而,这类哥特式幻景,很快就被描写黛尔自家房子的那些平凡特征取代了。两个故事都不可能是真实的:包裹成圣诞节礼物的残肢以及挂在钉子上的洗手盆。班尼的"世界与我父母从报纸上读到的世界不同",尽管具有强大的吸引力,但是"让人怀疑"。

班尼是这部书里第一个拾荒者,他对拾荒的态度与黛尔这位作家一样,只不过黛尔的态度表现得晚一些:"他看重这些废品,只因为它们只是废品,但他却假装对自己和别人说,他要让这些废品发挥些实际作用。"黛尔的母亲曾经预言,班尼未来的那个管家,要么被房子里的废品征服,要么远离废品,要么无法容忍而"投河自尽"。

但是这些都没有发生,因为那个叫玛德琳(Madeleine)的管家哄骗班尼娶了她,但之后,她竟然成了这部书里的第一个疯子;不是因为绝望而发疯——如果是那样,她会自行溺水身亡——而是因为她难以抑制自己的愤怒。附近还住着两个"傻子",但他们好像对任何事情都无动于衷,只有玛德琳似乎很任性,她表现得异乎寻常地愤怒。"她的暴力行为似乎是有意的,很富有戏剧性。"换句话说,她的所作所为与流言小报上报道的那些可怕的内容极其相似。尽管这些都富有戏剧性,但是玛德琳——一个虐待孩子的女人——却游走在真正的、致命的暴力边缘。

班尼的婚姻是失败的,他几次想尝试保护那个被玛德琳虐待的孩子，但都没有成功，他打算去城里解救孩子的计划也失败了。其实在一连串耻辱性的失败中也有过成功：

> 班尼叔叔的世界和我们的世界并存，像个令人不安的扭曲倒影，两个世界看上去相同，但其实根本不同。在班尼的世界里，人们被埋进流沙，被鬼魂或恐怖的城市吞噬；运气与邪恶同样巨大却无法预测；没有什么是应得的，一切皆有可能；失败与荒唐的满足感相伴相随。这就是班尼的胜利，我们看到他无法了解这种胜利。

班尼是"世界"的缔造者，他与"我们"是有差距的，他能看到自己的幻影，却意识不到它的存在——班尼会是黛尔创作中的第一个人物模式吗？随着时间的流逝，作家终究会被他/她的读者淡忘，无法"了解"读者是否抓住了那个幻景。除了被当成写作中的人物模型，班尼还帮助黛尔洞悉了真实世界里的二元对立。"他者"世界并非小说《快乐影子之舞》中天国般美好的艺术殿堂，而是地狱般的梦魇世界。它像普通世界一样真实存在。

至于玛德琳，最终在黛尔家人的口中成了滑稽的故事，时不时会令他们"笑上一笑"。

> 我们一想到她，就好像想到了一个故事，没有什么好送给她的，我们就送给她个生僻的、迟来的、无情的喝彩吧。
> "玛德琳！那个疯女人！"

玛德琳是个极其刻板的人，也是一个笑话。玛德琳，一个无法自控的疯女人的典型，远逝了。

这本书的第二篇小说《活体的继承者》（Heirs of the Living Body）对溺亡少女模式的暗示更加明显，黛尔不顾父母的劝告，执意到瓦瓦那什河里蹚水，她那个精神不正常的表妹玛丽·艾格尼丝（Mary Agnes）冲她大喊"你会淹死的，你会淹死的"。玛丽·艾格尼丝是我们读到的第二个疯子，像玛德琳一样，她举止反常，尽管出生时大脑受损，但在家里却受到大家的宠爱和袒护。黛尔自己也有过疯狂举动，当她被强迫去瞻仰叔叔的遗体时，她咬住玛丽的胳膊。"疯狗才那样咬人！你父母应该把你关起来！"玛丽的妈妈大声呵斥黛尔。但是黛尔的目的达到了，她不用去瞻仰尸体了，但同时，她意识到由此导致的两个后果：第一，她成了别人口中的故事：

> 一提起这件事，他们就会说我是个情绪急躁、偏执敏感、行为古怪的人，还说我是个缺乏教养的危险分子。但是他们不会把我赶出去，不会。我成了这个家族中让人高度警觉、缺乏教养的人，完全是一个另类……

第二，被认为是疯子的人，不会受到排斥。她可能会有一些过失，但仍然是社会中的一员。

这一章节里的两位姑妈上了岁数，爱搞恶作剧，她们的穿着与常人无异，但是总喜欢取笑别人，讲一些她们的恶作剧，克雷格叔叔是她们的弟弟，正在辛苦地撰写一部瓦瓦那什县的县志。黛尔能从每个人身上学到一些东西——取笑他人、每天想着搜寻关于瓦瓦那什的一些无聊信息——尽管黛尔自己没有意识到这些。

这一章使用的是动词结构的第三种类型，处于显著位置。黛尔的母亲很有上进心，她在杂志上读到一篇题为《活体的继承者》的文章，开始向黛尔讲解死亡及人体，这篇文章的内容是，未来死人身上的器官可以移植到活人身上。她的结论是："我们现在知道了，死亡将被彻底摆脱！"显然是一派胡言。

葬礼上唱赞美诗的歌手，吟唱用的动词结构与将来时态相反："哦，上帝，我们昔日的恩赐。"歌声中充满"渴望与信念"。这位可怜的母亲很困惑，她不明白，为什么这位缅怀过去的赞美诗歌手对器官移植感到伤心，而她却觉得挺"美好"。"他们是不是认为，克雷格叔叔此刻正穿着白色睡袍在天堂游荡？或者被埋在地下腐烂掉了？"她大声嚷嚷着。

黛尔的父亲回答："两种可能都有。"黛尔赢了：超验主义的激情以及带有侮辱性的、令人发指的身体腐烂，都可能成为现实。或者至少，都让人相信是存在的。"两种可能都有"也许正是整本书的座右铭。

接下来一篇小说的标题是《伊达公主》，生活在 1971 年的读者们也许知道，《伊达公主》曾是吉艾伯特[1]（Gilbert）与沙利文[2]（Sullivan）创作的喜剧歌剧，讽刺了女性所接受的高等教育。小说中的黛尔母亲是一位理想主义者，她以"伊达公主"的笔名给报社写信，呼吁改善女性的生活状况——比如发放避孕套——却遭到了镇上所有人的耻笑；她的这个笔名来自丁尼生那首题为"公主"（The Princess）的叙事诗。[10] 丁尼生诗歌中的伊达，虽然有些执迷不悟，

---

[1]威廉·吉艾伯特（1836—1911），英国维多利亚时期著名剧作家、诗人。因与作曲家沙利文合作了十四部喜剧作品而闻名于世，其中包括《比纳佛》（*H.M.S.Pinafore*）、《班战斯的海盗》（*The Pirates of Penzance*）等。

[2]阿瑟·沙利文（1842—1900），维多利亚时期的著名作曲家，因与剧作家吉艾伯特合作了十四部喜剧作品而闻名。

06.女孩和女人们的生活：一位年轻女性的艺术肖像

却令人钦佩，而吉艾伯特作品中的伊达——经常随丁尼生笔下的女人尤其是矫揉造作的女人们一起出现——纯粹就是个笑话。

丁尼生的诗歌以19世纪文学为背景，包含中世纪模拟史诗和爱情故事，在这两种形式的文学作品中，都出现了关于男女平等的对话，讨论女性与男性平等的利与弊。伊达公主认为，只有开办属于女性自己的大学，女性才能获得与男性平等的权利，否则就像诗歌中所写的那样，遭受男人的压迫、侵犯、奴役和折磨。伊达公主拒绝嫁给幼时与之订婚的王子希拉里昂（Prince Hilarion），因为王子的父亲认为，女人必须服从男人，这是天经地义的事情。

丁尼生运用罗切斯特先生（Mr. Rochester）、奥罗拉·利（Aurora Leigh）、南方与北方的模式[1]，以典型的维多利亚方式（Victorian manner）化解了非此即彼（either/or）的矛盾：希拉里昂受了重伤，经过伊达的一番精心照料后，身体恢复了。在他最无助的时刻，伊达内心女人的温柔本性被唤醒了，她爱上了他；因为爱上了他，她同意嫁给他，并被希拉里昂感人的求婚誓言打动，希拉里昂想要的不是一方的付出，而是双方相爱——彼此成为对方的另一半，共同为改善女性的命运努力（这种事情在诸伯利绝对不可能发生，所以我们经常听到少年黛尔对此嗤之以鼻的声音）。

伊达悉心照料病榻上的希拉里昂并坠入了爱河，她的歌声情深意切，"深红色的花瓣睡着了，白色的花瓣也睡着了"，接着是"下来吧，姑娘，从那崇山峻岭之上"，可以看出，伊达的理想主义与现

---

[1]罗切斯特先生是夏洛蒂·勃朗特《简·爱》中的男主人公，奥罗拉·利是勃朗宁夫人的诗歌《奥罗拉·利》中的女主人公，《南方与北方》是伊丽莎白·盖斯凯尔所著的小说，这三部维多利亚时期的作品尽管体裁不同，但都遵循男女主人公在经历了情感坎坷之后彼此相结合的创作模式。

实格格不入，成了不毛之地，而爱情本身应该是个孕育生命的肥沃山谷。[11] 山谷里除了河流还有什么？河流被比作强大的性爱激情，将你裹挟而去，除此之外，还能被比作什么？希拉里昂王子跳入河中，救起了溺水的伊达，从象征层面上讲，它其实是在暗示，性激情只存在于真正的婚姻和爱情中。（记住这组河流画面，因为它马上就要派上用场了。）

从表面上看，《伊达公主》这篇小说讲述的是黛尔母亲沿街售卖百科全书的故事，她的目的是补贴家用，同时她相信，汲取知识可以帮人们提升修为，如"亨利八世皇后们的位序，蚂蚁的社会体系、阿兹特克人屠宰祭牲的方法……"[12] 在镇上人们的眼里，这些知识不如班尼叔叔的废品以及克雷格叔叔知道的小道消息有用。但黛尔被百科全书深深地吸引住了，她具有超常的记忆力，能轻而易举地记住书中的内容，张口就能说出来，而且讲得头头是道，于是母亲常常带着她招徕顾客。后来黛尔意识到母亲是在利用自己，就捂着肚子表示，如果再让她继续表演，她就真的要呕吐了。

这一章的语言非常正式、缺乏趣味性，属于百科全书式陈述事实的语调模式。主要讲述了黛尔母亲的故事，尽管语言单调，但故事感人，都是关于她早年生活疾苦以及勇往直前的经历（如同丁尼生笔下的公主，外表高雅，内心痛苦，性格荒谬古怪）。黛尔的外祖母是个"宗教狂热分子"，她有个帮手，即黛尔的舅舅，小时候的他"邪恶、肥胖、残忍"，他把黛尔的母亲关在谷仓里"折磨她"。故事中的母亲，在讲述自己受到折磨那一刻时，谁也无法理解她阴沉的面部表情。"那时候的我，并不知道她内心的忧郁其实与性有关"。

母亲史诗般的故事里接下来会有什么内容？与黛尔父亲的婚姻

这部分，内容平淡无趣，就如同丁尼生为了安排笔下的伊达公主与希拉里昂王子订婚，便让伊达公主坠入爱河一样，平铺直叙。"难道所有她的故事都要以她为结局吗？"黛尔想到她母亲时说，"就像她现在这样，以我母亲的身份生活在诸伯利？"更糟糕的是，母亲在写给报社的信中，过度描述且夸大其词：黛尔被当作素材编进故事，竟然出现在一篇拙劣的散文里！这简直是奇耻大辱！故事情节最终得到了翻转，黛尔母亲、母亲编的故事以及写过的信，都被黛尔编进了自己的小说。正如黛尔说的那样，她与母亲没有什么太大差异，只不过黛尔学会了掩饰自己的豪情壮志，"知道哪里可能有危险"。

那个搞过恶作剧的舅舅后来上门看望母亲，他的生活很富裕，却快快不乐，他现在身患癌症，言语中流露着对自己圣洁善良的母亲以及当年简朴而美好的农场生活的伤感回忆。他没有明确提及自己对宗教的狂热，以及在谷仓里对黛尔母亲所实施的邪恶暴行，姐弟二人对于过去各执一词。

门罗的小说是在揭示真相还是在虚构故事？门罗从三个方面间接解答了这个疑惑。首先是母亲，尽管她身上有缺点，但绝不会故意撒谎，像黛尔一样，母亲渴望了解事实真相。第二，当母亲说弟弟在遗嘱中给她留下三百元时，"屋子里似乎有什么东西一掠而过，像是一只翅膀，又像是一道刀光，是一种深深受到伤害的感觉，孤零零的，但刹那间就消失了"。这种用直觉战胜虚假陈述的写作手法，在门罗小说中很常见。第三，母亲在做纵横字谜游戏时，想不起来那个埃及神的名字，是一个只有四个字母的名字。黛尔说了出来，但是个女性神祇的名字，她的知识面很广，却把神的性别弄错了。那么究竟哪位神的名字是由四个字母组成的？门罗不可能在自己都不知道答案的情况下把谜底留给读者。其实可供选择的答案并不多。我认为是阿尔佩普[1]（Apep），就是那个集邪恶、危险与毁灭于一身的神。他的阴暗形象最适合这个章节，因为对小孩子的性侵害是这篇小说讲述的主要内容。

这篇小说中的溺亡少女模式，如同被描写成"隐藏"的瓦瓦那什河一样，是以隐匿形式出现的。小说中差点被淹死的少女就隐藏在诗歌里，她获救以后，就必须要做"女人该做的事情"了——恋爱、结婚。即使黛尔母亲那么顽强、虔诚、特立独行，也照样得这么做。

接下来一篇小说的题目是《信仰之年》。小说中出现了大量与英国国教——圣公会有关的内容，黛尔很喜欢这种豪华神秘的宗教仪式。信仰与怀疑间的冲突，其实就是宗教与世俗两个世界之间的冲突——上帝啊，日常尘俗之事如何发生，仅凭祈祷是不起作用的。年迈的谢里夫太太（Mrs Sheriff）是个疯子——镇上的人们都认为她有些疯癫——戴着一顶古怪的头巾状帽子，而且

> 她的家族成员中就曾经出现过种种异常行为，这种异常行为有可能是她本身的怪异和疯癫造成的，也有可能是这种异常行为导致了她的怪异和疯癫。她的大儿子因酗酒丧命，小儿子精神失常，不时被关进避难所（在诸伯利镇上人们总是这样叫精神病院），女儿自杀了，是在瓦瓦那什河投河自尽的。

---

[1] 亦称阿波菲斯（Apophis），古埃及神话中邪恶之神，代表黑暗与毁灭。通常以一只巨蟒形象出现在艺术作品中。

06. 女孩和女人们的生活：一位年轻女性的艺术肖像

这个女儿就是溺亡少女。她的故事在这一篇介绍得不多，但在后续章节里，我们会有更多的了解。

黛尔通过向自己提问，解决了"宗教和生活……无法回避的冲突"："上帝会不会压根儿就不在教堂里？也许上帝是真实的，真实存在并像死亡一样属于异类且无法接受吗？不通过咒语和十字架安排人类命运的上帝？而是真实的上帝、世间的上帝，像死亡一样陌生和不可接受的上帝？真的会有那么神奇、冷漠、存在于信仰之外的上帝吗？"这些问题期待肯定的答案。或者如果可能，这些问题期待被写成一篇故事，把无情、矛盾以及二元对立统统囊括进去。

在第五篇小说《变迁和仪式》中，黛尔进入了青春期，性与性别是这个时期的首要问题。这一篇开头，"男孩子的仇恨极具危险性、强烈、分明，它是一种上天赋予的神奇权力，像七年级读物中的亚瑟王（Arthur）的石中剑[1]"。（在《伊达公主》中，也有一把与性伤害有关的"剑"）。除了像"公主"那样，依靠对男人施展魅力让他们忘掉仇恨以外，还有其他化解仇恨的办法吗？

表面上看，这篇小说描写的是黛尔的朦胧初恋——她爱上了一个叫法兰克·威尔士（Frank Wales）的男孩——以及蒙受的羞辱与背叛。但是与这条暗线相伴相随的，还有一个明快的、自编自导的轻歌剧，每年都要在高中上演，主演是范里斯小姐（Miss Farris）和音乐教师博奥斯先生（Mr Boyce），他有可能是个同性恋者。["范

---

[1] 根据《凯尔特神话》（*Celtic Mythology*），传说古不列颠国王尤瑟（King Uther）去世后，主教在魔术师梅林（Merlin）的建议下，采取"拔剑选王"的方式决定一国之主，他让魔术师在石头中插入一把利剑，凡能从石头中拔出此剑者即为国王。年幼的亚瑟轻松地从石头中拔出此剑，随即被宣布为王。亚瑟在位时，开创了古不列颠的鼎盛时期。

里斯",让我们想起了狂欢节时,空中旋转的费丽斯摩天大转轮[1]（Ferris wheel）;它用以解释轻歌剧里那个奇特的比喻,"像马戏团的气球一样鼓了起来"。]

高中年复一年上演着那六个轻歌剧,自始至终连顺序都没有变过:"《吹笛手》（*The Pied Piper*）、《吉卜赛公主》（*The Gypsy Princess*）、《丢失的皇冠》（*The Stolen Crown*）、《阿拉伯骑士》（*The Arabian Knight*）、《克立舞者》（*The Kerry Dancers*）、《樵夫的女儿》（*The Woodcutter's Daughter*）"。这些名字听着与真正的轻歌剧剧名没有区别,但实际上都是门罗自己杜撰的——我找她核实过——这些是她特意为愿望/梦想歌剧编的,目的是为了与整本书的背景格调保持一致。像黛尔一样,歌剧中的人物本身是个神奇的艺术家,尽管天赋曾经遭过镇上人的嘲笑,但现在凭借艺术又回到了他们中间;尽管曾经是一名出身卑微的外来者——像黛尔那样——现在却真的成了公主;并且像黛尔一样很快学会了偷窃与欺骗;甚至她的情人也与黛尔的很像,是个粗鲁笨拙的家伙;欢乐与舞蹈,很快就会以讽刺形式在快乐舞厅展现出来;还有女儿的重要性,尤其是作为独居父亲的女儿,像黛尔的父亲那样在距离稍远的地方经营着养狐场。不用说,轻歌剧的结局都很圆满:轻歌剧就是这样。

这些杜撰的轻歌剧与黛尔之前在图书馆里读到的杰弗里·法诺尔（Jeffrey Farnol）与玛丽·科里利（Marie Corelli）的浪漫爱情故事一起,让黛尔找到了一种语言模式,这种语言很适合用作黛尔憧憬与法兰克·威尔士共度浪漫时光的背景,她渴望饰演的那个舞女在剧中是个喜剧角色:舞女的头巾即将滑落,但她不能停下舞蹈动

---

[1] "摩天轮"的学名,指100米以上超高的大型观光缆车。

作，整个过程中，舞女的头部始终要保持倾斜，样子很滑稽，她的好朋友内奥米不怀好意地给她透露说，观众席上的所有人都在偷偷笑她。

戴尔提到的范里斯小姐，"她演出的轻歌剧就像是吹出来的一串串泡泡，颤颤巍巍地一点一点变大，又在不经意间一点一点消失了，但永远留在我们不再稚嫩的心中，留在她执着的单相思中"。就像从前那个咬表妹的戴尔一样，范里斯小姐遇事急躁，容易冲动，但她是个艺术家；她属于能够救赎、改造和维护现实的那类人，只是以极其低调的方式在做这些事情。范里斯小姐，同班尼叔叔与克雷格叔叔一样，喜欢回收和利用旧衣物，她每年都会从学校阁楼上把落满灰尘的旧衣物拿下来，重新整理一遍。但"那种执着的单相思"到底是为了谁？为了什么？也许是为博奥斯先生——镇上的人都这么说——但是戴尔不这么认为。"无论她迷恋谁，都绝不可能是博奥斯先生，"戴尔说。范里斯小姐迷恋的是艺术，虽然只能通过高中戏剧这种业余的、稚嫩的、瞬息即逝的不完美媒介来表达她的迷恋之情。

范里斯小姐也是一位溺亡少女：她的尸体是在瓦瓦那什河里被发现的。有些东西是范里斯小姐无法承受的，她的精神被彻底击垮了。我们永远不知道到底发生了什么事情，尽管有各种推测——意外、暴力、自杀？但是没有人知道她的真正死因。难道是依旧存在的上帝，那个令人无法接受的异类，是他有意为戴尔留下了与范里斯小姐相关的两幅画面——歌剧演出前兴奋地为学生化妆的那位画家以及在河面上漂浮了六天的一具尸体？"尽管很难将这些画面联系起来，"戴尔说，"但是从现在开始，必须把它们拼接在一起。"戴尔自告奋勇地承担了讲故事的角色，很显然，这种角色具有点石成金的力量和权威，能让两个自相矛盾的世界彼此认证与融合。

在《变迁和仪式》的结尾，有一段是这样写的："恋爱的季节是冬天，不是春天……春天只会呈现一个地方的普通地貌特征；长长的棕色道路，破旧的人行道……春天展现的是距离，是实际的距离。"换句话说，这就是勇敢的现实主义。在接下来的《女孩和女人们的生活》中，我们要获取的就是这种思想。

前一篇中的浪漫爱情与悲剧，在这一篇中将以讽刺和闹剧的形式再现。那位具有奉献精神、劫数难逃、爱好音乐的范里斯小姐被另一位女歌手替代了——随性、懒散的弗恩·道夫提（Fern Dougherty），她的嗓音极具天赋，却没有打算继续发掘的雄心，并且对她自己演唱的那种带着"宏伟激昂的情感"的严肃音乐也毫无兴趣。

就像她的名字里暗示的那样，弗恩属于生活单调的那类人群。我们看到，"西瓜"是用在她身上的第一个比喻。黛尔有个朋友叫内奥米，内奥米的母亲是一名社区护士，她曾对内奥米说弗恩有个私生子，这件事要是发生在情绪急躁、易冲动的人身上，就会引发投河自尽的悲剧，但对弗恩似乎没有任何影响；她不打算结婚，她说自己更想"好好享受生活"，在酒吧喝喝酒，到昏暗的快乐舞厅跳跳舞。尽管她与伊达公主一样想逃避婚姻，但她整个人很俗气。

疯子也有几个代表人物，一个是黛尔的好友内奥米的父亲，他性格古怪、毫无尊严，整日在镇上晃悠，满嘴胡言乱语，也不戴假牙套——没什么好惊讶的——黛尔和内奥米也装疯卖傻——一副受了伤的样子——让镇上过往的人们很是吃惊。"我们当年取笑的对象是无助受苦的穷人。那种做法属于低级趣味，只顾自己寻开心，毫无怜悯心，"黛尔说。

"这演的是什么？"老库伯先生（Dr Comber）问。这不是《吹笛手》里那类舞蹈表演,而是恶意模仿。

那还不是仅有的表演。在前一篇小说里,年轻的轻歌剧明星对法兰克·威尔士青睐已久,现在对象换成了阿尔特·张伯伦(Art Chamberlain),张伯伦起初是弗恩的秘密情郎。他刚从战场上回来,对当地一家广播电台的滴鼻剂广告产生了兴趣,他的性格无忧无虑,现在成了黛尔欲望幻想的目标。这类幻想不是卿卿我我,而是或多或少与强暴有关,即不加选择地强行发生性关系。性爱会以隐秘、不快、夸张的方式发生在她身上,而且简单、突然、猛烈,她已经等不及了。

阿尔特的名字很有趣。首先,它与"艺术"的读音相同,就像我们即将看到的那样,阿尔特像个擅于演戏的演员;他的名字让人想起手持利剑的亚瑟王,经过黛尔的文字转换,这个名字成了一把代表性别伤害与性别仇恨的利剑,阿尔特厌恶女人,而且是下意识地,他对待年少的黛尔的态度极其冷漠。此外,门罗笔下塑造的阿尔特这个人物,极有可能是借鉴了狄更斯(Dickens)的《雾都孤儿》(*Oliver Twist*)里阿特福·道吉(Artful Dodger)的人物形象,阿尔特引诱无辜者堕落,教人偷窃,还抛弃了弗恩,是个逃跑主义者。

这一篇小说的语言模式,不像浪漫轻歌剧(romantic operettas)[1]以及玛丽·科里利小说中的语言那样正式,有些语言是内奥米性格古怪的父亲专用的,他在《圣经》中读到的寓言故事,有些是描写愚蠢处女的,所以他认为与性有关的东西都很肮脏,此外,还有些语言涉及极其下流的性交打油诗,以及避孕图片上那些不堪入目的文

---

[1] 17世纪源于意大利,19世纪盛行于法国,与大歌剧相对而言。轻歌剧的题材轻松,内容通俗易懂。大多是独幕剧,结构短小。除独唱、重唱、合唱外,还有说白。而浪漫轻歌剧是指以爱情内容为主的轻歌剧。

字信息，都是黛尔在弗恩的书桌抽屉里发现的。阿尔特一直唆使黛尔监视弗恩，他采用各种隐秘、粗鲁以及邪恶的手段逼迫黛尔，利用黛尔找回他从前写给弗恩的信，这样他就不用娶弗恩了。

在这篇小说里，瓦瓦那什河始终没有出现。故事发生地是在一条肮脏的小溪旁，岸上到处是垃圾。阿尔特开车把黛尔带到这里，黛尔很亢奋：她那种堕落的幻想马上要成真了？从丁尼生关于河水意象的描述中，我们可以预见，黛尔所期望的不可能发生：这是个完全不合时宜的水域。黛尔见到的只是一场滑稽表演：阿尔特伸手"松开皮带"，他嘴里"嘘！"了一声，之后的行为"怪异、不可思议"。这些行为在黛尔看来很有趣，但冒险的性体验却彻底落空了。在返程路上，阿尔特在车里问黛尔："开眼了吧，嗯？"至少可以说，他不是在贬低自己。

黛尔并不知道怎样把这一幕写成"可笑又可怕的故事"。（尽管门罗在这本书中为读者作了描述）但是黛尔明白了，幻想中的帅气色鬼与日常生活中卑劣的真人不同，后者尽管也很单纯，但是都有着"固执己见的迷惑与自我心理上的阴暗面"。

黛尔母亲一想到女性要面对不如意的选择时就很难过，像伊达那样，她预言："我觉得女孩和女人们的生活开始改变了……女人现在所拥有的一切都只是对男人的依附……说句真心话，我们女人就像家畜一样，没有自己的生活。"但是，人们感觉，她预测的那种未来不可能发生，所以黛尔没把她的话当回事，甚至也没把女孩子应有的谨慎和"自尊"当回事。黛尔讨厌说教，因为这些说教与"其他建议如出一辙……假如你是女性，那你就是被伤害的对象……男人应该出去见见世面，抛却烦恼和忧愁，然后骄傲地回家"。我连想都不用想，"黛尔最后说，"我决定也要出去见见世面"。

06. 女孩和女人们的生活：一位年轻女性的艺术肖像

这是她接下来要做的，其结果自然是喜忧参半。

第七篇的题目是《洗礼》。这一篇里的瓦瓦那什河展现的是这本书中最重要的景色。

这一篇的关键词是"屈从"。屈从有多种不同的表现方式。内奥米是黛尔最好的朋友，曾经很叛逆，辍学后找了一份工作，现在衣着讲究，正在筹备结婚嫁妆，她说黛尔迟早也得这么做。黛尔听到这些话后呆住了：她听过的所有歌词都在暗示她，要做柔软粉色的温床，等待着男人的爱怜，女性杂志上的文章也说，女人的抽象思维不如男人，所以做事时目光短浅。这些文章的题目为"女性的娇柔——正在复活！"以及"想变成男孩子，是你的问题吗？"黛尔周围的一切让她明白了，她必须跻身于主流生活模式，尽管这不是她喜欢的，但是她不想当男孩子。她既不想当幼儿园里粉色的女孩子，也不想当没有出息的男孩子，也不想过那种性别上非此即彼、非彼即此的生活，诸伯利这样的生活是她无法忍受的。她不会屈从。

她仍然沉溺于幻想之中，这是另一种形式的屈从。她的幻想是从收音机里播放的歌剧中获得的，像《卡门》[1]（*Carmen*）与《拉美莫尔的露琪亚》[2]（*Lucia di Lammermoor*）中的"感官性屈从。不是屈从于男人，而是屈从于命运、黑暗、死亡……我浑身战栗，想象着另一种屈从……卡门对于举止、形象以及自我塑造所代表的重要

---

[1] 法国曲作家比才（Bizet）1874年改编的同名歌剧，取材于法国现实主义作家梅里美（Mérimée）的中篇小说《卡门》（1845）。年轻貌美的卡门成功引诱唐·何塞，致使后者被军队开除，并与她一同走私犯罪，后因卡门移情别恋，被唐杀死。

[2] 三幕歌剧，意大利剧作家多尼采蒂的代表作，于1835年9月26日在意大利那不勒斯的圣·卡洛剧院首演并获得好评。内容是18世纪初苏格兰拉美莫尔地区一对年轻男女露契亚与恋人埃德加多相爱的故事，因双方家族的恩怨，两人皆因殉情而死。

意义的屈从"。

她三次性体验的愿望全都落空了。第一次是在脏兮兮的快乐舞厅,这里的一切仔细看上去都很俗气,两个失意男人分别邀请她和内奥米喝酒。黛尔喝得酩酊大醉,从洗手间出来后竟然走错了方向,她摇摇晃晃地走进黑夜,无意中却摆脱了他们的纠缠。第二次,她勾引和她一起做作业的同学杰里·斯多利(Jerry Storey),他外表虽然一点儿也不帅气,却异常聪明。他们操着蹩脚的南方口音模仿连环漫画《弹簧单高跷》里的对话,正当杰里脱光了黛尔身上的衣服时,他嗅觉灵敏的妈妈回到了家,杰里担心被母亲发现,便把浑身赤裸的黛尔推进了地下室。过了好一阵,黛尔的衣服才从洗衣槽被扔了下来,她冒着大雪回到家,很气恼。"我这辈子都找不到真正爱我的人了",她有点焦虑。经历了两次失败之后,她放弃了恋爱和性,把全部心思花到学业上,备战期末考试,这次考试使她得以离开诸伯利上了大学,她采用这种方式表达长久以来对"荣耀"的渴望。

后来,当她不再找寻爱情时,"真正的爱人"却出现了。黛尔怀着矛盾的心情参加了一个复兴会,见识了不一样的"荣耀"与"屈从":复兴歌中的"荣耀",对"上帝恩典"的"屈从",能将有罪之人从"狱火"中解救出来,他们在火中"挣扎却不会身亡"。就在黛尔感觉似懂非懂之时,一位陌生男子来到她身边,俩人最终牵手。之后,黛尔到了另一个"他者"世界:"我觉得自己像天使般心存感激,我真的感觉仿佛来到了另一个生存空间。"

这个小伙名叫加内特·弗兰奇。这是一个关于坏男孩和好女孩因被彼此外表吸引而互相爱慕的故事,加内特在监狱里服刑期满,刚刚被"救赎"出来,是社会上一个名不见经传的浸礼会组织的小头目。黛尔荒废了学业,整日沉湎于性爱探索,尤其是关于优雅、天赋、信仰与屈从。"性对我而言是全然的屈从——不是女人向男人，而是人向身体的屈从，是纯粹信仰的行为，是谦卑中的自由。我沉浸在性暗示和性发现中，就像漂浮在清澈、温暖、无法抗拒的流动的水面上。"这是一次题目的洗礼。接下来的一段，表达的是性爱狂喜，在歌剧中对应的是高亢的二重唱。

第二次洗礼并不愉快。瓦瓦那什河的水位降低了："这条河依旧像池塘一样；你搞不清楚，河水到底流向哪个方向。水面上倒映着河对岸的影子……"换句话说，黛尔的这场恋爱正处于停滞阶段。两岸的景色和水中的倒影都在印证着自我。

趁着两人在瓦瓦那什河游泳的机会，加内特·弗兰奇向黛尔求婚，他们还谈到生孩子——爱情是孕育生命的山谷——但是加内特要求黛尔必须先接受洗礼。黛尔的处境受到了威胁：她感到有些慵懒，像一颗伸展的卷心菜。朝前迈一步，她就会变成弗恩，陷入那个单调呆板的世界，那个世俗的乐园。

尽管黛尔不假思索地答应生孩子——"这个谎言究竟是从哪儿来的？其实那是她的心里话。"——但是她拒绝接受洗礼。她和加内特打了起来，起初是开玩笑的假打，后来变成了真打；加内特把她按在水里，直到她同意接受洗礼才松手。在这个关键时刻，无论是从象征层面还是从本质上讲，黛尔都差点儿成了溺亡少女。"我认为他真想淹死我，"她说，"我的确是这么想的。我想我是在为自己的命运抗争。"黛尔抗争的是"我的不同观点、我的保留意见、我的人生"；那是她作为艺术家的人生，一位"想让他永远披着金色恋人外衣"的艺术家。她不想接纳眼前这个人；她想要一个理想中的人，在这个故事里，她一直在讲述着对那个人的要求。

她拒绝屈从，因此这段恋情也就到了尽头。两人对此都很清楚。

这段情节中有种力量，是打破了的咒语：黛尔时而糊涂，时而清醒。但事情并非这么简单。接下来是一系列肯定/否定的对立面——"我自由但又不自由；我如释重负但又孑然一身。我的眼睛在看但我的身体在遭罪——直到最后两人对决的那一刻："加内特·弗兰奇，加内特·弗兰奇，加内特·弗兰奇。这就是真实生活。"

现在我们明白了，任何人都不可能与他人没有交集。两个同样真实的人，又同样不真实：黛尔脑海中的"真实生活"是她从电影里学来的，电影中的女孩子"离开家、离开修道院、离开恋人"，独自拎着一个小箱，坐上公交车离开了。

黛尔富有戏剧性的表演强化了这种艺术遐想，她看着镜子里自己那副痛苦的表情，配上丁尼生《玛丽安娜》[1]（Mariana）中的一行诗，黛尔大声说，这是"我读过的最愚蠢的一首诗"，她的语气"极度真诚、极具讽刺性"。书中遐想与痛苦两个相互排斥的领域之间，碰撞与融合的力量居然如此巨大。

黛尔断然舍弃了第一次真爱，她的勇气来自哪里？门罗在后记里做了一件在之后的小说中反复做的事情：让时间跳转。

从小说《洗礼》中，我们了解到黛尔通过了期末考试，但没有拿到奖学金，奖学金像爱情一样落空了。《尾声：摄影师》（Epilogue: The Photographer）中的故事发生在 7 月份——考试成绩通常在 8 月份公布，而黛尔与加内特已经分手——当时黛尔还不知道考试成绩。在尾声中，上帝赋予她了一种力量，让她经受住了与加内特的爱情以及性生活的考验，这是一份神奇的礼物。所以当她在瓦瓦那

---

[1] 丁尼生最优美的抒情诗之一，发表于1830年。诗中的玛丽安娜渴望拥抱生活，倾诉着自己的孤独和哀愁。

06. 女孩和女人们的生活：一位年轻女性的艺术肖像

什河里游泳的时候，身心就已经非常强大了，她做足了防御措施；而且她也已经具备了反制能力。

这种力量具有双重含义：一种是她对艺术感召力本质上的认知，另一种是具有启蒙力量的祝福。

首先是真正的艺术感召力。我们了解到，黛尔最初写的东西很杂，包括一首孔雀诗，而现在，她打算写一部小说，只不过仍然处于构思阶段。小说的创作基础来自一个家庭的"真实生活"——谢里夫家（The Sheriff Family）的生活，那个"疯癫"母亲，还有频繁被送进"精神病院"的弟弟，在瓦瓦那什河里投河自尽的姐姐马里恩——怀有身孕，大家都这么说——是另一位溺亡少女。

黛尔的小说是极具鉴赏性的哥特式作品：那个时期但凡有点写作天赋的少年都这么写。小说有点像福克纳（Faulkner）创作的某些低劣作品，还带着卡森·麦卡勒斯[1]（Carson McCullers）的影子，从她对小镇的布局中能看到科幻作家雷·布拉德伯里[2]（Ray Bradbury）作品中的痕迹。（"第一次令我激动的是那些美国南方作家，"门罗一次在与吉布森的访谈中这样说，"我感到他们作品中所描绘的故乡很像我的家乡……我住的那个地方具有典型的哥特式建筑特征。你不可能写尽所有。"[13]）黛尔小说中的马里恩长得不胖，性格也不孤僻，与当年挂在高中校园里照片上的那个样子很像。后来，她的名字改成了卡罗琳（Caroline），就是那个身材苗条

---

[1] 卡森·麦卡勒斯（1917—1967），美国著名女作家，著有《心是孤独的猎手》（*The Heart Is a Lonely Hunter*，1940）、《金眼睛里的映像》（*Reflections in a Golden Eye*，1941）等。

[2] 雷·道格拉斯·布拉德伯里（1920—2012），美国著名科幻作家，著有《黑色嘉年华》（*Dark Carnival*，1947）、《火星纪事》（*The Martian Chronicles*，1950）、《蒲公英酒》（*Dandelion Wine*，1957）等。

的色情狂，她疯狂追求一名神秘的摄影师，但是当这个魔鬼情郎人间蒸发以后，她就投水自尽了。至于小说中的博比·谢里夫（Bobby Sheriff），有点像《喧哗与骚动》（*The Sound and the Fury*）里的那个白痴。

黛尔很珍视这部没有写完的小说，她始终惦记着它："主要是，这部小说对我而言似乎很真实，不是说它是非虚构的，而是说，它就存在于现实生活中……那个镇子就在我每天经过的镇子后面。"第一篇小说中出现的班尼叔叔的影子和他的那个"他者世界"，就是对镇子"令人不安的、被扭曲的写照"。[14]

但是令黛尔感到吃惊的是，博比·谢里夫——小说中那个疯癫儿子的原型——从精神病院回到家中，看上去与常人无异，还请她到家里做客："你没想到我会请你来，对吧？"她尝着他刚刚烤制的蛋糕。黛尔"不知道如何脱身"。于是她坐在门廊上，吃着蛋糕，博比对她喋喋不休地讲如何为大脑补充营养。博比说个不停，而黛尔仔细地打量着厅里的地毯、墙纸还有那个过道，马里恩就是穿过那个过道跑到河边投水自尽的。黛尔把"卡罗琳"搁置到一边，她问自己："马里恩到底遭遇了什么？"

"现实"在小说中尽管被"处理得很巧妙、很强大"，在生活中却依旧如故。黛尔想要发掘一种公平公正的方法，把小说的创新与"现实"的坚固相结合（读者已经看到了门罗是如何做的）。黛尔的思考用了两页纸才结束："人们在诸伯利的生活与其他地方一样，枯燥简单，但又不可思议、深不可测——就像厨房油毡下深深的洞穴。"这是另一处时间跳跃：黛尔告诉我们，在未来——作为作家的未来——她要像克雷格叔叔那样，执着地写下从前遭人贬损的历史，她要把镇上的所有事情都记录下来。

"要想把这类工作做到极致，是一种不理智的、令人难过的想法，"她说，"我想看到的是，每件事情最终静止地聚拢在一起——熠熠生辉、永恒持久。"她想拥有故事讲述者的无限权力——我们通晓的那些权力。

但是黛尔想从与博比·谢里夫的相遇中得到另外的东西。她想了解一条"有关疯狂的线索……疯狂肯定有其秘密，有某种天赋的成分，某种我还不知道的东西"。

假如读者明白了如何接受来自超世俗世界之人馈赠的礼物，接下来发生的事情似乎就不那么费解了。黛尔对博比很客气，她接受了邀请，也吃了他的蛋糕，博比像童话故事里半人半神的神奇物种一样祝福黛尔。"祝你一生好福气，"他对黛尔说。早些时候，黛尔也被人祝福过有福气——福气如此之好，所以才没被阿尔特强暴，也没被加内特搞怀孕——在这本书里，之前从未有人祝福过她。

博比·谢里夫踮起脚尖，"像个胖胖的芭蕾舞演员"。"这个动作加上他的微笑，感觉像个玩笑，不是那种与她分享的而是专门表演给她看的玩笑，它似乎带着简洁、固定的含义——是字母表里从未见过的字母或单词。"博比的行为是一系列表演中最精彩的，这些表演是从玛德琳"那个疯女人"开始的，然后是姑妈们的妆容、黛尔吟诵百科全书上的内容、祷文和祷告、轻歌剧、阿尔特的怪异表演、黛尔的对镜朗诵。而博比的表演最不带有戏剧性，最真实，最富有神秘性，是黛尔唯一无法完全把握其内涵的表演。

黛尔说，"好的"。可是，她在对谁说呢？对福气，也对玩笑，我们都无法理解这个单词的内涵。我想说，它是护身符，来自疯子的礼物——那种特质、孤独、免责，都被赐予她了，尽管不是很多。有了这个护身符，她就不会成为溺亡少女，她就敢于承担写作这个

"疯狂"任务,写出诸伯利的每一种"气味、挫折、痛苦、打击和妄想"。

在吉布森的采访中,门罗说:"我感觉《女孩和女人们的生活》的结尾是个败笔,但我已经尽力了。"[15] 但是我根本不觉得它是个败笔。在这篇小说中,门罗将所有主题巧妙地汇集在一起——所有线索——我们是在按线索阅读,她让每个主题都得到了完美体现。尽管在处理女性角色时,婚姻或死亡被认为是终结性方式,但门罗小说没有采用这种方式结尾。事实上,与詹姆斯·乔伊斯(James Joyce)在《一个青年艺术家的画像》(*A Portrait of the Artist as a Young Man*)中的做法相同,门罗在小说叙述中也把女主人公放在最开始。门开着,这位年轻的作家正准备走进去,这种通过撞运气取得成功的意图表达得很含蓄,只有在读完一整篇故事后,读者才会恍然大悟。

注释

1. Alice Munro, 'An Ounce of Cure', in *Dance of the Happy Shades*, (Toronto: The Ryerson Press, 1968), 88.
2. Alice Munro, interview by Graeme Gibson in *Eleven Canadian Novelists* (Toronto: House of Anansi Press, 1973), 258.
3. Alice Munro, 'The Peach of Utrecht', in *Dance of the Happy Shades*, 210.
4. Alice Munro, 'Dance of the Happy Shades', in *Dance of the Happy Shades*, 223.
5. Ibid., 224.
6. Margaret Atwood, introduction to *Carried Away: a Selection of Short Stories*, by Alice Munro (New York: Alfred A. Knopf, 2006), xix.
7. Munro in Gibson, *Eleven Canadian Novelists*, 243-4.

8. Ibid., 252.
9. Alice Munro, *Lives of Girls and Women*, (Toronto: McGraw-Hill Ryerson, 1971), 1. Text references are to page numbers in this edition.
10. Alfred Tennyson, *The Princess: A Medley* (London: Edward Moxon, 1960).
11. Tennyson, *Princess*, 166-7.
12. Munro, *Lives of Girls and Women*, 65.
13. Munro in Gibson, *Eleven Canadian Novelists*, 248.
14. Munro, *Lives of Girls and Women*, 248.
15. Munro in Gibson, *Eleven Canadian Novelists*, 253.

07. 再读《木星的卫星》

威廉·赫伯特·纽

威廉·赫伯特·纽,不列颠哥伦比亚大学名誉教授、文学评论家、编辑、诗人、儿童作家,著有《加拿大文学史》《边界地区》《山体滑坡》《帝国子孙》,《加拿大文学万花筒》编辑,他的短篇小说研究著作有《言语与暴力之梦》《阅读曼斯菲尔德》《形式之隐喻》。儿童作品《我降生那年》曾获奖。2015年首次发表诗歌选集。加拿大总督功勋奖评委。

重新：开始

艾丽丝·门罗在《什么是真实？》（What Is Real？）这篇文章中总结了小说的阅读技巧。"我可以从任何一处开始阅读，从开头到结尾、从结尾到开头、从任何方向的任何地方。"[1] 她解释说，这种阅读方法与她对故事叙述的理解有关：一篇故事，与其说是通向某个指定地点的路径，不如说是一幢房屋，它的内部空间彼此相连，从而决定了外部造型。门罗说，这就是她在小说中想要带给读者的效果，她注意到，优秀的短篇小说通常是这样构建的：它们不会受预先构思的影响，开始的方式可以是意象（观察得来的或者经过虚构的）、偷听来的谈话、记忆中的某个片段或者其他方式，但是每幢"房屋"的结构是分开的，允许读者们从不同的门随意进入。

门罗的某些短篇小说带有密谋和神秘色彩，有些对旅行进行了前景化处理，更多的是在强调当下的社会价值。总体而言，大多数故事强调的是维度——不是能引导读者在理解主要人物时产生差异的时间线性度、叙事深度或者故事间的缝隙对接程度，而是一种表现特色的度。另外，门罗小说中的人物所处的年代较复杂。他们经受了移情考验；争论反感与尊严；不愿意保持一成不变的身份——无论是在家庭内外——他们不断"重新寻找"与世界的关系、重复探索自我认知的洞穴，因为那里暗藏着他们做事的动机。在小说中，启示被当作是"过程"而非"瞬间"，因为洞察力很少以顿悟即瞬间领悟的方式出现，更多时候，它是一种缓慢认知，即知识是含混不清的、必然性是幻觉、恒定是一种错误的目标。"故事"从它"开始"的地方缓慢展开——这样的结构安排会产生叙述上的效果。

门罗的作品结构不是让读者通过单一方式阅读获得某些发现；相反，它是让读者用多种（以及相互关联的方式阅读）。从多角度重读《木星的卫星》，揭示了文学作品的结构策略如何影响阅读进程。具体而言，从不同起点（开头、结尾、中间以及过程）开始的重叠性阅读表明，每篇小说中修辞模式的多元化，强化了门罗叙事世界中理解力的复杂体系。

从过程开始：文本的塑造

门罗第五部作品《木星的卫星》（1982年秋季由多伦多麦克米伦公司首次出版发行，1983年春季由纽约克诺夫以及英国莱恩公司分别再版发行）的创作历史，见证了修订、改编和排版的整个过程。这部小说集共有十二篇故事（把《查德列家族和弗莱明家族》中的两个部分分开计算），其中的十篇曾经在杂志上发表过。在过去的五年时间里，十篇中有五篇在《纽约客》上发表过：小说《木星的卫星》发表于1978年5月，《掌状红皮藻》(*Dulse*)发表于1980年7月，《火鸡季》(The Turkey Season)发表于1980年12

月,《普鲁》(Prue)发表于1981年3月,还有1981年12月发表的《劳动节晚餐》(Labor Day Dinner)。《亲戚》(Connection)和《田间的石头》(The Stone in the Field)(《查德列家族和弗莱明家族》里的两个独立章节),曾被《纽约客》的编辑威廉·肖恩[1](William Shawn)当成"怀旧小说"拒绝,分别发表在1979年11月的《庄园》(Chatelaine)和1979年4月的《星期六之夜》(Saturday Night)上。《多伦多生活》(Toronto Life)于1977年11月刊载了《事故》(Accident);《塔玛拉克评论》(Tamarack Review)1982年冬季卷刊载了《克劳斯夫人和基德夫人》(Mrs Cross and Mrs Kidd);1982年4月《大西洋月刊》(Atlantic Monthly)刊载了小说《家有来客》(Visitors)。该小说集里的《巴登汽车》和《不幸的故事》(Hard-Luck Stories)都是首次发表。

最初,每篇故事都是以独立叙述形式发表的,但是再次出现在这部作品集里的时候,故事都作了改动,有些改动是细微的,有些改动范围很广,包括编辑以及观点的变化。早期本来还有三篇小说要被编入《木星的卫星》中,后来取消了,因为与门罗的计划不"相符"。² 小说《劳碌一生》(《格兰特大街》,1981年)与《树林》(《纽约客》,1980年11月)后来分别被编入《岩石堡风景》(2006)和《幸福过了头》(2009)中。只有《弗格森的姑娘永不嫁人》(The Ferguson Girls Must Never Marry)(《格兰特大街》,1982)这篇小说,几乎没有引起批评家们太多关注。最终,《木星的卫星》(The Moons of Jupiter),这部包含十二篇小说的作品集赢得了全世界评论家们的

---

[1] 威廉·肖恩(1907—1992),美国著名编辑,1952—1987年间任《纽约客》杂志编辑。

一致高度赞扬，他们专门就这本书的风格、女性人物形象的刻画、故事情节的安排，尤其门罗日臻成熟的写作技巧进行了评论。

　　阅读这部小说集的编纂史，能让我们更好地了解这本书。它强调的是，每篇独立故事如何以完整而令人满意的叙述吸引了杂志社编辑的注意力。如果回到该书的编纂阶段，我们就会发现，在门罗的事业生涯中，她的经纪人［弗吉尼亚·巴伯］以及两位编辑［加拿大的道格拉斯·吉布森和美国的安·克洛斯（Ann Close）］的作用越来越重要，他们不断要求她修改故事，即使（的确是这样）她为很多故事写了不同版本，并且准备交付的时候，甚至有时故事都已经被接收了，但还是被要求继续修改。［比如，《纽约客》的编辑查尔斯·麦格拉斯（Charles McGrath）］曾经连续接到《火鸡季》的两个不同版本，因为欣赏每个版本中的不同元素，在征得门罗同意后，他将两个版本合二为一出版了[3]。巴伯、吉布森和克洛斯再三强调，被威廉·肖恩认为是回忆录而放弃的那些故事，实际上是门罗以虚构叙事方式写成的，是她在修辞上的一种创新。他们三人也曾为门罗出谋划策。对故事进行筛选、修改以及排版成书的整个过程，恰恰说明了编辑们希望看到的是令人满意的排序及最佳效果。最终，这本书从形式上被设计成内容上保持一致且相互关联的故事集，对家庭、爱情、分居、性别、死亡、时间以及讲故事等一系列问题进行了正式而大胆的探索。

　　排列十二篇小说的顺序花了门罗和两位编辑几个星期的时间。他们最终决定用小说《查德列家族和弗莱明家族》为开篇，以《木星的卫星》为结尾，这样形成一个框架，而其他故事依照顺序被排列在这个框架里。这样，两个不同的结构策略就能立即产生效果。框架策略关注的是整个外观——窗户，或者让读者进出这座故事集房屋的大门。排序策略关注小说内部房间或空间的叙述性布局。两种结构策略互不排斥，分别运用了独立的修辞手段。总体而言（与发现的其他模式一样），这些叙述技巧评论的是小说的外部世界，是读者感到陌生而熟悉的"真实"（real）领域。

从框头和框尾开始：联结的矛盾

框头和框尾故事——《查德列家族和弗莱明家族》与《木星的卫星》——受到评论界的极大关注。[4] 故事中提到的乔姆利（Chamney）是门罗家族的一个分支 [1986 年《木星的卫星》再版时，门罗在为其写的前言中提到"有些故事可能更贴近我的生活，但没有一种如人们想象的那样"，后来罗伯特·撒克（Robert Thacker）把它作为格言用在了他的传记中]。更重要的是，这两篇故事为这本书的读者搭建了入口和出口，或者说为人们（不经意间）搭建了一座"房子"，一座他们可能会住在里面的"房子"。这些故事涉及了继承、抵抗、接受以及生存：都是（建设常规习俗和支撑创新生活的）价值观的故事。

表面上看，框头和框尾故事采用了直截了当的叙述方式。一位身份不详的女性回忆了与来自两个家庭的长辈见面的场景；她把家庭行为和丈夫与他人的行为作了对比；她提到了父亲的病情，对努力顺应父亲死亡以及成年女儿独立这类事实进行了描述。但是，故事侧重的是修辞技巧，而不是简单概括家庭故事情节。框架故事里提到的家庭背景信息清楚地表明，《查德列家族和弗莱明家族》与《木星的卫星》里的两个故事讲述者可以概念化为同一人。"珍妮特"（Janet）这个名字只是在《木星的卫星》中以回忆方式出现过一次，那是父亲对故事讲述者的昵称。而这似乎并不是重点。书中出现了很多人名，每个人都按照姓名、服饰以及很多细节被清楚地区分开，从无名到具体姓名，尽管只提到过一次，对故事讲述者而言都暗示着自我意识的成长：她从在家庭中公开寻求一席之地（以及与家中男性成员之间的人际关系）开始，到后来接受了在家中的模糊地位为止。

两篇框架故事涵盖了所有故事的内容：这是一系列关于家庭生活的故事，都来自珍妮特自己的家。带有情节的故事往往更复杂，它会理出人的举止差别，模糊相似与迥异这类术语，强调以不同方式做事的选择性力量，突出人的能力，尤其是本来可以避免却偏偏要去重复的行为，以及承受由此带来的正反影响力。这种结构在暗示读者，这是一本发人深省的书，不是在讲述非现实主义的家庭罗曼史，而是在描绘饥饿与幸福、愤懑与不满、焦虑与渴望、信心与耻辱。《木星的卫星》拒绝作任何结论性判断，它反对差异的恒定性，认为选择是随意性的，甚至是虚无缥缈的。

在小说《查德列家族和弗莱明家族》的第一部分"亲戚"中，故事讲述者回忆了母亲四位热情奔放的堂姐妹、表姐妹〔她们都被称作"未婚女士"（maiden ladies）——因为"老处女"（old maids）这个词的"范围太窄……无法指代所有人"[5]〕；在第二部分，她回忆了父亲依旧健在的六个姊妹，瘦削、呆板、矜持。门罗在描述两个家族人群的差异时使用了别具一格的语言，清楚表明故事讲述者身上明显具备两个家族的混合性遗传品质。门罗采用的这种对立修辞的艺术手法，远比简单差异所暗示的内容复杂得多。"亲戚"的前四行描写的是一连串不同姓名、互不相干的片段间的差异："艾丽斯（Iris）姨妈来自费城（Philadelphia），是个护士。伊莎贝尔（Isabel）姨妈来自得梅因（Des Moines）[1]，开了家花店。弗洛拉（Flora）姨妈来自温尼伯湖[2]（Winnipeg），是位老师。威妮弗雷德（Winifred）姨妈来自埃德蒙顿[3]（Edmonton），是名会计。"然而，从语音进阶角度讲，这里看不出分歧，看到的只是相互间的联系：Iris/nurse（艾丽斯/护士），Philadel/Isabel（费城/伊莎贝尔），florist/Flora（花店/弗洛拉），Winnipeg/Winifred（温尼伯湖/威妮弗雷德）。这些姓名与职业跨越了国界和省界，使她们与"达格利什"（Dalgleish）截然不同——在姨妈们眼里，"达格利什"压根儿不像个"真正的"镇子，故事讲述者的丈夫理查德（Richard）是一名股票经纪人，他使用"达格利什"这个词是为了表示蔑视与拒绝；他喜欢"灰色斑点"那种即使混在一起也能准确分辨出来的格调，不喜欢艾丽斯穿的那种"亮晶晶"的衣服以及她那过于张扬的性格。"达格利什"这个词很关键。理查德忽略了的以及导致故事讲述者后来离开他的原因，并非因为艾丽斯和姨妈们或许来自"达格利什"（事实上她们不是），而是故事讲述者自己来自"达格利什"。"达格利什"不仅让姨妈们欢聚一堂，而且让故事讲述者在精神上和身体上都能与她们团聚，因为团聚是她们人生的组成部分。这种用于表现分离的修辞手段，也体现了亲情关系的矛盾性含义；与此相关的是理查德对公序、良俗以及阶层的渴求——他不会将粗俗与高雅混为一谈——导致他与故事讲述者最终分手。理查德把热情奔放看作是缺乏自我控制的表现，认为注重打扮是招摇过市，但凡故事都是编造的，嬉戏打闹是幼稚行为。与此相反，姨妈们认

---

[1] 美国艾奥瓦州（Iowa）首府城市。
[2] 加拿大淡水湖，位于中南部的曼尼巴托省（Manitoba）。
[3] 加拿大西南部城市，艾伯塔省（Alberta）省会。

为，嬉戏打闹是快乐的源泉和结果，无论是在衣、食［小说《一盒五磅的巧克力》（A Five-pound Box of Chocolates）］方面，还是在关于危险、遗产以及挥霍的奇幻故事里，夸张行为都是一种自然的表现方式。

对于小说中孩子们唱的《划，划，划小船》（Row, Row, Row Your Boat）这首歌曲，门罗采用了一举两得的处理方式，进一步完善了"亲戚"中的叙述轨迹。这是表妹们玩游戏时唱的第一首歌，也是"观众与演员"（Audience and Performers）这套游戏中的一个环节——诸如摘草莓、穿旧衣、钓鱼以及唱歌：从《德州黄玫瑰》（The Yellow Rose of Texas）唱到《荣耀颂》（Doxology）。轮到故事讲述者和丈夫唱的时候，他们刚刚吵完架，丈夫被飞来的一块柠檬酥皮馅饼砸中"就再不吱声了"。在故事讲述者的脑海里，院子里的歌声记录着她的童年，各种声音渐渐转弱成了一个音："那是令人深感意外的哀求和警示的音符，仿佛悬在空中：生活是梦想。"当小说《查德列家族和弗莱明家族》的两个部分首次在《城堡女主人》（Chatelaine）上发表时，第一部分"亲戚"的结尾本来是第二部分"田间的石头"的结尾。但是出版前在对文本进行修订时，门罗把这句话重新放回到"亲戚"[6]的结尾处，她认为那样能产生更多共鸣。孩子们歌曲里唱的"划"是"向前挥动船桨"的意思，而在"亲戚"中，"划"成了故事讲述者记忆中的"争吵"。词意的变化不仅打乱了看似承载着童话梦想的句子，也扰乱了传统梦想本身。

小说"亲戚"中发生了多次逆转——分离导致连接，连接又破裂成碎片。分类与划分被证明太简单，无法指导生活。举例来说，《田间的石头》是小说《查德列家族和弗莱明家族》中的第二部分（"和"用在这个包含两个故事的标题中，不是表示等同意思，而是起一种平衡作用），它的目的或许是还原与"亲戚"的亲情关系，或者将小说中的对比与分离关系复杂化。从修辞学角度看，小说《田间的石头》做到了这两点。就题目而言，《田间的石头》关注的是人物的个体特征；但同时，这个故事也开启了对公众选择的不确定性探讨。它不仅讲述了弗莱明家族里那些思想明显保守的姑姑们的故事，也提到了故事讲述者的父母拒绝被社会习俗约束的故事；还有一名叫波普伊·卡伦德（Poppy Cullender）的同性恋者的故事，尽管居住在达格利什的人们并不在乎他的性取向，但是他活得很艰辛，他的行为被认为与现实格格不入；还有一位自称"布莱克"（Black）的外国隐士，在生命的最后时光，他遇到几位令他惊讶的好心人。

故事讲述者对波普伊·卡伦德（Poppy Cullender）的性取向描述得很含蓄，也不具体，尽管她对这个男人及其行为有自己的看法；小说《火鸡季》中赫布·阿博特（Herb Abbott）的同性恋性取向，是通过一名懵懂少女的眼睛以间接方式表现出来的。然而两个故事中关于对休伦县的判断态度都很明确，这种态度（以及在随后的几十年里关于性解放的态度）为阅读和理解门罗小说中人物的性生活提供了不同语境。[7]

《田间的石头》开头列举的一些差异似乎很随意："我母亲不是这样的人……""我们家里到处摆放着准备出让的东西……""他没有自己的商店……"否定是修辞的共性，是对惯常的、社会所期望的否决。正如故事讲述者的母亲观察到的那样，否定与熟络相伴相随："有些人无法在这里生存。人们容不得他们，就是容不得。"故事讲述者的母亲是个不寻常的女人——她是镇上的"交易商"，对于镇上的已婚女人而言，以家庭为骄傲是一种生活常态——但是在故事讲述者的 7 位姑姑出现之前，对于这些差异的基本判断还仅仅只是序幕。下面这段由于缺少细节描述，所以必须得关注：

> "苏珊，克拉拉，莉齐，玛吉去世的那位叫詹妮特。"
> "安妮，"我父亲说，"别忘了安妮。"
> "安妮，莉齐，都算进去了，还有谁？"
> "多萝西。"我母亲说，她一边说一边猛地换挡……

这些文字传递了一个信息，是姑姑们的行为与社区对行为规范要求之间存在差别：她们对父亲很顺从，通常情况下不作声，一生独守在受碱水冲刷的家庭农场上。但是她们名字中重复的扬抑格韵律（包括"DOR-thy"多蒙西：中间的 O 在加拿大标准发音中被省略了）强调的是她们之间的相似性而非差异性。只有故事讲述者的母亲在独自"换挡"。

在此之后有三个主要场景：突然探望姑姑们；在医院里，故事讲述者的父亲讲述他年轻时为什么要离家出走以及如何离家出走；还有一个场景记录了那位隐士的生活。第一个场景沿用了故事开头使用的否定修辞法：房子的漆"不是白色……而是黄色"。"没有拥抱，没有握手"，"没用的，我永远都分不清她们"。"没有热闹的迹象，看不出住在这儿的人们曾经有过寻找快乐的痕迹。没有收音机；没有报纸、杂志；当然也没有书"，"也不提供茶点"。与人打交道很痛苦："她们无法……她们再也无法理解……她们不理解……没有人进来……她们中没有人会看……"尽管有一处是肯定句式，但也是通过词序颠倒表达出来的："我父亲看上去和她们长得很像，只是还未驼背，脸上的表情比她们开朗"。这种否定情绪

07.再读《木星的卫星》

"完全"笼罩住了姑姑们,使她们不能有"非分"想法——"只是"这个词提升了她们弟弟的形象——也让故事讲述者的母亲试图改变话题的尝试没能成功。在这个语境中,故事讲述者的母亲提出的问题——"为什么不行?"——起了两个作用,它既可以看作是随意性谈话时使用的技巧,也可以看作是关于社会态度与责任的共鸣性问题(拒绝的意义是什么?),这也是故事后半部分要进一步思考的问题。

故事的最后场景回到了医院与农场,这时出现了"木星的卫星"。与布莱克先生有关的场景,他的隐姓埋名,以及用来纪念他的那块已不复存在的石头(或者传统的文学标记),这些素材让故事讲述者下决心写一篇故事。故事情节与小说《查德列家族和弗莱明家族》的第一部分一样,没有对传统浪漫爱情以及勇猛果敢行为的描述。所有在故事中表达肯定意思的词汇,比如"是"以及"一定是",都导致了故事结尾那句话中语义的模糊性:"至于这里埋葬的那个生命,你不必为之惋惜。"这句话语义模糊的原因在于,它允许惋惜却又回避惋惜。它在问"为什么"——你否认过去的时候它不出现,而当你去做的时候,它却出现了。

《木星的卫星》是框尾故事,内容是故事讲述者珍妮特与父亲临终前的对话、令她心烦意乱的女儿们以及她们的私生活(有男人陪伴/无男人陪伴)。故事当初运用的是第三人称叙事方式,1977年在给《纽约客》投稿时改成了第一人称〔标题好像是《碰运气》[8](Taking Chances)〕,这个故事反复在强调说过的话和有把握的话之间的差别。文中多处用到"好像""应该""尝试"这类词。故事中的人物讲述轶事;吟诵诗句;回忆往昔(或"模糊不清的事情");她们追求准确、自信、"亲情关系"——最终发现了名字和事实真相背后的玄机；她们珍视选择，珍视那种"无尽的"述说和各种亲情，珍视各种"爱的方式"，甚至那些"有节制、有纪律"的人。珍妮特最终关心的，与其说是失落或者死亡，不如说是时间，也就是能够改变人生的那种生命进程。即使是发生在布卢尔大街（Bloor Street）商店外面的普通事件，都能让她知道"事情会如何出现转机"。父亲告诉她，木星的那个卫星叫"伽尼墨得斯"（Ganymede），是个斟酒童，而不是牧羊人，之后的珍妮特开始反思生命中扮演过的不同角色。凡俗是人类生活经验中不可或缺的部分，不能用抽象的田园风光式的概念来替代。所以故事结尾，在返回医院前，珍妮特没有去参观陵墓浮雕，而是去"吃了点东西"，从过去到现在、从往事到正在发生的事情，这种变化视角，使框架故事（以及这本书）以一种对生活的务实态度结束了。

我们可以把框头和框尾故事当作是叙述家庭琐事的小说来读，每个人物扮演着不同角色。故事讲述者（从孩童，到年轻女性，再到成熟女人）为我们呈现了一组完整的父亲形象，从年轻叛逆者、知心兄弟、忠实伴侣（这是她的丈夫和恋人都无法替代的）到垂死智叟。她把母亲描写成了怪僻之人、质疑者和挑战者、令人悲伤的逝者。姑姑、孩子、远房表妹们，都似乎成了折射重要行为的镜子。从本质上讲，这是一个幸福的家庭，既有关爱也有失落：就像小说《查德列家族和弗莱明家族》最初设想的那样，这种家庭内部的差异容易被理解，矛盾可以被接受。但是，这个家庭的框架故事是否还包含着别的东西，是否在为阅读这本书的读者作了其他设计？或者说是否意味着，与其说框架故事包含了其他九篇故事的内容，倒不如说提炼出了它们思想内容的精髓，与其说是在为它们作牵强附会的解释，倒不如说是提供了一面玻璃镜，通过它才能看懂排序的意义？

从排序开始：抛却选择

排列在框头和框尾之间的九篇小说，为我们提供了另一种阅读方法。"排序"用在这里似乎比"序列"更贴切，其实有两个特殊原因：（1）这九篇小说从总体上讲，是按照人生经历中的不同阶段（青年、中年、老年）排序的；（2）如果说"序列"暗示的是一系列物品（不是杂乱无章的物品，而是关联不太紧密的物品），那么"排序"则是在暗示，这一系列物品是按照一定模式蓄意排列的，比如按照时间或空间的延展（如：从西往东）顺序。那么读者在阅读故事时的注意力，自然就被吸引到了时间和视角上。他们关注与年龄有关的故事片段（以及不同程度的成熟与独立性），这种关注可以被当作框架故事中与行为有关的一面斜镜，从更真和更广的角度，探寻框架故事中讲述者体验过的不同经历。框架故事间的九篇小说也发挥了有效的叙事作用。顺序排列延宕了效果、结论、行为或意识；它"拖延"了解决问题的必要性和意愿，而这是框架故事最终必然要重新正视的问题：父亲离世以及故事讲述者从女儿成长为母亲。

这个顺序（门罗对大多数故事进行修改并选取了最终的十二篇）是门罗在与编辑道格拉斯·吉布森以及安·克洛斯商讨后作出的结果。吉布森打算挑出"真正震撼的小说"，按照从童年到老年的"生命流逝模式"进行排序，他同时建议，把以第一人称与第三人称叙述的故事分开编辑。安·克洛斯则强烈要求把小说《事故》排在《巴登汽车》前面。最终的排序结果，是他们在出版前的第4个月即1982年5月才达成的一致性意见。[9]

作为出版物，序列故事关注的是社会、异性伴侣的满意度或失望程度：

《掌状红皮藻》：第三人称叙述（改编自《纽约客》的第一人称叙述版本）；莉迪娅（编辑、诗人）退出了与邓肯（Duncan）的暧昧关系，临时栖身在临近东海岸的一个岛上，一份红海藻（她从未品尝过）礼物让她重新开始审视自我的存在，岛上还住着一位老人［斯坦利先生（Mr Stanley）］，他是作家薇拉·凯瑟（Willa Cather）的崇拜者（为了维护自己的尊严，他并不在乎薇拉的傲慢性格以及性取向）；

《火鸡季》：第一人称叙述；讲述了圣诞节期间一位少女在一家火鸡屠宰店帮工的经历，她了解了工友们的说话风格、性格特征和性追求［这篇故事献给了门罗的妹夫乔·拉德福（Joe Radford），他在火鸡店的工作经历帮助她充实了故事里的内容细节］；

《事故》：第三人称叙述；弗朗西丝（Frances）和泰德（Ted）的孩子因车祸丧命，导致他们的爱情走到了尽头，他们饱受那些尖酸刻薄、站在道德制高点的家庭成员的指责，分手之后又重归于好。

《巴登汽车》：第一人称叙述；故事讲述者回忆了与一名叫X的男人之间的恋情，并且详细叙述了女友凯伊的性行为，随着时间的流逝，她意识到凯伊也坠入了X编织的情网。

《普鲁》：第三人称叙述；普鲁靠戈登（Gordon）挣钱养她，她"讲述生活中的趣闻轶事"，她永远无法解释生活中的奇怪变故；每次与戈登见面，她会获得一样东西，之后便随手一扔，忘掉了。

《劳动节晚餐》：第三人称叙述；四人组中两两之间的魅力比拼差点毁掉了一个家庭；险些酿成的车祸调整了每个人的心态，它让成年人沉默了，只有女儿出声询问是否回到家了。

《克罗斯夫人和基德夫人》：第三人称叙述；两位性格迥异、相识八十年的老人住在同一家养老院，尽管彼此的交情已有几十年了，但为了同一个伴侣，相互竞争、互不相让，最后都受到了应有的惩罚，但又都找回了些许尊严；

《不幸的故事》：第一人称叙述；故事讲述者遇到了老朋友朱莉（Julie）；她们谈到婚姻和不同的爱情模式，还轻佻地 [与道格拉斯（Douglas）] 谈到一起逃往新斯科舍省（Nova Scotia）；

《家有来客》：第三人称叙述；米尔德丽德（Mildred）和威尔弗雷德（Wilfred）是一对没有坚定信仰的老年夫妇，威尔弗雷德的弟弟阿艾伯特（Albert）和弟媳格蕾丝（Grace）来访，受到热情招待，但客人信仰的是五旬节教（Pentecostal），因此两个家庭的谈话内容并不轻松，叙事方式也不是那么简单明了；尽管气氛有些紧张，但维系家庭的情感纽带依旧还在。

由于此排序无法清楚解释家庭活动的轨迹，所以把它们当作阅读框架故事的"镜像"并不准确。这种第一人称和第三人称叙述视角的不规则交替变化，不仅指导着人们如何阅读这本书，而且说明了每篇故事的完整性。更重要的是，这部作品集的一个重要特征，是每篇独立故事所揭示出的微妙关系。这一系列故事读起来感觉像是关于亲情的专题故事：爱情与不和、灾难与复苏，要么是以家庭为背景构建故事，要么是以其他社区为模式构建故事。背景从澳大利亚到新斯科舍省（这中间还有其他地方），反复暗示了安大略省休伦县的民风民俗。[10] 某些主题重复出现：家庭结构、婚姻、爱情、私通、逃离、感情、自尊（失去的或失而复得的）、自我以及竞争。意外或许从天而降，或许不期而遇；性欲或许得到了满足或许未得到满足；岁月或许在生活中留下昔日痕迹，或许被淡忘。但是，叙事意识永远不会偏离这类主题，即文字是用来讲故事的，文字能编织答案也能提问题，文字能让故事变得错综复杂，也能让故事变成陈词滥调。

在框头和框尾两篇故事中，作者用了一些短语来强调线索的重要性：含有（家庭类）短语、不含（社区习俗类）短语，以及构建叙述本身的短语。所有短语都描述了与亲情相关和无关的特征，医院场景是个典型例子，当时珍妮特恰好想起前任丈夫理查德。她转身想对父亲说点什么，"却只是盯着屏幕上的曲线，没有说出来"。形象地说，当故事讲述者在讲述自己或他人生活经历时，他们其实是在不停地画着生命线（态度很谨慎，因为文学与社会习俗一样，会包含也会断然剔除某类东西）。小说《查德列家族和弗莱明家族》的第二部分"田间的石头"的结尾阐述了这个道理。故事讲述者想起了关于布莱克先生不为人知的故事，于是想重新编写故事："如果我再年轻一些，我会再编一个故事。我一定会让布莱克先生坠入爱河……我会让他吐露……他的秘密……我会编织一种可怕但令人信服的关系……我现在相信，人的秘密说不明白，也不能说"。换句话说,在某些条件下讨论怎样生活是一回事,但实实在在地过日子却是另外一回事。《木星的卫星》中的故事顺序,对这两者间的差异进行了艺术加工。框头和框尾之间的故事,可能会被当成"珍妮特的故事"阅读,这样就不难理解作者旨在采用多种叙述形式表现家族亲情,延宕她的行为需求。

这些故事展现了人们的行为方式;追踪了发生变化的时间点,但唯独没有解释行为的原因。有时,故事间的照应关系十分松散,比如布莱克先生和他的石头再次出现在小说《家有来客》中时,他的名字变成了布兰奇·布莱克(Blanche Black),从语义上讲,听着很别扭,还有环保人士不加思索说的那句话,"不要落下一块石头"。渐渐地,这个序列开始探究故事叙述如何融入解释及变化,这些变化不会导致任何限定性结论,只会让人们接受一种观念,即你所了解的永远是不确定的——由此建立了小说《木星的卫星》中的阅读模式,它关注的重点是人们相互间讲述的故事:虚构、冒险、忏悔、偶遇、历史、契约、承诺、说谎。

以这种方式阅读《木星的卫星》就会发现,它强调话语的不稳定性,要求读者接受一种悖论:这本书阐述了作者的艺术成就和话语技巧,但同时质疑了语言的中立性以及被动倾听的接受程度。这本书有个特点,受到了早期众多评论家的称赞[11]——门罗在形式上越来越愿意创新(不同时间与观点,碎片化场景,拒绝单一的、一致的、千篇一律的身份,拒绝定论式结尾)——这是一个挑战简易语言学语序的典型范例。门罗认为,读者可以从故事开头、结尾以及中间任意一处开始阅读,她不仅强调的是意义的潜在随意性,而且强调了意义的可能性,也就是说,倘若撇开传统阅读习惯,随意性阅读会带给人意外的启迪。

从中间开始：顺序的灵活性

我在阅读《木星的卫星》时，不经意间读到中间一页：小说《巴登汽车》开头一段，故事讲述者在回忆朋友凯伊的爱情生活："她正在努力忘掉一个人，一个有妇之夫，就是那个农场女人的前夫，俩人现在分居了。"这句话看似很随意——感觉有点偏离主题——但在修辞上却是有意为之；先亮明了人物的身份，又作了进一步补充，挑明了人物间的关系，接着道出那人的姓名和职业："他叫罗伊（Roy），是个人类学家。"这里用了两个"是"，简短而直接，就像商品的标签一样，传递了完整信息。紧接着是一段简短对话，暗指"那人你认识"，对话中夹杂着忏悔和误导。故事讲述者随后将话语变成了间接语气，改变了讲述者的观察角度，把注意力再次转移到自己身上："我告诉她，我正在忘记一个人，是我在澳大利亚认识的，我打算写完这本书就跟他断绝往来。"语气有些牵强，但很严肃。故事讲述者分析自己的话："我在思忖'忘记'这个词。这个词简单、熟悉、令人鼓舞。"结合上下文，这句话要求我们关注它的技巧和效果，而不是一成不变的真相。接下来一篇小说《普鲁》，或许也可以从这个角度阅读，探讨在一系列"忘却"中偶然会出现的断裂性。

故事讲述者为我们描述了凯伊的住处，从罗列的物品中推断出与行为相关的结论：有关监狱、暴乱、洞穴、解剖、建筑和革命的书籍——主题看似不同，但整体上都是关于（或者反对）结构性内容的。这套书目用间接方式强调了女性生活中所受的束缚（或者说在凯伊的世界里，这些束缚似乎成了她唯一的选择）。门罗的这种表达方式，公然将"话语如何奏效"与"女人如何生活"联系起来。说到凯伊（其实是指她自己），故事讲述者承认，她"全身心接纳了那个男人以及他的经历。她学习他含蓄的以及口语化的表达方式"。她的评论有一连串儿，从最初被对方吸引到后来的无怨无悔：讽刺、道歉、迷恋、苦恼、冷静、智慧以及生存。从这里开始阅读小说《巴登汽车》，无论是往后读还是往前读，都会发现文字经过了精心打磨。[与此类似，《木星的卫星》也认可触摸语言与沉默，并将这两种认知力量与女性的自我意识相联系，在书的结尾，珍妮特静静地观察和琢磨着女儿朱迪丝（Judith）对唐（Don）比画的手势。]

关于"忘掉某人"与"自恋"的对话，展现了门罗写作风格中的随意性深度。表面上看，故事讲述者不仅在讲述恋爱故事，而且在思考文字和整本书，实际上，通篇故事是在讲故事讲述者如何为直觉和被扼杀的行为清晰发声。实际上，细节在此发挥了巨大作用。关于朋友、恋人，以及 X 的"一排排"情人的细节描写推动了整个故事情节的发展。时间上的细节描写（动词从过去时、完成时，到现在进行时的形式变化），弱化了完美的持久概念。服饰与语言的细节描写，强调了理所当然的东西同样具有不确定性。

故事讲述者提到多伦多文献图书馆（Toronto Reference Library）以及普林尼（Pliny）对肥皂的描述，但是她发现，这种"事实"来源并不可靠。她提到维克托·雨果（Victor Hugo）女儿阿黛尔[1]（Adèle）的日记，尤其描写阿黛尔走在大街上那一段，她无法把眼

---

[1]法国著名作家维克托·雨果五个孩子中年龄最小的，早年患精神分裂症，但在写作方面极有天赋。在父亲的鼓励下，她从 22 岁开始记日记。33 岁时爱上了一个名叫阿艾伯特·品森（Albert Pinson）的中尉，但遭到拒绝，后整日郁郁寡欢直至终老。阿黛尔在日记中对这段恋情有详细描述。

前那个人与她脑海中深爱的那个男人联系起来。故事讲述者也提到了传统长篇小说中的故事情节以及她脑海中浮现的诗歌，这些诗歌与"我生活中将要发生的事情相关"，但她很快意识到，"那些不像是要马上发生的"。

《木星的卫星》中大量引用了诗歌、赞歌以及圣诞歌曲。小说《巴登汽车》中"即使时间也是这样"那句话，出自沃尔特·雷利爵士[1]（Walter Ralegh）创作的一首诗歌题目，首行与之相同，涉及青年、老年以及人生永恒的内容。"裸露的背部和侧面"（Back and sides lay bare）（《不幸的故事》）出自威廉·史蒂文森[2]（William Stevenson）的饮酒歌《可口的老啤酒》（Jolly Good Ale and Old），内容是如何应对生活中的困难；在小说《木星的卫星》中，珍妮特的父亲说他"无法正视内心的心结"，引用的是华金·米勒[3]（Joaquin Miller）创作的《哥伦布》（Columbus）中的诗句，诗中描写的是舰队司令员下令船员们持续高喊"航行！"熬过黑夜（"直到破晓时分"）。基德夫人朗诵的诗歌内容，包括了罗伯特·勃朗宁[4]（Robert Browning）的诗歌《法国阵营事件》（An Incident of the French Camp）、布利斯·卡曼[5]（Bliss Carman）的《圣·约翰的船》

---

[1]沃尔特·雷利爵士（1552—1618），英国文艺复兴时期诗人、政客、探险家。著有诗歌《即使这样也是时间》（*Even such is Time*）、《爱情与时间》（*Love and Time*）等。

[2]威廉·史蒂文森（1924—2013），英裔加拿大籍作家、记者，著有《勇者》（*A Man Called Intrepid*，1976）、《恩德培的90分钟》（*90 Minutes at Entebbe*）等。

[3]华金·米勒（1837—1913），美国著名诗人，著有《内华达山脉之歌》（*Songs of Sierras*）、《城堡峭壁之战》（*The Battle of Crags*）等。

[4]罗伯特·勃朗宁（1812—1889），英国维多利亚时期著名诗人、剧作家，著有《圣诞夜与复活节》（*Christmas Eve and Easter Day*）、《我已故的公爵夫人》（*My Last Duchess*）、《爱国者》（*The Patriot*）等。

[5]布利斯·卡曼（1861—1929），加拿大"桂冠诗人"，著有《阿拉斯的背后》（*Behind the Arras*，1895）、《流浪之歌》（*Songs of Vagabondia*）等。

07.再读《木星的卫星》

（The Ships of Saint John）以及美国民歌小调《老黄铜马车》（Old Brass Wagon）。同时，许多典故带有时代感，暗示了20世纪早期受在校学生青睐的英雄故事内容以及19世纪末文学沙龙上朗诵的表演诗歌形式。然而20世纪二三十年代，在安大略省高中生所用的由威廉·约翰·亚历山大（W. J. Alexander）任主编的，《短篇诗歌》（*Shorter Poems*）（多伦多蒂莫西·伊顿公司出版，1924）这部教材里，上述诗歌中竟然没有一首被录入，只有几首勃朗宁（Browning）和卡曼（Carman）的诗歌。

有标准语言就必然有标准时尚。故事讲述者打算随季节改变心情，她在小说《巴登汽车》中继续寻找艳丽色彩与珍宝，结果并非传统时尚承诺的那样，当她最终停下脚步观赏商店里的化妆场面时，意识到是自己搞错了：让化妆师忙来忙去的那位顾客不是女性，而是个"俊朗男孩"。与此同时，她的朋友凯伊却坚持认为外表代表内心。故事结尾，凯伊裹了一身崭新"行头"，为的是见新情人——行头这个词，让人不由得想到外貌和探险。此外，行头也指女学生的束腰外套，是一种随意而"变态"的炫耀方式，强调她所了解的那种关系是短暂的。

故事讲述者一边讲述一边阅读，她对于千篇一律的"情色语言与浪漫画面"感到失望，她完全可以依此快速写出一些空洞的东西（你应该明白我在说什么）。尽管她承认语言很乏味，但它暗示了她那个叫"X"的旧情人的肤浅、不忠和虚伪，揭示了"X"的身份，消除了差异和欲望之间的联系。

从《巴登汽车》开始阅读，相当于开启了与书中剩余内容的对话，尤其是有关女性以及文字的对话。在这里，作家和写作不是随意性的——不是碰巧，而是被邀请进行有选择性地讲话，尽管"碰

129

巧"可以成为很多故事的主题。作品集里那些"我"——故事讲述者,一直在写书、做笔记、写日志、讲故事。她们也收集了表达瞬间与细节的文字。细节能获得持续性力量。也许这些细节最初是在孤独的语境中获得的,就像小说《田间的石头》中那段,共鸣与力量兼而有之。故事讲述者回忆了父亲对她讲过的关于布莱克先生及其埋葬地的故事,她还提到外婆和两个姨父去世的时候,身上只是裹了一层蕾丝窗帘布就被下葬了。她写下了当时的困惑心情。父亲随后说:"我想你可能更对细节感兴趣。"他以一种委婉的方式认定了女儿的未来选择:当个作家。在之后的创作中,讨论蕾丝与裹尸布的关系就演绎成了讨论家务与死亡的关系。[13]

讲故事——对现实的逃避,或者靠细节进行推断和累积地讲述现实:各种意象、细微差别、不同场合——有时候是通过人物自己讲述,有时候是靠人物留下的细节进行推断,目的是让人们了解《木星的卫星》这本书中的内容。整体而言,书中人物(作者及其他人物)也受到了语言魅力的感染,他们的评论厚达一本书,构成了与作者身份相关的对话。在小说《劳动节晚餐》中,罗贝塔回忆说,她在游船上与一名男子用牙签玩拼字游戏,最后竟然玩腻了;后来,她和乔治(George)差点遭遇了一场车祸,却"没有机会说一句话":沉默的力量有时胜过陈词滥调。在《克罗斯夫人和基德夫人》中,在养老院的棋牌房,克罗斯夫人和基德夫人在为输赢争吵,身患中风说不了话的男子杰克(Jack),一怒之下把拼字板推到了地上,字母全飞了,连场上最能说会道的人都安静了下来。

这些故事本身自带对讲述形式和作用的评论。在小说《不幸的故事》中,朱莉问到为什么"带有讽刺性的、出人意料的故事结尾"已经过时了,故事讲述者回答"因为结尾轻易就能被猜到",但随即又补充说："或许人们想的是……谁会在意事情发生的方式？"尽管这样的说法缺乏准确性、令人难以信服，但有些故事偏偏反其道而行之，内容要么是平淡无奇的爱情（《巴登汽车》），要么充满了闲言碎语（《事故》）。从表面上看，有的故事就能吸引人。故事讲述者认为，普鲁（Prue）"以逸闻趣事的方式呈现自己的生活"，令听众们开心，她从不要求别人；她不苛求，也不抱怨，她讲故事的目的就是为了强调生活的离奇古怪与不确定性。

但有时候，外表能说明一切，听众／读者想要看到或者表达更多的欲望，只会激起他们的不同欲望——如果仅仅因为欲望不同，就断言读者对小说的满意程度来自他对小说叙述的熟悉程度，听起来不免有些荒谬。在小说《家有来客》中，艾伯特讲述了一名叫劳埃德·萨洛斯（Lloyd Sallows）的普通男人的故事，他走进一片沼泽后就再也没有出来，但是米尔德丽德（Mildred）对这个故事并不满意，她想听到的是传统的、带有神秘色彩和西方幻想的浪漫式结尾。"米尔德丽德想，如果让威尔弗雷德（Wilfred）来讲这个故事，肯定会不一样，他的故事结尾一定会带有传统色彩"。她设想了几种结尾方式，都与赌博、裸体、流氓以及金钱有关，但是，当她问艾伯特为什么会记得这个故事时，艾伯特看着眼前摆放的东西，拿起"一块冷汉堡"，又把它放下，然后说："那不是故事，那是真事。"这再次引发了人们对虚构现实性以及现实虚构性的质疑。[14]

从结尾开始：文字的循环

从框头故事开始阅读，仿佛是将家族史捋一遍；按照序列开始阅读，仿佛是按照性别和时间寻找视角，并从杂乱无章中整理问题；从中间开始阅读，等于把沉默与话语反推至对话的边缘。故事最后到底发生了什么？故事结尾讲了什么，是否为这本书提供了另一种阅读方法？短篇小说家克拉克·布莱斯（Clark Blaise）写道，结尾可以具有质疑性、隐忍性、修辞性、判断性；可以设置悬念、消除疑虑、谴责指控；可以以元小说形式重新回到故事中或者潇洒地离开。"我要郑重地告诫饶有兴趣的读者们，"他在文章结尾写道，"不能强求将结尾当成终极交流。结尾是分娩过程中被我们咬烂的绳索（有时候只是咬得毛毛糙糙的）。"[15] 这种方式的结尾清楚地表明，布莱斯把对往事的共鸣当成了隐喻。在门罗首部作品集《快乐影子之舞》中，故事结尾都很张扬。但在《木星的卫星》中，门罗拒绝那种定论式的突然结尾，她采用日常生活中看似普通的话语作为结尾。

尽管小说《查德列家族和弗莱明家族》的开场很华丽，但其余部分——在叙述中偶尔夹杂嘲讽性声音，这一点在小说《家有来客》中尤为显著，以及不断在故事中插入讽刺性旁白[16]——让读者不断意识到，他们但凡能看到、听到、读到、触到、嗅到、尝到、感到以及能做到的事情都具有局限性和可能性。普通的颠覆性力量似乎不一定能立即引起共鸣（门罗笔下的米尔德丽德从未觉得有什么能让她激动的事情；另一个人物朱莉会经常想起类似欧·亨利小说中的那些出人意料的故事），就像小说《巴登汽车》中讲的那样，即使表象能蒙蔽人，但在无法做出正确选择的时候，对于眼前发生的事情所作出的反应，至少能让我们谨慎一些。

对于食品的反复提及，也进一步说明了享受、负疚、炫耀或者矛盾态度这类感官体验如何构成了这本书的主旋律。每一篇故事里都有关于食品的描述。"亲戚"中把姨妈们具有异国风味的"美国"

食品（牡蛎、橄榄、巧克力）与故事讲述者后来在北温哥华市（North Vancouver）准备的美味晚餐作了对比，本来是为晚餐准备的柠檬酥皮馅饼竟被用作了武器。《田间的石头》把在场的动物饲料与缺场的茶点作了对比。这类对比处处皆是：《掌状红皮藻》中晚餐的烹调味道与海藻味道的对比；《事故》中猪排与一次意外流血的对比；《不幸的故事》里消费与浪费的对比；《克罗斯夫人和基德夫人》中餐厅两侧的对比。有好几篇故事（如《掌状红皮藻》《普鲁》《石头》《火鸡》《劳动节晚餐》）都提到了与食品有关的职业（如厨师、服务员、农场工人、屠宰工、拔毛工）以及从事这些职业的角色性别。汉堡是小说《火鸡季》《克劳斯夫人》以及《家有来客》中出现的特色食品，切汉堡小馅饼的细节不时穿插在故事讲述中。《劳动节晚餐》中的备餐和用餐环节，被比作故事中婚姻的构建过程；晚宴的整个过程与（结束）瞬间的对比，质疑了躲避与崩溃之间的差异。这本书中还出现了许多与食品相关的短语，用明喻手法（一些女人"像蛋羹一样颤颤巍巍"）表现人物的性格特征（《事故》中格丽塔对馅饼的迷恋），或者不分类别全都采用明喻的表现手法，从汤、饮料到圣餐画像（《克罗斯夫人和基德夫人》）。[17]

在整本书中，随着细节不断地增多与相互交织，有种看似朴实无华的力量愈来愈明显，以至于十二篇故事的结尾竟然都能自成故事：

人生——如同——梦一场。（《查德列家族和弗莱明家族》"一、亲戚"）

大可不必为此惋惜。（《查德列家族和弗莱明家族》"二、田间的石头"）

来自远方。（《掌状红皮藻》）

我们唱了起来。(《火鸡季》)

不用担心,那还早着呢。(《事故》)

从来没有人这样对我。(《巴登汽车》)

然后再差不多把它忘掉。(《普鲁》)

这不是到家了吗?(《劳动节晚餐》)

在往回走之前。(《克罗斯夫人和基德夫人》)

我们都会开心。(《不幸的故事》)

肯定不在下周。(《家有来客》)

返回医院看父亲。(《木星的卫星》)

诚然,用这种方式把结尾里的短语从故事中分离出来,就能够创建一个新的故事文本,但是这种结尾绝不能当作一种轨迹来阅读,因为它暗示的是故事最终发表时的排序。这个顺序清楚地表明了一个周期性的行为过程,它由启程与归来构成(等待时刻、发现远方、一路高歌、忘却身在何方、返程、尚未抵达、回到原处、此时此刻)。这些经过整理的结尾句与书名中的循环隐喻之间产生了一种和谐式共鸣:卫星绕着一个中心体或者某种(非真实的)不明永恒物体运行,这个中心是固定的同时也是变化的——如同爱情本身就是个矛盾体,因此门罗在随后的那本书(出版于1986年)中把爱情比作"进程"。

《木星的卫星》这部书的结尾再现了这种文字表现形式——寻找、拥有、放手、前进——它们包含了与孩子/父母、朋友/前任朋友、妻子/丈夫、情人/恋人的日常生活相关并不断出现的矛盾:尽管这种形式公开表明了人物之间的"对立"关系,但同时也在反复暗示其"连结"关系。这种"对立"与"连结"的矛盾特征,不仅强化了书中的修辞手法，而且作为柴德雷斯（Chaddeleys）和弗莱明斯（Flemings）的双重遗产，被最大限度地进行了艺术加工，对于人物的沉默与对话，在过去与未来、家内与家外、远处与近处、记忆与遗忘、肯定与否定之间产生了共鸣。[18] 文本相当于进程，进程相当于在叙述过程中构建读者反应，同时在叙事过程外即生活空间中告知读者行为的方式。

尽管《木星的卫星》出现有幻灭与解体的内容，但整体而言，它接受了生活中经历的琐碎细节，肯定了它们在积极生活中所起的作用。这种形式——选择与延续、独立与联系——构成了人物进退两难的窘境。同时，它维持着书中大多数人物——母亲、恋人、父亲、邻居、工友、孩子、伴侣、朋友——在岁月中寻求重生或反抗绝望的局面。标题故事中的珍妮特意识到过去的在场与现存问题，同时学会接受未来可能出现的变故，即重蹈覆辙的可能。《木星的卫星》的结尾不是单一性的；它在呼吁另一种认知：人们应意识到，返回——即重读——意味着重新开始。

注释

1. Alice Munro, 'What Is Real ?', in John Metcalf and J.R.（Tim）Struthers（eds.）, *How Stories Mean*（Erin, Ont.: Porcupine's Quill, 1993）, 331–4 at 332. First published in John Metcalf（ed.）, *Making It New: Contemporary Canadian Stories*（Toronto: Methuen, 1982）.
2. 这段话出自 Robert Thacker, *Alice Munro: Writing her Lives* 2nd edn（Toronto: McClelland & Stewart, 2011; first published 2001）, 390. Thacker, 同时援引了门罗于 1980 年写给 Douglas Gibson 的一封信，她在信中把自己的计划比作"一部更具凝聚力的作品"；她有可能指的是《木

星的卫星》中的小说，而 Thacker 认为（367），门罗指的是后来收集在《爱的进程》（1986）中的小说。

3. 出版过程的细节来自 Thacker 的著书，especially chapter 7：'Feelings like Rilke's Editor', 367-441, and 385-8; and from Allan Weiss（comp.）, *A Comprehensive Bibliography of English-Canadian Short Stories 1950-1983*（Toronto: ECW, 1988）, 472-6. 同时参看 JoAnn McCaig, *Reading in Alice Munro's Archives*（Waterloo, Ont.: Wilfrid Laurier University Press, 2002）。

4. 例如，E. D. Blodgett, who in *Alice Munro*（Boston: Twayne, 1998）建议将 Barthes and Jakobsen 的思想与暗喻、悖论、缺失句法的阅读方式相结合（7-9）; Coral Ann Howells, who in *Alice Munro*（Manchester University Press, 1998）探讨了"临时秩序的构建"（84）并强调角度与含义的多样性（67-84）; 此外，Isla Duncan, who in *Alice Munro Narrative Art*（New York: Palgrave Macmillan, 2011）建议将 Genette 的理论运用到聚焦和自由间接话语的研究上。

5. 所有《木星的卫星》中的引文全部出自加拿大发行的第一版小说集（Toronto: Macmillan, 1982）。由 Ivan Holmes 设计的封面暗示了 Christopher Pratt 画中看镜子的那个女人。门罗把这部书献给了她的朋友 Bob Weaver，加拿大广播公司的著名编辑和广播策划人，他的节目《文选》曾经播出过门罗的小说《火鸡季》（6 October 1982）。

6. 很可能是 Doug Gibson 的建议（Thacker, *Alice Munro*, 371）。

7. As Margaret Atwood has suggested in 'Alice Munro: an Appreciation', *The Guardian*（11 October 2008）; accused online 14 October 2014.

8. Thacker, *Alice Munro*, 390.

9. Thacker（*Alice Munro*, 390）为这本书的排序提供了更多细节。

10. Huron County, Ontario 当然是真实存在的地方，毗邻休伦湖东海岸，尽管小说中的 Dalgleish, Hanratty, Jubilee 这些镇子是门罗杜撰的。关于门罗小说中更多关于地质学和知识的真实性以及"怪异"的争论，尤其是城乡对比、真实幻觉以及《巴登汽车》中的"游客"的自由度和"本土"风情，参看 Robert McGill, 'Somewhere I've Been Meaning to Tell You: Alice Munro's Fiction of Distance', *Journal of Commonwealth Literature*

37，1（2002），9-29，esp. 14-15，18-21.

11. Thacker 对评论性文章作了精辟总结（Alice Munro，391-4），其中一篇文章的题目是'A Sentence to Life'，作者是 Tom Crerar［Brick 18,（spring 1983），2］，他认为，时间是这部书的"真正主题"："作为条件的时间，对生命是一种判决"。"判决"这个词，进一步表明了《木星的卫星》是如何从人物的变化视角运用弹性叙事语法传递时间概念的。

12. Adèle Hugo's 的日记［*Journal d'exil*（Paris：Lettres modernes，1971）］于 1975 年被改编成电影 *L'histoire d'Adèle H.*，由 François Truffaut 导演，Isabelle Adjani 主演。

13. 整体而言，女性主义理论化了门罗小说中女性人物的语言和处境等细节。例如，Judith Miller（ed.），The *Art of Alice Munro*：*Saying the Unsayable*（Waterloo，Ont.：Wilfrid Laurier University Press，1984）；Beverly J. Rasporich，*Dance of the Sexes*：*Art and Gender in the Fiction of Alice Munro*（Edmonton：University of Alberta Press，1990）；Magdalene Redekop, Mothers and Other Clowns：the *Stories of Alice Munro*（London and New York：Routledge，1992）；Katherine J. Mayberry，'Every Last Thing：Alice Munro and the Limits of Narrative'，*Studies in Short Fiction* 29，4（fall 1992），531-41.

14. 这是关于她的小说被拒绝或接受的权威评述（即"回忆"而非"故事"）。

15. 'On Ending Stories'，reprinted in Metcalf and Struthers，*How Stories Mean*，166-9. First published in John Metcalf（ed.），*Making It New*：*Contemporary Canadian Stories*（Toronto：Methuen，1982）.

16. Cf. Mark Levene '"It Was about Vanishing"：a Glimpse of Alice Munro's Stories'（*University of Toronto Quarterly* 69，4（fall 1999），805-60），他认为门罗的小说集不仅给人带来哀伤，还带来极度的孤独感（8-9），门罗小说中幽默的重要性在很大程度上仍然是值得讨论的主题。

17. 关于《劳动节晚餐》中食品的重要性的叙述以及这篇故事对于阅读小说《木星的卫星》的重要性，参看 Ryan Melsom，'Roberta's Raspberry Bombe and Critical Indifference in Alice Munro's "Labor Day Dinner"'，*Studies in Canadian Literature* 34，1（2009）；accessed online 14 October 2014.

18. 更多关于平静、时间、悖论以及意象形式的阅读，参看 Blodgett，*Alice Munro*；Howells，*Alice Munro*；James Carscallen，*The Other Country*：

Patterns in the Writing of Alice Munro (Toronto: ECW Press, 1993); A. J. Heble, *The Tumble of Reason: Alice Munro's Discourse of Absence* (University of Toronto Press, 1994); Helen Hoy, '"Dull, Simple, Amazing, and Unfathomable": Paradox and Double Vision in Alice Munro's Fiction', *Studies in Canadian Literature 5* (spring 1980), 100–15; Louis K. MacKendrick (ed.), *Probable Fictions: Alice Munro's Narrative Acts* (Toronto: ECW Press, 1983); W. R. Martin, *Alice Munro: Paradox and Parallel* (University of Alberta Press, 1987). On Munro's 'complex rhythms and aesthetic effects', see Douglas Glover, 'The Mind of Alice Munro' (2010), *reprinted in Attack of the Copula Spiders and Other Essays on Writing* (Windsor, Ont.: Biblioasis, 2012) 83–104.

08. 艾丽丝·门罗与个人成长

罗伯特·麦吉尔

罗伯特·麦吉尔，多伦多大学英语系副教授，著有《奥秘》和《我们有过祖国》两部小说以及文学批评专著《欺骗式的想象：亲密、伦理、自传体小说》。曾在《加拿大文学》《英联邦文学期刊》《马赛克》《多伦多大学季刊》上发表过多篇探讨艾丽丝·门罗的文章。

艾丽丝·门罗的短篇小说对于读者的思维是一种挑战，因为人们普遍认为，个人、宗教或者人性会影响人的成长。她的小说不断在质疑一个问题，那就是，随着年龄的增长，人类是否一定会变得更聪明、更成熟，小说同时也在怀疑，科技变化与社会变迁能否给特殊地区或物种带来显著进步。小说折射了门罗在 1982 年访谈中陈述的思想内容，当时有人问她，为什么只写短篇小说而不写长篇小说，她的回答是："我没有看到人类在成长，也没有看到他们达到了某个高度。我只看到人们的生活在瞬息万变。"[1]

从某种意义上讲，火车是门罗作品中的一个关键形象。[2] 尤其是在以 20 世纪中叶安大略省西南农村作为背景的那些小说中——这类地点和时间背景在门罗作品中常常出现——火车作为重要的交通运输工具，对门罗小说中的主人公如工人阶层和女性都很重要。从《我一直想要告诉你的事》（1974）中的《渥太华峡谷》到最新作品集《亲爱的生活》（2012）中的几篇小说，门罗的故事叙述均围绕着火车旅行展开。她在讲述故事的同时也在提醒着读者，如今的火车已经不再像她童年时代，即 20 世纪三四十年代那样穿越安大略省西南部了。在《公开的秘密》的首篇小说《忘情》中，我们了解到一个信息，那列本来运输旅客到卡斯泰尔斯[1]（Carstairs）的火车"在二战期间就已经停运了，连铁轨都被移走了"。³ 而在《好女人的爱情》（1998）这部作品集中的《拯救收割者》这篇小说里，故事背景依旧是安大略省西南部，只是当地的车站已不见了踪影，取而代之的是个"仿古商城"（fake-old-fashioned mall）。⁴ 通过这些细节描写，门罗追踪了安大略地区工业的兴衰史以及被商业取代的过程。这种发展规划总体上具有积极意义，其实，门罗在当初创作小说时对此并不十分了解。

门罗的短篇小说将铁路当作遗址，突出了火车在元小说中的作用。值得注意的是，在数篇小说中——从《你以为你是谁?》（1978）中的《野天鹅》和《好女人的爱情》中的《拯救收割者》到《逃离》（2004）中的《机缘》——火车成了陌生异性邂逅的场所。如此一来，从形式上看，短篇小说与火车具有惊人的相似之处，都为读者与作者提供了一个转瞬即逝、充满欲望的场合。此外，火车的每一节车厢独立但又相连，如同每篇故事被编选在一起成了一部小说集。火车旅行是沿铁轨方向从起点到终点，而小说阅读方向也具有单一性，旅客们可以自由地在火车的每节车厢内或者车厢之间来回走动，正如门罗所描述的那样，小说阅读也在重复相同的动作，门罗说她喜欢"进到里面去，来回走走，到处看看，在里面待一会儿"。⁵ 门罗委婉地拒绝沿用传统短篇小说中启承、高潮、结局的创作方法，评论界对此一致表示赞赏，对门罗绕过传统重新安排故事情节的做法进行了高度肯定。

---

[1] 加拿大小镇，位于艾伯塔省（Alberta）卡尔加里（Calgary）以北，首府埃德蒙顿（Edmonton）以南。

门罗在小说中拒绝运用传统故事情节，对地区发展也不持十分乐观的态度，这表明她的短篇小说可以与其他成长因素结合起来研究。比如，门罗现在已经成长为艺术大师，是哪些方面在起作用？还有，门罗的短篇小说倡导了怎样的人文发展理念？这些问题之间是相互关联的，之所以这么说，是因为门罗的小说即使在挖掘人物生活时也常常以内省方式对自我进行评价。与此同时，批评家们就门罗的艺术成长也提出了自己的看法。接下来在对这些观点的考察中，我会特别关注那些在过去 10 年间对此发表过看法的评论家，他们对如何划分门罗写作阶段的看法一致，偶尔会借鉴"晚期风格"（late style）概念来描述门罗的最新作品。我意识到这些评论家们的看法是正确的，而我想要论证并且详细阐述的是，与其说门罗的职业生涯打上了转型（transformation）的烙印，不如说是打上了连续（continuity）和递归（recursion）的烙印。从这一点上讲，她的事业轨迹折射了一条通向生活和艺术的途径，这是她在小说中以含蓄方式反复倡导的，即回归（return）与修复（revision）。同时，门罗小说也在提醒读者，不要幻想这种回归与修复一定能带来改进。在这一方面，门罗 2012 年出版的作品集《亲爱的生活》中的一篇名为《火车》的文章尤其值得我们深入思考。正如篇名暗示的那样，门罗笔下的铁路再次被赋予了丰富的象征意义，铁路的干线很多，由此让我们联想到人类生活、作家职业生涯以及短篇小说的进程。

门罗的进步

门罗的事业生涯从根本上颠覆了艺术成长的神话，人们常常认为，短篇小说只是作家创作长篇小说的过门石。门罗曾经说过，她在早期创作时就常常有人问她什么时候写长篇小说，但是，当1977年她把第一篇短篇小说投稿给《纽约客》之后，就认为自己不再是"转型时期的作家"了。[6]在她的引领下，评论家们一边评论门罗的作品，一边迫不及待地宣告短篇小说的形式其实并不逊色。然而，当评论家们声称门罗短篇小说里蕴含着长篇小说的丰富内容时，内心其实很矛盾，因为在他们看来，只有长篇小说才能称得上是评判文学质量的参照标准。此外，这些评论家们的内心其实对"短篇"这个词很恼火，所以他们一直自欺欺人地认为，门罗就是在写"长篇小说"。评论家们都注意到了，从20世纪80年代开始，门罗短篇小说的篇幅长度在持续增加，这个趋势到1997年达到了顶峰，小说《好女人的爱情》几乎达到了一部中篇小说的长度。早在1990年，加拿大著名女作家贝弗利·拉斯波利希（Beverly J. Rasporich）就曾经说过，门罗短篇小说涉及更广的时间范围、更多的人物形象以及更复杂的叙事结构；换句话说，它们越来越像长篇小说。[7]针对小说中的这些变化，出现了一种常见的批判观点，有人认为这些特点预示着门罗日臻成熟的创作水平。当然，尽管门罗的事业生涯改变了评论家们的看法，使他们不再认为短篇小说中的成长叙述是初学乍练，但这并未阻止他们依据长篇小说特有的评判标准建构门罗的艺术成长叙事。

对门罗作品的评述中隐含着一种关于成长叙事的评论，评论界认为，门罗的早期作品带有自传性质，而在后期创作中，她的作品则与其本人的关系不是那么紧密了。在门罗早期的《快乐影子之舞》和《女孩和女人们的生活》这两部作品中，叙述者是一位女性，讲述了自己年轻时在安大略省西南部的故事，自此以后，门罗

08. 艾丽丝·门罗与个人成长

越来越多地采用第三人称叙事方法,并且在时间和空间上作了进一步探索,比如,《我年轻时的朋友》中的《门斯特河》,它的故事背景就设在 19 世纪的安大略省,而在《公开的秘密》中的《阿尔巴尼亚圣女》和《蓝花楹旅馆》(The Jack Randa Hotel)这两篇小说中,故事背景则跨越了国界。这些转变似乎证实了一种普遍猜测,即作家的创作通常从自传开始,然后过渡到其他题材。尽管这样的过渡很常见,但并非意味着自传体是一种尚不成熟的创作方式。门罗身体力行地质疑了这种说法,她晚年干脆转向了自传体作品的创作,《岩石堡风景》中记载的都是有关她家族中的轶事,而《亲爱的生活》中出现的一系列故事,被她称为"最初和最终那些——与我关系密切的——我生命中不得不说的故事"。[8] 门罗为这些故事专门写了序言,以突显它们与其他作品不同,同时表明这些自传体作品不能用相同方式评论。然而,门罗拒绝把这些自传体作品等同于回忆录,这表明她否认小说与非小说之间的差异,因为承认这种差异无疑是在诋毁自传体作品,暗示自传体文学是一种缺乏想象力的不成熟创作。

有一种批判性倾向,认为门罗写作生涯中存在一条艺术成长轨迹,尤其是在试图将这条成长轨迹划分成几个创作阶段时,这种批判性倾向变得愈加明显。例如,门罗凭借《快乐影子之舞》荣获加拿大总督奖(Governor General's Award),尽管从一开始,她就是一位非常成功的作家,但一些评论家们仍然坚持认为,门罗的早期小说相对而言比较传统。对于这些评论,门罗认为是"鹦鹉学舌",[9] 未予理睬,而克里斯蒂安·洛伦岑(Christian Lorentzen)则肯定地说:"门罗从一开始就是一位惯会运用顿悟的作家。"[10] 也就是说,在门罗早期作品中,主人公动辄就会对某些真相有一种豁然开朗或者幡然醒悟的感觉，在20世纪60年代之前，这种创作手法在短篇小说中很常见。其他一些评论家们则认为，门罗的事业生涯折射了一种转变，通常与20世纪后半叶加拿大的小说创作密切相关：是一种从现实主义小说创作到后现代主义小说创作的过渡。目前有一种一致性意见，认为门罗在其独具特色的后现代主义作品中，强调了科拉尔·安·豪厄尔斯提出的"不确定性和多重性"特征，并且运用了文学修辞手法强化了这种特征。[11] 如果评论家们在这一点上产生了意见分歧，那么准确地说，他们争论的焦点在于，门罗作品中运用的这些文学修辞手法到底是从什么时候开始引人注意的。拉斯波利希认为，《木星的卫星》中有一种"新深度""不仅是哲学意义上的而且是技术层面上的新深度"。[12] 对于阿杰伊·可修（Ajay Heble）来说，《爱的进程》是一个新起点，在这本书里，门罗转而讲述那些"被遗漏的、无法言说的或者难以描述的故事"。[13] 洛伦岑认为，门罗真正的创新始于《我年轻时的朋友》，他认为："在这本书中，小说结尾引起了人们对故事讲述方式的争议。"[14] 2006年，门罗的小说编辑、《纽约客》的查尔斯·麦格拉斯宣称，其实门罗真正的创新手法，早在《公开的秘密》中的故事里就已经体现出来了，他坚持认为："在过去的15年里，无论在形式上还是在时间上，门罗都以极端的实验性方式，悄悄地摧垮了我们脑海中那些关于短篇小说的可能性与不可能性的概念。"[15] 至于这种关键性转变的具体起始时间，如果说人们可能存在一些意见上的分歧，那么把短篇小说《好女人的爱情》当成门罗事业生涯早期的巅峰作品，人们的看法却是一致的，不仅仅因为该小说的篇幅很长，而且还因为它重新启用了门罗早期作品里出现过的场景与主题，从而成了丹尼斯·达菲（Dennis Duffy）口中的"关键文本"（keystone text）。[16] 这种看法其实是在暗示，20世纪80年代和90年代是门罗事业的黄金阶段，她的创作能力在那个时候达到了巅峰。

在对之后作品集《恨，友谊，追求，爱情，婚姻》的评述中，上述这些特点变得更加明显，该评述来自门罗的自我评价，她认为，与自己的前期作品相比较，这本书中的思想似乎变得"更简单了""视野更狭窄了"。[17] 这些评论让人们把门罗1998年以后的作品看成是"晚期风格"的代表作，"晚期风格"作为术语在文学圈内已被广泛接受，这要归功于希尔特·萨义德（Edward Said）所著的《论晚期风格》（*On Late Style*, 2006）这本书。[18] 萨义德认为，晚期风格体现在一些艺术家的作品中，对于他们而言，不仅职业生涯到了晚期，而且漫长的人生道路也即将走到尽头。评论家们认为，门罗21世纪所创作的小说，从各个方面都属于"晚期风格"的作品。比如他们注意到，门罗越来越关注老年人。在对《恨，友谊，追求，爱情，婚姻》这部作品进行评论时，豪厄尔斯注意到，门罗有了新的关注点，那就是"老年人的生与死，毕竟他们身上有几十年可写的故事"。[19] 评论家们紧随门罗，关注她"视野更狭窄"（scaled down）的写作方法——这种方法似乎验证了罗伯特·卡斯顿鲍姆（Robert Kastenbaum）的看法，即老年艺术家的晚期作品通常具有"方法简单、表达简洁"的特点。[20] 举例来说，詹姆斯·格兰杰（James Grainger）注意到，门罗作品中的转折点"可能"是从《逃离》开始的，"从复杂、间接的叙述以及创作中期作品中错综复杂的人物造型，到简约的、几乎是表现主义形式的故事讲述方式"。格兰杰认为，出现这个转折点的原因在于，"这种自然主义的、长篇幅的小说形式是最好的创作方式，门罗为之花费了毕生精力"；他也道出了另一个原因，那就是门罗不愿意"重复之前的成功之路"。[21]

递归诗学

门罗写作生涯中的渐进轨迹备受瞩目,它的显著特点是连续性多过断裂性。乔伊丝·卡罗尔·奥茨(Joyce Carol Oates)曾经说过:"在所有以创作短篇小说为职业的作家中……门罗是在小说风格、形式、内容和版本上保持得最一致的。"[22] 同时,艾尔萨·考克斯(Ailsa Cox)也坚持认为,门罗"在很多方面……依旧是39岁时的那个门罗,依旧是39岁时的那个作家"。即使是门罗的"晚期风格",在考克斯看来,也"只是早期创作形式与技巧上的发展与变化,而不是让人惊讶的新起点"。[23] 在研究艺术家的职业生涯时,戴维·加伦森(David Galenson)常常用到"实验主义者"这个术语,而门罗就是一位"实验主义者",加伦森用这个术语,不是指艺术家的思想十分前卫,而是指他们的创作方法具有科学性。按照加伦森的观点,在创作过程中,每一位实验主义作家在尝试运用不同写作技巧和可能的解决途径时,都会遇到一些特殊挑战,他们创作的每一篇文本都是在前一篇文本的基础上辛苦完成的。[24] 约翰·凡·里斯(John Van Rys)更是以一种委婉的方式认定,门罗作品具有实验主义特征,他说,几十年来,门罗一直致力于"发展、检测、阐述、延伸"的思想,"生活在上一刻打击我们,在下一刻却给我们带来惊喜,令我们释怀"。[25] 批评家们注意到,门罗创作中期具有明显的不确定性,这种标志性特征其实早在《快乐影子之舞》中就体现出来了,小说《沃克兄弟放牛娃》中的那段话非常明显,故事讲述者是这样说的:

> 我感觉那天下午晚些时候，车内父亲的生命开始倒流，慢慢变暗、变得陌生了，如同一幅被施了魔法的风景画，在你欣赏它的时候，它看着亲切、平凡、熟悉，而一旦你背过身，它就变得让你永远无法理解，呈现出各种各样的天气以及你根本无法想象的距离。[26]

对于故事里的讲述者而言，这一刻是一种顿悟，但是是一种反顿悟（anti-epiphany），它把日常生活中不知道的以及无法知道的东西作了前景化（foregrounding）处理，这是门罗在创作生涯中不断强调的。

门罗在 1983 年的一次访谈中，提到想写一些 "别开生面"（turning-point）的小说，为她与"新发现"小说开辟新天地，她说自己"一直想要知道如何创作、如何讲述"某类叙述性故事，暗示了她在艺术成长过程中秉持的理念。还是在这次访谈中，对于认为她会"成长"为一名大师的看法，她公开表示反对，并声明："有人认为，当你写完了一本书开始写另一本书的时候，你就进步了，你就做了不一样的事情，你就在思想上为自己和读者开辟了新领域，似乎这就代表了一种进步阶梯，我不同意这种观点。写作对我而言，每一次都要承受巨大风险。"她承认自己的写作带有"技巧上的变化"，但坚持认为那是被"对写作带有某种兴趣"的渴求激发出来的。她说，并非"一定要有某种成长"。[27] 这些话表明门罗在倡导一种理念，即作家的职业生涯应该以范式转移[1]（paradigm shifts）而不是作品进步为标志。不可否认的是，门罗以不同方式展现了她注

---

[1] 指方式、方法或者基本假设等方面的重大变化。

重作品改进的思想——尤其是对小说的不断修改上。这不仅仅是指她对于《你以为你是谁？》在出版前一分钟的撤稿和修改行为，而且是指她作品集里有很多故事与之前杂志上发表过的有很大出入。然而，变化是否意味着进步，读者们存在意见分歧；他们认为，对于小说文稿的修改，只能代表门罗的见解随着时间发生了变化。从门罗近期的一篇小说《科莉》（Corrie）来看，这种可能性是存在的，该小说共有三个不同版本：第一个版本发表在《纽约客》上，第二个版本被收录在2012年国际作家协会欧·亨利奖的文学选集中，第三个版本就是《亲爱的生活》中的这一篇。在每个版本的结尾，主人公对重要启示的反应不尽相同。读者们也许会争论每个结尾的优点，同样，他们也会注意到不同版本其实暗示的是生活中的极端偶然性，即视角的细微变化——这里指门罗以及科莉的视角——能够戏剧性地改变人生方向。门罗在1982年谈到她的修改意向时说："不是说你必须改进这个故事。而是说你应该把你所看到的都讲述出来。"[28]

这些评述暗示了一种否定改良的评论性诗学思想。这种诗学思想主要体现在门罗习惯在不同小说中重现旧日的场景上。显然，这个习惯让门罗自己也忧心忡忡：她在2001年的一次访谈中说，她担心读者们在议论她的近期作品时会说："又是老一套，又是老一套。"但是门罗同时声明，她告诫自己："我不在乎他人的议论。我还是要那样写。"[29]门罗的这条述评引起了人们的关注，因为它预见了评论界对门罗作品所持的矛盾性观点：一种观点认为，门罗的递归诗学[1]（recursive poetics）是一种趋向，另一种观点认为它是一

---

[1] 递归也是一种循环，不同之处在于，循环是指周而复始地在原地重复，而递归是指重复着同时向前行进。简而言之，递归诗学是指循环式前进的一种学说。

种力量。有位读者非常认同第二种观点,他就是乔纳森·弗兰岑[1](Jonathan Franzen),他认为,门罗把自身经历的细节不断运用到塑造各种人物形象上,乔纳森说:"看看她写的那些跟自己有关的小故事;这类故事写得越多,她就会有越多的新发现。"[30] 也许人们还会注意到,门罗之所以强调回归,其实为读者理解她的小说以及感悟世界作了一个示范。她的小说中对自身、小说人物、读者都作了隐性规定,不是简单的"看一看!"而是要"再看一看!"几年前我就指出,"远足"(excursion)在门罗作品中是一个关键词,是指到虚构地方的旅行,她本人、小说人物以及读者都是结伴出发的旅行者。[31] 再次阅读门罗的作品时,我发现递归也是一个同样重要的概念。即使她小说中的人物是初次旅行,之前并没有经验,门罗也总是在暗示,小说中的人物以及门罗和读者都是在踏着前人的足迹前行。每一次阅读,我们都会对旅行有新发现,那是以前从未留意过的。每一次阅读,我们都会发现,那些细节上的重大变化会让我们备受鼓舞,感受到历史不仅在进步同时也在重复着过去。

性格的非成长

门罗拒绝承认她的作品随时间推移在进步,在描述成年人的生活时,她也拒绝了个人成长的概念。在 2001 年的一次访谈中,她说:"19 岁、30 岁、60 岁,以及之后的你都是同一个人。"她继续强调说:"你的本性中带有一种不变的根。"[32] 她的这番话,是

---

[1] 乔纳森·弗兰岑(1959—),美国著名作家,作品有《惩罚》(*The Corrections*,2011)、《自由》(*Freedom*, 2010)、《纯洁》(*Purity*, 2015)等。其中,《惩罚》广受赞誉,荣获"美国国家图书奖"。

对《木星的卫星》中的短篇小说《事故》里的主人公的回应，小说中的主人公弗朗西丝（Frances）认为："她有爱情、有非议、有丈夫、有孩子。但是在内心深处，她依然是从前那个一无所有的弗朗西丝，踽踽独行。"[33] 弗朗西丝不愿接受生活中发生的重大变化，就这些而言，她是典型的门罗式人物。如果《恨，友谊，追求，爱情，婚姻》这本书的题目比照的是社会期望，即人生都是经历了某些阶段之后才进步的，那么门罗的小说正是基于这一点，戏剧化地表现了人物的非主流思想以及——有时是喜剧，但多数情况下是悲剧的——主流思想的复杂性。

或许，在《女孩和女人们的生活》以及《你以为你是谁？》这两部作品中，门罗对个人成长叙事所持的怀疑态度最明显，两本书讲述的都是主人公从童年到成年阶段的故事——在《你以为你是谁？》中，门罗的怀疑态度贯穿在整个婚姻、父母的责任和事业生涯中。但是作为艺术家的成长小说（Künstlerroman）——《女孩和女人们的生活》显然没有把主人公——故事讲述者黛尔塑造成随着时间流逝其写作能力也增强了的人物形象。书中仅仅出现了一个含蓄的对比，一方面，黛尔打算描写与家乡有关的自叙性小说的希望落空了，另一方面，在后来的回忆录小说《女孩和女人们的生活》中，关于小镇的描述却大获成功。至于在《你以为你是谁？》中，值得注意的是，小说《淘气》的主人公露丝初为人母——按照还原性进化论的观点，她走到了女性生存发展的尽头——无形中回到了第二个童年阶段。在产房，露丝和另一位新生儿母亲乔斯林成了好友，俩人像"在校女生一样歇斯底里"，就连护士都说她们"该长大了"。就露丝而言，初为人母与其说是成熟不如说是倒退。在后续故事中，乔斯林谈到自己的感悟时说，"在人生的某些发展或者调整阶段，大家都该去看精神病医生"，她的这番话印证了成长过程中的规范化模式，有助于我们理解她和露丝在产房中所表现的种种倒退行为。[34] 正如萨拉·杰米森（Sara Jamieson）所说，《你以为你是谁？》这部作品，将乔斯林的观点等同于"中产阶级的成长叙述就是人类准则"，让中产阶级的话语主题似乎变得很普通。[35]

《你以为你是谁？》的结尾有一处顿悟，当露丝得知家乡那个叫拉尔夫·吉莱斯皮（Ralph Gillespie）的男人死讯时，她在想："只是感觉在生活上与他亲近一些，比她曾经爱过的男人更亲近，从来没有过的一种亲近感，除此之外，她和拉尔夫·吉莱斯皮之间还有什么可说的呢？"[36] 这是个典型的门罗式结尾，这个设问句既没有给出明确答案也没有表现出更成熟的洞察力。小说《渥太华峡谷》也有类似的结尾，故事讲述者想要表现母亲，她在回顾小说时强调："我只是为了要写她，才对过去作了完整性回忆。"在说这番话的同时，故事讲述者把以前小说中的片段描写与叙述过程进行了巧妙的结合。故事结尾，故事讲述者这样描述母亲：

> 她始终离我很近，时隐时现。她还是那样高大，仿佛能把一切压垮，然而，她的轮廓渐渐变得模糊，然后就消失了。这意味着她一如既往地粘着我，不愿离开，但我可以用我掌握的本领和熟悉的技巧继续对付她，我会一直这样做。[37]

故事讲述者的顿悟是另一种反顿悟[1]（anti-epiphany），它否定了成长，肯定了变化过程中的连贯性。她的认知表明，尽管递归和回顾

---

[1] 指对往事的模糊记忆。切忌按字面意思理解为"反对顿悟"。

会让人发现以前未曾留意过的东西，却无法让一个人改头换面或悔过自新。

门罗展现反顿悟时采用的创作技巧，让评论界注意到她作品中瞬间的重要性。托德·凡德·沃夫（Todd VanDer Werff）认为，"门罗的真正力量在于，她把人生分解成了单一瞬间（singular moemnts）和启迪"。[38] 然而，"单一瞬间"在现代短篇小说中很常见，用这个词描述门罗小说，只是承认了她小说中最具传统性元素，而忽略了非传统性元素：换句话说，在门罗的事业生涯中，她越来越倾向于讲述过去几年，甚至几十年里发生过的事情。门罗作品中的时间跨度如此之广，使她能够依据漫长的成长道路来表现具体生活，而不是仅仅在短篇小说中强调人们的顿悟。门罗采用这种方法探索了人们在悠悠岁月里的成长方式，以及更备受关注的成长中的失败方式。

门罗在整个职业生涯中塑造了一类被戴维·佩克（David Peck）称作"发育迟缓"（developmentally stunted）的[39]即精神上有明显残疾的人群。《女孩和女人们的生活》中的玛丽·艾格尼丝·霍默奥利芬特（Mary Agnes Oliphant），《你以为你是谁？》中的米尔顿·霍默（Milton Homer），《孩子的游戏》（Child's Play）里的维尔娜（Verna），这篇小说被收录在《幸福过了头》这部作品集中。这些人物似乎是专为衬托小说里的主人公设计的，她们与主人公的成长形成了鲜明对比。当然，小说中的主人公往往怀揣着转变的愿望。在《你以为你是谁？》中，露丝明确表达了"努力转变"的心愿。然而，在追踪主人公的人生轨迹时——后续几个故事里会提到，他们中有人退休了，有的作了祖父母，有的患了老年痴呆症——门罗以一种传统的肯定方式强调了这些人物转型上的失败。

《火车》中的成长之谜

　　与门罗以往的作品相比，也许只有在《亲爱的生活》里，火车才像人类成长一样格外引人注目。在火车旅行方面起重要作用的小说《漂流到日本》和《亚孟森》以及火车描述篇幅最长的小说《火车》中，开头和结尾都采用了旅行方式。《火车》一开始，一名叫杰克逊的士兵，在完成了第二次世界大战期间的服役后，踏上返乡之路，他原本打算回到安大略省西南部的一个镇上。最终却在一家农场落了脚，与女主人贝尔一起生活了十八年，俩人之间一直维系着柏拉图式的纯精神友谊（platonic relationship）。对于这种生活方式，他们似乎没有感到不妥，就像杰克逊自己说的，"她是另类女人，而他是另类男人"。1962年，贝尔得了癌症，在多伦多接受了肿瘤切除手术。住院期间，她对杰克逊说，她年轻时有一次坐在浴缸里洗澡，父亲走进来盯着她的裸体看，后来父亲被火车撞死了，她认为他是自杀，因为他看到了她在洗澡。听完贝尔吐露的内心秘密，杰克逊甚至连声招呼都没有打就弃她而去，他到多伦多一家公寓里当了一名管理员。几年后，一个女人来到公寓寻找她已成年的孩子，杰克逊认出这个女人来自他的家乡。她叫艾琳，多年前，正是因为躲避与她的婚约，杰克逊才跳上火车逃离的。在多伦多再次看到她的时候，他预感会被她当面诘责，于是再次断然放弃了眼前的生活，乘火车来到卡普斯卡辛[1]（Kapuskasing）北部的一个镇上找了份工作。上火车之前，杰克逊首次回忆了在他六七岁时继母对他的"捉

---

[1] 加拿大安大略省北部小镇。

弄,她称之为捉弄或戏弄",后来由于他试图离家出走,继母才就此罢休。同样,门罗小说中"火车"这个题目,不仅让人想到大批量的运输,还回想起了一系列故事片段。与此同时,这个题目暗示了两种差别很大的可能性:一种是杰克逊的人生一直处于预备阶段,即"热身"式人生;另一种是这种人生只是一味地重复,并未成长。随着故事情节的进一步发展,第二种可能性被证实了:杰克逊的人生没有任何进步,在整个故事中,他的所有经历,没有让他学会应对意外挑战或者直面过去,他还是和从前一模一样。

小说《火车》刚开始,当杰克逊第一次走近贝尔的农场时,他看到一条蛇"在两条铁轨之间蜿蜒滑行";之后,故事中捎带提到杰克逊的姓是亚当(Adams)。当贝尔讲述了自己那段与性有关的经历后,杰克逊放弃了与贝尔的田园牧歌式生活,这些细节让我们不禁把小说《火车》与圣经中的堕落故事相联系。杰克逊和贝尔的生活也许会让我们想到伊甸园,但要注意的是,贝尔本来就住在农场,杰克逊是后来才到的。这里暗示的是圣经故事里亚当和夏娃之间权力制衡的变化,《火车》把男人变成了女人的副手,而不是相反。门罗版的亚当和夏娃还有一处与圣经史料不同,那就是关于个人的性经历描述,圣经史料里记载的这段经历发生在伊甸园。就贝尔而言,在她的记忆中,父亲因为看到她洗澡产生了羞愧感,具有讽刺意义的是,这种羞愧与圣经中亚当和夏娃因赤身裸体站在上帝面前而产生的羞愧感如出一辙;就杰克逊而言,他从继母、艾琳、贝尔身边逃离,说明他不是圣经中那个甘愿与夏娃一同被赶出伊甸园的亚当,而是宁愿把夏娃和伊甸园一同抛弃的亚当。这种对创世纪叙述的改编,改变了圣经叙述中流传的人类成长故事。创世纪中亚当和夏娃的命运蕴含着人生寓意,人的童年天真无邪,中年则充满了性危机。

08. 艾丽丝·门罗与个人成长

与圣经故事不同，门罗小说与心理分析理论相呼应，认为童年时期陡然出现的与父母形象有关的性会使人的成长变得复杂。小说《火车》通过指证其他互文文本，在两性关系上模糊了历史进步的概念，暗示男人对女人的抛弃其实是一种超越历史的模式。第一个互文文本是《奥德赛》[1]（Odyssey）。小说《火车》讲述了一位从战场上归来的士兵故事，影射了奥德修斯（Odysseus）从特洛伊战争（Trojan War）最终回到家乡伊萨卡（Ithaca）和妻子佩内洛普（Penelope）身边的漫长旅程。从这一点看，杰克逊与贝尔的生活，影射了奥德修斯和卡吕普索（Calypso）在她岛上度过的七年时光。贝尔母亲的名字叫海伦娜（Helena），艾琳是"特洛伊"（Trojan）的意思，这些名字进一步影射了荷马史诗中的互文文本。至于杰克逊返回家乡却决定不回家的行为，与其说他是荷马式的奥德修斯，不如说他是但丁式的奥德修斯：但丁《地狱》（Inferno）里的奥德修斯，没有回伊萨卡，而是压抑住对妻子和家庭的思念转而去远航探险。如果但丁笔下的奥德修斯对杰克逊而言是个榜样，那么杰克逊这个人物形象就非常具有讽刺意义，因为《地狱》中的奥德修斯鼓励同伴们与他一同探险，他说："你们不该生来就像牲畜那样活着／活着是为了追求真理与美善。"[40] 但小说《火车》中的杰克逊没有这样的明确目标。他追求一种失去自我的劳顿生活，与奥德修斯嘲笑的那种"牲畜一样"的生活并无太大差异。从这个意义上讲，杰克逊颠覆了常见的年龄与见识成正比增长的成长叙事模式。同时，杰克逊的名字让人想起了门罗的另一篇小说《忘情》（Carried Away）中的一个类

---

[1] 古希腊重要史诗，与《伊利亚特》（Iliad）并称为《荷马史诗》（The Homeric Epics）。讲述了特洛伊战争结束之后，希腊将领奥德修斯在外漂泊十年间的种种经历。

似人物形象。他叫杰克·阿格纽（Jack Agnew），从第一次世界大战战场上刚回到安大略省西南的镇子上就抛弃了一个女人。杰克逊像上辈人一样也遗弃了自己的女人，过着"杰克之子"般的普通生活。门罗跨越了时间和作品集，通过姓名的相似性把两个人物联系起来，不仅指涉了递归诗学，而且强调了男人的抛弃行为具有跨越历史的顽固性。与此同时，门罗阐述了她对历史进步叙述的怀疑态度，并在其他作品中也表达了类似观点。尤其要注意的是，门罗作品中的故事背景设在20世纪60和70年代，这意味着，所有与离婚法案、堕胎权利以及避孕的可操作性相关的愿望，都是在那时的妇女解放运动中实现的，但从根本上讲，在某些关键问题上，整个社会对女性依旧存在偏见。以《恨，友谊，追求，爱情，婚姻》中的小说《熊从山那边来》为例：门罗描绘了"自由恋爱"时代（era of "free love"）的特征，丈夫可以更加随心所欲地欺骗和遗弃妻子。然而就像小说《火车》中暗示的那样，门罗关注的只是两性关系进步的复杂性，中间并未夹杂怀旧情绪。她在提醒我们，长期以来，父权制为男人赋予了依据自身喜好选择和抛弃女人的特权。

正如贝尔的名字暗示的那样，小说《火车》中还有一个关键性互文文本，它就是童话故事《美女与野兽》（Beauty and the Beast）。在某些方面，贝尔与杰克逊代表的正是童话故事中的男女主人公形象：在童话故事的原始版本中，王子之所以变成野兽，是因为他拒绝了将他抚养成人的仙女的求婚，而这正是那种"邪恶继母"（wicked stepmother）的原型版本，杰克逊的继母令我们想到了这个原型。[41]然而，门罗小说中对《美女与野兽》的比照具有辛辣的讽刺意义。比如，在童话故事中，美女与父亲的亲情使她甘愿牺牲自己与一头野兽生活在一起，这跟贝尔与杰克逊一起生活的故事情节很类似，但是与门罗小说不同的是，在童话故事里，父女情感纽带中并没有承载以文字方式表达的性欲。与此同时，杰克逊被比作童话故事中的野兽，但他从未爱过贝尔，也无法回到故事开头的理想状态中。有人说，《美女与野兽》对主人公的"成长轨迹"（developmental trajectories）作了前景化处理；[42] 相反，小说《火车》强调的是杰克逊的成长缺失。没有哪种亲情能够帮助杰克逊走出原始创伤的阴影。所以说，小说《火车》中的"美女与野兽"元素在提醒我们，童话故事对人类成长的普通观念作过贡献，而门罗小说强调的是，小说未必一定都是幸福大结局。同样，为了表现主人公一如既往的性格，小说《火车》没有采用故事情节发展与人物成长并行的写作方式。尽管该小说没有冒然断言人类是无法改变的，但是它暗示了人类的变化并不像通俗小说中描写的那样频繁、彻底。

受制约的发展，被隐藏的欲望

小说《火车》中的杰克逊与贝尔，在大部分时间里被塑造成了发展受到制约的人物形象。即使到了中年，贝尔依旧把自己的父亲称为"爸爸"，留着"孩子气的刘海儿"。父母双亡后，她继续住在他们留下的房子里，杰克逊见到贝尔的时候，她依旧在使用马，乘坐轻便马车，整个人似乎生活在一种科技发展停滞的状态中，尽管她意识到，那个地方的人们"甚至在战前"就已经把马匹淘汰了。对于周围的发展变化，贝尔总是谨小慎微：1962 年在去多伦多的路上，那些新建的多车道高速公路（multi-lane highway）让她"受到了惊吓"。她质疑新出台的免费医疗保险政策，声称从政策执行之日起"人们什么事情都不做了，都跑去看医生了"。杰克逊认为贝尔是个

"成年孩子，她的人生停滞在了某个阶段"。

对于那些想了解贝尔成长的人来说，她的成长轨迹中曾有一些暗示。首先，手术后的她回忆了在洗澡时被父亲撞见的经历，这种回忆在创伤叙事中属于典型的情绪宣泄，而宣泄意味着改变。讲述创伤经历是摆脱痛苦的一种积极方式，贝尔在讲述完自己的经历后发出了呐喊，证实了这种思想理念："现在我明白了。我真的明白了，任何人都没有错。"小说《火车》后来曾经多次暗示，手术后以及泄露了自己的秘密之后，贝尔的生活发生了一些积极的变化，而杰克逊获悉这些变化，是在贝尔死去几年之后。读到讣告，杰克逊猜测，贝尔最后的时光应该是和朋友罗宾（Robin）在一起度过的，罗宾这个人物早前在故事中出现过，她曾经质问贝尔为什么不能"改变一下你母亲的生活方式"回到大城市去生活。关于贝尔的想法，罗宾解释说，"其实是贝尔自己不愿意离开，她害怕离开已经习惯了的地方。她——罗宾——最终离她而去，加入其他女人队伍中了"。罗宾的直白性格、中性名字以及对保守思想的质疑，都会让人觉得她是一个离奇古怪之人，当她的名字出现在讣告中时，身份是贝尔的"终身好友"。没有其他证据表明，贝尔与罗宾之间存在暧昧关系，但是讣告中提到罗宾的名字，其实就暗示了两人之间存在暧昧关系的可能性，而这种可能性表明，贝尔早期曾经拒绝过崭新的生活方式。

对杰克逊而言，他从战场上归来后竟不知该如何面对艾琳，甚至几十年后，当艾琳再次出现在他面前时，他依旧如此，加上他听完贝尔对自己透露她父亲所作所为后的反应，所有这些都表明，杰克逊也是个"成年孩子"。埃里克·埃里克森（Erik Erikson）在探索社会心理学发展时建立了颇具影响力的寿命研究法，套用其中一个术语来讲，杰克逊还未成功度过"亲密感危机"（crisis of intimacy）阶段，埃里克森把这个阶段与成年人早期阶段紧密联系在一起。埃里克森认为，如果无法与他人建立亲密感，势必会导致"距离：随时准备拒绝、逃离，甚至在必要时摧毁可能威胁到自己的力量及人群"。埃里克森进一步评论说，如果主导人生的是"这类没有人情味儿的人际关系模式，一个人在人生的道路上也许会走得很远，但他一定会存在严重的性格缺陷"[43]。对杰克逊来说，小时候面对继母的"捉弄"，他采用离家出走的方式对抗，到了成年阶段，他对抗危机的本能反应依旧是不断逃离。换句话说，他似乎注定过的是一种递归式生活[1]（a life of recursion）。遗弃贝尔之前，他想的是她的房子，以及他为房子所做的"所有翻新"，后来，他对监管的大楼进行了"所谓的翻新"。"翻新"材料的富足与杰克逊社会心理的成长缺失形成了鲜明对比。从这个意义上讲，那几个门诺派（Mennonite）男孩代表的象征意义就十分清楚了，起初，杰克逊误以为坐在马车里的几个门诺派男孩是"侏儒"，多年后他甚至还会清晰地梦到那个场景。门诺派教徒有意回避科技进步，杰克逊也反对进步，只不过反对的方式与门诺派教徒略有不同，但基本上类似。杰克逊乘火车旅行，门诺派教徒则赶着轻便马车旅行，这说明，门诺派教徒能够掌握自己的旅行方向，而作为火车上的乘客，杰克逊无法掌握自己的行程方向，象征着他会失去更多。

　　至于成长叙述背后的因果关系——解释事情如何发生以及为什么会发生——值得注意的是，小说《火车》对此未作交代。没有任何证据证明，贝尔的父亲因何原因被火车撞死，他的死对贝尔造成

---

[1] 生活从方式方法上讲是一种简单的重复，但人的心理却并未因此而变得成熟。

的影响永远说不清楚。至于贝尔讲述父亲看她洗浴的那一幕，考虑到她刚刚做完手术，因为镇静剂的作用，整个人处于一种"非正常状态"，所以我们无法确定她的记忆是否准确、完整。至于杰克逊为什么要遗弃艾琳和贝尔，他的动机永远是个谜。然而在他的记忆中，对于来自继母的"捉弄"，他情感上一直带有一种谴责情绪，这表明，在心理上，他的这种记忆起着至关重要的作用。提到那些记忆，他坚定地说："往事可以被尘封，但需要痛下决心。"据此推断，他的内心深处可能还埋藏着其他秘密。比如在小说中，他从来不直接回忆自己的战争经历，只说自己年轻时是个"永不气馁的士兵"，但我们发现，当年那个年轻士兵早在战场上死掉了。同时，尽管杰克逊说自己是个"另类男人"，读者们仍然想知道，他到底是同性恋者还是无性恋者。因此，如果小说题目让读者把杰克逊的生活当成了一系列片段，小说本身则掩盖了这些片段间的连接本质。因此我们无法了解杰克逊的行为动机。心理分析理论与创伤理论中的成长模式或许能为我们提供一个框架，从而让我们很好地了解杰克逊这类人物，但门罗坚持认为，就这类人群的心理机制而言，他们的生活中存在着顽固的不确定性。

"一长串重要经历"

假如把小说《火车》看成对门罗诗学的元小说评论，那么我们又该如何评论杰克逊这个人物的性格呢？杰克逊或许是一个反门罗式人物（anti-Munrovian figure），因为他拒绝回顾往事，这与门罗的思想恰恰相反，门罗始终强调写作和读书是在回归和回顾（return and review）。事实上，在故事的后半部分，杰克逊讲述了继母对他的"捉弄",这让我们稍稍理解了他抛弃艾琳和贝尔的怪异举动,门罗通过这种方式,敦促读者回顾甚至再次阅读《火车》,以此将小说中的人物当成回忆媒介,在以第一人称即回忆录叙述者为主角的小说中,门罗对这类人物均作了前景化描写。

但是如果说在某些方面杰克逊是一个反门罗式人物,我们等于认可他与门罗有相似之处。在这方面,人们会想到门罗 1985 年为平装版《木星的卫星》写的那篇序言,她说她不想看到自己以前发表过的作品。她认为自己内心有一种"阅读或审阅时的不安和不情愿的感觉",并认为这是一种"原始的、幼稚的"情绪。关于小说,她说:"我用尽了全部精力、身心以及不为人知的痛苦把它们写好,然后小心翼翼地交付书稿,让它们到该去的地方经受考验和沉淀。我感觉自己解脱了。我知道自己又该为下一篇作品整理素材了;我也做好了从头再来的心理准备。"[44] 如果能够理解这种自我描述,我们就会重新思考杰克逊强迫自己不断进行尝试的行为。在这方面,杰克逊与门罗及其所属阶层的作家类似,他们当中很多人承认,在创作之初受到潜意识力量的支配,所以从自己的生活经历中寻找素材并最终将其融入小说。

这说明,如果门罗小说中出现了反复的、促进自我成长的行为,实际上那是她将自己的故事与小说创作紧密相连的一个回顾性过程。凯瑟琳·梅伯里(Katherine J. Mayberry)认为,门罗作品把"回忆和叙述"诠释成了"两种获取过去经历的等效技巧"。[45] 就像门罗笔下的故事讲述者们回忆和评论的那样,他们经常对生活有新见解。但同时,他们经常表现出在获得深层次理解以及更加圆熟方面的困难。在《我一直想要告诉你的事》中的小说《素材》的末尾,故事讲述者纠结是否该原谅前夫几年前的恶劣行径,而在《亲爱的生活》

里的小说《沙砾》的结尾，故事讲述者依旧想要弄明白姐姐为什么会神秘地溺水身亡，尽管事情已经过去了好几年，答案始终令人难以捉摸。这些故事讲述者试图描述自己的生活经历，语气中带着挥之不去的怨恨与复仇情绪，没有起到任何舒缓读者身心的作用，感觉更像是一种病态。然而，作者对写作的这种尝试，至少表达了他们想要换个视角看待问题的愿望，这种愿望本身也许可以被看成是一种带着希望的成长。

2001 年，在为门罗举办的欧·亨利短篇小说奖的致敬晚会上，门罗作了发言，她认为这个夜晚是"一系列重要体验中的一环"。[46] 门罗用来比喻人生体验的环节与火车上每节车厢相连的环节非常相似，从目的上讲，生命在瞬间呈现相聚合而非相连接的状态，它不一定会发生变化，更不可能一定会带来幸福的结局。门罗小说梳理了促成和庆祝这种变化的日常叙述。她质疑读者们阅读小说时在时间上的投入，暗示生活具有停滞、持续、重复的特点。另外，就像门罗在《短篇小说选》（*Selected Stories*，1996）前言中提到的，她的作品带有明显的递归特征，能激励读者们反复阅读，让他们有"比前一次看到的更多"的新发现。[47] 每次重新阅读门罗小说及其中的人物——小说中的人物经历与我们有着惊人的相似之处——我们都获得了再次探索生命形态及其复杂性的机会。在我们阅读的同时，短篇小说变成了一门手艺，我们成了正在接受培训的新手，这门手艺不会带来丰厚的奖赏，它只是我们了解世界和旅行的方式。在门罗事业生涯这列长长的列车上，作品中没有春风得意的内容，也没有简洁明快的结尾，只有对素材的反复过滤以及相信会有更多发现的自我反省式坚持，这说明，这个学艺过程永远不会终结。

注释

1. Geoff Hancock, 'An Interview with Alice Munro', *Canadian Fiction Magazine* 43（1982）, 89.
2. In considering Munro and trains, I owe a debt to Aritha van Herk's talk on the subject at the 2014 Alice Munro Symposium at the University of Ottawa.
3. Alice Munro, *Open Secrets*（1994; London: Vintage, 1995）41.
4. Alice Munro, *The Love of a Good Woman*（1998; London: Vintage, 2000）161.
5. Alice Munro, 'What Is Real？', in *Making it New: Contemporary Canadian Stories*, ed. John Metcalf（Toronto: Methuen, 1982）, 224.
6. Quoted in Alice Quinn, 'Go Ask Alice', *The New Yorker*（12 February 2001）, available at www.newyorker.com.
7. Beverly J. Rasporich, *Dance of the Sexes: Art and Gender in the Fiction of Alice Munro*（Edmonton: University of Alberta Press, 1990）, 77.
8. Alice Munro, *Dear Life*（2012; Toronto: Penguin, 2013）255.
9. J.R.（Tim）Struthers, 'The Real Material: an Interview with Alice Munro', in Louis K. MacKendrick（ed.）, *Probable Fictions: Alice Munro's Narrative Acts*（Toronto: ECW Press, 1983）21.
10. Christian Lorentzen, 'Poor Rose', *London Review of Books* 35, 11（6 June 2013）, 11.
11. Coral Ann Howells, *Alice Munro*（Manchester University Press, 1998）146.
12. Rasporich, *Dance of the Sexes*, 76.
13. Ajay Heble, *The Tumble of Reason: Alice Munro's Discourse of Absence*（University of Toronto Press, 1994）75.
14. Lorentzen, 'Poor Rose', 12.
15. In Lisa Dickler Awano et al., 'Appreciation of Alice Munro', *Virginia Quarterly Review* 82, 3（2006）, 99.
16. Dennis Duffy, ' "A Dark Sort of Mirror": "The Love of a Good Woman" as Pauline Poetic', in Robert Thacker（ed.）, *The Rest of the Story: Critical Essays on Alice Munro*（Toronto: ECW Press, 1999）, 172.
17. Quinn, 'Go Ask Alice'.

18. Edward W. Said, *On Late Style: Music and Literature against the Grain* (New York: Pantheon, 2006).
19. Coral Ann Howells, 'Double Vision', *Canadian Literature* 178 (2003), 160.
20. Robert Kastenbaum, 'The Creative Process: a Life-Span Approach', in Thomas R. Cole, David D. Van Tassel, and Robert Kastenbaum (ed.), *Handbook of the Humanities and Aging* (New York: Springer, 1992), 302.
21. James Grainger, 'Life and How to Live It', *Quill and Quire* 78, 9 (November 2012), 25.
22. Joyce Carol Oates, 'Who Do You Think You Are?', *New York Review of Books* 56, 19 (3 December 2009), 42.
23. Alisa Cox, '"Age Could Be Her Ally": Late Style in Alice Munro's *Too Much Happiness*', in Charles E. May (ed.), *Critical Insights: Alice Munro* (Ipswich, MA: Salem Press, 2013), 276, 290.
24. David Galenson, *Artistic Capital* (New York: Routledge, 2006), 8–9.
25. John C. Van Rys, 'Fictional Violations in Alice Munro's Narratives', in Holly Faith Nelson, Lynn R. Szabo, and Jens Zimmermann (eds.), *Through a Glass Darkly: Suffering, the Sacred, and the Sublime in Literature and Theory* (Waterloo, Ont.: Wilfrid Laurier University Press, 2010), 272.
26. Alice Munro, *Dance of the Happy Shades* (1968; London: Vintage, 2000) 18.
27. Struthers, 'The Real Material', 24, 27, 12, 13.
28. Ibid., 9–10.
29. Peter Gzowski, 'You're the Same Person at 19 that You Are at 60', *The Globe and Mail* (29 September 2001), F5.
30. Jonathan Franzen, '"Runaway": Alice's Wonderland', *New York Times Book Review* (14 November 2004), 15.
31. Robert McGill, 'Somewhere I've Been Meaning to Tell You: Alice Munro's Fiction of Distance', *The Journal of Commonwealth Literature* 37, 1 (2002), 19–20.
32. Gzowski, 'You're the Same Person', F4.
33. Alice Munro, *The Moons of Jupiter* (1982; Toronto: Penguin, 1995), 109.

34. Alice Munro, *Who Do You Think You Are？*（1978；Toronto：Penguin，1996），125−6，138.
35. Sara Jamieson, '"Surprising Developments": Midlife in Alice Munro's *Who Do You Think You Are？*', *Canadian Literature* 217（2013），55.
36. Munro, *Who Do You Think You Are？*, 256.
37. Alice Munro, *Something I've Been Meaning to Tell You*（1974；Scarborough, Ont.: Signet, 1975），197.
38. Todd VanDerWerff, 'Where to Start with Alice Munro, the Newest Nobel Laureate for Fiction', A.V. Club（17 October 2013），available at www.avclub.com.
39. David Peck, 'Who Does Rose Think She Is？ Acting and Being in *Beggar Maid: Stories of Flo and Rose*', in May, *Critical Insights: Alice Munro*, 138.
40. Dante, *The Inferno of Dante*, trans. Robert Pinsky（New York：Farrar, Straus and Giroux, 1994），Canto XXVI, ll. 114−15.
41. Gabrielle-Suzanne Barbot de Villeneuve, 'The Story of the Beauty and the Beast', *Four and Twenty Fairy Tales: Selected from Those of Perreault and Other Popular Writers*, trans. J. R. Planché（London：Routledge, 1858）.
42. Maria Tatar, 'Introduction: Beauty and the Beast', in Tatar（ed.），*The Classic Fairy Tales*（Cambridge, MA：Harvard University Press, 1999），25.
43. Erik Erikson, *Identity: Youth and Crisis*（New York：Norton, 1968），135, 136.
44. Munro, *The Moons of Jupiter*, xiii, xv-xvi.
45. Katherine J. Mayberry, ' "Every Last Thing...Everlasting": Alice Munro and the Limits of Narrative', *Studies in Short Fiction* 29（1992），540.
46. Alice Munro, 'Stories', www.randomhouse.com/knopf/authors/munro/desktop new.html.
47. Alice Munro, Selected Stories（1996；Toronto：Penguin, 1998），xvii.

09.

赫利安·温图拉

**女吟游诗人：
重拾希腊神话、凯尔特民谣、
挪威传奇和流行歌曲**

赫利安·温图拉，法国图卢兹·让·饶勒斯大学当代英语文学教授，研究领域为英语国家当代短篇小说，她特别强调经典的再创作、文学间的关系以及跨太平洋文学书写。她出版了两部关于玛格丽特·阿特伍德以及艾丽丝·门罗的专著，同时在英国、加拿大、法国发表了 90 多篇论文，主要探讨英国、加拿大、新西兰的短篇小说女作家以及澳大利亚土著作家。

重拾希腊神话、凯尔特民谣、挪威传奇和流行歌曲

假如不是因为门罗发现了自己的家族宗谱,想要把当代加拿大短篇小说女作家与古代凯尔特[1]文化(Celtic culture)诗人作比较,似乎是不可能的,因为凯尔特文化承载的是对其民族丰功伟绩的讴歌,但不管怎样,不能否认艾丽丝·门罗与吟游诗人之间的连系。这种情结铭刻在她的血统中:门罗是詹姆斯·霍格[2](James Hogg)的旁系后裔,霍格的笔名是"埃特里克牧羊人"(the Etrrick Shepherd),意为深山吟游诗人(the Mountain Bard),因《清白罪人忏悔录》(*The Private Memoirs and Confessions of a Justified Sinner*,

---

[1]指公元前2000年中欧的古老部落族群,其语言、传统、文化、宗教有着很多共性。如今的凯尔特人仍然坚持自己的文化传统,主要生活在英国和法国西部。

[2]詹姆斯·霍格(1770—1835),苏格兰著名作家、诗人,曾用笔名"埃特里克牧羊人"(the Etrrick Shepherd)发表作品,代表作《清白罪人忏悔录》(*The Private Memoirs and Confessions of a Justified Sinner*,1824),其他著作有《女王的觉醒》(*The Queen's Wake*,1813)、《男人的三种危害》(*The Three Perils of Man*,1922)、《女人的三种危害》(*The Three Perils of Woman*,1923)等。

1824）享誉天下，而他的母亲玛格丽特·莱德劳（Margaret Laidlaw）创作的歌谣，被沃尔特·司各特[1]（Walter Scott）编入《苏格兰边境的吟游诗人》（*Minstrelsy of the Scottish Borders*，1868）¹，这本书汇集了苏格兰传说（Scottish tales）与诗歌。在《岩石堡风景》中，门罗明确提到这两位文化传承人以及许多杰出的海外前辈，她仿佛要将自己的家族史篆刻进横贯大西洋的宗谱血统中。与这些前辈以及所有古代吟游诗人一样，门罗具有超乎寻常的记忆力，她将这种记忆力赋予小说中的人物，比如黛尔·乔丹（Del Jordan）能背诵母亲兜售的百科丛书内容。门罗在《亲爱的生活》的最后四篇故事中，间接地提到了她的这种惊人天赋，但是，这种天赋偶尔也会给她带来麻烦，后来她下决心隐藏自己的天赋："我学会了不再回忆早期背诵诗歌时的惊人记忆力，再也不用它来炫耀了。"²

门罗作为一名真正的吟游诗人，她所生活的地方在地理位置上隶属乡村，尽管中年时期她的大部分时光是在城市里度过的，但她终归回到了当年出生的那个小镇。在整个写作生涯中，门罗记录了从20世纪初经济大萧条（the Great Depression）时期到60年代那些生活在安大略西南部的农村女孩和女人们的生活经历，追踪了她们的自我解放历程。在对新维多利亚风格[2]（neo-Victorian）作品的偶尔模仿中，门罗描述了休伦县和安大略北部早期拓荒者们的生活。在描写19世纪到20世纪女性的进步时，门罗把历史记忆融入当代

---

[1]沃尔特·司各特爵士（1771—1832），英国著名作家，擅长写以苏格兰为背景的诗歌和小说。代表作有叙事诗《湖畔夫人》（*The Lady of the Lake*，1810）、长篇小说《修墓老人》（*Old Mortality*，1816）等。

[2]维多利亚（1837—1901）与希特（1901—1910）时期的美感以及现代原理与技术相结合的美学运动。文学上指对维多利亚时期文化的重新阐释与书写，突出了文学的复杂性以及美学特征。

叙事中，把"小说变成历史"，同时传承了浪漫主义与田园生活的文学遗产。[3]她对前辈，即那位埃特里克牧羊人的轶事、传说和随笔进行了加工，并将其纳入短篇小说创作中，与此同时，门罗以对个人体验的率真表达为基础，积极投身到席卷世界的表现想象力真相的运动中。当代文学带有明显的自我反省模式，它传承了浪漫主义思潮，通过这种模式，门罗质疑了小说创作的方式与过程，创建了短篇小说与浪漫主义歌曲（lied）、叙事诗、民间故事、散文诗以及通俗歌曲之间的关系。

在这一章，笔者将探讨门罗在短篇小说体裁中如何传承诗歌，包括英雄史诗、传奇诗歌以及通俗歌谣，通过研究门罗间接或直接地引用荷马歌谣（Homeric songs）、苏格兰吟游诗歌（Scottish minstrlsy）、北欧传奇故事（Nordic sagas）、美国民间故事（American folklore）以及加拿大歌曲（Canadian songs），挖掘和分析门罗诗歌中的吟游情结。"吟游"（bardic）这个词的含义很丰富，笔者用它描述门罗作品，目的是想阐明门罗对往事见证、写作风格、口头问候语、叠句、对仗与平行、信念主张以及她的道德哲学的复杂性，所有这些都与古代吟游诗人吟诵内容的异端性和欺骗性之间存在互通关系。笔者认为，门罗的故事讲述，从个人叙述到元诗学都具有艺术性，它是通过对文本间与音乐间信息的部分认知与悄然变更，基于历史复兴和文学记忆这类回顾性力量创建的。

复　古

1968 年出版的《快乐影子之舞》是门罗的第一部作品集，书名来自克里斯托夫·威利巴尔德·冯·格鲁克[1]（Christoph Willibald von Gluck）创作的歌剧《奥菲欧和尤丽迪茜》（*Orfeo ed Euridice*）。这部歌剧4最初创作于1762年，与神话故事不同，它对奥菲欧到地狱这个情节作了改动，目的是想让结局幸福圆满：奥菲欧克服了重重困难，最终把尤丽迪茜（Eurydice）带回人间。与古老的奥菲传统（Orphic tradition）相反，这位18世纪的作曲家，让这对命中注定成为夫妻的两个人，在饱受地狱之苦后重新团聚并返回人间。门罗在第一部作品的题目中暗示，她参照的是改动过的故事版本，同时强调自己没有拘泥于古代神话；她不支持奥菲欧与尤丽迪茜的最终分离，而是站在对18世纪歌剧重新解读的角度，像意大利剧作家和巴伐利亚作曲家那样，让无法实现的事情变为现实。门罗逆转了人类生活中的死亡现象，让尤丽迪茜出乎意料地从"另一个世界"浴火重生，表明她忠实于歌剧而非神话。

门罗在作品一开始的引用文字中，展现了使用典故的矛盾心理以及对改动过的传统的包容，但她没有违背传统，因为奥菲欧是希腊众神中最具矛盾性的神话人物之一。他象征着黄昏与黎明时分人类心中无法排解的紧张情绪。在与奥菲欧有关的众多神话版本中，门罗只关注一个主题：奥菲欧对黑夜与毁灭的征服能力，他借用音乐魅力与自己的心上人重新团聚。通过指涉这位名叫奥菲欧的里拉琴手（lyre player），门罗将她的作品置于带有音乐节奏的口述诗歌传统中。门罗在提醒我们，歌曲与音乐早在文学起源之初就已经存在：她认为，她的作品中带有一股由里拉琴手或竖琴手（cithara

---

[1] 克里斯托夫·威利巴尔德·冯·格鲁克（1714—1787），德国著名歌剧作曲家，注重音乐与戏剧的高度结合，代表作《奥菲欧和尤丽迪茜》（*Orfeo ed Euridice*，1774）。

player）表现的吟游诗人的力量，她委婉地暗示在古代音乐人与她这位当代作家之间存在着一种对应关系，而她在书写自己的故事时采用了变化的技巧，运用了不同的重复方式。

在某种程度上，《快乐影子之舞》与歌谣相通，尽管所有歌谣都能证明门罗传承的是口述传统，但并非所有歌谣都来自远古时期，有些是间接取材于奥菲欧与尤丽迪茜神话故事的不同版本。在小说《男孩女孩》中，年轻的故事讲述者说，她喜欢唱歌，经常沉浸在自己的歌声中，尤其是在夜晚入睡前，当她躺在床上时："我喜欢听着自己轻柔、真挚的歌声在黑夜里响起。"[5] 她唱的是《男孩丹尼》[1]（Danny Boy），这是一首描写爱尔兰群落生活的哀婉歌谣，感觉来自遥远的古希腊时期，据说能在爱尔兰的各个山谷间产生共鸣。然而就像那位里拉琴手，在婚礼当天心上人被毒蛇咬死了一样，这首歌谣也表达了情人的分离及死后的复合。

> 我的坟冢会变得温暖而甜美，
> 因为你会俯身说你依然爱我，
> 我长眠于此直到你来到我身旁！[6]

同样是在这部小说集里，另一篇故事的主题也表现了与亲人离别之后的最终复合。在小说《死亡时刻》（The Time of Death）中，年轻的主人公帕特丽夏·帕里（Patricia Parry）在弟弟意外身亡后不久，当众演唱了两首圣经福音歌（Gospel Songs），分别是《但愿破

---

[1] 1913年由英国律师、词曲作家弗雷德里克·韦瑟利（Frederic Weatherly）根据爱尔兰民间小调《伦敦德里小调》（*Londonderry Air*）创作的歌谣。内容是恋人间的诀别。

镜能够重圆》（May the Circle be Unbroken）和《上帝能做的不是秘密》（It Is No Secret What God Can Do）。两首歌的内容都暗示所有家庭会在阴间团圆，而且在小说集里，每个自成体系的故事里巧妙地建立了文本内关系，同时，在属于遥远的时空语境文本（spatio-temporal contexts）的神话与歌谣之间建立了文本间关系（intertextual connections）。通过运用那些与心上之人团聚的典故，门罗不动声色地把古希腊神话（Greek mythology）、爱尔兰民谣（Irish ballad）、福音歌（Gospel songs）汇集在一起，使过去与现在、希腊神话与基督教、传统抒情诗与当代短篇小说之间产生了共鸣。

在《快乐影子之舞》的第一篇小说《沃克兄弟放牛娃》（Walker Brothers Cowboy）中，门罗对歌谣的运用具有广泛性、矛盾性以及情感的多层次性。故事讲述者的父亲叫本·乔丹（Ben Jordan），原本经营着一个狐狸养殖场，经济大萧条期间被迫改行，成了一名药品推销员，他为自己的新工作谱写了几首歌曲，用音乐表演逗孩子们开心。让人觉得不妥的是，他竟然为诺拉（Nora）演唱了一首自创歌曲，诺拉曾经是他的恋人，由于宗教偏见，两人未能结为连理。

门罗小说中的暗中指涉（clandestine references）作用很明显，而专有名词更具有启迪意义。药品推销员的原型是门罗的父亲，小说题目的灵感来自20世纪60年代一群歌手组建的"沃克兄弟"（the Walker Brothers）乐队，他们的旅程路线与原计划背道而驰。沃克兄弟乐队的行程路线并非是从欧洲出发穿越大西洋抵达北美大陆，相反，他们60年代离开纽约，并在"摇摆伦敦"（swinging London）时期成为家喻户晓的流行歌手。女主人公父亲的名字中蕴含着逆向旅程或反向史诗的含义，而父亲旧情人的名字里也同样隐含着逆向寓意。诺拉与易卜生（Ibsen）的戏剧作品《玩偶之家》（*A Doll's House*）中的女主人公同名：挪威诺拉下决心改变生存环境，在戏剧结尾，她离开丈夫和孩子去追寻自我。[7]门罗小说中的诺拉被本·乔丹抛弃，他受来自家庭专制制度的施压，娶了一位貌似更适合自己的女人。被本抛弃后，诺拉过着平静而无望的生活，她独自照顾着失明的母亲，认为自己已经没有权利去过那种可以实现自我的生活了。门罗小说中的诺拉是女性自我否定与牺牲的典型代表，而在易卜生的戏剧中，诺拉是早期妇女解放运动的缩影。

通过对沃克兄弟和易卜生的暗中指涉，门罗小说的核心部分似乎是一个与本和诺拉人生旅程相反的影子旅程。本和诺拉没有抗拒不满意的生活环境，也没有重新寻找人生方向，仿佛是各自唱着独角戏留在了原地，诺拉留在了母亲身边，本守着患偏头疼的妻子。沃克兄弟与挪威诺拉一起构成了影子人物，即快乐影子（Happy Shades），这是门罗收集舞蹈词汇时留意到的一个词，它在隐约暗示人生道路上无法选择的路径。门罗作品引用了20世纪60年代的流行文化与19世纪戏剧，尽管她的关注点偏离了远古时期，但还是与奥菲欧与尤丽迪茜的神话故事悄然产生了共鸣。门罗在小说《快乐影子之舞》《死亡时刻》和《男孩女孩》中，没有像格鲁克（Gluck）和卡尔扎比吉（Calzabigi）那样将恋人的团聚作为主题，相反，她重新回到早期神话版本的离散主题上。本·乔丹以推销沃克兄弟公司的产品为借口，带着孩子们再次来到诺拉·克罗宁的农场上，他错失与她重新复合的机会，这与神话中的奥菲欧虽然找到了通往极乐世界（Elysian Fields）之路，却未能将尤丽迪茜从地狱带回人间的故事有着异曲同工之妙。本·乔丹时隔多年拜访旧情人，被认为是与诺拉的诀别，如同奥菲欧被认为永远无法与尤丽迪茜复合一样。

尽管奥菲欧和本都具有歌唱天赋，但最终未能改变命中注定的人生结局。

信息整合是理解门罗小说的关键，也是古代吟游诗人常用的方法。吟游诗人无须详细解释所引用的信息，因为听众对此耳熟能详，而门罗用了一些半公开的典故，需要注意的是，这些典故冲破了种种限制，被用在让人意想不到的地方，产生了令人深信不疑的效果。这些信息也被暗中用来将她作品中的人物与经典人物或知名人士进行对比。门罗以自己同时代流行歌手的名字为小说中的药品推销员命名，同时把他塑造成一位歌手，一位古代吟游诗人的后裔。这位推销员自编歌曲描述自己当小商贩时的情景："他创作了一首歌，里面只有两句歌词：有药膏有头油／从鸡眼到疖子什么都能治"[8]，这两句歌词后来被扩展成史诗般的散文句子，由年轻的故事讲述者传诵："他卖咳嗽药，补铁剂，鸡眼膏，止泻丸，女性调理丸，漱口水，洗发液，擦剂，药膏，柠檬粉、橘子粉、木莓粉，各种香料和耗子药。"小商贩随身携带的物品中有个像书目一样的长长的清单，可以看成是一首目录诗，目录诗常用于史诗中，记载战场上英雄人物的事迹，或者用于家族宗谱中记录主要人物的信息。门罗让年轻的故事讲述者在清单上列出一些日用货品，比如止泻丸或者用于女性内分泌调理的药丸，实际上她是在改变故事的格调。故事讲述者的父亲所备的药品齐全，门罗把对每种药品的描写，都转化成了诙谐史诗一样的清单，用崇高的风格记录了一系列"低俗"的货品。这种用宏大风格描写普通货品的不协调手法，证明了门罗对滑稽模仿这种写作技巧的关注，但同时凸显了她的个人倾向，即重复使用吟游诗人口述艺术中的主要特征：吟唱史诗目录。

玛乔丽·加森[1]（Marjorie Garson）曾经用门罗第二部小说集《女孩和女人们的生活》中的故事细节作为例子，讨论门罗对目录清单的反复使用，故事中的母亲艾迪·乔丹（Addie Jordan）让黛尔迅速背出书单。对于黛尔的做法，加森（Garson）说："这如同古代吟游诗人吟唱史诗目录，黛尔一开始很喜欢那样做，她说一点都不难，感觉是'一场无法抗拒的考验……就像要用一只脚跳过一个街区一样'。"⁹加森的观点令人信服，他认为门罗对"史诗目录表中多才多艺人物"的引用，是"一种高度自觉而绝非幼稚的现实主义方式"，体现了"与神话精神以及行为自信的密切关系远远超过了与文献中现实主义的关系"。¹⁰

门罗在作品集中反复使用目录表，不仅表明她对经典主题论据（topoi）的复兴能力，同时也为她的描述赋予了如同盛大仪式上使用的花名册那样的史诗般气势。她把周围世界用带有史诗格调的清单记录下来，《岩石堡风景》的结尾就是一个显著例子，通过插入有关特洛伊时代的信息，门罗谨慎而委婉地使用了荷马歌谣（Homeric songs）中的一个典故：

> 我脑海中的名字让我想到活着的人，一切记忆都指向消失了的房子：厨房里宽敞的黑色灶台上，擦得锃亮的镍边；从未干燥过的带着酸味的木制餐具架；煤油灯的黄色亮光；走廊上的奶油罐罐；地窖里的苹果；从天花板伸向屋外的烟囱；冬季的马厩因奶牛的体温与呼吸而带着温情——我

---

[1]玛乔丽·加森（Marjorie Garson），加拿大作家，多伦多大学教授，著有《联想主义与爱玛中的对话》（*Associationism and the Dialogue in Emma*，1997）、《艾丽丝·门罗和夏洛特·勃朗蒂》（*Alice Munro and Charlotte Bronte*，2000）等。

们依旧用特洛伊时代的语言与之对话的奶牛。嗦卜嗦。嗦卜嗦。寒冷的蜡房里搁置着一副空棺材。[11]

在这一段，门罗作为吟游诗人的角色令人瞩目，她回忆了家族宗谱及其历史，并在这类列举式写作中明显加进了音乐旋律，让人不由地想到口头吟诵。这些连续的名词性句子不断扩展，逐渐变长，每一句都含有完美的对称头韵，使每一对单词之间不仅产生共鸣而且延续了彼此间产生的效果："排水板……干燥""亮光……油灯""奶油罐罐""冬季温暖""身体和呼吸"。每一句话中的头韵都产生了一种回声效果：文体学在强化语义学，这种头韵手法的运用，通过模仿回声效果强化了远古时代的信息。读者们既能够穿越历史时空聆听牧羊人的召唤，也能够从特洛伊时代重返当代安大略省的西南部。

门罗在很多叙述中都用到了特洛伊时代的典故；尽管与荷马的《伊利亚特》与《奥德赛》有关，但这个典故既不罕见也不晦涩，这从牛倌对牛的吆喝声中就能体现出来："嗦卜嗦。嗦卜嗦。"这些单词在特定语言中没有任何特殊含义，属于最基本的也是最普遍的表达方式。它们不是噪音，严格地说，既不是拟声词也不是宠物名。它们的位置无法确定，甚至"难以在拟声词与噪音之间把它们区分开"。[12] 牛倌对牛的呼唤由两个重复音节组成，"嗦卜嗦。嗦卜嗦"，读来仿佛是在回顾妙趣横生的旧日时光。从文体学角度看，它们像回文（palindrome），即顺读和倒读时的语义都相同的词语，但更准确地说，它们是一种交错书写文体（boustrophedon），"如同古希腊的题词（Greek inscription），每一行都是从右至左再从左至右的交替书写"。[13] 交错书写文体在古希腊语中的意思是田野间来回耕种的"牛转身",门罗把交错书写文体的这种写作风格用到了牛倌对牛的吆喝声中,为如何运用文学术语提供了生动范例。它有助于读者了解史诗类作品以及门罗尝试性的写回手法。通过重复安大略西南部牛倌吆喝牛的声音"嚓卜嚓。嚓卜嚓",门罗与苏格兰祖先詹姆斯·霍格之间产生了一种共鸣关系,霍格正是从埃特里克(Ettrick)森林里走出来的那位大山吟游诗人(the Mountain Bard),除此之外,门罗与荷马时代的其他几位吟游诗人之间也产生一种共鸣关系,其中最主要的是荷马,就是那位据说记载围攻特洛伊城(the siege of Troy)的盲眼诗人(blind bard),但还可能与《伊利亚特》和《奥德赛》中的其他吟游诗人也存在共鸣关系,比如《荷马史诗》(*Homeric Epics*)第一部中,在奥德修斯(Odysseus)所属领地伊萨卡岛(Ithaca)上的诗人菲米奥斯(Phemios),以及第八部中国王阿基诺(Alkinoos)宫廷里的诗人狄奥多科斯(Demodokos)。菲米奥斯和狄奥多科斯代表的是荷马的形象,但在特洛伊时代的史诗歌谣(epic song)中也出现了其他吟游诗人。从对特洛伊时代之后牛倌的通用语言的考证来看,门罗不仅暗中指涉了《伊利亚特》与《奥德赛》中的所有吟游诗人,也包括远古时期的其他诗人,比如忒俄克里托斯[1](Theocritus),他从阿卡狄亚(Arcadia)被驱逐后写下了许多乡村歌谣(bucolic songs),还有维吉尔[2](Virgil),他把奥林匹斯山上的神挪移到了明西阿河(Mincio)。门罗借用这个典故,把牛倌的作用挪移到了当今安大略省,让牛倌对牛的吆喝声在埃特里克森林里不断产生共鸣。

---

[1] 忒俄克里托斯(Theocritus,约前310—约前250),古希腊诗人。
[2] 维吉尔(Virgil,前70—前19),古罗马奥古斯都时期(前63—14)最伟大的诗人,代表作为《埃涅阿斯纪》(*Aeneid*)。

161　　门罗描述的牛倌吆喝牛的"嗦卜嗦。嗦卜嗦"的声音中还有其他一些共鸣。这种吆喝声来自某一场所，由此发出的声音能不自觉地揭示部分事实真相。这类同音词有一种效果，不仅能超越意识思维范畴，而且能让读者听到弦外之音。从对奶牛的吆喝声中，我们发现崇拜和嘲笑两种目的并存，奶牛被放到了"上司"（boss）的位置，却被呵斥回到牛棚。弗洛伊德曾就双关语与无意识之间的关系作过论述，他指出，这种隐秘关系有时就潜藏在同音词（homophones）中。牛倌吆喝牛的这个特殊例子，让人们不由得想起门罗在《岩石堡风景》这本书中对祖先詹姆斯·霍格的赞誉，霍格曾经受到很多人的嘲笑，原因是他的姓氏恰好与野猪这个词的发音相同。牛倌对牛吆喝时用的拟声词，证明了理性语言的衰落，门罗对这种含糊而神秘的吆喝声很感兴趣。她赞美田园生活和牛倌的生活，赞扬个人、历史、文学、荷马、霍格以及她本人，确立了中古时期以来吟游诗人的英雄血脉传承。她用一种更隐晦的方式，让说话人与听话人、人类与动物在一个明显的高度相融，但具有讽刺意义的是，这种相融缺乏自信且带有贬义。

　　牛倌对牛的吆喝声听起来令人迷惑，也丝毫没有穿透力，说明这种吆喝声幼稚、陈旧、毫无象征意义。门罗用的拟声词（onomatopoeia）是中古时期牛倌们普遍使用的语言，她只是假设在古代与当代、地中海与北美洲、古代牛倌与现代牛倌之间存在着某种关系。门罗不仅消除了我们与中古时期乡下人行为之间的关联性和存续性的界限，也消除了动物与人类之间的界限。通过使用这种奇怪的吆喝声，门罗暗示了生物物种之间的亲密性，同时也在提醒我们，尽管动物与人之间的亲密关系已难觅踪迹，但他们之间依旧属于同一个命运共同体：她在回忆一个更古老的年代，那是由物种间更原初的关系决定的时代。门罗使用简洁的语言强调了事实以及叙述的转换过程，也强调了语言的痕迹以及无从追溯的起源，与此同时，她再次将读者与语言的起源相联系作为故事的开端。

苏格兰吟游诗人

民谣在早期故事叙述形式中占据着傲人的地位，门罗在故事中运用大量苏格兰民谣（Scottish Ballads）的同时，采用了一种比较隐晦的方式，目的在于更恰当地表现小说主题，有时为了更换主题甚至不惜彻底改编故事的结局。例如，在《我年轻时的朋友》这本书的同名小说（1986）中，故事情节围绕弗洛拉（Flora）与埃莉·格雷弗斯（Ellie Grieves）姐妹两人展开。[14] 她们家的雇工罗伯特·迪尔（Robert Deal）一直在追求弗洛拉，最后却娶了妹妹埃莉。故事情节来自传统的苏格兰民谣《宾诺丽的姐妹花》（The Twa Sisters of Binnorie），有时以《残忍的姐姐》（The Cruel Sister）为题被编入文学选集。民谣中的骑士追求着姐姐却爱着妹妹：

他用手套和戒指追求姐姐，
但是不顾一切地爱着妹妹；
他用胸针和刀具追求姐姐，
但却用全部生命爱着妹妹。[15]

民谣描写了姐姐对妹妹的嫉恨以及所犯的罪孽。姐姐把妹妹诱骗到河边推下水，眼睁睁看着妹妹溺水身亡。门罗在小说开头采用的故事背景与民谣相同，但是她把骑士变成了雇工，重新改编了姐姐面对求婚者的负心行为所做的反应。罗伯特与妹妹埃莉结婚后，弗洛拉把一生奉献给了夺走她心上人的妹妹。不久，埃莉得了不治之症，但弗洛拉没有把她推下水，而是精心地照顾她，给予她关爱。门罗对传统民谣的改编比较保守且富有争议性，她保留了对古老民谣的借鉴，但摒弃了对复仇女人千篇一律的描写，而是把她们的复仇心理变成了坚忍不拔的毅力。

妹妹死后，这名雇工再次遗弃了弗洛拉，他娶了一名专业护士，姐姐又一次彰显了她坚忍不拔和自强不息的品德，这种品德极具吸引力和挑战性。虽然原始民谣中没有出现第二次抛弃情节，但这个情节构成了一种"积累"论据，是受传统歌谣结构的启发，经过不断重复与强化形成的。门罗对苏格兰边境民谣的挪用与改编，体现了一种写回模式，这种模式通过想像与惊人的创造力，以传统故事情节为基础对故事进行了详细描述。它强调了门罗本人对道德哲学的认同，是对社会或传统叙事中道德价值观遵从的一种超越。通过对故事情节的神奇改编，门罗探讨了更复杂、更隐秘的伦理道德问题，其中不乏意外、惊奇及颠覆等故事情节。

同样是在这部作品里，在《抓住我，别让我走》（Hold Me Fast, Don't Let Me Pass）这篇小说中，门罗对《塔姆·林的民谣》（Ballad of Tam Lin）进行了改写，其中的几个诗节甚至是让一位长相酷似玛格丽特·莱德劳[1]（Margaret Laidlaw）的老妇人吟诵的，玛格丽特也是门罗的苏格兰祖先，来自埃特里克山谷（valley of Ettrick）。民谣讲述了塔姆·林（Tam Lin）被情人珍妮特（Jenet）从仙后（Queen of Fairies）手中解救出来的故事，而门罗的短篇小说改动

---

[1] 指本文开头提到的詹姆斯·霍格（James Hogg）的母亲。

了人物胜利与幸福的结局。达德利·布朗（Dudley Browns）是一位现代律师，他陷入两段难以脱身的复杂恋情中。他爱上了皇家宾馆（the Royal Hotel）的主人安托瓦内特（Antoinette），却无法与之结婚，因为女方的婚姻仍处于存续状态，只是丈夫下落不明，所以尚不能离婚。此外，达德利·布朗还爱着另一名叫朱迪（Judy）的姑娘，她是母亲花钱找来的雇工，是一个私生女，达德利与朱迪生了个女儿，由于社会偏见的阻挠，他也无法与之结婚。

门罗对民谣进行了改编，她把故事背景设在了一个狭隘封闭、受社会歧视的苏格兰边境小镇上，因为受历史条件的限制，这种改编显得不同寻常。在关于塔姆·林的这篇现代版短篇小说中，故事讲述者是一位加拿大寡妇，她的前任丈夫是一名空军飞行员，二战期间驻扎在英国，爱上了皇家宾馆的安托瓦内特。关于民谣传说中的时空体（chronotope）问题，据说是在苏格兰边境靠近塞尔扣克[1]（Selkirk）的小镇上，门罗将1645年英国国内的菲利普霍赫[2]（Philiphaugh）战役与1945年的第二次世界大战叠加在一起，如此一来，使神话故事、菲利普霍赫的地方战役以及二战期间的空袭事件同步发生。她把传说中的爱情故事与历史上的特大火灾重新整合，体现了小说的戏剧性特征。通过戏剧化和夸大事实的做法，门罗把现代社会中女孩子以及女人们日常琐碎的生活提升到了英雄人物的高度，抹去了个人感情、传说、世界争端之间的界限划分。

门罗明确表示将《岩石堡风景》敬献给苏格兰，在这部书中，门罗设想她与家人具有一种"夸大其词"的生活本能，并对这种虚

---

[1] 埃特里克河（Ettrick Water）流经的小镇，位于苏格兰东南边境议会地区，属于历史悠久的皇家自治区。

[2] 指1645年9月13日发生在苏格兰边陲小镇塞尔扣克附近的一场英国内战。

夸倾向进行了讽刺：

> 自我吹嘘在我们家不受待见。尽管我现在想到的是这个词，但不是我们家人用的那个词。他们称之为关注，关注自我。准确地说，自我吹嘘的反义词不是谦虚，而应该是一种极其强烈的尊严与控制力，类似抗拒。抗拒他人或自己把生活变成故事的需求。我在研究我的家人时发现，他们当中一些人在很大程度上好像都有这种需求，并且已经达到了不可抗拒的程度——这足以使其他人因为尴尬和焦虑而变得卑躬屈膝。[16]

这一段出现了标志着亲情与绝情的矛盾在场，前者建立的基础是联系与认同，后者则暗示离别与排斥，除此之外，这一段还出现了重复与扩展的句法。在重复句法中可能看不到未来，只能在扩展句法中看到，所以说，门罗依靠她的父系血统，汲取并且重复了詹姆斯·霍格（James Hogg）的写作方法和回忆录，以一种自相矛盾的方式，把短篇小说作为手段和媒介进行叙事性放大和延伸，在此过程中，她重新定义了短篇小说体裁及其在当代文学中的意义。

上面引用的段落体现了文体学扩展概念，它指的是，第二句以第一句的结尾词开头："他们称之为关注，关注自我"，也称为话语分体（anadiplosis）："是一种能获得特殊效果的重复技巧。"[17] 扩展同样可以通过演练（performatively）与自我反射的方式实现；通过重复表达"关注自我"，门罗其实是在关注自己，并且有意强化自我夸大的过程，她有意违反家庭条例中有关尊严与控制力的规定：通过违背家规家法把自己的故事讲给公众。如同笛福[1]（Defoe）让鲁宾孙·克鲁索（Crusoe）违抗了父亲的命令，门罗像卢梭[2]（Rousseau）一样，开创了书面形式的忏悔以及带有原罪（Original Sin）的个人回忆录，她在忠实于文体学策略的基础上，把家庭成员纳入犯罪行列，扩展了整体叙述过程："我在研究我的家人时发现，他们当中一些人在很大程度上好像都有这种需求，并且已经达到了不可抗拒的程度。"这种负罪主题属于罪人被合理化了的社区，这个社区拒绝自我否定，拒绝"抗拒任何把生活变成故事的需求"。

最后这句话如同那句"关注自我"，例证了用来强调压抑与表达的名词性句子的矛盾用法。门罗以一种矛盾方式构建了带有动词的名词性句子，"关注自我"是动词"关注"的名词性形式，而"抗拒把生活变成故事"是名词性元素"抗拒"的动词扩展形式。众所周知，结构主义语言学家埃米尔·本维尼斯特[3]（Emile Benvéniste）曾对名词性句子作过描述，他认为，名词性句子不受时间、情态动词以及说话者的主观性限制，而厄恩斯特·卡西尔[4]（Ernst Cassirer）则把名词性句子与早期"原始"人使用的语言联系起来，认为这些句子"就我们的逻辑语法而言，缺少……系词"，觉得"没必要用系

---

[1] 丹尼尔·笛福（1660—1731），英国著名作家，代表作《鲁滨孙漂流记》（*Robinson Crusoe*，1719）。

[2] 让·雅克·卢梭（1772—1778），法国著名哲学家，著有《社会契约论》（*The Social Contract*，1762）、《爱弥儿》（*Emile*，1762）、《忏悔录》（*Confessions*，1769）等。

[3] 埃米尔·本维尼斯特（1902—1976），法国结构语言学家，哲学家，著有《印欧语言与社会》（*Indo-European Language and Soceity*，1969）、《普通语言学诸问题》（*Problems on General Linguistics*，1966—1974）等。

[4] 厄恩斯特·卡西尔（1874—1945），德国著名哲学家，著有《物质与作用》（*Substance and Function*，1910）、《象征形式的哲学》（*Philosophy of Symbolic Forms*，1923—1929）、《启蒙哲学》（*The Philosophy of the Enlightenment*，1932）等。

词"。[18] 埃米尔建立的句法关系不容置疑，而厄恩斯特暗示的是与名词化用法相关联的感官存在。两位哲学家对名词性句子的意义作出的回应，有助于我们理解门罗反复使用名词性句子的原因。

在上一段我们研究了门罗运用名词性句子为道德和心理层面设定的一种框架。她把矛盾、模糊以及讽刺等最基本的、突如其来的想法融入写作中。她在自我放纵与自我否定、表现与压抑之间设立了二元论，表现是自我关注的一种隐晦方式，而压抑来自长老会主义，意思是拒绝把生活变成故事。这种二元对立，一方面是"对生活的自我陶醉"，另一方面也是"对死亡的自我陶醉"，它完善了安德烈·格林（André Green）对心理学的分类，通过这种二元对立，门罗将作品中矛盾的道德与心理框架，变成了感性的绝对化在场。[19] 通过使用名词性句子，她以模糊的态度认同自我吹嘘，否认自我否定。

门罗依据家族宗谱里的权威性记载向读者证明，她所崇尚的自我陶醉的生活方式是正确的。詹姆斯·霍格在《作家生活回忆录》的开头是这样说的：

> 我想写我自己的故事：事实上，没有比这更让我喜欢做的事了；只有在回忆往事时，我才感到心旷神怡。我经常遭人嘲笑，一位爱丁堡编辑认为，我的写作风格是平和中带着一股自负，其实有时根本不是那样；我意识到我还会被人嘲笑，但我不在乎，因为在我人生的不同阶段，这已经是我第四次写重要的回忆录了，我会一如既往地坦诚讲述我的故事；总之，无论对他人还是对自己，我都会无所畏惧、毫无保留地讲出来。[20]

门罗在她的作品中借鉴了霍格的重要纲领性声明，她反复谈及自己与家人，不断地让自己的生活经历承受各种检验、重复与夸大。门罗承担了吟游诗人的重任，她在文本中公开声明，她与埃特里克吟游诗人（Bard of Ettrick）有某种血缘关系。她发扬了从霍格及其母亲玛格丽特·莱德劳那里传承下来的吟游诗歌传统。对于这份遗产的重新运用，使她从一位美国边陲作家变成了一位苏格兰边陲作家。

对门罗这一重新定位的依据，来自她对詹姆斯·霍格、沃尔特·司各特的文学遗产及欧洲浪漫主义诗歌的复兴。在小说《你为什么想知道这些？》中，她借用了德国文化和语言，引文全部都是德文原文，既没有译文也没有出处。据说，其中一篇引文来自墓志铭，是故事讲述者与丈夫在安大略省格雷县（Grey County）一处墓地发现的：

Das arme Herz hienieden

Von manches Sturm bewegt

Erlangt den renen Frieden

Nur wenn es nicht mehr schlagt.[21]

（埋葬于此的是一颗可怜的心

它曾在风雨中饱受惊吓

只有当它停止跳动

它才能得到安宁）

故事讲述者注意到，这个所谓的墓志铭有一处错误。形容词 reinen 在德语中的意思是纯洁的，但被拼写成了 renen；这个拼写错误让这个单词掺杂了其他含义，这个错误似乎带有某种暗示，因为当时故事讲述者被怀疑患了恶性肿瘤。读者对墓志铭本身并不了解。这篇用德文写成的碑文看似很完整，它是门罗在加拿大一处半废弃的路德教会墓园（Lutheran cemetery）里发现的，碑文上的内容，节选自约翰·高登茨·冯·萨利斯·西维斯（Johann Gaudenz von Salis-Seewis，1762—1834）于1788年创作的一首诗歌，1816年舒伯特（Schubert）为这首诗歌谱了曲，成就了歌曲《墓地》（*Grave*）。门罗没有标明出处，这是她固有的模糊策略。她选取了诗歌中的最后一个诗节，轻松地把它变成了墓志铭。

这部作品主要表现了门罗与大西洋彼岸间的关系，她向苏格兰祖先表达了敬意，用德文写成的那首浪漫歌曲出现在最后一篇小说——《你为什么想知道这些？》中，对这首歌曲含糊且不完整的介绍引发了几个问题。首先是浪漫歌曲的性质问题，一种可能答案是：这是一首德国民歌，很可能是"19世纪的德国艺术歌曲（由舒伯特、雨果·沃尔夫谱曲），是一种经过打磨的抒情文本，通常带有音乐感和节奏感，就整体效果而言，这三种构成元素起的作用相同"（《韦伯斯特大词典》，*Webster's Dictionary*）。这种歌曲属于浪漫主义体裁，它以民间音乐为背景，与民谣的关系十分密切，而民谣是一种形式固定的诗歌，为霍格和玛格丽特·莱德劳所擅长，霍格负责写诗，他母亲负责吟成歌谣并朗诵给沃尔特·司各特（Walter Scott）听。沃尔特·司各特负责把德文歌曲译成英文，并收集在他编著的古代及现代苏格兰民谣集（Scottish ballads）里。

门罗将浪漫歌曲直接或者经过加工融入故事中的做法，进一步证明她在小说中对吟游诗歌的功能运用了挪移策略。这种策略错综复杂、情节交织。门罗小说并非是围绕一个线索或者就一个中心点展开叙述的。她向她的祖先[1]，那位农民诗人，埃特里克牧羊人及其母亲表达了敬意，后者也是一位民谣歌手，这些都间接扩大了他们在时空领域的影响范畴，暗示着他们与席卷欧洲浪漫主义运动在历史、地理和文学文本方面存在思想交汇的可能。墓志铭是浪漫主义文学的一个特色，它构成了华兹华斯 1810 年的随笔主题，在 19 世纪的许多长篇小说中也出现了墓志铭，最著名的要属罗伯特·路易斯·史蒂文森[2]（Robert Louis Stevenson）所著的《巴伦特雷少爷》（*The Master of Ballantrae*，1889），这部小说的结尾，是故事讲述者在为两个骨肉相残的苏格兰兄弟的纪念碑凿刻墓志铭。

门罗在《你为什么想知道这些？》[3]中提到的墓志铭，让人想到沃尔特·司各特爵士（Sir Walter Scott）在小说《修墓老人》[4]（Old Mortality）扉页上的题词，这些题词其实是小说中的修墓老人篆刻在墓碑上的碑文。当故事讲述者帕蒂森（Pattieson）遇见修墓老人时，老人正坐在契约人的纪念碑台基上："一位老人坐在被屠戮的长老会教（Presbyterians）成员的纪念碑台基上，正在专注地用凿子篆刻着碑文，碑文上的文字是圣经语言，意思是，用未来祝福被屠戮者的命运，用同等的暴力诅咒刽子手们。"[22]

门罗从德国浪漫歌曲中选取了一节运用到她的小说中，这种行为类似选择和保存对往事的记忆。它是一种与浪漫主义美学有隶属关系的表现行为，也是对与艺人及吟游诗人关系密切的文学遗产的

---

[1] 这里指霍格与母亲玛格丽特夫人。
[2] 罗伯特·路易斯·史蒂文森（1850—1894），英国著名作家，代表作《金银岛》（*Treasure Island*，1881）。
[3] 这里指《岩石堡风景》中的小说《你为什么想知道这些？》。
[4]《修墓老人》（*Old Mortality*），发表于1816年，作者是沃尔特·司各特爵士（Sir Walter Scott）。

明确认可。门罗在这篇当代加拿大短篇小说中介绍了篆刻在墓碑上的德国浪漫主义歌曲，以挖掘口述文学起源的方式将自己置身于世界文学之列，从但丁[1]在《神曲》中提到的12至13世纪之间出生于埃特里克大峡谷（Ettrick Valley）的哲学家迈克尔·司科特，到门罗自己最显赫或最平凡的祖先，以及来自苏格兰边境的民谣歌手，门罗在暗示相关文本与作者之间存在着千丝万缕的联系。她重申，文学传播是家族传承及其隶属关系的发展过程，强调故事叙述的生成空间与再生空间。门罗选用这首德国浪漫主义歌曲，旨在将口述文学起源戏剧化，而选用墓碑上的题词，暗示了歌曲的连续性超越了对个人生活经历的限制。在描写墓地时，门罗在小说中插入了一首题为《墓穴》的诗歌，这种写作手法被称为叙事内镜[2]（mise en abyme）或镜像插叙（specular insertion），由于能在阴、阳两界之间传输文字，因此它具有一定的治愈与再生功能，这一点可能会引发一些争议。

挪威传奇与古代斯堪的纳维亚吟唱诗歌

门罗不仅把德文墓志铭引入短篇小说，而且介绍了用古挪威语写作的神话，这些都表明了她对浪漫主义的怀旧情结。在《爱的进程》（*The Progress of Love*，1986）这部作品的最后一篇小说《白山包》中，她引用了两行用古挪威语写的诗歌并附上译文，但她并未

---

[1] 但丁·阿利盖利（1265—1321），意大利中世纪诗人，代表作《神曲》（*Divine Comedy*）创作于1301—1327年间，分为《地狱》（*Inferno*）、《炼狱》（*Purgatorio*）和《天堂》（*Paradiso*）三个部分。

[2] 又称镜像插叙（specular insertion），文论术语，属于嵌套式文学创作结构，故事中套故事，俗称"戏中戏"。

说明这首诗的确切出处和题目。小说的主人公索菲是一名斯堪的纳维亚（Scandinavian）语助教，故事讲述者戴妮斯拿起索菲留下的一本书，恰好读到一首诗的结尾，也正是这篇小说的结尾：

Seinat er at segia;

Svà er nu ràdit.

（多说无益，覆水难收。）[23]

这几行诗出自《阿特利之歌》（Lay of Atli），它是13世纪英雄诗歌《王室法典》[1]（*Codex Regius*）中的一部分，门罗在此没有作明确说明。[24]《阿特利之歌》讲述了女英雄古德伦（Gudrun）的灾难性命运：她嫁给阿特利（Atli或Attila）并为其生了两个儿子，为了报复丈夫谋杀她两个哥哥的罪恶行径，她把两个儿子杀掉并做成了烤肉给丈夫吃，而她自己也自尽身亡。门罗以《阿特利之歌》中的布伦希尔德（Brynhildr）、古德伦、齐格鲁德（Sigurdt）以及《尼伯龙根之歌》（*Nibelungen*）中的布伦希尔德、古德伦、西格弗里德（Siegfried）等人物的生平为背景，重新书写了一篇当代加拿大短篇小说，凭借《阿特利之歌》中的典故，门罗在斯堪的纳维亚口述诗歌（Scandinavian oral poetry）以及日耳曼欧洲（Germanic Europe）异教古老风俗之间构建了文本间关系。门罗一如既往地秉持严谨而隐晦的写作方法。她没有明确追踪小说中当代人物的家族宗谱，而是让读者自己去甄别吟游诗人或者古代斯堪的纳维亚吟唱诗人青睐的那些典故，从而保持她与读者审美上的商榷关系。

---

[1] 创作于1270年前后的一部冰岛法典，收集有很多挪威的古诗歌。

门罗的短篇小说不仅具有社会性而且具有移情性。通过运用某些专有名词，门罗为读者提供了跨文化解读的思路。为了全面了解索菲这个人物形象，读者必须先得记住名字中的典故含义。索菲的儿子劳伦斯（Laurence）和儿媳伊莎贝尔（Isabel）戏谑地称她是"老挪威人"（the Old Norse），因为她读的《诗意埃达》（Poetic Edda）这本书是用古挪威语写的。[25] 索菲在古希腊语中指"智慧"，埃达的含义很丰富，其中与女神有关的那个含义，不仅象征人类祖先以及所有学科的母亲，还象征神话历史、世界英雄史、神以及人类。[26] 门罗把故事中的索菲同时定义为老挪威人，是为了增加和改变人物作为智慧之母的空间维度，门罗把家族宗谱分成两个枝杈，并使其相互交叉。过度的智慧，与其说是一种补充，不如说是一种贬损，更重要的是，劳伦斯与伊莎贝尔私底下一直在用这个绰号贬损索菲，无疑是在讽刺索菲其实是一个很难相处的女人。

门罗在这个故事里采用了崇拜与亵渎、借鉴与否决的写作策略，这些都与《诗意埃达》里的神话遗产有关。门罗从《阿特利的叙事诗》中引用了一些诗句，但却没有说明它们的出处，这种一方面强调另一方面掩饰的做法，其实是在暗示，住在索菲屋檐下的伊莎贝尔和玛歌达（Magda）的命运与《阿特利的叙事诗》中布伦希尔德和古德伦的命运之间存在着某种关系，并指出这种关系之间的复杂性。门罗给读者赋予了一种职责，让他们把一个文本中的意思转换到另一个文本中，把现今的故事与过去的故事联系起来。这种做法具有社交性和移情性，且寓意深远：它以隐蔽而巧妙的方式对过去的经历进行重组，尽管这种经历没有得到认可，只是运用典故对其进行了假设，这样，发生在20世纪中期安大略省的一件中产阶级离婚案，就与匈奴（Hun）王阿提拉（Attila）的历史以及有关西格弗里德（Siegfried）的北欧神话联系在了一起。门罗不动声色地在当代短篇小说中完成了小说的历史化以及历史的神话化。她让个人、事实与难以置信的神话同时发生，揶揄了乡土故事情节与世界历史以及世界文学史之间可能存在的等同性。

《恨，友谊，追求，爱情，婚姻》中的《熊从山那边来》也用到了挪威神话，这是一篇广受赞誉的短篇小说，2006年由莎拉·波利（Sara Polley）制作成电影。小说的男主人公格兰特是一位研究撒克逊与北欧文学的大学教授，因为曾在课堂上为学生朗诵古代斯堪的纳维亚诗歌，被当成冰岛诗人或古代斯堪的纳维亚吟游诗人的化身。[27]小说中的故事讲述者提到的那首格兰特教授曾在课堂上朗诵过的壮丽颂歌，是一首非常著名的颂歌，出自埃吉尔·斯卡德拉格里姆松（Egill Skallagrímsson）著的《霍福劳森》[1]（*Hofuolausn*），埃吉尔的生平与作品均收藏在《埃吉尔传奇》[2]（*Egils Saga*）中，这本书敬献给了斯诺里·斯特卢森（Snorri Sturluson）。

在提到《霍福劳森》或者格兰特教授为学生朗诵的《救命赎金》（*Head-Ransom*）这首诗时，门罗强调的是诗歌的神奇力量，即能够把死刑变成生命的那种馈赠礼物：

> 他斗胆朗诵并且翻译的这首华丽而血腥的颂歌《救命赎金》，是古代斯堪的纳维亚诗人霍福劳森为致敬国王艾瑞克·布拉德埃克斯而作的，而此前，国王已下令要将其处死。（凭

---

[1] 叙事诗《埃吉尔传奇》（*Egils Saga*）中的第61章节，主人公埃吉尔（Egil）自述在海上航行，船只不幸被风浪打翻，自己落入国王艾瑞克（Eirik）手中。他没有选择像懦夫一样逃亡，而是连夜即兴作诗一首，打动了国王，重新获得自由与尊严。

[2] 公元850—1000年间的冰岛传奇故事，以埃吉尔·斯卡德拉格里姆松部落的家族生活为主，从主人公斯卡德拉格里姆松的父亲讲述到其子孙后代。

借诗歌的力量，艾瑞克国王释放了他。)[28]

埃吉尔通过朗诵《霍福劳森》拯救了自己的性命，国王被其诗歌的魅力打动，特赦了他。格兰特教授在课堂上朗诵埃吉尔的诗词，化身成一位古代斯堪的纳维亚诗人，如同这位诗人一样，尽管他屡次有过不当行为，却未受到任何惩处。格兰特教授具有古代斯堪的纳维亚诗人的天赋，他用个人魅力征服了学生，所以他的性犯罪行为没有被追究。

门罗清晰地讲述了埃吉尔·斯卡德拉格里姆松的生平故事，并且阐明了由诗歌魅力带来的救赎主题，其中也包含把该主题转化成格兰特的生平故事。通过将格兰特等同于埃吉尔，门罗采用英雄式的夸大方法抬高了当代大学教授的地位，门罗对小说中女主人公菲奥娜（Fiona）的地位也稍微作了调整，让两人之间相互匹配。菲奥娜是格兰特的妻子，身患功能退化性疾病，渐渐地丧失了说话能力，幸亏格兰特教授的关爱与无私品质，使她最终没有完全丧失语言能力。门罗作品中的很多故事都具有反传统情节，这只是其中一篇，门罗安排格兰特默许妻子在语言恢复期间与同住在医疗机构接受康复的另一名男性相好。换句话说，格兰特为他变轻佻了的妻子找了个情人：根据同音异义词的解释含义，菲奥娜（Fiona）可以称作福瑞娅（Friia），也可以称作弗丽嘉（Frigg）、弗里娅（Frija，德语）、弗雷纳（Frea），即爱情女神之意，相当于希腊神话中的阿佛洛狄忒（Aphrodite）或罗马神话中的维纳斯（Venus）。在故事结尾，这个曾经放浪的妻子，费力地找到一个合适的词，借以证明自己能够重新驾驭语法："你本来可以开车走掉，"她说，"开车走掉，无牵无挂，抛弃掉我。抛弃掉我，抛弃掉。"[29]

毫无疑问，这位女主人公上了岁数，所以她的命运被功能退化性疾病牢牢掌控了，但是门罗不甘心只描述她的语言退化功能；她在小说中紧紧依赖《埃吉尔传奇》对救赎方式进行了间接暗示。菲奥娜在生命即将结束时，凭借着像年轻人一样的高度热情再次学习语言，如此一来，门罗将退化与康复、老年与幼年、痴呆与心智正常、不贞与忠贞等因素结合在一起。她通过运用古代斯堪的纳维亚诗歌中的典故以及出现在过去与现在小说中的移情行为歌颂语言的魅力。

民歌与通俗文化

除了对《王室法典》及挪威神话的广泛引用之外，门罗还引用了通俗文化典故，短篇小说《熊从山那边来》就是一个很好的例子，小说题目取材于一首美国民歌（American folklore）：

熊到山那边，
熊到山那边，
熊到山那边，
看它能看到的，
它看到了什么？
它看到了什么？
山的另一边，
山的另一边，
山的另一边，
是它看到的。

在这篇小说中,门罗介绍了斯诺里·斯特卢森创作的《救命赎金》,这是一首古代斯堪的纳维亚诗歌,同时也介绍了这首美国民歌,她再次对不同类型的经历进行了整合,让明显遥远甚至无法复原的经历之间建立起联系。这首美国民歌以自我反射形式表达了边界消除的象征意义:通过同义反复方式,让一边变成另一边的样子。在对无意义话语的研究中,让·雅克·莱切勒[1](Jean Jacques Lecercle)指出,同义反复满载着修辞力量。[30]它确保了我们赖以生存的世界中的价值体系:男孩终究是男孩。山那边终究是山那边。即使未能传递任何思想意图,这种表达也极具合理性。它证明真实世界所处的位置是清晰的:山那边的确存在,熊也找到了自己的位置,这些都是真实世界中的一部分,但与此同时,这个真实世界受到了质疑,因为它被简化成了一种模仿自我的文字游戏。借助具有魔力的颂歌以及同义反复形式的民歌力量,门罗讲述了一位身患记忆退化性疾病的女性的故事,证实并否认了退化的现实,对此,人们通常既含糊其词地承认又竭尽全力地在回避。小说没有交代菲奥娜具体患了什么病,她的病是以民歌作为背景虚构的,与具有语言救赎功能的颂歌结合之后,病症就消失了。

门罗的小说带有一种活力四射的粗犷,让人们感到语言具有一种能够遏制退化与沉沦的力量:它跨越了现实与虚构之间的门槛,调整了《王室法典》中的宏大颂歌与英语语法中的不规则动词或者与具有同义反复特点的美国民歌之间的差异。

门罗在创作中刻意消除高雅文化与通俗文化之间的差异,这在

---

[1] 让·雅克·莱切勒,法国公立大学教授,研究领域为文学、语言学、哲学。著有《透过镜片看哲学》(*Philosophy Through Looking-Glass*,1985)、《语言的暴力》(*The Violence of language*,1990)、《废话的哲学》(*Philosophy of Nonsense*,1994)等。

她的作品中很常见。《亲爱的生活》极有可能是门罗的最后一部作品，她将其最后四篇小说定义为"最初的与最终的——最亲近的——我生命中不得不说的故事"。[31] 这些被门罗称为最具自传性质的小说，也是最具互文性的小说，它们在世界文学界产生了极大反响，让最卑微也最受人诟病的通俗歌曲上升到了一个耀眼的高度。这些系列小说应该是受了霍夫曼（E. T. A. Hoffmann）于 1817 年写的《黑夜篇》（*Die Nachtstücke*，*The Night Pieces*）的启发，而门罗头两篇小说的题目分别是《眼睛》（The Eye）和《夜晚》（Night），对应的是 1817 年版的《黑夜篇》（*Die Nachtstücke*，*The Night Pieces*）中的第一篇小说《睡魔》（The Sandman）。[32]《睡魔》中的年轻人纳塔那艾尔（Nathanael）始终生活在一种恐惧中，他担心自己的眼睛会被睡魔撒进沙子，这种恐惧后来变成了一种自我应验的预言，因为他最终在人群中看到了睡魔的眼睛，为避免再见到邪恶的诱惑者，他从高处坠落身亡，临终的遗言是"迷人的眼睛，迷人的眼睛"。

《眼睛》排在门罗这四篇系列小说的第一位，年轻的故事讲述者回忆，她最后看到那个姑娘的尸体时，她的眼睑还在动。这让故事讲述者相信，那个死去的女孩在通过眼睫毛观察外部世界，多年以来，故事讲述者一直处在那种错误的幻觉中，直到长大以后才渐渐打消了这种幻想。小说情节让人的心情难以平复，它显然是霍夫曼小说《睡魔》的翻版，具体讲述了一位年轻女佣的故事，她在莱德劳（Laidlaw）家做雇工，这个家里有个小女孩叫艾丽丝（Alice）。小艾丽丝非常崇拜这名叫萨迪的女佣，因为她是当地广播电台的歌手。门罗对萨迪（Sadie）嗓音的描述别具一格："她的声音高昂而悲怆，歌中唱的是孤独和哀伤。"[33] 这句话里，辅音"s"不断重复出现在各个词首与词尾，突出了带有"咝"音的头韵，而连词的反复使用，进一步强化了单音"哟"。这种重复法被称作连词叠用（polysyndeton），它不仅让读者从中听出了哀婉的旋律，而且强化了萨迪的忧郁歌声，这让我们想起了华兹华斯的诗歌《孤独的割麦女》（The Solitary Reaper）中的忧伤旋律：

> 她唱什么，谁能告诉我？
> 忧伤的音符不断流涌，
> 是把遥远的不幸诉说？
> 是把古代的战争吟咏？
> 也许她的歌比较卑谦，
> 只是唱今日平凡的悲欢，
> 只是唱自然的哀伤苦痛——
> 昨天经受过，明天又将重逢？
>
> 姑娘唱什么，我猜不着，
> 她的歌如流水永无尽头；
> 她一边唱一边干活，
> 弯腰挥镰，操劳不休；
> 我凝神不动，听她歌唱，
> 然后，当我登上了山岗，
> 尽管歌声早已听不到，
> 它却仍在我心头缭绕。[1]

在这首描写孤独的高地姑娘的诗歌中，华兹华斯描写了她内心的忧

---

[1] 飞白译。

伤、失落与痛苦，这正是赫布里底斯（Hebrides）山谷里姑娘内心情感的真实写照，这首诗歌的最后一行是华兹华斯从托马斯·威尔金森（Thomas Wilkinson）的诗句中照搬过来的。威尔金森在《英国山峦之旅》(*Tours to the British Mountains*, 1824) 的手稿中写下了她在大自然界漫步的感受："路边一位孤独的割麦女：她一边弯腰挥舞着镰刀，一边用厄尔斯语[1]（Erse）唱着歌；这是我听到过的最甜美的歌声：歌声温柔而忧郁，久久萦绕在我的心头。"[34]

在最后这部作品集[2]的开篇故事中，门罗并没有把萨迪的声音描写得像赫布里底斯燕麦地里孤独割麦女的声音一样哀怨。她在小说中呈现了新世界[3]（New World）女牛仔吟唱的一首忧伤民谣，只有第一个诗节：

背靠高高的栏杆，
身倚大大的畜栏，
望着黄昏的小路，
思念久违的伙伴。[35]

孤独割麦女唱的歌里呈现呈现了一种挽歌式的曲调转换，源自被引入北美大陆的赫布里底斯（Hebrides）群岛文学。门罗借鉴了孤独割麦女的形象，并把她戏剧性地加拿大化了：让她变成了西部世界里的一名女牛仔。

这是门罗挪用欧洲浪漫主义文学记忆的一个典型例子，她从某

---

[1] 一种古老的苏格兰语言。
[2] 这里指门罗的第十四部作品集《亲爱的生活》。
[3] 指当今现代社会。

个诗人那里借来一个人物形象并对其进行改编，而这个人物形象其实也是该诗人从别处借来的。门罗所要传递的不仅仅是个人对家族从埃特里克大山谷（Etrrick）迁徙到加拿大的回忆；同样，她的故事还举证了吟游诗歌传统从苏格兰到安大略的跨界迁徙进程，正因为如此，门罗在最后这组小说中将焦点放在了护工和女佣的声音上。

从词源学上讲，吟游艺人是指雇到家里供大家消遣的人："吟游艺人的意思是仆从。"[36] 仆从、护工或女佣，这些人在门罗作品中备受关注。他们的出现标志着门罗对20世纪安大略省吟游艺人形象的重塑。门罗的叙述采用了象征性倒置（symbolic inversion）的独特方式；她用机敏女子代替了从前那些身体残疾，通常是盲眼的男性艺人，该女子不仅受雇于门罗父母，而且还带有门罗以前的影子。1848年夏，门罗曾在多伦多和乔治亚湾两个富裕家庭里做过帮厨。[37] 这些经历至少在她的两篇小说中出现过——《星期天下午》（Sunday Afternoon，1968）和《女佣》（The Hired Girl，2006）——这足以说明，门罗的作品无论从文字表面或者象征意义上来说，都不应该被看作是"白人作品"（white writing），借用南非白人作家、评论家库切[1]（Coetzee）的话来说，指隐含着对帝国文化使命的同情心的作品。门罗作品源于乡村背景，并且对吟游诗歌怀有一种矛盾心理。它重复运用并颠覆了荷马世界（Hellenistic world）的神话以及处于英语世界边缘的浪漫主义诗歌，修改了德国以及斯堪的纳维亚遗产，成为帝国意识形态的指数化场所，同时也是抵制和修正英帝国及西方经典传统与文学体裁的场所。

---

[1]约翰·马克斯韦尔·库切（1940— ），南非白人作家、文学评论家，2003年诺贝尔文学奖得主，2012年入籍澳大利亚。著有《幽暗之地》（*Dusklands*，1974）、《等待野蛮人》（*Waiting for the Barbarians*，1980）、《耻》（*Disgrace*，1999）等。

正如特林佩纳[1]（Trumpener）说的那样，吟游诗人的形象是"文学以及民族美学反表述"的催化剂。[38] 门罗对神话、民谣、挪威传奇的改编以及对歌剧与通俗歌曲的挪用，不仅证明了她的诗学具有争议性，同时也证明了建立在女性歌曲基础上的口述传统具有延续性的生命力。

在西方精彩的传统民间故事中，勇于探险的英雄人物总要先经受一番考验，在展示了英雄气概之后，才能找到苦苦寻觅的东西，最终圆满地完成个人的旅程。《岩石堡风景》结尾有一件具有特殊含义的物件。在题为《信使》的后记中，这个物件出现在最后几行文字中：

> 就在这样一座屋子里——我记不清楚是谁的屋子了——有个神奇的门挡，门挡是用珍珠母贝做的，我把这个贝壳看作是从远方和近处来的信使，趁人不注意的时候，我把它拿起来贴在耳边，听到了自己的热血涌动与大海的阵阵涛声。[39]

结尾这一整句话里包含了一个名词性主从复合句，这种句式足以表述同时发生的两件相反的事情：看似马上要结尾了，句子中却冒出来一个门挡，让门半掩着只留一个缝；该句通过普通物件暗示了眼前发生的一切，却也为远方留出了空间；它将碎片组合成一个整

---

[1] 凯蒂·特林佩纳（1961— ），美国耶鲁大学比较文学教授，著有《吟游诗歌的民族主义：浪漫派小说与大英帝国》（*Bardic Nationalism: The Romantic Novel and the British Empire*，1997）、《浪漫派小说剑桥文学指南》（*The Cambridge Companion to Fiction in the Romantic Period*，2008）等。

体；它描述了自我，目的是将个体融入海洋的洪流中。在这组"特别系列故事"的结尾，门罗进一步揭示了自我发现的讽喻法，她一生致力于这种创作方法。她从自然界中选择了一样物品并把它变成文化物件，创造了与文本间信息进行呼应的共鸣。在戈尔丁[1]（Golding）的小说《蝇王》（*Lord of the Flies*，1954）中，一群男孩被困在岛上，海螺被当作民主的象征，维护着岛上的文明。只要我们记得戈尔丁小说中海贝壳的破损代表了文明的堕落与专制的崛起，同时记得定居在"岩石堡"（Castle Rock）岛上的部落，我们就会明白《岩石堡风景》结尾处那个完整的海贝壳所具有的特殊启迪意义。门罗借用历史上的苏格兰岩石堡作为这本书的题目，在结尾处，她把从完好无损的海贝壳里发出的声音当作海上的信使，这种做法是对具有再生功能的往事的转喻复现。

门罗在第十二部作品集《岩石堡风景》的结尾，将极具隐含意义的物品呈现给读者，通过激活女性传统形象的方式，证实对女性吟游诗人作用的认可。在女性眼里，这个硕大的乳白色贝壳蕴含着"传播自然与文化的精美器皿"的寓意，作家乔治·艾略特[2]（George Eliot）曾经将该寓意刻意赋予丹尼尔·德隆达（Daniel Deronda）这位著名小说人物形象。[40] 门罗把"女性形象看作是蕴含着人类本质的器皿"，[41] 足以表明她对再次挪用的矛盾情感：这种情感建立于普通物品如门阻器上，在西方艺术中，一个普通物品就可

---

[1] 威廉·戈尔丁（1911—1993），英国著名作家，2003年诺贝尔文学奖得主，著有《蝇王》（*Lord of the Flies*，1954）、《自由落体》（*Free Fall*，1959）、《黑暗昭昭》（*Darkness Visible*，1979）。

[2] 乔治·艾略特（1819—1880），19世纪英国著名女作家，著有《亚当·比德》（*Adam Bede*，1859）、《弗洛斯河上的磨坊》（*The Mill on the Floss*，1860）、《米德尔马契》（*Middlemarch*，1872）、《丹尼尔·德龙达》（*Daniel Deronda*，1876）等。

以成为图符，在巴黎奥赛博物馆（Musée d'Orsay）内，有一幅法国象征主义绘画大师迪龙·勒东（Odilon Redon）的油画作品，题目就叫《海贝壳》（The Seashell，1912）。[42] 门罗用这个寓意丰富的物品，含蓄地表达了对母系繁育功能的敬意，并创造了代表岁月长河中自我繁衍与故事演绎的象征符号。

从《快乐影子之舞》到《亲爱的生活》，这 14 部作品中的内容基本上互不相干，只有个别例外，但门罗并没有试图将它们写成系列小说，而是写成了一曲曲歌唱自我之歌，如同一首基于反回归力量（counter energy of return）的长篇史诗，[43] 最终被比作"英雄事迹之歌"（chanson de geste）或者"事迹"（gesta）。"英雄事迹之歌"是行为之歌，因为"事迹"在拉丁语中指的是行为或者功绩。从 11 世纪到 14 世纪，"事迹"变成了传统冒险故事，取材于具有超凡能力的男性英雄的非凡轶事，每行有十或十二个音节，最初是用半谐韵[1]（assonance）写成的，后来写成了韵律诗（rhymed）[2]。[44] 门罗的小说描写了女性生活中琐碎的逸闻趣事，不露痕迹地采用了西方世界最经典的叙事方法，代表了反文本类型，运用内省式的创新与挑战方式，挪用和讽刺了吟游诗歌传统。门罗通过直接或间接地插入一些毫不留情的、不露痕迹的自传体小插曲，不断重复她生活中的冒险经历，使我们得以展望珍珠母贝中的广阔空间。

---

[1] 英语修辞格式，指仅有元音押韵（make-take）或辅音押韵（stand-find）。
[2] 指每行诗的结尾单词发音完全相同或者部分相同，例如 light-night-bright-tonight-right 等。

注释

1. James Hogg, *The Private Memoirs and Confessions of a Justified Sinner* [1824], edited by Karl Miller（London：Penguin, 2006）; Walter Scott, *Minstrelsy of the Scottish Border: Historical and Romantic Ballads* [1802]（London：Ward, Lock, 1868）.
2. Alice Munro, *Dear Life*（New York：Alfred A. Knopf, 2012）, 288.
3. Adrian Hunter, "Story into History: Alice Munro's Minor Literature", *English* 53（2004）, 219-38.
4. 这个歌剧至少有三个版本。最初的版本于1762年10月5日在维也纳上演，由 Ranieri de Calzabigi 改编。后来改编成法语版，于1774年在巴黎上演，译者是 Pierre Louis Moline。一百年后，在1859年，Hector Berlioz 重新采用 Gluck 的作品作为样板，进行扩写和修改。参看 Michel Noiray, "Gluck Christoph Willibald", *Encyclopaedia Universalis* 10（1990）, 523-524.
5. Alice Munro, *Dance of the Happy Shades*（Toronto：McGraw-Hill Ryerson, 1968）, 113.
6. Fred Weatherly, *Piano and Gown*（London and New York：G. P. Putnam's Sons, 1926）, 277-9.
7. Henrik Ibsen, *Four Major Plays: A Doll's House*; *Ghosts*; *Hedda Gabler*; *and The Master Builder*, translated by James McFarlane and Jens Arup（Oxford University Press, 2008）.
8. Munro, *Dance of the Happy Shades*, 4.
9. Marjorie Garson, '"I Would Try to Make Lists": the Catalogue in *Lives of Girls and Women*', *Canadian Literature* 150（1996）, 56.
10. Ibid., 46.
11. Alice Munro, *The View from Castle Rock*（Toronto：McClelland & Stewart, 2006）, 348.
12. Bernard Depriez, *A Dictionary of Literacy Devices*, translated by Albert W. Halsall（University of Toronto Press, 1991）, 311.
13. J. A. Cuddon, *Dictionary of Literary Terms*（Harmondsworth：Penguin,

1979），89.
14. Alice Munro, *Friend of My Youth*（London：Vintage，1990）.
15. Robert Graves, *English and Scottish Ballads* [1957]（London：Heinemann, 1977），3.
16. Munro, *The View from Castle Rock*, 20.
17. Cuddon, *Dictionary of Literary Terms*, 38.
18. Emile Benvéniste, *Problèmes de linguistique générale*, vol. I（Paris：Gallimard, 1966），151-75; Ernst Cassirer, *La philosophie des formmes symboliques*, translated by Jane Lacoste and Ole Hansen-Love, vol. I（Paris Minuit, 1972），314-15.
19. André Green, *Narcissisme de vie*, *narcissisme de mort*（Paris：Minuit, 1983）.
20. James Hogg, *Memoirs of the Author's Life* [1806]（London：Chatto & Windus, 1972），3.
21. Munro, *The View from Castle Rock*, 324. 这篇碑文可以被译为"可怜的心，在人间 / 经历了无数风暴 / 达到了真正的宁静 / 不再跳动"。1816 年 Schubert 为这首诗谱了曲，1817 年成为歌曲，包含 *Deutsch Katalogue* numbers 330（第一场），377（第二场），569（第三场）。The date of D. 330, 377 is 1816 and of 569 is 1817. 这首诗歌直到 1788 年才在 *Goettinger Musenalmanach* 上发表。John Reed, *The Schubert Song Companion*（Manchester：Mandolin, 1997），75-77。
22. Walter Scott, *Old Mortality* [1816], edited by Angus Calder（Harmondsworth：Penguin, 1974），63.
23. Alice Munro, *The Progress of Love*（Toronto：McClelland & Stewart, 1986），309.
24. Andrew Dennis, Peter Foote, and Richard Perkins（eds.）, *The Codex Regius of Grágás with Material from Manuscripts*（Winnipeg：University of Manitoba Press, 2006）.
25. Ursula Dronke, *The Poetic Edda Mythological Poems*（Oxford：Clarendon Press, 1996）.
26. 学术界对于 Edda 这个词的含义存在争议。它的含义与诗歌创作密切相关，也用来指 13 世纪的两部作品：the Elder Edda and the Younger Edda. Régis Boyer, 'EDDAS', *Encycloaedia Universalis*, available at www-

universalis-edu-com.nomade.univ-tlse2.fr/encyclopedie/eddas/; accessed 22 November 2014。

27. 与无名氏所著的 Eddaic 诗歌不同，斯堪的纳维亚的宫廷口头诗歌源自挪威，但是从公元 9 世纪到 13 世纪一直被冰岛诗人广泛吟唱，歌颂的每个人物都有据可查。'Skaldic poetry', *Encyclopaedia Britannica*（Chicago: Ultimate Reference Suite, 2007）。
28. Alice Munro, *Hateship, Friendship, Courship, Loveship, Marriage*,（Toronto: McCleland & Stewart, 2001）, 302.
29. Ibid., 322.
30. Jean Jacques Lecercle, *Le dictionnaire et le cri*（Nancyz: Presses Universitaires de Nancy, 1995）, 49.
31. Munro, *Dear Life*, 255.
32. E. T. A Hoffmann, *The Sand-Man and Other Night Pieces* [1817], translated by J. T. Bealby（Leyburn: Tartarus Press, 2008）.
33. Munro, *Dear Life*, 259.
34. *William Wordsworth*, edited by Stephen Gill（Oxford University Press, 2010）, 757.
35. Munro, *Dear Life*, 259.
36. Robert Graves, *English and Scottish Ballads* [1957]（London: Heinemann, 1977）, xiv.
37. Robert Thacker, *Alice Munro: Writing Her Lives*（Toronto: McClelland & Stewart, 2005）, 81.
38. Katie Trumpener, *Bardic Nationalism: The Romantic Novel and the British Empire*（Princeton University Press, 1997）, xii.
39. Munro, *The View from Castle Rock*, 349.
40. Peter Brooks, *Body Work: Objects of Desire in Modern Narrative*（Cambridge, MA: Harvard University Press, 1993）, 248.
41. Ibid.
42. Odilon Redon, *La coquille: en bas à droite petit coquillage, dans l'ombre*. 1912. Pastel, 52 x 57.8 cm. Musée d'Orsay, Paris.
43. Salman Rashdie has noted this tendency of migrant, the exile, the emigrant, 'to be haunted by some sense of loss, some urge to reclaim, to look back, even at the risk of being mutual into pillars of salt'. Salman Rushdie, *Imaginary*

Homelands: *Essays and Criticism*, *1981-1991*（London: Penguin, 1992）, 10.
44. Chris Baldick, *The Concise Oxford Dictionary of Literary Terms*（Oxford University Press, 1990）, 33.

10. 母亲题材

伊丽莎白·海

伊丽莎白·海的作品包括一部题为《小变化》的短篇小说集，3部关于海外游历的纪实性小说以及5部长篇小说：《气象弟子》、《盖博笑了》、曾获得吉勒文学奖的《空中午夜》、《教室里的孤单身影》和《他的一生》。早年曾担任广播电台的播音主持，长期旅居墨西哥与纽约，后定居加拿大。

在过去这些年里，我曾注意到，门罗在短篇小说中塑造的母亲形象，比以往我读过的任何短篇小说中的人物形象都要深刻。我如饥似渴地阅读，并希望她能多写一些这类小说，甚至希望她只写与母亲题材相关的小说。在这些小说中，主人公所流露的复杂情感，皆缘于那位久病不愈、她未曾照料过的母亲。我仿佛从中嗅到了小说中母亲身上的真实气味，她们和我一样，也来自安大略省东部的渥太华峡谷。这些短篇小说揭示的真相究竟是什么？那就是，尽管你感到母亲很亲切，其实你对她并不完全了解，这样反而能够促使你去认知自我。

就让我从《渥太华峡谷》讲起吧，这篇小说相对而言写得比较早。"有时我逛商店的时候会不由自主地想起母亲，"故事讲述者是这样开始讲述的。"当我在大街上看到帕金森病人时，或者最近每次照镜子的时候，我都会想起她。在多伦多的中央车站……更是会常常想起她。"[1]紧接着，门罗回忆了第二次世界大战期间的一年夏天，母亲带着她乘火车回到了"渥太华峡谷的老宅"，这个地方可以让作风干练、多愁善感、循规蹈矩、说话遮遮掩掩的女人——变成过于简单、自以为是的母亲。真实的渥太华峡谷其实"不是峡谷"。陈述朴实客观的事实，还原母亲的真实形象，这是身为女儿与作家的职责。

作为女儿，既然想描写母亲，那么任何关于"母亲"的问题就成了门罗作品中的关键性问题。在一些作品中，比如《渥太华峡谷》，门罗要面对的是道德与情感方面的问题，坦率地说，这些问题在门罗的整个作品中都有所体现，为了成为作家，门罗对病中的母亲不管不顾，而现在，母亲成了她不得不面对的主题。在漫长的写作生涯中，门罗对这个主题进行探索、扩展、搁置、重拾。正如她曾经想竭力挣脱生活中母亲对她的束缚那样，她也在奋力突破小说中"母亲"题材的限制，尝试从不同角度挖掘这类题材中的丰富内涵。

在小说《渥太华峡谷》中，门罗从侧面解决了这个问题，首先，她用灵巧而难忘的犀利笔触，为我们勾勒了母亲那些性格迥异的亲戚们的形象：被丈夫抛弃的妹妹多迪，她每说一句话都会笑出声；哥哥为了惩治专横的妻子，让她不断地怀孕；弟媳害怕孩子们染上癌症，禁止他们到祖母跟前玩耍；还有让故事讲述者难以想象的贫困。相比之下，母亲似乎一直是个旁观者，直到后来她的墓碑突然出现，母亲才再次成为故事的主角。故事中曾经出现过这样的医学解释："这个病最开始进展得比较缓慢，几年之内不会引起病人及家属的注意，等注意到了，病人就已经失去了生活自理能力。"

从接下来这一段的医学解释中，我们注意到了母亲的疾病，小说是这样描写的："只是她的左臂不停地抖。手比胳膊还要抖得厉害。大拇指不停地碰触着手心。"就这样，母亲成了故事的焦点。星期天早上，女儿跟着母亲去当地教堂做礼拜，突然发现裤袜的松紧带断了，她想用别针别上，但家里唯一的别针已经被母亲别在了衬裙带子上。母亲没有顾及自己的形象,她把别针取下来为女儿别好。"我母亲无所顾忌地走上前去,与多迪姨妈还有我妹妹坐在最前排的长椅上。我看到她那条灰色衬裙滑落下来,有半英寸长,从身体一侧露出来,看上去很邋遢。"孩子看到母亲这副形象后很尴尬,她意识到是自己不懂事,但已经无法弥补了。而在这之后,她还是残忍地质问母亲,能不能不要老是抖动胳膊?母亲没有回答。她"感到母亲像是没有听见似的,胳膊继续在抖,她熟悉的样子在我面前变陌生了,显得很冷漠。她向后退去,身影在我面前黯淡了"。

门罗小说中呈现的人物形象尽管不完美,但是很真实。而结尾更令人称奇,小姑娘不再对母亲的缺陷刨根问底,但也没有紧随母亲离去(尽管这也是一种不错的结尾,但大多数作家并不会采用这种结尾方式)。相反,门罗把故事结尾放在一个傍晚,母亲和亲戚们坐在门廊上轮流吟诵诗歌。他们尽情展示着记忆力,背诵那些早已烂熟于心的诗歌。对母亲、读者以及自己的记忆力,门罗描述得很详细。最后一段讲述得很清楚,门罗坦言,这不是"真正的故事",只是"一段简要的说明"。她承认,要想编出一个真正的故事,她就应该采用"我母亲没有回答这个问题,而是径直朝前走去,穿过牧场"这种结尾方式。但是她没有,因为她"想要找回更多的记忆,回忆更多。我想尽量把能找的都找回来"。

门罗没有独自操控小说,她身处故事内,又或许是故事外,她对自己及作品持有不同的看法,允许读者与她共同思考,让故事变得更加个性化,也更具有包容性。我们看到,眼前这位个性鲜明的母亲,拒绝任由女儿摆布,不愿意回答女儿的问题,也不愿意提及自己不断恶化的疾病。母亲整个人向后退缩,变黯淡了,她在躲闪,承受着煎熬。她以独特的方式彰显着个人魅力,这类人物形象将不断在续篇中重现。

借此机会，我想说的是，门罗的知识储量大得令人难以置信，同时，我还想展现门罗独具特色的知识品味。她在作品中专门提到"其实这里不是峡谷"。她在追求真相时，风格中带有一种犀利的、不易察觉的幽默。通常情况下，门罗所了解的似乎是一些无关紧要的问题，而深入探索这类问题则会发现，它们其实很复杂，令人不安、变化无常，也无法预测，就像她母亲得的那种怪病一样，在随心所欲地发展，出现一个又一个新症状。举一个例子，多迪姨妈"冲我笑着，她的笑给了我勇气。她消瘦枯黄的脸颊上，那双眼睛显得格外大，闪着热切的光……目光中有恶意也有善意，威胁着我，仿佛要给我透露更多让我无法承受的秘密"。这是一种家庭运作模式，尽管大多数人会被这种恶意搞糊涂，也会受到善意的诱惑，以至于让我们弄不清楚，到底哪些是恶意，哪些是善意，其实我们不明白的是，两者通常是并存的。这句话揭示了门罗所熟知问题背后的矛盾：每个人都以为自己无所不知，但其实都只是一知半解。

门罗心里清楚，小说《渥太华峡谷》中母亲角色描写得不是很清晰，但是她在塑造这个人物形象时花了很大功夫。在最后一段，她坦言，本来打算"把母亲这个人物角色分离出来单独描写，让她熠熠生辉，然后颂扬她，最终摆脱她。但都没能成功，因为她离我太近了"。在谈及为什么母亲这个角色塑造得不清晰的原因时，门罗讲得很清楚：离我们越近的东西就越难把它弄明白，而这恰恰是我们最想弄明白的，正因为如此，我们才在反复琢磨这些问题。

这里含有一种特殊的讽刺。作家不愿意写的题材往往是现实生活中不断重复出现的，这类题材异常丰富，让人不知所措。关于她母亲的题材，门罗在1994年《巴黎评论》访谈中，称之为"我生活中的重要题材"。[2]

关于作家素材这类矛盾问题，门罗在《素材》这篇小说中进行了挖掘。故事讲述者是作家雨果的前妻，尽管雨果属于那种爱慕虚荣、喜欢争吵、自私自利的男人，对残酷的现实生活没有任何责任感，但她对雨果还抱有一丝幻想。"你这个恶心的道德白痴，"[3] 他们在一起的时候，她总是这样野蛮地、戏谑性地对着他吼，"你应该闭嘴，雨果。"但后来，雨果做了一件令她意想不到的事情。他成功地写了一篇小说，小说中的女性叫多蒂，他们认识她，背地里称她是"住家娼妓"，这个故事"是一种魔术；你也许会说，是一种特殊的、慷慨的、冷静的爱"。令人费解的是，多蒂竟然"步入艺术界"。小说《素材》是一个有趣但令人伤感的故事。结尾处，故事讲述者本来打算给雨果写一封感谢信，祝贺他写成了小说，结果信写出来以后变成了："这根本不够，雨果。你认为够了，但其实不够。你错了，雨果。"她承认，她无法容忍雨果与现任丈夫武断的行事方式，而且要让所有事情都得朝着有利于他们的方向发展，"比如采取什么态度，忽略什么，采用什么"。她说，"我责怪他们。嫉恨他们，并对他们不屑"。他们心里有很多答案，她说，艺术也是如此。

然而，由此引发的问题是：怎样才能使艺术家以真人为素材的行为正当化？雨果采用写作，这种唯一力所能及的补救方式，将清白还给多蒂。对于读者——故事讲述者而言，这根本不够。在她看来，什么也无法弥补雨果做人方面的不足。

这就是门罗不断创作关于母亲故事的原因。她写的不够，永远都不够，尤其对于一个已经意识到自己不足的女儿而言。

从某种程度上讲，人们极易将《素材》理解为良心自责的故事。故事结尾，故事讲述者流露出嫉妒和蔑视的愤懑情绪，尽管她以一种现实而幽默的方式坦言她会想明白的，但另一方面，在小说《渥太华峡谷》的结尾，故事讲述者以忏悔的方式向我们展现了想要实现理想却屡遭挫败的人生。门罗写出了关于母亲的故事，却被指责说对母亲心怀怨恨。难道门罗真的想写尽母亲的故事，就像雨果写尽了多蒂一样吗？她不会，也不可能。门罗在小说中从未写尽母亲。她也没有穷尽母亲的形象，尽管她笔下的母亲形象迥然各异。

门罗在 15 岁的时候，就表现出惊人的顿悟能力。在安大略省温厄姆的公共图书馆，她向窗外张望，看到雪天里几匹马拉着雪橇上的货物到镇上过秤。她在《短篇小说选》的前言写到，这个场景让她感觉"胸口像是被什么东西击打了一下"。她突然意识到，街上这些人"本身就是故事，只不过是一些隐藏了的故事，而此刻，这些故事不经意间展现在了眼前"[4]。

这个顿悟为我们提供了一个极好的线索，让我们了解到门罗是如何获得灵感讲故事的。就好比一个拉开了的窗帘，在她与她所看到的东西之间完全没有了任何障碍，从而能够对屋内的陈设一览无余。她置身于人物角色、戏剧以及讽刺当中。读者亦然。

在门罗小说中，随着秘密渐渐被公开，读者往往会感到惊喜，因为秘密就是这么有趣，它能让你获得一种优越感；但是凭借对门罗的了解，她是不会让这种优越感持续太长时间的。当故事情节发展到了关键时刻，这种优越感就变得令人担忧且无法承受。在小说《乌得勒支的平静》里，故事讲述者海伦"到家已经三个星期了，但总是感觉不顺心"[5]。在这篇小说中，门罗以第一人称讲述了过去发生的事情，她以女儿身份回到安大略省西南的小镇上，她是在这里长大的，就是小说中那个叫诸伯利的虚构小镇。在那个夏天，只有三周时间，海伦和姐姐麦迪一直相处得很融洽，因为她们从不谈论敏感话题。"麦迪的声音微弱而机敏,她说话时带了一些我已经忘记了的家乡土话,我们都不想令对方扫兴。我们也没有令对方扫兴。"

回乡叙述让时间回到了过去,"持续不断的灾难以及家庭造成的阴郁世界"迫使海伦离家出逃,但麦迪留下了,我们回到了故事的真正主题上,母亲一年前死于久治不愈的疾病。"我发现即使走在大街上,都会有人拦住我,谈论我母亲的死,"海伦说。从前,母亲在世的时候,"你母亲"这三个字足以让她明白自己的"身份……濒于崩溃"。现在母亲死了,这些话再也不会让她产生耻辱性刺痛感了,因为镇上所有人都认为,她母亲疾病缠身的一生,是镇上的"一桩怪事,一个传说"。

母亲在生命的最后十年里,一直都由麦迪负责照料,"麦迪是留下来的那个女儿",而海伦甚至没有回来参加母亲的葬礼。海伦复杂的内疚感,割断了她与其他情感的联系,也隔断了她与出生地的关系。"对情感缺乏认知"让她感到十分痛苦,她的记忆深受小时候与母亲一起生活的折磨,那时的她像个"病恹恹的孩子",与母亲的关系"冷冰冰的,互不在意",后来她给予母亲的是"模仿的爱。我们变狡猾了,对她一直很冷淡;我们不再对她生气、烦躁、厌恶,也不再对她发泄任何负面情绪,如同把为囚犯准备的肉拿走,只为消磨他的气力直到他最后死掉"。

这种令人伤心的忏悔姗姗来迟,平静而致命。门罗有意放慢了叙述节奏,刻意营造出母亲生病时的氛围,母亲的"语调非常缓慢,很哀伤,声音含混不清,不像是人发出的;我们需要重复一遍她的话,才能明白她的意思。这种戏剧化的夸张行为,让我们极其尴尬;然而现在,我在想,如果不是因为母亲天生不畏惧大灾大难的那种自负性格,她恐怕早已沦为植物人了"。如果不是因为自负,海伦也早已像她姐姐那样被现实吞噬了。这是一篇饱含感情的小说,讲述如何摆脱"母亲"的束缚而变得独立。

还是这年夏天,海伦在返乡后的某一天,信步踱进她曾经住过的卧室,随手打开盥洗台的抽屉,发现里面"塞满了活页笔记纸张"。其中一页上写着"乌得勒支[1]和平协议,1713年,西班牙王位继承权的争夺战结束了",那是她的笔迹,很久以前的学校作业。这些文字对她"触动很大"。她想起了一些重要的事情:昔日的生活和曾经的小镇"对我来说,具有奇妙意义,而且很完整"。这些早期生活的书面证据——年轻时的她以及在她出生之前就已经存在的世界——让她想起了整个镇子上大大小小的细节。"我们穿着芭蕾舞鞋和一袭黑色的塔夫绸长裙"。这一刻生动地再现了过去的一幕幕,包括"麦迪,我的姐姐,她明亮而带着疑虑的目光"。

门罗让故事中的人物角色与早期的自我相逢,从而达到某种感知深度,这部分被她遗忘了的自我,此刻又被重新找寻回来了。她的许多故事中都带有这种特点,这种特点与她在图书馆里的顿悟是一致的,所有隐藏的故事,在一瞬间被"不经意地揭开了"。人物形象与真相不是被强行拖曳出来的,而是从长期隐秘的生活中自动呈现出来的。

在故事的后半部分,海伦去拜访年迈的姨妈们,其中一位叫安妮的姨妈,坚持要将母亲熨烫好的、打了补丁的衣服送给海伦。海伦断然拒绝了,安妮姨妈于是变得很不客气。她对海伦讲述了母亲临终前发生的事情:"你知道你母亲自己跑出医院那件事吗?"海伦"隐约有一种恐惧感,我希望她不要说出来——除此之外,我已经

---

[1] 荷兰中部城市。

猜到了她要对我说什么"。从这个情绪激动、性格固执的姨妈那里，我们了解到母亲在下雪天出逃以及之后被关起来的细节，"她睡的床上被钉上木条"。海伦乖乖地听着，这些真相让她很难过。这位上了年纪的姨妈，"一定要让我们记住过去发生的一切，丝毫也不能忘记"。最后，故事场景回到了两个姐妹之间，海伦安慰姐姐不要自责，要好好地生活。"按照自己的方式生活！"然而麦迪的回答令人心碎："但是，为什么我做不到，海伦？为什么我做不到？"

从认知母亲到自我认知是一个过程，在这个过程中，我们听到了一声无助的、痛苦的呐喊，但是这一声呐喊没有得到任何回应。我们在读伊丽莎白·毕晓普（Elizabeth Bishop）的诗歌时发现，当你品味大西洋的冰冷海水时，会感到"味道起初苦涩，渐渐变咸，灼烧你的舌部。如同我们想象中的知识：黑暗，辛辣，清晰，变化，逍遥，从冰冷、坚硬的世俗世界中汲取而来"[6]。我们在读俄国伟大作家的小说时发现，他们常常将人物内心世界袒露无遗。而在门罗这篇小说的结尾，当麦迪说她"做不到"时，我们对麦迪的认知感到震惊。同样令我们感到震惊的，是姐妹俩在自我认知上无法逃避的巨大差异。正是这种巨大差异，最终把她们联系在一起。

小说《蒙大拿的迈尔斯城》中有一行文字提到，故事讲述者"真正的工作就是追寻逝去的自我"[7]。短语"追寻逝去的自我"触及的恰恰是门罗的天赋。故事讲述者是一位母亲，她"担心自己会变成那类……整日被家庭琐事缠身的母亲"，同时，她又是一位作家，想找一个清静地方安安心心地搞创作。在追寻自我的过程中，她想起儿时有个小男孩溺水身亡，尽管她怀疑自己的记忆力是否准确，但仍然决定再现那一幕。"我不这么想。我认为，我并没有亲眼看到整个过程"。她对小男孩、葬礼及其父母那种难以言表的感情进行了再创作——那种"细微的、熟悉的疑虑"。紧接着,她讲述了自己女儿差点溺水身亡的故事,这个故事带给她的是作为家长的担忧,"相信孩子们会在第一时间原谅我们所犯的错误:轻率的、武断的、粗心的、无情的——都是我们出于本能会犯的严重错误"。门罗在写作中一直尽力避免描写父母们常犯的这些错误。在为埃塞尔·威尔逊(Ethel Wilson)的《爱的方程式》(*The Equations of Love*)所写的后记中,门罗讲得很清楚:"我在写作时总是告诫自己,要警惕任何放纵和轻率的或者违背道德的行为——我对这两种行为都不耻——这是个陷阱,专门在等那些轻浮的、喜欢嘲讽的作家们掉下去……如果用一种高高在上的方式胁迫我去写穷人或者服务者阶层的故事,我会崩溃的。"[8]

在我看来,门罗的自我追寻有她自己的特点,与那些经常声称对自我题材很满意的作家不同,门罗追寻的,是一种无休止的、微妙的、熟悉的东西,它能带给人一种恍惚和超然的感觉。她追忆童年、少年以及自己为人母时的早年生活;她追忆父母、父母的童年、祖辈以及往昔时光;她追忆时很专注,目的是让遥远的东西离自己更近一些。反过来讲,这种基于追忆创作的作品都很真实:重要、具体、感性,充满了意想不到的乐趣。总之,这些作品重要而且真实。

我们再来读《渥太华峡谷》这篇小说。在阅读中你会感到,门罗在用自己的声音讲述她本人的生活;故事讲述者、虚构成分以及情节发展,这些都是小说的基本构成部分,既不会给你带来任何压力,也不会分散你的注意力。故事从总体上而言,给人一种朴实无华的印象。但也并非十全十美,其中有模仿他人作品的痕迹,结尾不同于正常小说的结尾方式。门罗从来不闪烁其词;也从不刻意回避人类的残忍无情。当然,她也不会对此进行过度描述。她运用强大的智慧，让人们一次又一次地质疑所有问题。她站在全知全能的对立面。但是，读者信赖的正是她这种敞开心扉、自我怀疑、沉着冷静的声音，它不会假装什么都知道，尽管无所不知真的很重要。

在小说《乌得勒支的平静》中，海伦曾经不经意地提到，她偶尔会在梦中见到母亲，和自己一样年轻，只是两只手还在抖，"我在想，我没有必要这么苛责自己，看看，她不是好好的么"。在之后的《我年轻时的朋友》这篇小说中，这一条线索又被重拾，并作了进一步发展。"我过去常常梦见母亲，"故事开头是这样的，但后来"梦不见了，我想，那是因为梦中的希望太淡薄，梦太容易被宽恕了"。[9] 换句话说，故事过于简单。之后，小说情节又回到了过去的某个时段，母亲那时未婚，在渥太华峡谷地区教书。她寄宿在一个宗教法规严格的家庭，这家人住的房屋被分成两侧：一侧住着被遗弃的、圣洁的姐姐弗洛拉；另一侧住着那个男人，他本来是打算娶弗洛拉的，但是最后却娶了妹妹，因为他在追求弗洛拉的同时，把妹妹搞怀孕了。在接受《巴黎评论》的采访时，门罗提到，有个朋友曾经给她讲过一个类似的宗教家庭故事，她在写作时仔细地进行了统筹考虑："我母亲的故事要紧紧围绕这个宗教家庭，而我的故事则要紧紧围绕我的母亲，于是就清楚了整个故事应该怎么写。"这篇故事讲述的是隐藏的真相如何渐渐浮出水面，妹妹怀孕的全部真相，我们从他人那里得到的部分真相。故事讲述者的母亲是一位教师，她认为弗洛拉值得赞扬，而故事讲述者感兴趣的是，如何采用更加令人信服的版本，讲述被蹊跷分隔开的房间里发生的事情。"我听明白了母亲讲述的故事，对她有意漏掉的内容作了补充"。主要是关于性的内容。门罗在小说中对性的描写大胆而热烈，它能够使女儿从母亲"悲观谨慎"的情绪和拘谨狭隘的态度中挣脱出来。故事讲述者的另一个身份是女儿——她大胆创作，冲破"来自陈规陋习与虔诚的束缚，是我残疾母亲手中毋庸置疑的权力，它扼住我，令我窒息"。

因为说法不一，导致关于真相的版本不断地涌现，直到弗洛拉本人"对真相厌倦了，对我也厌倦了，厌倦了我对她的看法、对她的了解以及关于她的一切"。同样令人难以捉摸的是我母亲本人，"因为她也在梦里……选择着、施展着权力，我做梦都不曾想到，她竟然也会拥有这种东西"。母亲随手冷漠地甩开女儿，"将我怀揣着的那份苦涩的爱变成了幻觉，一堆没用的、多余的东西，如同一场虚假的妊娠"。说到底，作家素材中这些真实的或者虚构的人物，远比作家本人聪明，且远远超越了她，令她不安，激励她探寻更多、更有趣、更困惑的题材。

门罗创作中期的小说，取材广泛，塑造了与母亲相关的不同人物形象，如未婚母亲、临时母亲、离家母亲、残疾母亲，以及没有母亲的孩子、贫穷母亲的孩子、母爱过度的孩子，她后期作品中对孩子的描写不多。门罗经常选择性地将自己置身于过去某个时间段，这样，过去变成了现在（过去时中的现在），再与将来也就是现在相关联。间或置身于多年前发生的故事里，如同小镇里的故事（人们彼此相识已久），或者像母女那样——终生相伴、变化微妙、一种富有戏剧性色彩的关系。

在我看来，门罗小说中的时间流逝反映了"核心题材"的永恒性。随着时间向前推移，母亲的形象在变化（小说中的门罗母亲有着惊人的戏剧性变化），同样，女儿也在变化，成人后当了母亲，之后又被孩子们冷落一旁。门罗表现这些题材旨在说明，人的自我认知是缓慢的、潜在的、可怕的。无论是书中的人物还是读者自己，这都是一个令人沮丧的结局。

小说《破坏分子》（Vandals）格外令人心寒，通过几个故事片段我们了解到，比阿（Bea）是个与世无争的临时母亲，她为自己立下规矩，不要干预情人拉德纳（Ladner）做任何事情，包括猥亵马路对面两个没有母亲的孩子。这样一来，比阿就失去了对孩子们所起的监管作用，事实上"只要她愿意，她就能给她们带来安全感"[10]；之所以没有起作用，是因为"派她去照看她们的时候，她从来不管不顾"。门罗笔下这种成年人联手摧残儿童的方式令读者唏嘘不已。

小说《好女人的爱情》一开始，有人用匿名方式将一位验光师的器材箱捐赠给了当地一家博物馆；捐赠者不愿意透露任何个人信息。这篇小说极具戏剧性，讲述的是明明知道真相但迟迟不昭告天下的故事。随着情节进一步展开，通过各种侧面描述，我们直到故事尾声才发现，女儿明白了母亲以及世界上绝大多数人都明白的一个道理：缄口不语是一种常见智慧。

故事一开始，三个男孩在乡间小道玩耍。时间是1951年春天，一个星期六早上，在孩子们眼里，处处都是乐趣。他们打算在雪消前再去河里游一次泳，没想到竟然有了一个意外发现。他们看到水里有辆"小型英国汽车"[11]；车里是验光师魏伦斯（Willens）先生的尸体。他的一只手伸在车顶通风板的外面，"尽管看上去结实得跟面团一样，却像一只颤巍巍地漂浮在水面上的羽毛"。这几页描述仿佛出自诗人之手，来自诗人的创作灵感。"几个男孩子起初是在岸边，后来索性趴在地上，像乌龟一样把脑袋伸得长长的，想要一探究竟"。这些男孩子在自己的世界里，就像门罗一样，只要对某个地方着了迷，也会达到忘我境界。

在去河边的路上，这些男孩子与往常一样，只要"远离镇子，他们就有说有笑，仿佛刚刚获得自由似的"，彼此很熟络，不用称呼对方姓名，议论着"过去几年里能发现时或者已经发现了的有用东西"，以及他们能用这些东西做点什么，这些都出自他们自由的天性。"惠风和畅，把云层扯成一缕缕，像旧羊毛絮一样，海鸥和乌鸦聒噪着掠过河面"。然而在回镇子的路上，几个孩子走得飞快，满脑子想的都是他们的惊人发现。到了镇上，互相道别，各自回家吃午饭，这意味着，重新失去了自由。该如何将自己了解的、发现的讲给家人？家里的母亲、父亲、姊妹，各自都有一套古怪的、恼人的、危险的做事方式。西斯·弗恩斯（Cece Ferns）的父亲是一个酒鬼，西斯回到家中，看到穿着浴袍的母亲，用手捂着肚子，痛得倒在厨房地上；巴德·索特（Bud Salter）家里由母亲主事，她待人心平气和，家里到处是姐姐的衣服、化妆品、生活用品，空气中弥漫着女孩子的虚荣以及难以琢磨的情绪；吉米·波克斯（Jimmy Box）的家里显得比较拥挤，几代人住在同一座房子里，有的精神残疾，有的身体残疾，但大家一直和睦相处："在这个大家庭里，抱怨声很罕见，罕见得就像球形闪电一样百年难遇。"门罗用寥寥几段话，勾勒出了三个男孩的家庭生活，即使享誉世界的俄国小说家，其文采，也不见得胜过门罗。我们能感受到男孩子们心中承受着的压力，他们掌握着外人不知晓的秘密，吃完午饭，对谁也没说，他们相约来到警察局，被告诫要保守秘密，等等，但是这个消息还是被泄露了出去，消息经常就是这样不胫而走的：巴德的母亲善于揣摩小孩子的心理，他在"读了大约一小时的漫画书后，就把一切都对母亲说了"。

故事第二部分讲述了一位残疾母亲的故事，伊内德（Enid）很能干，也很善良，她照料着即将不久于人世的奎因（Quinn）太太，同时替奎因太太照看两个未成年的孩子。不久，伊内德发现，这位病中的母亲对自己两个年幼的女儿和丈夫态度凶狠。她渐渐了解到这个垂死女人与溺亡验光师之间有种不寻常的关系。"奎因太太有时会不停地说笑话，但都是一些让人心情郁闷的恶作剧，是内心深处那些陈芝麻烂谷子的事儿"。有时，相互排斥到了一定程度反而会变得亲近。伊内德和奎因太太的丈夫鲁伯特（Rupert）曾经是同班同学，一个夏季的深夜，两个人之间进行了一次简单交谈，都略微显得有些激动，他们生怕吵醒孩子们，说话时把声音压得很低。这次谈话，让伊内德回想起高中四年级的时候，鲁伯特就坐在她后面，他们之间的交流很少但彼此彬彬有礼，伊内德经常取笑鲁伯特，却总是"感到自己被原谅了"。"从某种意义上讲，她觉得自己很了不起。找回了沉稳和被尊重的感觉"。厨房里，借着烛光，鲁伯特和她一起做纵横格填字游戏。（当年）她内心深处对鲁伯特的感情，不是一片死寂的墓地，而是一片学习的乐园——是学校及新知识：拉丁语（Latin）、三角函数（trigonometry）、《文艺复兴与宗教改革史》（*History of the Renaissance and Reformation*）。她感到"亲切和惊奇。他们并不是刻意要朝他们未曾拥有过的那层关系发展……他们不清楚时光会如何流逝，留给他们的时间不是越来越多，而是越来越少"。这幅动人场景，让我们想起艾略特小说《亚当·比德》（*Adam Bede*）中亚当和黛娜在厨房里那温馨一幕，理解、柔情、单纯和高尚让彼此心心相印，走到一起。"亚马孙的面包？……七封信……木薯？"这里，知识是一片绿洲，在门罗的每篇小说里，当你放慢阅读速度，仔细观察和记录某个感人场景时，你会感受到这片绿洲的宁静。

这片宁静让故事情节有了新发展：奎因太太临终前，想把憋在肚子里的话全部说出来，她用了个把小时，对伊内德讲述了验光师的死亡经过。从令人惊悚的倒叙中，我们了解了验光师的死亡过程：魏伦斯先生再次来到奎因太太家，想要诱奸她，正好被鲁伯特撞了个正着，他猛力锤击了这个"老色鬼"的头。听完奎因太太的讲述，伊内德的第一反应是，她要在脑海中设计一个戏剧性场面，诱使鲁伯特招出实情。她花了很长时间，才决定不对外透露一个字。"她的沉默，即那种偏袒性沉默，会带来很多好处。为别人，也为她自己。"此刻，我们明白了，门罗讲述的是一个不能说出来的故事。事实上，我们都不想看到的是，人们用在学校里或者成年后学到的知识，去做了不该做的事。

小说结尾几行，让我们回到了富于想象力的夏天的宁静中："很长一段时间以后，一切都归于平静。"安大略的风景灵魂，在讲述完它的每个故事之后，似乎又恢复了宽厚仁慈。

在《多维的世界》（Dimensions）这篇小说中，对于和母亲相关的题材，门罗的处理方式更大胆，写法手法令人震惊。这篇小说所表现的想象力，我们很难给予公平的判断。故事用令人感到诧异的方式开头，然后以倒叙方式讲述。多丽（Doree）坐在一辆公交车上。她要去的地方总共得倒三次车。多丽是蓝杉树旅店（Blue Spruce Inn）的客房服务员，平时负责擦洗和扫地之类的清洁工作，"她对自己的工作很满意。因为她的工作不需要与客人说太多话"。[12] 她要去的地方是个"劳教所"，丈夫劳埃德（Lloyd）正在那里服役，他杀死了自己的三个孩子，那次的暴力行为很可怕，而施暴的目的竟然是为了惩罚她。

随着故事情节进一步展开，我们重温了当时以及很久以前发生的一切，从中发现，门罗为笔下的人物赋予了一种尊严。对往事的回忆，为我们揭示了导致劳埃德情绪失控并采取暴力手段的原因。"情况最后变得越来越糟"。劳埃德曾经是"她在这个世界上最亲近的人"，是她与死去的孩子们之间唯一的联结纽带，正因为如此，多丽与丈夫之间有一种无法割舍的关系。这场灾难过后，她没有了生活，没有了"指望"，她努力不去想这些。在那次探监之后，劳埃德给她写了一封信。门罗故事中的信件，通常包含着人物的启发性思考，推动着故事向前发展，劳埃德的信件内容也不例外。劳埃德信中所写的内容，有些是老一套——"似乎总在吹嘘"——令人难以置信。他说他见到了孩子们，并且还和他们说了话。孩子们生活在"另一个空间"，"神情快乐，衣着漂亮"。他想要传递给多丽的是"——这是真相——想告诉你，我见到了他们，我希望这能让你活得轻松些"。而事实果真如此。这番话尽管没有立即奏效，但是过了一段时间，一想到孩子们"在他所说的那个空间里生活着"，多丽"还是感觉轻松了一些，不再痛苦"。是谁让她解脱了？不是社会工作者，而是"劳埃德，那个可怕的人，那个孤僻的疯子"。

故事结尾，多丽坐上了另一趟公交车，前往安大略省伦敦城外的劳教所（我突然发现，门罗习惯将故事的讲述分成几段，如同漫长的汽车旅程那样，旅程往往有好几段，相互连接，先沿主干道朝前，再沿次干道直通郊外的某个地方，作者和读者都来到这个地方，在此相逢，彼此带着对真相的了解和一种并不轻松的感觉），突然，前面一辆皮卡货车像箭一样横穿马路，栽进了路旁的水沟，卡车司机直接从车里飞了出去。"那个男孩仰面倒在地上，四肢伸展，形状很像雪地里的天使。只不过他身边全是碎石，不是雪"。多丽在他身旁蹲下来，用手按压她的胸脯，对他做人工呼吸，后来索性留了下来，陪在被她救醒的男孩身边。他的呼吸"是一种甜甜的顺从"，文本中的这些用词，耐人寻味，"顺从"这个词，是多丽曾在那场饱受虐待的婚姻中被迫表现出来的，而此时此刻，是她出于个人自愿和奉献精神的独立行为。多丽让公交车司机继续向前开，不用管她，她不打算去伦敦市了。"'你真的不去伦敦市了？''不去了'"，故事结尾是多丽低沉而坚定的回答。

小说《多维的世界》没有对人物进行分类。但在小说《渥太华峡谷》中，母亲的形象衬托得很清晰。同时它也衬托出了对世界的清晰认识。这里，我们了解到的只是一种可能性，它的消息来源并不确切，来自"那个可怕的人"。但是这个故事，让你会一直屏住呼吸阅读，直到故事结尾，你仿佛觉得是在做第一次呼吸。

我们再回过头来看门罗在图书馆"胸口被人击打了一下"的那个顿悟，可以说它让门罗的肺部充满了文学的有氧细胞。门罗的第六感官或者第七感官，对于隐匿的、仍具有生命力的东西有着特殊的判断力，这些东西能够使我们变得高尚。也许正是关于她母亲的那些反复出现的故事，故事中的她与母亲都想要彻底摆脱对方，才使她写下了这篇令人瞩目的小说，证实和挑战了我们对事情的最坏预判，让我们质疑自以为了解的一切。

我想再回到门罗对过去的追忆中。在她的公开自传《劳碌一生》中，废弃的乡村商店旁那几棵漆树，轻轻唤醒了门罗的记忆，让她想起了当年年富力强的母亲。一转眼，门罗又将我们带回到了 20 世纪 40 年代，母亲因为担心全家日子过得穷困潦倒，极力向美国游客兜售银狐披肩。像以往一样，门罗已经习惯了母亲招徕游客的方式，她的叫卖声传得又广又远。门罗的母亲对周围观察得很仔细，这也难怪她后来过分关注自己的疾病，这一点让门罗很厌烦，"烦母亲过度关注自我"。[13] 门罗还对相关细节作了描述,"白鼬的皮毛要等到每年 12 月 10 号才能完全变得雪白"。她对感知力也作了描述。"我的祖母爱生气,无论什么时候,只要她需要母亲安抚,母亲就立刻会精神焕发,仿佛她在这个家庭的重要地位得到了恢复"。这个结构的作用在于,门罗可以从素材中汲取最大信息量,通过反复斟酌,从全新的视角,一遍又一遍地重新审视每一次都会带给人新的理解与感悟。

《家》也是一篇个人回忆录,门罗花了 30 年时间,对这篇小说反复修改,她的继母个性张扬,行事泼辣,把原本不属于她的房子按照自己的风格重新翻新,她取代了门罗已故母亲的角色,母亲的书、喜好、"令人尴尬的雄心壮志"[14],还有古怪罕见的疾病,所有与母亲有关的东西都消失得无影无踪,现在,父亲又病危,处于弥留之际。门罗回家探望,"倒了三趟公交车",故事结尾,她独自来到谷仓,想着如果当初没有离开这个家,就会像"那些离群寡居者或者囚徒"一样,被囚禁起来,过着"没有欲望,日渐荒废"的生活。在小说最后一页,想到"这一切",另一种思绪涌上她的心头。当她给羊喂草时,心中感到一阵恐慌,"我站立的地方,竟是我第一次能清晰记事时待过的地方。恍惚中,她想起了一些细节:角落里的楼梯通往阁楼,她当年就坐在第一个抑或是第二个台阶上,"看着父亲从那头黑白相间的奶牛身上挤奶",这头奶牛"在我童年记忆中最寒冷的那个冬天死于肺炎,那是 1935 年"。这个回忆先把她带回早年,又把她带回到现在,让她的思想与读者一起,变得沉稳而深邃。记忆承载了生命与死亡的很多条线索,它们来自"异常寒冷的冬天,所有栗树,外加许多果树都冻死了"。

当门罗作品中的生命之液如同泉水般喷涌而出的时候,她的最后一部作品《亲爱的生活》中结尾那几篇自传体小说，却变成了一汪深邃的静水。最后一篇故事的结尾是令她无法释怀的事实："母亲最后一次发病时，我没有回家探望她，也没有参加她的葬礼。"[15] 至于原因，她作了解释。但在小说的最后两行，门罗用异常清晰的声音，表达了对自身残忍无情的认知行为的看法，这种行为须用一生去反思，她的声音中带着冷静，内疚，醒悟，善意。

> 我们会说起某些无法被原谅的事情，某些让我们永远无法原谅自己的事情。但我们还在做——我们一直在做。

注释

1. 'The Ottawa Valley', in *Something I've Been Meaning to Tell You*（Scarborough, Ont.: New American Library, 1975）, 182.
2. Alice Munro, 'The Art of Fiction', *The Paris Review* 36, 131（summer 1994）, 237.
3. 'Material', in *Something I've Been Meaning to Tell You*, 33.
4. Alice Munro, 'Introduction', in *Selected Stories*（New York: Vintage, 1997）, xvi.
5. 'The Peace of Utrecht', in *Dance of the Happy Shades*（Toronto: Penguin Canada, 2005）, 169.
6. Elizabeth Bishop, 'At the Fishhouses', in *The Complete Poems*（New York: Farrar, Straus and Giroux, 1992）, 66.
7. 'Miles City, Montana', in *Selected Stories*（Toronto: McClelland & Stewart, 1996）, 311.
8. Alice Munro, 'Afterword', in *Ethel Wilson, The Equations of Love*（Toronto: McClelland & Stewart, 1990）, 262.
9. 'Friend of My Youth', in *Friend of My Youth*（New York: Knopf, 1990）, 3.

10. 'Vandals', in *Selected Stories* (Toronto: McClelland & Stewart, 1996), 544.
11. 'The Love of a Good Woman', in *The Love of a Good Woman* (Toronto: McClelland & Stewart, 1998), 6.
12. 'Dimensions', in *Too Much Happiness* (Toronto: McClelland & Stewart, 2009), 1.
13. 'Working for a Living', in *The View from Castle Rock* (Toronto: Penguin Canada, 2010), 124.
14. 'Home', in *The View from Castle Rock*, 231.
15. 'Dear Life', in *Dear Life* (Toronto: McClelland & Stewart, 2012), 319.

参考文献
BIBLIOGRAPHY

门罗作品集有许多不同版本且被译成了多国语言，我选用的是首次在加拿大出版的版本。

- *Dance of the Happy Shades*. Foreword by Hugh Garner. Toronto: Ryerson, 1968.
- *Lives of Girls and Women*. Toronto: McGraw-Hill Ryerson, 1971.
- *Something I've Been Meaning to Tell You*: Thirteen Stories. Toronto: McGraw-Hill Ryerson, 1974.
- *Who Do You Think You Are*? Toronto: Macmillan, 1978.
- *The Moons of Jupiter*. Toronto: Macmillan, 1982.
- *The Progress of Love*. Toronto: McClelland & Stewart, 1986.
- *Friend of My Youth*. Toronto: McClelland & Stewart, 1990.
- *Open Secrets. Toronto*: McClelland & Stewart, 1994.
- *The Love of a Good Woman*. Toronto: McClelland & Stewart, 1998.
- *Hateship, Friendship, Courtship, Loveship, Marriage*. Toronto: McClelland & Stewart, 2001.
- *Runaway*. Toronto: McClelland & Stewart, 2004.
- *The View from Castle Rock*. Toronto: McClelland & Stewart, 2006.
- *Too Much Happiness*. Toronto: McClelland & Stewart, 2009.
- Dear Life. Toronto: McClelland & Stewart, 2012.

4部在加拿大出版的小说选集

- *Selected Stories*. Toronto: McClelland & Stewart, 1996.
- *No Love Lost*. Selected and with an afterword by Jane Urquhart. Toronto: McClelland & Stewart, 2003.
- *Alice Munro's Best*: Selected Stories with an Introduction by Margaret Atwood. Toronto: McClelland & Stewart, 2006.
- *Family Furnishings*: *Selected Stories 1995–2014*. Toronto: McClelland&Stewart, 2014.

门罗自己的述评和评论性研究，包括：

- 'Remember Roger Mortimer: "Dickens' "Child's History of England" Remembered'', *Montrealer* (February 1962), 34–7.
- 'Author's Commentary', in John Metcalf (ed.), *Sixteen by Twelve* (Toronto: Ryerson, 1970), 125–6.
- 'The Colonel's Hash Resettled', in John Metcalf (ed.), *The Narrative Voice* (Toronto: McGraw-Hill Ryerson, 1972), 181–3.
- 'An Open Letter', *Jubilee* 1 [1974], 5–7.
- 'Everything Here Is Touchable and Mysterious', *Weekend Magazine* (Toronto Star) (11 May 1974), 33.
- 'On Writing "The Office" ', in Edward Peck (ed.), *Transitions II: Short Fiction* (Vancouver: Commcept, 1978), 259–62.
- 'Working for a Living', *Grand Street* 1, 1 (1981), 9–37.
- 'Through the Jade Curtain', *Chinada: Memoirs of the Gang of Seven* (Dunvegan, Ont.: Quadrant, 1982), 51–5.
- 'What Is Real?' in John Metcalf (ed.), *Making it New: Contemporary Canadian Stories* (Toronto: Methuen, 1982), 223–6.
- 'Going to the Lake', in Ontario: *a Bicentennial Tribute* (Toronto: Key Porter, 1983), 51–2.
- 'An Appreciation [of Marian Engel]', *Room of One's Own* 9, 2 (1984), 32–3.
- 'Foreword' in Robert Weaver (ed.), *The Anthology Anthology: a Selection from 30 Years of CBC Radio's 'Anthology'* (Toronto: Macmillan, 1984), ix–x.
- 'On John Metcalf: Taking Writing Seriously', *Malahat Review* 70 (1985), 6–7.
- 'Introduction', *in The Moons of Jupiter* (Markham, Ont.: Penguin, 1986), vii–xvi.
- 'The Novels of William Maxwell', *Brick* 34 (fall 1988), 28–31.
- 'Afterword', in Lucy Maud Montgomery, *Emily of New Moon* (Toronto: McClelland & Stewart, 1989), 357–61.
- 'Contributor's Note', in Margaret Atwood and Shannon Ravenal (eds.), *Best American Short Stories* 1989 (Boston: Houghton Mif in, 1989), 322–3.
- 'Take a Walk on the Wild Side', *Canadian Living* 38 (October 1989), 41–2.
- 'Afterword', in Ethel Wilson, *The Equations of Love* (Toronto: McClelland & Stewart, 1990), 259–63.

- 'What Do You Want to Know For ? 'in Constance Rooke（ed.）, *Writing Away: the PEN Canada Travel Anthology*（Toronto:McClelland & Stewart, 1994）, 203–20.
- 'Changing Places', in Constance Rooke（ed.）, *Writing Home: a PEN Canada Anthology*（Toronto: McClelland & Stewart, 1997）, 190–206.
- 'Contributor's Note', in Larry Dark（ed.）, *Prize Stories 1997: the O. Henry Awards*（New York: Anchor, 1997）, 442–3.
- 'Introduction', *in Selected Stories*（New York: Vintage, 1997）, xiii–xxi.
- 'Golden Apples', *Georgia Review 53*（1999）, 22–4.
- 'Contributor's Note', in Larry Dark（ed.）, *Prize Stories 1999: The O. Henry Awards*（New York: Anchor, 1999）, 404.
- 'Lying Under the Apple Tree', *The New Yorker*（17/24 June 2002）, 88–90, 92, 105–8, 110–14.
- 'The Second Sweet Summer of Kitty Malone', in Graeme Gibson et al.（eds.）, *Uncommon Ground: a Celebration of Matt Cohen*（Toronto: Knopf, 2002）, 91–4.
- 'Good Woman in Ireland', in Gary Stephen Ross（ed.）, *Prize Writing*（Toronto: Giller Prize Foundation, 2003）, 57–64.
- 'Maxwell', in Charles Baxter, Michael Collier, and Edward Hirsch（eds.）, *A William Maxwell Portrait: Memories and Appreciations*（New York: Norton, 2004）, 34–47.
- 'Writing. Or, Giving Up Writing', in Constance Rooke（ed.）, *Writing Life: Celebrated Canadian and International Authors on Writing and Life.*（Toronto: McClelland & Stewart, 2006）, 297–300.

艾丽丝·门罗相关书籍

- Balestra, Gianfranca, Ferri, Laura, and Ricciardi, Caterina（eds.）*Reading Alice Munro in Italy*（Toronto: The Frank Iacobucci Centre for Italian Studies, 2008）.
- Besner, Neil K. *Introducing Alice Munro's Lives of Girls and Women: a Reader's Guide*（Toronto: ECW Press, 1990）.
- Bigot, Corinne, and Lanone, Catherine（eds.）'*With a Roar from Underground*': *Alice Munro's Dance of the Happy Shades*（Paris: Presses Universitaires de Paris Ouest, 2015）.
- Blodgett, E. D. *Alice Munro*（Boston: Twayne, 1988）.

- Bloom, Harold (ed.) *Alice Munro* (New York: Bloom's Literary Criticism, 2009).
- Buchholtz, Miroslawa and Sojka, Eugenia (eds.) *Alice Munro: Reminiscence, Interpretation, Adaptation and Comparison* (Frankfurt am Main: Peter Lang, 2015).
- Carrington, Ildiko de Papp. *Controlling the Uncontrollable: the Fiction of Alice Munro* (DeKalb, IL: Northern Illinois University Press, 1989).
- Carscallen, James. *The Other Country: Patterns in the Writing of Alice Munro* (Toronto: ECW Press, 1993).
- Cox, Ailsa. *Alice Munro* (Tavistock: Northcote House, 2004).
- Cox, Ailsa, and Lorre, Christine. *The Mind's Eye: Alice Munro's Dance of the Happy Shades* (Paris: Fahrenheit, 2015).
- Dahlie, Hallvard. *Alice Munro and Her Works* (Toronto: ECW Press, 1984).
- Duncan, Isla. *Alice Munro's Narrative Acts* (New York: Palgrave Macmillan, 2011).
- Guignery, Vanessa (ed.) *The Inside of a Shell: Alice Munro's Dance of the Happy Shades* (Newcastle upon Tyne: Cambridge Scholars, 2015).
- Heble, Ajay. *The Tumble of Reason: Alice Munro's Discourse of Absence* (University of Toronto Press, 1994).
- Hooper, Brad. *The Fiction of Alice Munro: an Appreciation* (Westport, CN: Praeger, 2008).
- Howells, Coral Ann. *Alice Munro* (Manchester University Press, 1998).
- McCaig, Jo Ann. *Reading in Alice Munro's Archives* (Waterloo, Ont.: Wilfrid Laurier University Press, 2002).
- MacKendrick, Louis K. *Some Other Reality: Alice Munro's Something I've Been Meaning to Tell You* (Toronto: ECW Press, 1993).
- MacKendrick, Louis K. (ed.) *Probable Fictions: Alice Munro's Narrative Acts* (Downsview, Ont.: ECW Press, 1983).
- Martin, W. R. *Alice Munro: Paradox and Parallel* (Edmonton: University of Alberta Press, 1987).
- May, Charles E. (ed.) *Critical Insights: Alice Munro* (Ipswich, MA: Salem 2013).
- Miller Judith (ed.) *The Art of Alice Munro: Saying the Unsayable* (Waterloo, Ont.:University of Waterloo Press, 1984).
- Munro, Sheila. *Lives of Mothers and Daughters: Growing Up with Alice Munro*

(Toronto: McClelland & Stewart, 2001).
- Rasporich, Beverly J. *Dance of the Sexes: Art and Gender in the Fiction of Alice Munro* (Edmonton: University of Alberta Press, 1990).
- Redekop, Magdalene. *Mothers and Other Clowns: the Stories of Alice Munro* (New York: Routledge, 1992).
- Ross, Catherine Sheldrick. *Alice Munro: a Double Life* (Toronto: ECW Press, 1992).
- Smyth, Karen E. Figuring Grief: *Gallant, Munro and the Poetics of Elegy* (Montreal: McGill-Queen's University Press, 1992).
- Steele, Apollonia, and Tener, Jean F. (eds.) *The Alice Munro Papers: First Accession* (University of Calgary Press, 1986).
- Steele, Apollonia, and Tener, Jean F. (eds.) *The Alice Munro Papers: Second Accession* (University of Calgary Press, 1987).
- Thacker, Robert. Alice Munro: *Writing Her Lives* (Toronto: McClelland & Stewart, 2005; revised edition 2011).
- Thacker, Robert (ed.) *The Rest of the Story*: Critical Essays on Alice Munro (Toronto: ECW Press, 1999).
- Zehelein, Eva-Sabine (ed.) *For (Dear) Life: Close Readings of Alice Munro's Ultimate Fiction* (Zurich: LIT, 2014).

索 引
INDEX

Albania, 3, 33, 138
Alberta, 9, 35
American South, 3, 12–13, 112
Amos, Janet, 18
Andersen, Hans Christian, 10
Atlantic Monthly, 117
Atwood, Margaret, 1, 4, 14, 60, 91, 96–114
Australia, 3, 7, 33–4, 73, 125, 127
Australia Council, 18
autobiography. *See* non–fiction

Barber, Virginia, 18, 118
Benstock, Shari, 80
Beran, Carol L., 60
Bishop, Elizabeth, 183
Blaise, Clark, 131
Blyth, 9, 13
Blyth Festival, 18
Bradbury, Ray, 112
British Columbia, 7, 40, 82
Bronte, Emily, 3, 11–12, 89
Burne–Jones, Edward, 65

Calgary (Alberta), 20
Callaghan, Morley, 12
Canada Council, 14
Canada Council Senior Arts Grant, 16
Canada–Australia Literary Prize, 18
Canadian Booksellers, Award, 16
Canadian Short Stories, 14
Carleton Place (Ontario), 9
Carman, Bliss, 128
Celtic culture, 154, 162–7
Chamney, Anne Clarke, 9, 13, 80, 178–91

Chapman, L. J., 90
Chatelaine, 117, 121
Chekhov, 1, 17
China, 20
Church of England, 9
Cixous, Héléne, 61–2, 88
 écriture féminine, 62, 75
Clinton, 3, 7–10, 17, 19, 23, 40
Close, Ann, 118, 124
Codex Regius, 177
 'Lay of Atli', 168
Conron, Brandon, 16
Corelli, Marie, 106

Dante, 146–7, 167
Dickens, Charles, 46, 53
 Oliver Twist, 108
Duffy, Dennis, 140

Eaton's Department Store, 13
Eliot, T. S., 5
Engel, Marian, 20
Englund, Peter, 2
Erikson, Erik, 149
experimental writing, 139
External Affairs, Department of, 18

fairy tales, 10, 62, 64–6, 113, 147
Faulkner, William, 12
 Sound and the Fury, The, 112
female body, 71–4
feminism, 4, 60–76
Fitzgerald, F. Scott, 86
Folios, x, 13
Franzen, Jonathan, 1, 142
Fremlin, Gerald, 17, 19, 23

319

National Atlas of Canada, 17, 40

Gibson, Douglas, 118, 124
Gibson, Graeme, 96
   Eleven Canadian Novelists, 96, 100, 112, 114
Gide, André, 67
Gilbert and Sullivan, 103
Giller Prize, 2, 21
Glover, Douglas, 3, 45–59, 90, 92
Gluck, Christoph Willibad von, 155
   Orfeo ed Euridice, 155
Golding, William, 174
   Lord of the Flies, 175
Gothic, 12, 101, 112
Grand Street, 79, 87, 117
Great Lakes, 7
Greek myth, 155–61
Grey, Zane, 11

Hadley, Tessa, 1
Halifax (Nova Scotia), 20, 125
Herk, Aritha van, 60
Hodgins, Jack, 19
Hoffmann, E. T. A., 171
   Night Pieces, The, 172
Hogg, James, 160, 164
   Memoirs of the Author's Life, The, 165
   Private Memoirs and Confessions of a Justified Sinner, 154
Homer, 5, 146–7
How I Met My Husband, 18
Howells, Coral Ann, 4, 64, 65, 75, 79–93, 139, 140
Hugo, Victor, 128
Humber School for Writers, 17
Huron County (Ontario), 3, 7–10, 19, 23, 32, 40, 42, 121, 125, 154
Huron, Lake, 7–8, 27, 36–7

Ibsen, Henrik, 157
   Doll's House, A, 157

Indonesia, 3, 33

James, Henry, 86
Japan, 14
Joyce, James, 4, 48, 114

Kertes, Joseph, 17
Kingston (Ontario), 3, 32, 35
Kitchener (Ontario), 3, 37
Kunstlerroman, 4, 96, 143

Laidlaw, Margaret, 154, 163, 165–6
Laidlaw, Mary Etta, 13
Laidlaw, Robert, 9, 87
   Macgregors, The, 13, 87
Last of the Mohicans, The, 11
Laurence, Jack, 15
Laurence, Margaret, 15, 99
   This Side Jordan, 15
life writing. *See* non-fiction
London (Ontario), 16, 18, 37, 71, 189–90
Lorentzen, Christian, 139

McCullers, Carson, 12, 112
McGrath, Charles, 118, 139
McGraw-Hill, 15
Macmillan, 87, 117
Maitland River, the, 9, 29, 36–7
maps, 37, 39–42, 90
Maps as Mediated Seeing: Fundamentals of Cartography, 41
Marian Engel Award, 20
Metcalf, John, 82
Mezei, Kathy, 82
Mill on the Floss, The, 98
Miller, Joaquin, 128
Montgomery, Lucy Maud, 3, 10–11
   Anne of Green Gables, 10, 98
   Emily of New Moon, 10, 20
Morocco, 14
Morris-Turnberry Township, 28, 42
motherhood, 5, 61, 66–8, 143

索引

Munro, Alice
  collections
    Carried Away, 97
    Dance of the Happy Shades, 2, 5, 26, 37, 68, 96, 131, 138–9, 141, 155–6, 175
    Dear Life, 2, 5, 21, 23, 37, 65, 81, 85, 136–7, 139, 142, 145, 151, 154, 171, 175
    Friend of My Youth, 20, 26, 61, 138–9
    Hateship, Friendships Courtships Loveship, Marriage, 21, 32, 63–4, 66, 69, 140, 143
    Lives of Girls and Women 15, 19, 40, 47, 68, 87, 138, 159
    Moons of Jupiter, The 9 4, 14, 20, 72, 116–33, 139, 143, 150
    Open Secrets, 21, 32, 65, 93, 136, 138–9
    Progress of Love, The, 20, 32–3, 67, 72, 139, 137
    Runaway, 1, 21–2, 33, 37, 67, 70, 137,
    Selected Stories, 1, 151, 181
    Something I've Been Meaning to Tell You, 16, 23, 32, 68, 71, 136, 151
    The Love of a Good Woman, 21, 29, 37, 66, 136
    Too Much Happiness, 21, 32, 36, 67, 71, 117, 145
    View from Castle Rock, The, 21, 28, 30, 40–1, 63, 79, 117, 139, 154, 159, 161, 163, 175
    Who Do You Think You Are?, 18, 22, 28, 33–4, 37, 62, 137, 141, 143–5
  screenplay
    1847: the Irish, 18
  stories

'A Queer Streak', 31
'A Real Life', 33
'A Trip to the Coast', 33
'Accident', 117, 124–5, 130–1, 143
'Albanian Virgin, The', 32–3
'Amundsen', 37, 145
'An Ounce of Cure', 64, 96
'Baptizing5, 47–59
'Bardon Bus', 72–3, 117, 124–5, 127, 130–1
'Bear Came Over the Mountain, The', 39, 147
'Beggar Maid, The' 65
'Boys and Girls', 62, 156, 158
'Carried Away', 65, 136, 147
'Chaddeleys and Flemings', 30, 117–19, 121–3, 131, 133
'Chance', 33, 137
'Changes and Ceremonies', 106–7
'Child's Play', 145
'Children Stay, The', 39, 66–7
'Connection', 117, 120–1
'Corrie', 142
'Dance of the Happy Shades', 97, 102, 158
'Deep Holes', 67
'Dimensions', 71, 188
'Dulse', 117, 124–5, 131
'Eskimo', 34
'Eye, The', 172
'Family Furnishings', 31, 69
'Ferguson Girls Must Never Marry, The', 117
'Friend of My Youth', 92, 162, 185–6
'Gravel' 151
'Hard-Luck Stories', 117, 125, 128, 130–1
'Haven', 37, 68–70
'Hired Girl', 38, 80, 174
'Hold Me Fast Don't Let Me Pass', 163

321

'Home', 32, 36, 38, 79, 81, 190
'Images', 15, 27
'Jack Randa Hotel, The', 138
'Labor Day Dinner', 117, 125, 130–1
'Lives of Girls and Women', 3, 107–9
'Love of a Good Woman, The', 138–9, 186
'Lying Under the Apple Tree', 63, 80–1, 87–9
'Material', 32, 68, 99, 151, 180–1
'Memorial', 71
'Meneseteung', 28, 99, 138
'Messenger', 41, 87, 174
'Miles City, Montana', 33, 67, 184
'Mischief, 36, 66, 143
'Moons of Jupiter, The', 117, 123, 128
'Mrs. Cross and Mrs. Kidd', 117, 125, 131
'My Mother's Dream', 32, 67,
'Nettles', 38, 63, 66
'Night', 86, 172
'Office, The', 15, 32, 68
'Oh, What Avails', 34, 40
'Open Secrets', 36
'Oranges and Apples', 61
'Ottawa Valley, The', 5, 19, 36, 92, 136, 144, 178–80, 184, 190
'Peace of Utrecht, The', 5, 92–3, 96, 182–5
'Pictures of the Ice', 33
'Postcard', 15
'Powers', 70
'Privilege', 63
'Prue', 117, 125, 127, 131
'Queenie', 32
'Red Dress-1946', 63
'Royal Beatings', 18
'Save the Reaper', 34, 136
'Simon's Luck', 35
'Soon5, 67

'Spaceships Have Landed', 28
'Stone in the Field, The', 117, 121–3, 126, 129, 131
'Sunday Afternoon', 174
'Ticket, The', 81
'Time of Death, The', 156, 158
'To Reach Japan', 37, 145
'Train', 137, 145–50
'Tricks', 39, 70
'Turkey Season, The', 117–18, 121, 125, 132
'Vandals', 186
'Visitors', 34–5, 117, 125–6, 130–2
'Voices', 80
'Walker Brothers Cowboy', 15, 21, 27, 141
'Wenlock Edge', 32
Munro, Alice (cont.)
'What Do You Want to Know For?', 40–1, 81, 89–91, 165
'What Is Real?', 6, 116
'White Dump', 32, 75, 167
'Wild Swans', 33, 137
'Wilds of Morris Township, The', 42, 87
'Wood', 36, 117
'Working for a Living', 80–1, 85–7, 117, 190
Munro, Andrea, 13
Munro, Catherine, 13
Munro, Jenny, 13
Munro, Jim, 13–14, 16
Munro, Sheila, 13, 67
Lives of Mothers and Daughters, 67
Munro's Books, 13–14

New Canadian Library, 20
New Canadian Stories, 79
New Yorker, The, 18, 93, 117–18, 123–4, 138–9, 142
New, William, 20, 116–33
Newcomers, The, 18
Nobel Prize, 1–2, 5, 22, 51, 60

non-fiction, 3–4, 15–16, 92–3, 138
Norse myth, 5, 167–75
Norway, 20
Notre Dame University, 16

Oates, Joyce Carol, 140
O'Brien, Tim, 17
O'Connor, Flannery, 12
Ondaatje, Michael, 18
Ottawa (Ontario), 3, 32

Paris Review, 180, 185
Parkinson's disease, 13, 86, 92, 178
PEN/O. Henry Prize, 142, 151
Phillips, Anne, 61
place in Munro's fiction, 26–42
Porter, Katherine Ann, 12
postmodernism, 139
Pound, Ezra, 5
Presbyterianism, 9, 13, 165, 167
Pride and Prejudice, 64
Protestantism, 13
Proust, Marcel, 85
Putnam, D. F., 90
    Physiography of Southern Ontario, The, 90

Rabinovitch, Jack, 21
Richler, Mordecai, 14, 21

Roberts, Charles G. D., 12
Ryerson Press, 15

Said, Edward, 140
    On Late Style, 140
Salis-Seewis, Johann Gaudenz von, 166
Saturday Night, 117
Scandinavia, 7, 174
Schubert, Franz, 1 66
Scobie, Stephen, 87
Scotch Corners, 9
Scotland, 3, 33, 163, 173
Scott, Michael, 167

Scott, Walter, 154, 165–7
    Minstrelsy of the Scottish Borders, 154
Seton, Ernest Thompson, 12
sex/sexuality, 16, 18, 61, 81, 185
Shakespeare, William, 23
    Hamlet, 98
Shawn, William, 117–18
Shields, Carol, 17, 79, 84
short story, 22, 47, 60, 136, 152, 155, 163–4
Shorter Poems, 129
Stevenson, Robert Louis, 167
Stratford (Ontario), 3, 37
style, 45–59
Sweden, 20

Tamarack Review, 14, 117
Tate, Allen, 5
Tennyson, Alfred Lord, 64, 98, 103–4, 109, 112
    'Mariana', 64, 112
    'The Beggar Maid', 65
    'The Lady of Shalott', 98
    'The Princess', 103
Thacker, Robert, 82, 119
Tolstoy, Leo, 23
Toppings, Earle, 15
Toronto (Ontario), 3, 13, 16, 20, 31–2, 99, 117, 145, 148, 173, 178
Toronto Life, 117
trains, 136–7
Trillium Book Award, 20

United Church, 13
University of British Columbia, 14
University of New Brunswick, 21
University of Ottawa, 19
University of Western Ontario, 13, 16–18, 40

Vancouver (British Columbia), 3, 13,

323

15, 20, 30, 32–3, 36, 82, 92, 131
Vancouver Public Library, 13
Vanderhaeghe, Guy, 20
Victoria (British Columbia), 3, 13, 16, 20, 32

Wachtel, Eleanor, 80
Wawanash (Ontario), 27, 36, 38, 49, 100, 105–14
Weaver, Robert, 14
Welty, Eudora, 3, 12

Wilkinson, Thomas, 173
　Tours to the British Mountain, 173
Wilson, Ethel, 14, 184
Wingham (Ontario), 3, 28–42, 96, 181
Wingham Advance Times, 8
Woolf, Virginia, 84–5, 92, 98
　Moments of Being, 84–5
Wordsworth, William, 84, 166, 172

York University (Ontario), 16

译后记

今年是艾丽丝·门罗获得诺贝尔文学奖10周年，衷心希望《遇见门罗：艾丽丝·门罗剑桥文学指南》的出版，能够进一步推动和深化门罗作品在我国的研究。

2019年10月，受国家留学基金委资助，我在加拿大著名文学评论家、渥太华大学艺术学院戴维·斯泰恩斯（David Staines）教授的邀请下，赴加拿大渥太华大学研究艾丽丝·门罗的作品。抵达渥太华的第二天，我去人力资源部报到并办理了相关保险，完成了注册手续，整个过程便利、快捷，为我节省了宝贵时间，让我得以在第三天就能坐在图书馆里进行学术研究。渥太华大学图书馆馆藏丰富，门罗的作品集及评论很齐全。很快，斯泰恩斯教授主编的本书就吸引了我的注意力，该书汇集了包括他本人在内的来自世界各地的十位当代英语作家的思想，他们以崭新的视角对门罗小说进行了全面的评述，观点非常新颖。我想如果将其翻译成中文，无疑会为国内门罗作品研究打开一个新的维度。我的想法得到了所在学院和斯泰恩斯教授的大力支持。渥太华大学系主任罗伯特·斯泰西（Robert Stacy）教授为我单独安排了一间办公室，给我的翻译工作提供了极大的便利。

我一边上课一边进行翻译研究，生活节奏十分紧张，但我非常享受每天这种快节奏的生活。有时会因为某个句子翻译得很巧妙而开心片刻，有时也会因为一个汉语句子苦思冥想到半夜。我与斯泰恩斯教授的办公室在同一层，挨得很近，他告诉我，翻译过程中若有任何问题可以随时找他。2020年4月中旬，历经半年时间，这部书的翻译初稿终于完成了。彼时的加拿大已经陆续出现了新冠疫情病例，并开始向安大略省蔓延，按照官方发布的消息，渥太华尚未发现病例。13日，斯泰恩斯教授约我到他办公室，他专门腾出时间，为我解答书中令我感到困惑的问题。斯泰恩斯教授身材伟岸，言谈举止间透着西方绅士的修养。他会耐心而仔细地听完我的每一个问题，回答问题时语速非常缓慢，声调非常平和，脸上始终是一幅亲切和蔼的表情，让我恍惚觉得面前坐着一位慈祥善良的圣诞老人。从下午1点到6点，斯泰恩斯教授除了偶尔起身从书架上取门罗的相关作品集，没有要求片刻停歇。而我也只是专注地埋头做笔记，生怕教授说的哪句话没有听清或者漏掉，竟然忘记询问教授是否需要休息。那天下午与教授面对面的探讨，帮我解决了书稿中所有困惑我的问题。

第二天，由于新冠疫情原因，渥太华大学突然宣布停止所有线下教学，全部转为线上。斯泰恩斯教授也依照学校要求，居家办公，他的家位于距离渥太华大约4小时车程的多伦多。他叮嘱我，但凡在翻译过程中再碰到问题，可以随时给他发邮件。他果真每次都及时回复我，总是耐心地回答我的每一个问题。时至今日，我依旧能够感受到斯泰恩斯教授的人格魅力，他的博学与修养将影响和伴随我一生。

关于斯泰恩斯教授这本书的内容，我建议读者通过仔细阅读，去感受国外门罗研究的新进程。这里不再赘述。

最后，我要感谢国家留学基金委为我提供的这次访学机会，感谢西安外国语大学的领导和同事们给予的鼎力支持，感谢在加拿大遇到的良师益友，感谢房东刘阳为我提供的技术支持，感谢陕西人民出版社的李妍老师及其同事们，感谢我的家人。没有他们对我的理解、支持和关爱，这本书的中文译本不可能顺利面世。

  本来没有打算写任何文字性东西，但到了重印之际，却又改变了主意，权当聊以纪念。

王　春

2023 年 6 月 13 日于西安

图书在版编目（CIP）数据

遇见自己：艾丽丝·门罗剑桥文学指南 /（加）戴维·斯泰恩斯（David Staines）主编；王春译. — 西安：陕西人民出版社，2023.3
ISBN 978-7-224-14647-9

Ⅰ.①遇… Ⅱ.①戴…②王… Ⅲ.①艾丽丝·门罗—文学研究 Ⅳ.①I711.065

中国版本图书馆 CIP 数据核字（2022）第 148765 号

著作权合同登记号　　图字：25-2022-120

This is a simplified Chinese edition of the following title published by Cambridge University Press:
The Cambridge Companion to Alice Munro Edited by David Staines
ISBN 9781107472020
© Cambridge University Press 2016
Chapter 6, 'Lives of Girls and Women: a portrait of the artist as a young woman' by Margaret Atwood © O. W. Toad Ltd 2016
This simplified Chinese edition for the People's Republic of China (excluding Hong Kong, Macau and Taiwan) is published by arrangement with the Press Syndicate of the University of Cambridge, Cambridge, United Kingdom.
© Shaanxi People's Publishing House 2022
This simplified Chinese edition is authorized for sale in the People's Republic of China (excluding Hong Kong, Macau and Taiwan) only. Unauthorized export of this simplified Chinese edition is a violation of the Copyright Act. No part of this publication may be reproduced or distributed by any means, or stored in a database or retrieval system, without the prior written permission of Cambridge University Press and Shaanxi People's Publishing House.
Copies of this book sold without a Cambridge University Press sticker on the cover are unauthorized and illegal.
本书封面贴有 Cambridge University Press 防伪标签，无标签者不得销售。

出 品 人：赵小峰
总 策 划：关　宁
策划编辑：管中洑　李　妍
责任编辑：李　妍　张阿敏
整体设计：杨亚强

遇见自己：艾丽丝·门罗剑桥文学指南

作　　者	［加］戴维·斯泰恩斯
译　　者	王　春
出版发行	陕西新华出版传媒集团　陕西人民出版社 （西安市北大街 147 号　邮编：710003）
印　　刷	陕西龙山海天艺术印务有限公司
开　　本	787 毫米 ×1090 毫米　32 开
印　　张	11
字　　数	240 千字
版　　次	2023 年 3 月第 1 版
印　　次	2023 年 6 月第 2 次印刷
书　　号	ISBN 978-7-224-14647-9
定　　价	69.00 元

如有印装质量问题，请与本社联系调换。电话：029-87205094